Outros títulos de literatura da Jambô

Dungeons & Dragons
A Lenda de Drizzt, Vol. 1 — Pátria
A Lenda de Drizzt, Vol. 2 — Exílio
A Lenda de Drizzt, Vol. 3 — Refúgio
A Lenda de Drizzt, Vol. 4 — O Fragmento de Cristal
A Lenda de Drizzt, Vol. 5 — Rios de Prata
A Lenda de Drizzt, Vol. 7 — Legado
Crônicas de Dragonlance, Vol. 1 — Dragões do Crepúsculo do Outono
Crônicas de Dragonlance, Vol. 2 — Dragões da Noite do Inverno
Crônicas de Dragonlance, Vol. 3 — Dragões do Alvorecer da Primavera
Lendas de Dragonlance, Vol. 1 — Tempo dos Gêmeos

Tormenta
A Deusa no Labirinto
A Flecha de Fogo
A Joia da Alma
Trilogia da Tormenta, Vol. 1 — O Inimigo do Mundo
Trilogia da Tormenta, Vol. 2 — O Crânio e o Corvo
Trilogia da Tormenta, Vol. 3 — O Terceiro Deus
Crônicas da Tormenta, Vol. 1
Crônicas da Tormenta, Vol. 2

Outras séries
Dragon Age: O Trono Usurpado
Espada da Galáxia
Profecias de Urag, Vol. 1 — O Caçador de Apóstolos
Profecias de Urag, Vol. 2 — Deus Máquina

Para saber mais sobre nossos títulos,
visite nosso site em www.jamboeditora.com.br.

R. A. SALVATORE

A Lenda de Drizzt, Vol. 6

A JOIA DO HALFLING

Tradução
Carine Ribeiro

DUNGEONS & DRAGONS®
FORGOTTEN REALMS®
A Lenda de Drizzt, Vol. 6 — A Joia do Halfling

©2005 Wizards of the Coast, LLC. Todos os direitos reservados.
Dungeons & Dragons, D&D, Forgotten Realms, Wizards of the Coast, The Legend of Drizzt e seus respectivos logos são marcas registradas de Wizards of the Coast, LLC.

Título Original: The Legend of Drizzt, Book 6: The Halfling's Gem
Tradução: Carine Ribeiro
Revisão: Ana Cristina Rodrigues
Diagramação: Vinicius Mendes
Ilustração da Capa: Todd Lockwood
Cartografia: Todd Gamble
Ilustrações do Miolo: Dora Lauer e Walter Pax
Editor-Chefe: Guilherme Dei Svaldi

Equipe da Jambô: Guilherme Dei Svaldi, Rafael Dei Svaldi, Leonel Caldela, Ana Carolina Gonçalves, Dan Ramos, Diego Alves, Elisa Guimarães, Felipe Della Corte, Freddy Mees, Glauco Lessa, Guiomar Soares, J. M. Trevisan, Karen Soarele, Maíra Abbiana, Maurício Feijó, Thiago Rosa, Vinicius Mendes.

Rua Coronel Genuíno, 209 • Porto Alegre, RS
CEP 90010-350 • Tel (51) 3391-0289
contato@jamboeditora.com.br • www.jamboeditora.com.br

Todos os direitos desta edição reservados à Jambô Editora. É proibida a reprodução total ou parcial, por quaisquer meios existentes ou que venham a ser criados, sem autorização prévia, por escrito, da editora.

1ª edição: julho de 2021 | ISBN: 978658863403-5

Dados Internacionais de Catalogação na Publicação

S182j   Salvatore, R. A.
        A joia do halfling/ R. A. Salvatore; tradução de Carine Ribeiro. — Porto Alegre: Jambô, 2021.
        352p. il.

        1. Literatura norte-americana. I. Ribeiro, Carine. II. Título.

CDU 869.0(81)-311

*Para minha irmã Susan,
que nunca saberá o quanto
seu apoio significou para
mim nos últimos anos*

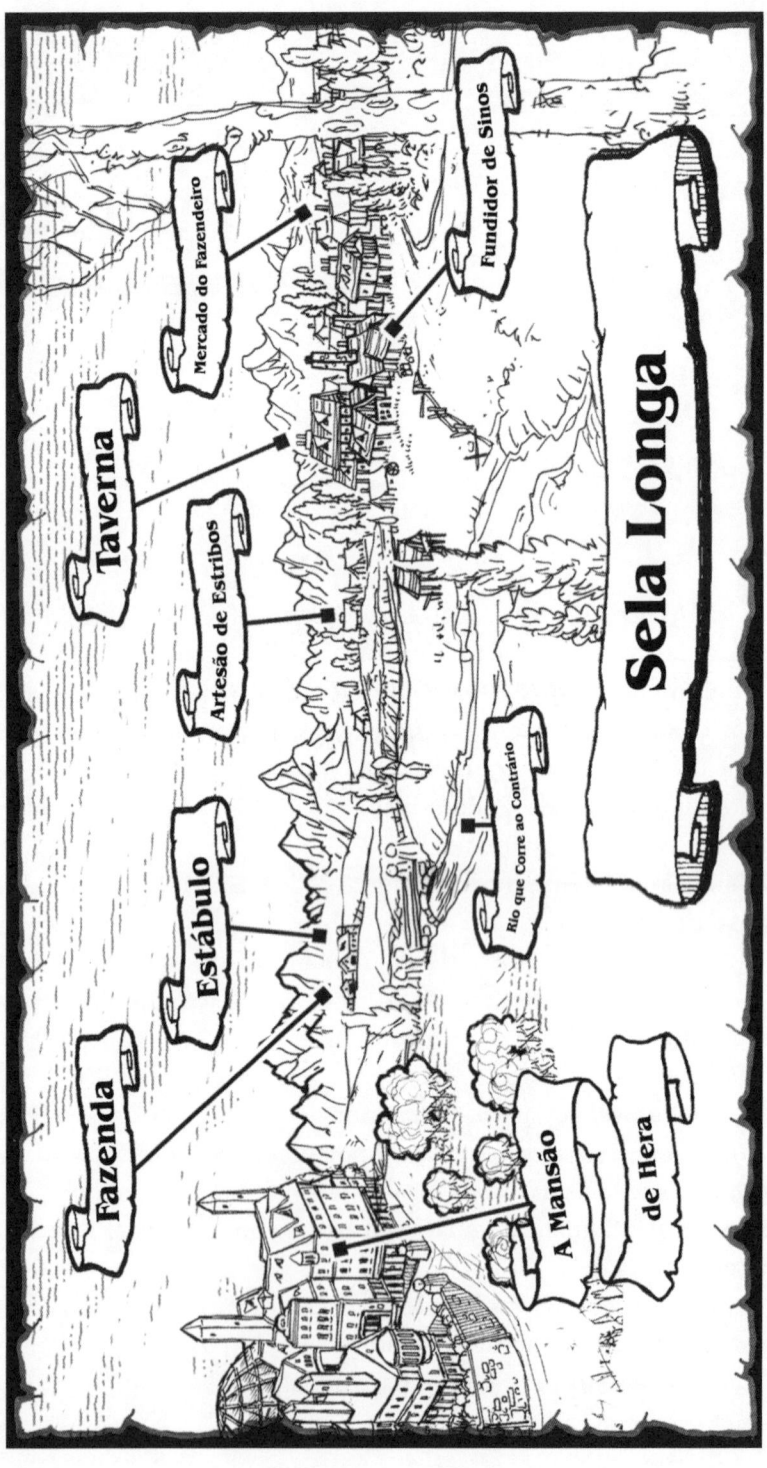

Prólogo

O MAGO OLHOU PARA A JOVEM COM INCERTEZA. Ela estava de costas para ele; podia ver a espessa juba de cabelos arruivados fluindo ao redor de seus ombros, rica e vibrante. Mas o mago também conhecia a tristeza em seus olhos. Ela era tão jovem, pouco mais que uma criança, e tão lindamente inocente.

No entanto, aquela linda criança havia colocado uma espada no coração de sua amada Sydney.

Harkle Harpell limpou as memórias indesejadas de seu amor morto e se pôs a descer a colina.

— Um bom dia — disse ele alegremente ao alcançar a jovem.

— Você acha que eles chegaram na torre? — perguntou Cattibrie, seu olhar nunca deixando o horizonte sul.

Harkle deu de ombros.

— Em breve, se já não chegaram. — Estudou Cattibrie e não encontrou nenhuma raiva contra ela por suas ações. Ela havia matado Sydney, era verdade, mas Harkle sabia, apenas olhando para ela, que a necessidade, não a malícia, guiara seu braço com a espada. E agora só podia sentir pena dela.

— Como você está? — Harkle gaguejou, pasmo com a coragem que ela demonstrara à luz dos terríveis eventos acontecido com ela e seus amigos.

Cattibrie assentiu e se voltou para o mago.

Havia tristeza em seus profundos olhos azuis, mas, principalmente, queimava ali uma determinação teimosa que afugentava qualquer indício de fraqueza. Ela tinha perdido Bruenor, o anão que a adotara e a criara como sua desde os primeiros dias de sua infância. E os outros amigos de Cattibrie estavam naquele momento no meio de uma perseguição desesperada a um assassino em direção ao sul.

— Como as coisas mudaram rápido — Harkle sussurrou, baixinho, sentindo empatia pela jovem. Ele se lembrou de uma época, apenas algumas semanas antes, quando Bruenor Martelo de Batalha e seu pequeno grupo passaram por Sela Longa em sua busca para encontrar o Salão de Mitral, a pátria perdida do anão. Aquele fora um encontro jovial de histórias trocadas e promessas de amizades futuras com o clã Harpell. Nenhum deles poderia saber que um segundo grupo, liderado por um assassino maligno e pela própria Sidney de Harkle, estava mantendo Cattibrie como refém e se reunindo para perseguir o grupo. Bruenor havia encontrado o Salão de Mitral e lá caído.

E Sydney, a maga a quem Harkle tanto amava, tinha participado na morte do anão.

Harkle respirou fundo para se acalmar.

— Bruenor será vingado — disse com uma careta.

Cattibrie beijou-o na bochecha e começou a subir a colina em direção à Mansão de Hera.

Ela entendia a dor sincera do mago e admirou de verdade sua decisão de ajudá-la a cumprir a promessa de retornar ao Salão de Mitral e recuperá-lo para o Clã Martelo de Batalha.

Mas para Harkle, não havia outra escolha. A Sydney que ele amava era uma fachada, a calda doce sobre um monstro insensível e louco por poder. E ele mesmo tinha participado do desastre, revelando sem querer a Sydney o paradeiro do grupo de Bruenor.

Harkle observou Cattibrie avançar, o peso dos problemas diminuindo seus passos. Ele não conseguia guardar ressentimento em relação a ela. Sydney havia causado as circunstâncias de sua própria morte, e Cattibrie não teve escolha além de segui-las. O mago virou o olhar para o sul. Ele também pensava e se preocupava com o elfo drow e o enorme rapaz bárbaro. Eles haviam chegado a Sela Longa apenas três dias antes, um bando cheio de tristeza e exaustão, precisando desesperadamente de descanso.

Não poderia haver descanso, entretanto, pois o perverso assassino havia escapado com o último do grupo, Regis, o halfling.

Tanta coisa acontecera naqueles poucos dias; o mundo de Harkle foi todo virado de cabeça para baixo por uma estranha mistura de heróis de uma terra distante e abandonada chamada Vale do Vento Gélido, e por uma bela jovem que não podia ser culpada.

E pela mentira que foi o seu amor mais profundo.

Harkle caiu de costas na grama para observar as nuvens do final do verão vagando pelo céu.

Além das nuvens, onde as estrelas brilhavam eternamente, Guenhwyvar, a entidade da pantera, andava agitada de um lado para o outro. Muitos dias se passaram desde a última vez que o mestre da gata, o elfo drow chamado Drizzt Do'Urden, convocara-a ao plano material. Guenhwyvar era sensível à estatueta de ônix que servia como elo para seu mestre e aquele outro mundo; a pantera podia sentir o formigamento daquele lugar distante, mesmo quando seu dono apenas tocava a estatueta.

Mas Guenhwyvar não sentia essa ligação com Drizzt fazia algum tempo, e a gata estava nervosa, de alguma forma entendendo em sua inteligência sobrenatural que o drow não mais possuía a estatueta. Guenhwyvar se lembrava da época antes de Drizzt, quando outro drow, um drow maligno, tinha sido seu mestre. Embora um animal em essência, Guenhwyvar possuía dignidade, uma qualidade que seu mestre original havia roubado.

Guenhwyvar lembrou-se dos tempos em que fora forçada a realizar atos cruéis e covardes contra inimigos indefesos por capricho de seu mestre.

Porém as coisas tinham sido muito diferentes desde que Drizzt Do'Urden passou a possuir a estatueta. Lá estava um ser de consciência e integridade, e um sincero vínculo de amor se desenvolveu entre Guenhwyvar e Drizzt.

A gata encostou-se em uma árvore aparada com estrelas e soltou um rosnado baixo que os observadores desse espetáculo astral poderiam ter interpretado como um suspiro resignado.

Mais profundo ainda teria sido o suspiro da gata se soubesse que Artemis Entreri, o assassino, agora possuía a estatueta.

Parte 1
A meio caminho de qualquer lugar

Estou morrendo.

A cada dia, a cada respiração, estou mais perto do fim da minha vida. Pois nascemos com um número finito de respirações, e cada respiração que dou, leva a luz do sol que é minha vida em direção ao inevitável crepúsculo.

É uma coisa difícil de se lembrar, especialmente quando temos saúde e a força de nossa juventude, e ainda assim, vim a saber que é algo importante a se ter em mente — não para reclamar ou ficar melancólico, mas porque somente com o conhecimento honesto de que um dia morrerei, poderei realmente começar a viver. Certamente, não fico refletindo demais sobre a realidade de minha própria mortalidade, mas acredito que uma pessoa não pode evitar de pensar, pelo menos no subconsciente, naquele espectro mais imponente até que compreenda, que compreenda e entenda de verdade, que um dia irá morrer. Que um dia irá embora deste lugar, desta vida, desta consciência e existência, para o que quer que o esteja esperando. Pois apenas quando uma pessoa aceita completa e honestamente a inevitabilidade da morte, livra-se do medo dela.

Parece que pessoas demais se colocam nas mesmas rotinas, realizando os rituais de cada dia com uma precisão quase religiosa. Tornam-se criaturas de hábitos simples. Em parte é o conforto proporcionado pela familiaridade, mas há outro aspecto, uma crença profundamente enraizada de que, enquanto mantiverem tudo igual, tudo permanecerá igual. Esses rituais são uma forma de controlar o mundo ao seu redor, porém, na verdade, não podem. Pois mesmo que sigam exatamente a mesma rotina dia após dia, a morte certamente as encontrará.

Já vi outras pessoas paralisarem toda a sua existência em torno do maior dos mistérios, moldando todos os seus movimentos, cada palavra, em uma tentativa desesperada de encontrar as respostas para o irrespondível. Elas se enganam, seja por meio de suas interpretações de textos antigos ou por algum sinal obscuro de um evento natural, para acreditar que encontraram a verdade suprema e, portanto, se eles se comportarem de acordo com essa verdade, serão recompensados na vida após a morte. Esta deve ser a maior manifestação daquele medo da morte, a crença errônea de que podemos de alguma forma moldar e decorar a própria eternidade, que podemos cobrir suas janelas e colocar seus móveis de acordo com nossos próprios desejos desesperados. Ao longo da estrada que me levou ao Vale do Vento Gélido, deparei-me com um grupo de seguidores de Ilmater, o deus do sofrimento, que eram tão fanáticos em suas crenças que se espancavam até caírem sem sentidos, e aceitavam o tormento, até mesmo a própria morte, em uma crença tola de que, ao fazê-lo, prestavam o maior tributo a seu deus.

Acredito que estejam errados, embora, na verdade, não tenho certeza de nada a respeito do mistério que existe além deste invólucro mortal. E também sou apenas uma criatura de fé e esperança. Espero que Zaknafein tenha encontrado paz e alegria eternas, e oro de todo o coração para vê-lo novamente quando cruzar o limiar da próxima existência.

Talvez o maior mal que vejo nesta existência seja quando homens supostamente santos se aproveitam do medo da morte do povo para tirar deles. "Dê para a igreja!" gritam. "Só então você encontrará a salvação!" Ainda mais sutis são as muitas religiões que não pedem de forma direta as moedas de uma pessoa, mas insistem que qualquer pessoa de coração bom e piedoso, destinada à sua descrição particular do céu, entregaria voluntariamente suas moedas.

E, claro, Toril está repleto de "apocalípticos", pessoas que afirmam que o fim do mundo está próximo e clamam por arrependimento e por uma dedicação quase servil.

Só posso olhar para tudo isso e suspirar, pois, se a morte é o maior mistério, também é a mais pessoal das revelações. Não saberemos, nenhum de nós, até o momento em que estiver sobre nós, e não podemos em sã consciência convencer outro de nossas crenças de verdade.

É um caminho que percorremos sozinhos, mas um caminho que já não temo, pois, ao aceitar o inevitável, me libertei dele. Ao reconhecer minha mortalidade, descobri o segredo para aproveitar aqueles séculos, anos, meses, dias ou mesmo horas que me restam para respirar. Essa é a existência que posso controlar, e jogar fora as horas preciosas por medo do inevitável é verdadeira tolice. E pensar no fundo da mente que somos imortais e assim não valorizar aquelas poucas horas preciosas que todos temos é igualmente tolo.

Não posso controlar a verdade da morte, seja qual for o meu desespero. Só posso garantir que os momentos restantes da minha vida sejam tão ricos quanto puderem ser.

—Drizzt Do'Urden

Capítulo 1

Torre do crepúsculo

—E PERDEMOS MAIS DE UM DIA — RESMUNGOU o bárbaro, puxando as rédeas do cavalo e olhando por cima do ombro. A borda inferior do sol acabara de mergulhar no horizonte. — Agora mesmo, o assassino está se afastando de nós!

— Devemos confiar no conselho de Harkle — respondeu Drizzt Do'Urden, o drow. — Ele não nos indicaria um caminho errado. — Com a luz do sol minguando, Drizzt deixou cair o capuz de sua capa negra sobre os ombros e sacudiu as mechas do cabelo totalmente branco.

Wulfgar apontou para alguns pinheiros altos.

— Aquele deve ser o bosque de que Harkle Harpell falou — disse ele. — Mas não vejo nenhuma torre, nem sinal de uma estrutura construída nesta área abandonada.

Com os olhos cor de lavanda à vontade na escuridão cada vez mais profunda, Drizzt olhou para a frente com atenção, tentando encontrar alguma evidência para contestar seu jovem amigo. Com certeza, era o lugar que Harkle havia indicado, pois a uma curta distância à frente estava o pequeno lago e, além dele, os grossos ramos do Bosque Neverwinter.

— Anime-se — lembrou ele a Wulfgar. — O mago disse que a paciência seria nosso maior recurso para encontrar o lar de Malchor. Estamos aqui há apenas uma hora.

— A estrada fica cada vez mais longa — murmurou o bárbaro, sem saber que os ouvidos aguçados do drow não deixavam passar uma palavra. Drizzt sabia que havia mérito nas reclamações de Wulfgar, pois a história de um fazendeiro em Sela Longa — a de um homem com uma capa escura e um halfling montados em um único cavalo — colocava o assassino dez dias à frente deles e avançando rapidamente.

Mas Drizzt já havia enfrentado Entreri antes e compreendia a enormidade do desafio que tinha pela frente. Ele queria toda a ajuda possível para resgatar Regis das garras do homem fatal. De acordo com as palavras do fazendeiro, Regis ainda estava vivo, e Drizzt estava certo de que Entreri não tinha a intenção de fazer mal ao halfling antes de chegar a Porto Calim.

Harkle Harpell não os teria enviado a este lugar sem um bom motivo.

— Vamos acampar durante a noite? — perguntou Wulfgar. — Por mim, voltaríamos para a estrada e para o sul. O cavalo de Entreri carrega dois e pode estar cansado agora. Podemos nos aproximar dele se cavalgarmos durante a noite.

Drizzt sorriu para seu amigo.

— Eles já passaram pela cidade de Águas Profundas agora — ele explicou. — No mínimo, Entreri adquiriu novos cavalos. — Drizzt deixou o assunto de lado, mantendo para si mesmo seu temor mais profundo, o de que o assassino tivesse ido para o mar.

— Então, esperar é ainda mais loucura! — Wulfgar foi rápido em argumentar.

Mas enquanto o bárbaro falava, seu cavalo, um dos criados pelos Harpells, bufou e se moveu para o pequeno lago, tateando o ar acima da água como se procurasse um lugar para pisar. Um momento depois, o resto do sol mergulhou sob o horizonte ocidental e a luz do dia desapareceu. Na escuridão mágica do crepúsculo, uma torre encantada apareceu diante deles na pequena ilha da lagoa, cada pedaço brilhando como uma estrela, e suas muitas torres retorcidas alcançando o céu noturno. Era verde esmeralda e misticamente convidativa, como se seres feéricos tivessem ajudado em sua criação.

Do outro lado da água, logo abaixo do casco do cavalo de Wulfgar, apareceu uma ponte brilhante de luz verde.

Drizzt escorregou de sua montaria.

— A Torre do Crepúsculo — disse ele a Wulfgar, como se tivesse visto a lógica óbvia desde o início. Ele estendeu o braço em direção à estrutura, convidando seu amigo para assumir a dianteira.

Mas Wulfgar ficou paralisado com a aparição da torre. Ele agarrou as rédeas de seu cavalo com ainda mais força, fazendo com que a fera empinasse e achatasse as orelhas contra a cabeça.

— Achei que você tivesse superado a sua desconfiança da magia — disse Drizzt sarcasticamente. Na verdade, Wulfgar, como todos os bárbaros de Vale do Vento Gélido, fora criado na crença de que os magos eram trapaceiros fracos e não eram confiáveis. Seu povo, orgulhosos guerreiros da tundra, considerava a força do braço, não a habilidade nas artes negras da feitiçaria, a medida de um verdadeiro homem. Mas em suas muitas semanas na estrada, Drizzt tinha visto Wulfgar superar sua educação e desenvolver tolerância, e até mesmo certa curiosidade, pelas práticas da magia.

Com uma flexão de seus enormes músculos, Wulfgar controlou seu cavalo.

— Sim — ele respondeu com os dentes cerrados, antes de deslizar de sua sela. — São os Harpells que me preocupam!

O sorriso malicioso de Drizzt se alargou em seu rosto quando compreendeu de repente as apreensões de seu amigo. Ele mesmo, que fora criado entre muitos dos feiticeiros mais poderosos e assustadores de todos os Reinos, havia sacudido a cabeça, sem acreditar no que via, muitas vezes quando foram hóspedes da excêntrica família em Sela Longa. Os Harpells tinham uma maneira única — e frequentemente desastrosa — de ver o mundo, embora nenhum mal infestasse seus corações, e teciam sua magia de acordo com suas próprias perspectivas — em geral, contra a suposta lógica de homens racionais.

— Malchor é diferente de sua família — Drizzt assegurou a Wulfgar. — Ele não mora na Mansão de Hera e atuou como conselheiro dos reis das terras do norte.

— Ele é um Harpell — afirmou Wulfgar em um tom definitivo que Drizzt não pôde contestar. Com outra sacudida de cabeça e respirando fundo para se firmar, Wulfgar agarrou o freio de seu cavalo e começou a cruzar a ponte. Drizzt, ainda sorrindo, foi rápido em seguir.

— Harpell — Wulfgar murmurou novamente depois que cruzaram até a ilha e fizeram um circuito completo ao redor da estrutura.

A torre não tinha porta.

— Paciência — Drizzt o lembrou.

Eles não tiveram que esperar muito, porém, porque alguns segundos depois ouviram um ferrolho sendo aberto e, em seguida, o rangido de uma porta se abrindo. Um momento depois, um menino mal entrado na adolescência atravessou a pedra verde da parede, como um espectro translúcido, e se aproximou deles.

Wulfgar grunhiu e tirou Presa de Égide, seu poderoso martelo de guerra, do ombro. Drizzt agarrou o braço do bárbaro para detê-lo, temendo que seu cansado amigo atacasse por pura frustração, antes que pudessem determinar as intenções do rapaz.

Quando o menino os alcançou, puderam ver claramente que ele era de carne e osso, não um espectro de outro mundo, e Wulfgar relaxou o aperto. O jovem curvou-se para eles e fez sinal para que o seguissem.

— Malchor? — perguntou Drizzt.

O menino não respondeu, mas gesticulou de novo e começou a voltar para a torre.

— Eu teria imaginado você mais velho, se for Malchor — disse Drizzt, passando a acompanhar o menino.

— E quanto aos cavalos? — perguntou Wulfgar.

O menino continuou seguindo em silêncio em direção à torre.

Drizzt olhou para Wulfgar e deu de ombros.

— Traga-os, então, e deixe que nosso amigo silencioso se preocupe com eles — disse o drow.

Eles descobriram que pelo menos uma seção da parede era uma ilusão, disfarçando uma porta que os conduzia a uma ampla câmara circular que era o nível mais baixo da torre. As baias alinhadas em uma das paredes mostraram que tinham feito bem em trazer os cavalos. Amarraram os animais rapidamente e correram para alcançar o jovem. O menino não havia desacelerado e entrou por outra porta.

— Espere por nós — chamou Drizzt, passando pelo portal, mas não encontrou nenhum guia lá dentro. Ele havia entrado em um corredor mal iluminado que subia suave e arqueava ao redor, aparentemente acompanhando a circunferência da torre. — Só tem um caminho — disse ele a Wulfgar, que entrou logo atrás, e partiram.

Drizzt percebeu que eles haviam feito um círculo completo e estavam no segundo nível — pelo menos três metros — quando encontraram o menino esperando por eles ao lado de uma passagem lateral escura que ia em direção ao centro da estrutura. O rapaz ignorou a passagem, entretanto, e começou a ir mais alto na torre ao longo do corredor em arco principal.

Wulfgar estava sem paciência para jogos enigmáticos. Sua única preocupação era Entreri e Regis, afastando-se a cada segundo. Ele passou por Drizzt e agarrou o ombro do menino, girando-o.

— Você é Malchor? — ele perguntou sem rodeios.

O garoto empalideceu com o tom áspero do homem gigante, mas não respondeu.

— Deixa ele — disse Drizzt. — Ele não é Malchor. Tenho certeza. Nós encontraremos o mestre da torre em breve. — Ele olhou para o menino assustado. — Não é verdade?

O menino assentiu rapidamente com a cabeça e começou a andar novamente.

— Em breve — Drizzt reiterou para silenciar o grunhido de Wulfgar. Prudente, passou pelo bárbaro, colocando-se entre Wulfgar e o guia.

— Harpell — Wulfgar rosnou às suas costas.

A inclinação ficou mais íngreme, os círculos mais estreitos e os dois amigos souberam que estavam chegando ao topo. Por fim, o menino parou em uma porta, empurrou-a e fez sinal para que entrassem.

Drizzt se moveu rapidamente para ser o primeiro a entrar na sala, temendo que o bárbaro zangado pudesse causar uma primeira impressão menos que agradável aos olhos do mago anfitrião.

Do outro lado da sala, sentado em cima de uma escrivaninha e esperando por eles, estava um homem alto e robusto com cabelo grisalho bem aparado. Seus braços estavam cruzados sobre o peito. Drizzt começou a proferir uma saudação cordial, mas Wulfgar quase o derrubou, irrompendo por trás e caminhando direto para a escrivaninha.

O bárbaro, com uma mão no quadril e a outra segurando Presa de Égide em uma exibição proeminente diante dele, encarou o homem por um momento.

— Você é o mago chamado Malchor Harpell? — exigiu saber, a voz insinuando uma raiva explosiva. — E se não, onde nos Nove Infernos vamos encontrá-lo?

A risada do homem irrompeu alta.

— É claro — respondeu ele, e saltou da mesa e bateu com força no ombro de Wulfgar. — Prefiro um hóspede que não esconde os seus sentimentos com palavras delicadas! — gritou. Ele passou pelo bárbaro atordoado em direção à porta e ao menino.

— Você falou com eles? — ele interrogou o rapaz.

O menino empalideceu ainda mais do que antes e balançou a cabeça enfaticamente.

— Nem uma única palavra? — gritou Malchor.

O menino tremeu visivelmente e balançou a cabeça de novo.

— Ele disse não disse uma... — Drizzt começou, mas Malchor o interrompeu com a mão estendida.

— Se eu descobrir que você pronunciou uma única sílaba sequer... —ameaçou. Ele voltou para a sala e deu um passo para trás. Quando percebeu que o menino devia ter relaxado um pouco, girou de volta na direção dele, quase o fazendo saltar dos sapatos.

— Por que você ainda está aqui? — exigiu Malchor. — Saia!

A porta bateu antes mesmo de o mago terminar a ordem. Malchor riu novamente, e a tensão diminuiu de seus músculos enquanto voltava para sua mesa. Drizzt aproximou-se de Wulfgar, e os dois se entreolharam com espanto.

— Vamos embora deste lugar — disse Wulfgar a Drizzt, e o drow percebeu que seu amigo lutava contra o desejo de pular sobre a mesa e estrangular o arrogante mago ali mesmo.

Em menor grau, Drizzt compartilhava esses sentimentos, mas sabia que a torre e seus ocupantes seriam explicados a tempo.

— Nossas saudações, Malchor Harpell — disse, os olhos lilases perfurando o homem. — Suas ações, porém, não se enquadram na descrição que seu primo Harkle fez de você.

— Garanto que sou como Harkle descreveu — respondeu Malchor calmamente. — E minhas boas-vindas a você, Drizzt Do'Urden, e a você, Wulfgar, filho de Beornegar. Raramente recebi hóspedes tão bons em minha humilde torre. — Ele curvou-se para completar sua saudação cortês e diplomática, se não totalmente precisa.

— O menino não fez nada de errado — Wulfgar rosnou para ele.

— Não, ele teve um desempenho admirável — concordou Malchor. — Ah, você teme por ele? — O mago avaliou o enorme bárbaro, os músculos de Wulfgar ainda tensos de raiva. — Garanto a você, o menino é bem tratado.

— Não aos meus olhos — retrucou Wulfgar.

— Ele aspira a ser um mago — Malchor explicou, nem um pouco irritado com a carranca do bárbaro. — Seu pai é um poderoso proprietário de terras e me contratou para guiar o menino. O menino mostra potencial, uma mente afiada e um amor pelas artes. Mas entenda, Wulfgar, que a magia não é muito diferente de seu próprio ofício.

O sorriso debochado de Wulfgar mostrou uma diferença de opinião.

— Disciplina — Malchor continuou, destemido. — Para qualquer coisa que façamos em nossas vidas, disciplina e controle sobre nossas próprias ações, em última análise, medem o nível de nosso sucesso. O menino tem grandes aspirações e indícios de poder que ainda não consegue começar a compreender. Mas se não conseguir manter seus pensamentos em silêncio por um único mês, então não perderei anos do meu tempo com ele. Seu companheiro entende.

Wulfgar olhou para Drizzt, parado relaxado a seu lado.

— Eu entendo — disse Drizzt para Wulfgar. — Malchor colocou o jovem em julgamento, um teste de suas habilidades para seguir comandos e uma revelação da profundidade de seus desejos.

— Estou perdoado? — o mago perguntou a eles.

— Não é importante — grunhiu Wulfgar. — Não viemos lutar as batalhas de um menino.

— Claro — disse Malchor. — Seus negócios são urgentes; Harkle me contou. Voltem para os estábulos e lavem-se. O menino está preparando o jantar. Ele virá buscá-los quando for a hora de comer.

— Ele tem nome? — perguntou Wulfgar com sarcasmo óbvio.

— Nenhum que já tenha feito por merecer — Malchor respondeu secamente.

Embora estivesse ansioso para voltar à estrada, Wulfgar não podia negar o esplendor da mesa de Malchor Harpell. Ele e Drizzt banquetearam-se, sabendo que esta seria, provavelmente, a última boa refeição em muitos dias.

— Vocês devem passar a noite aqui — Malchor disse depois que terminaram de comer. — Uma cama macia lhes faria bem — argumentou contra o olhar descontente de Wulfgar. — E acordarão cedo, eu prometo.

— Vamos ficar, e obrigado — respondeu Drizzt. — Certamente esta torre será melhor do que o solo duro lá fora.

— Excelente — disse Malchor. — Venha, então, tenho alguns itens que devem ajudar na sua missão. — Ele os conduziu para fora da sala e desceu o declive do corredor até os níveis mais baixos da estrutura. Enquanto caminhavam, Malchor contou a seus convidados sobre a formação e as características da torre. Finalmente, dobraram uma das passagens laterais escuras e passaram por uma porta pesada.

Drizzt e Wulfgar tiveram que parar na entrada por um longo momento para digerir a visão maravilhosa diante deles, pois chegaram ao museu de Malchor, uma coleção dos melhores itens, mágicos ou não, que o mago havia encontrado durante os muitos anos de suas viagens. Ali estavam espadas e conjuntos completos de armadura polida, um escudo de mitral brilhante e a coroa de um rei morto há muito tempo. Tapeçarias antigas cobriam as paredes, e uma caixa de vidro com pedras e joias de valor inestimável cintilava na luz bruxuleante das tochas da sala.

Malchor havia se dirigido a um armário do outro lado da sala, e quando Wulfgar e Drizzt voltaram a olhar para ele, estava sentado em cima da coisa, casualmente fazendo malabarismos com três ferraduras. Ele acrescentou uma quarta enquanto eles assistiam, guiando-as sem esforço durante a ascensão e queda da dança.

— Coloquei um encantamento sobre elas que fará com que seus corcéis corram mais velozes do que quaisquer animais da terra — explicou ele. — Por um curto período, mas o suficiente para chegar a Águas Profundas. Só isso já deve valer seu atraso em vir aqui.

— Duas ferraduras para um cavalo? — perguntou Wulfgar, sempre desconfiado.

— Isso não funcionaria — Malchor respondeu a ele, tolerante com o jovem bárbaro cansado. — A menos que você deseje que seu cavalo empine e corra como um homem! — ele riu, mas a carranca não abandonou o rosto de Wulfgar.

— Não tema — disse Malchor, pigarreando após a piada fracassada. — Eu tenho outro conjunto. — Ele olhou para Drizzt. — Ouvi dizer que poucos são tão ágeis quanto os elfos drow. E ouvi, também, daqueles que viram Drizzt Do'Urden lutando e brincando, que ele é brilhante, mesmo considerando os padrões dos seus. — Sem interromper o ritmo de seu malabarismo, ele jogou uma das ferraduras para Drizzt.

Drizzt a pegou facilmente, e com o mesmo movimento, a ergueu no ar acima dele. Então vieram a segunda e a terceira ferraduras, e Drizzt, sem nunca tirar os olhos de Malchor, jogou-as para o alto com movimentos tranquilos.

A quarta ferradura veio baixo, fazendo com que Drizzt se curvasse na direção do chão para pegá-la. Mas Drizzt estava à altura da tarefa, e não perdeu uma pegada ou um lançamento ao incluir a ferradura em seu malabarismo.

Wulfgar observou com curiosidade e se perguntou os motivos do mago para testar o drow.

Malchor enfiou a mão no armário e tirou o outro conjunto de ferraduras.

— Uma quinta — advertiu, lançando uma para Drizzt. O drow permaneceu despreocupado, agarrando a ferradura com destreza e jogando-a no meio das outras.

— Disciplina! — disse Malchor enfaticamente, dirigindo sua observação para Wulfgar. — Mostre-me, drow! — exigiu, atirando a sexta, a sétima e a oitava para de Drizzt em rápida sucessão.

Drizzt fez uma careta ao se aproximarem, decidido a enfrentar o desafio. As mãos se movendo em um borrão, rapidamente fez todas as oito ferraduras girarem e caírem em harmonia. E, conforme ia estabelecendo um ritmo fácil, Drizzt começou a entender a manobra do mago.

Malchor caminhou até Wulfgar e bateu novamente no ombro dele.

— Disciplina — disse novamente. — Olhe para ele, jovem guerreiro, pois seu amigo de pele escura é realmente um mestre em seus movimentos e, portanto, um mestre em seu ofício. Você ainda não entendeu, mas nós dois não somos tão diferentes. — Ele encarou os olhos de Wulfgar diretamente com os seus. — Nós três não somos tão diferentes. Métodos diferentes, concordo. Mas com o mesmo fim!

Cansado de seu jogo, Drizzt agarrou as ferraduras uma por uma enquanto elas caíam e as enganchou sobre seu antebraço, olhando Malchor com aprovação. Ao ver seu jovem amigo se fechar em pensamento, o drow ficou sem saber qual era o presente maior, as ferraduras encantadas ou a lição.

— Mas chega disso — disse Malchor de repente, explodindo em movimento. Ele foi até uma seção da parede que continha dezenas de espadas e outras armas.

— Vejo que uma de suas bainhas está vazia — disse ele a Drizzt. Malchor puxou uma cimitarra lindamente trabalhada de seu suporte. — Talvez esta a preencha adequadamente.

Drizzt sentiu o poder da arma quando a tirou do mago, sentiu o cuidado de sua fabricação e a perfeição de seu equilíbrio. Uma única safira azul em formato de estrela cintilava em seu punho.

— Seu nome é Fulgor — disse Malchor. — Forjada pelos elfos de uma era passada.

— Fulgor — ecoou Drizzt. No mesmo instante, uma luz azulada iluminou a lâmina da arma. Drizzt sentiu uma onda repentina dentro dele e de alguma forma sentiu um corte mais preciso em seu fio. Ele a balançou algumas vezes, deixando um rastro de luz azul com cada movimento. Com que facilidade ela se arqueou no ar; com que facilidade eliminaria um inimigo! Drizzt a enfiou reverentemente em sua bainha vazia.

— Foi forjada na magia dos poderes que todos os elfos da superfície estimam — disse Malchor. — Das estrelas e da lua e dos mistérios de suas almas. Você a merece, Drizzt Do'Urden, e lhe será útil.

Drizzt não pôde responder ao tributo, mas Wulfgar, tocado pela honra que Malchor prestou ao amigo frequentemente difamado, falou por ele.

— Nossos agradecimentos a você, Malchor Harpell — disse, reprimindo o cinismo que dominava suas ações ultimamente, e se curvou.

— Mantenha seu ânimo, Wulfgar, filho de Beornegar — Malchor respondeu a ele. — O orgulho pode ser uma ferramenta útil ou pode fechar seus olhos para as verdades sobre você. Agora, vão e durmam. Vou acordá-los cedo e colocá-los de volta em seu caminho.

Drizzt se sentou em sua cama e observou o amigo depois que Wulfgar adormeceu. Drizzt estava preocupado com Wulfgar, tão longe da tundra vazia que sempre fora a sua casa. Em sua busca pelo Salão de Mitral, eles marcharam por metade das terras do norte, lutando a cada quilômetro. Ao encontrar seu objetivo, as provações apenas começaram, pois haviam lutado para abrir caminho através do antigo complexo de anões. Ali, Wulfgar havia perdido seu mentor e Drizzt, seu amigo mais querido, e arrastaram-se de volta ao vilarejo de Sela Longa precisando de um longo descanso.

Mas a realidade não permitia pausas. Entreri tinha Regis em suas garras, e Drizzt e Wulfgar eram a única esperança de seu amigo halfling. Em Sela Longa, haviam chegado ao fim de uma estrada, mas encontraram o início de outra ainda mais longa.

Drizzt podia lidar com seu próprio cansaço, mas Wulfgar parecia envolto na escuridão, sempre correndo à beira do perigo. Ele era um jovem fora de Vale do Vento Gélido, a terra que tinha sido seu único lar, pela primeira vez na vida. Aquela faixa protegida de tundra, onde soprava o vento eterno, estava bem longe, ao norte.

Mas Porto Calim ficava muito mais longe, ao sul.

Drizzt se recostou em seu travesseiro, lembrando-se de que Wulfgar havia escolhido acompanhá-lo. Drizzt não poderia tê-lo impedido, mesmo que tivesse tentado.

O drow fechou os olhos. O melhor que podia fazer, por si mesmo e por Wulfgar, era dormir e estar pronto para o que quer que o próximo amanhecer lhes traria.

O aluno de Malchor os despertou — silenciosamente — algumas horas depois e os levou para a sala de jantar, onde o mago esperava. Um excelente café da manhã foi servido diante deles.

— Seu curso é para o sul, pelas palavras de meu primo — Malchor disse a eles. — Perseguir um homem que mantém seu amigo, este halfling, Regis, cativo.

— O nome dele é Entreri — respondeu Drizzt. — Será difícil alcançá-lo, pelo que aprendi sobre ele. Ele vai para Porto Calim.

— Mais difícil ainda — Wulfgar acrescentou. — Nós o colocamos na estrada. — explicou ele a Malchor, embora Drizzt soubesse que as palavras eram destinadas a ele. — Agora precisamos esperar que ele não tenha mudado seu curso.

— Não havia segredo em seu caminho — argumentou Drizzt. — Ele foi para Águas Profundas, na costa. Pode já ter passado por lá.

— Então ele está no mar — raciocinou Malchor.

Wulfgar quase se engasgou com a comida. Não havia sequer considerado essa possibilidade.

— Esse é o meu medo — disse Drizzt. — E eu pensei em fazer o mesmo.

— É um curso perigoso e caro — disse Malchor. — Os piratas se reúnem para as últimas incursões ao sul quando o verão termina, e quem não estiver devidamente preparado... — o mago deixou as palavras pairarem ameaçadoramente diante deles.

— Mas vocês têm pouca escolha — continuou. — Um cavalo não tem a velocidade de um veleiro, e a rota marítima é mais reta que a estrada. Portanto, vão pelo mar, é o meu conselho. Talvez eu possa fazer alguns preparativos para acelerar suas acomodações. Meu aprendiz já colocou as ferraduras encantadas em suas montarias e, com a ajuda delas, irão chegar ao grande porto em poucos dias.

— E por quanto tempo devemos navegar? — perguntou Wulfgar, consternado e sem acreditar que Drizzt aceitaria a sugestão do mago.

— Seu jovem amigo não entende a amplitude desta jornada — disse Malchor a Drizzt. O mago colocou seu garfo na mesa e outro a alguns centímetros dele. — Aqui está Vale do Vento Gélido — explicou ele a Wulfgar, apontando para o primeiro garfo. — E este outro, a Torre do Crepúsculo, onde você está agora sentado. Uma distância de mais ou menos seiscentos e cinquenta quilômetros está entre eles.

Ele jogou um terceiro garfo para Drizzt, que o colocou à sua frente, a cerca de um metro do garfo que representava sua posição atual.

— É uma jornada que você viajaria cinco vezes para igualar a estrada à sua frente — disse Malchor a Wulfgar. — Aquele último garfo é Porto Calim, a mais de três mil quilômetros e vários reinos ao sul.

— Estamos derrotados — lamentou Wulfgar, incapaz de compreender tal distância.

— Não é assim — disse Malchor. — Pois você deve navegar com as velas cheias do vento norte, e chegar antes das primeiras neves do inverno. Você vai descobrir que a terra e as pessoas são mais receptivas ao sul.

— Veremos — disse o elfo negro, não convencido. Para Drizzt, as pessoas sempre representavam problemas.

— Ah — concordou Malchor, percebendo as dificuldades que um elfo drow certamente encontraria entre os habitantes do mundo da superfície. — Mas tenho mais um presente para dar a você: um mapa para um tesouro que você pode recuperar hoje mesmo.

— Outro atraso — disse Wulfgar.

— Um preço pequeno a pagar — respondeu Malchor. — E esta curta viagem irá poupar muitos dias no Sul populoso, onde um elfo drow pode andar apenas à noite. Disso estou certo.

Drizzt ficou intrigado por Malchor ter entendido tão bem o seu dilema e estar aparentemente sugerindo uma alternativa. Drizzt não seria bem-vindo em nenhum lugar do sul. As cidades que concederiam ao asqueroso Entreri passagem livre lançariam correntes sobre o elfo negro se ele tentasse atravessá-las, pois os drow há muito haviam merecido a reputação de malignos e indescritivelmente vis. Poucos em todos os Reinos seriam ligeiros em reconhecer Drizzt Do'Urden como a exceção à regra.

— A oeste daqui, por um caminho escuro no Bosque Neverwinter e em uma caverna de árvores, habita um monstro que os fazendeiros locais chamaram de Agatha — disse Malchor. — Uma vez elfa, eu acredito, e uma excelente maga, de acordo com a lenda, essa coisa miserável vive após a morte e tem a noite como seu tempo.

Drizzt conhecia as lendas sinistras de tais criaturas e sabia o nome delas.

— Uma banshee? — perguntou ele.

Malchor acenou com a cabeça:

— Para o covil dela vocês devem ir, se forem corajosos o suficiente, pois a banshee coletou um belo tesouro, incluindo um item que seria inestimável para você, Drizzt Do'Urden.

Ele viu que tinha toda a atenção do drow. Drizzt se inclinou sobre a mesa e pesou cada palavra de Malchor.

— Uma máscara — explicou o mago. — Uma máscara encantada que permitirá que você esconda sua herança e caminhe livremente como um elfo da superfície — ou como um homem, se isso lhe convier.

Drizzt recuou, um pouco nervoso com a ameaça à sua própria identidade.

— Eu entendo sua hesitação — Malchor disse a ele. — Não é fácil esconder-se daqueles que o acusam injustamente, dar credibilidade às suas falsas percepções. Mas pense em seu amigo cativo e saiba que faço essa sugestão apenas por ele. Você poderá atravessar as terras do sul como você é, elfo negro, mas não desimpedido.

Wulfgar mordeu o lábio e não disse nada, sabendo que a decisão era do próprio Drizzt. Ele sabia que mesmo suas preocupações sobre mais atrasos não poderiam pesar em uma discussão tão pessoal.

— Iremos a este covil na floresta — disse Drizzt por fim — e devo usar essa máscara, se for preciso. — Ele olhou para Wulfgar. — Nossa única preocupação deve ser Regis.

Drizzt e Wulfgar estavam sentados no topo de suas montarias fora da Torre do Crepúsculo, com Malchor de pé ao lado deles.

— Cuidado com a coisa — disse Malchor, entregando a Drizzt o mapa para o covil da banshee e outro pergaminho que mostrava seu curso para o extremo sul. — O toque dela é frio como a morte, e as lendas dizem que ouvir seu lamento é fatal.

— Seu lamento? — perguntou Wulfgar.

— Um lamento sobrenatural, terrível demais para os ouvidos mortais suportar — disse Malchor. — Cuidem-se!

— Iremos — assegurou-lhe Drizzt.

— Não esqueceremos a hospitalidade ou os presentes de Malchor Harpell — acrescentou Wulfgar.

— Nem a lição, espero — respondeu o mago com uma piscadela, arrancando um sorriso constrangido de Wulfgar.

Drizzt ficou satisfeito por seu amigo ter se libertado de pelo menos um pouco do seu mau humor.

O amanhecer desceu sobre eles e a torre rapidamente se transformou em nada.

— A torre se foi, mas o mago permanece — observou Wulfgar.

— A torre se foi, mas a porta nela permanece — corrigiu Malchor. Ele deu alguns passos para trás e esticou o braço, sua mão desaparecendo de vista.

Wulfgar estremeceu de perplexidade.

— Para aqueles que sabem como encontrá-la — acrescentou Malchor. — Para aqueles que treinaram suas mentes para as propriedades da magia. — ele passou pelo portal extradimensional e sumiu de vista, mas sua voz voltou a eles uma última vez. — Disciplina! — gritou, e Wulfgar soube ser o alvo da declaração final de Malchor.

Drizzt pôs o cavalo em movimento, desenrolando o mapa enquanto se afastava.

— Harpell? — ele perguntou por cima do ombro, imitando o tom zombeteiro de Wulfgar na noite anterior.

— Quem me dera se todos os Harpells fossem como Malchor! — Wulfgar respondeu. Ele ficou olhando o vazio que havia sido a Torre do Crepúsculo, entendendo perfeitamente que o mago lhe ensinou duas lições valiosas em uma única noite: uma sobre preconceito e outra sobre humildade.

De dentro da dimensão oculta de sua casa, Malchor os observou partir. Ele gostaria de poder se juntar a eles, viajar ao longo da estrada da aventura, como fizera tantas vezes em sua juventude, encontrando um bom curso e seguindo-o contra todas as probabilidades. Harkle havia julgado os princípios daqueles dois corretamente, Malchor sabia, e acertara ao pedir a Malchor para ajudá-los.

O mago encostou-se na porta de sua casa. Infelizmente, seus dias de aventura, seus dias de carregar a cruzada da justiça em seus ombros, estavam desaparecendo.

Mas Malchor animou-se com os eventos do último dia. Se o drow e seu amigo bárbaro eram alguma indicação, acabara de ajudar a passar a tocha a mãos capazes.

Capítulo 2

Um milhão de velas

O ASSASSINO, HIPNOTIZADO, OBSERVAVA ENQUANTO o rubi girava lentamente à luz das velas, capturando a dança da chama em um milhão de miniaturas perfeitas — reflexos demais; nenhuma joia poderia ter facetas tão pequenas e tão perfeitas.

Ainda assim a procissão estava lá para ser vista, um redemoinho de velas minúsculas atraindo-o ainda mais para a vermelhidão da pedra. Nenhum joalheiro a cortara; sua precisão ia além do nível atingível com um instrumento. Era um artefato mágico, uma criação deliberada projetada, lembrou a si mesmo com cautela, para puxar o observador dentro daquele redemoinho descendente, para a serenidade das profundezas avermelhadas da pedra.

Um milhão de pequenas velas.

Não era de se admirar que houvesse enganado tão facilmente o capitão para dar-lhe passagem para Porto Calim. Sugestões que vinham dos segredos maravilhosos desta joia não poderiam ser facilmente descartadas. Sugestões de serenidade e paz, palavras ditas apenas por amigos...

Um sorriso se abriu no conjunto normalmente sombrio de seu rosto. Ele poderia vagar profundamente na calma.

Entreri se desvencilhou da atração do rubi e esfregou os olhos, admirado que mesmo alguém tão disciplinado quanto ele pudesse ser vulnerável ao puxão insistente da joia. Olhou para o canto da pequena cabine, onde Regis estava sentado encolhido e completamente miserável.

— Agora posso entender o seu desespero em roubar esta joia — disse ele ao halfling.

Régis saiu de sua meditação, surpreso por Entreri ter falado com ele, a primeira vez desde que embarcaram em Águas Profundas.

— E agora sei por que Pasha Pook está tão desesperado para recuperá-la — continuou Entreri, tanto para si mesmo quanto para Regis.

Regis inclinou a cabeça para observar o assassino. O pingente de rubi teria colocado até mesmo Artemis Entreri sob seu domínio?

— Realmente, é uma bela joia — ele ofereceu esperançoso, sem saber como lidar com essa empatia atípica do assassino frio.

— Muito mais que uma pedra preciosa — disse Entreri distraído, seus olhos caindo irresistivelmente no redemoinho místico das facetas enganosas.

Regis reconheceu o semblante calmo do assassino, pois ele mesmo tinha essa aparência quando estudou pela primeira vez o pendente maravilhoso de Pook. Ele tinha sido um ladrão de sucesso na época, levando uma boa vida em Porto Calim. Mas as promessas daquela pedra mágica superaram o conforto da guilda dos ladrões.

— Talvez o pingente tenha me roubado — ele sugeriu em um impulso repentino.

Mas ele havia subestimado a força de vontade de Entreri. O assassino lançou um olhar frio para ele, o sorriso malicioso revelando claramente que ele sabia para onde Regis o estava levando.

Mas o halfling, agarrando-se a qualquer esperança que pudesse encontrar, pressionou de qualquer maneira.

— O poder desse pingente me dominou, eu acho. Não poderia haver crime; não tive escolha...

A risada aguda de Entreri o interrompeu.

— Ou você é um ladrão ou é fraco — rosnou. — De qualquer maneira, não encontrará misericórdia em meu coração. De qualquer maneira, você merece a ira de Pook! — Ele agarrou o pingente pela ponta de sua corrente dourada e colocou-o em sua bolsa.

Tirou o outro objeto, uma estatueta de ônix intrigantemente esculpida na forma de uma pantera.

— Fale sobre isso — ele instruiu Regis.

Regis tinha se perguntado quando Entreri mostraria alguma curiosidade pela estatueta. Ele tinha visto o assassino brincando com ela no Desfiladeiro de Garum, no Salão de Mitral, provocando Drizzt do outro lado do abismo. Mas até aquele momento, foi a última vez que Regis vira Guenhwyvar, a pantera mágica.

Regis deu de ombros, impotente.

— Não perguntarei de novo — ameaçou Entreri, e aquela gélida certeza da desgraça, a inescapável aura de pavor que todas as vítimas de Artemis Entreri vieram a conhecer bem, caiu sobre Regis mais uma vez.

— É do drow — gaguejou Regis. — Seu nome é Guen... — Regis interrompeu a palavra quando a mão livre de Entreri repentinamente tirou uma adaga incrustada de joias, preparada para um lançamento.

— Chamando um aliado? — Entreri perguntou perversamente. Ele tornou a guardar a estatueta no bolso. — Eu sei o nome da criatura, halfling. Garanto a você, quando a gata chegasse, você já estaria morto.

— Você tem medo da gata? — Regis se atreveu a perguntar.

— Não me arrisco — respondeu Entreri.

— Mas você mesmo chamará a pantera? — pressionou Regis, procurando alguma maneira de mudar o equilíbrio de forças. — Uma companheira para suas estradas solitárias?

A risada de Entreri zombou da mera ideia

— Companheira? Por que desejaria companhia, pequeno tolo? Que ganho posso esperar?

— Com os números, vem a força — argumentou Regis.

— Tolo — repetiu Entreri. — É aí que você erra. Nas ruas, os companheiros trazem dependência e desgraça! Olhe para si mesmo, amigo do drow. Que força você traz para Drizzt Do'Urden agora? Ele corre cegamente em seu auxílio, para cumprir sua responsabilidade como seu companheiro. — ele cuspiu a palavra com desgosto óbvio. — Até seu próprio fim!

Regis baixou a cabeça e não conseguiu responder. As palavras de Entreri soaram verdadeiras. Seus amigos estavam enfrentando perigos que não podiam imaginar, e tudo por sua causa, por causa dos erros que havia cometido antes de conhecê-los.

Entreri recolocou a adaga em sua bainha e se ergueu em um salto.

— Aproveite a noite, ladrãozinho. Aproveite o vento frio do oceano; saboreie todas as sensações desta viagem como um homem encarando a morte de frente, pois Porto Calim certamente significa sua condenação... e a condenação de seus amigos!

O assassino saiu da sala, batendo a porta atrás de si.

Ele não a havia trancado, Regis notou. Ele nunca trancava a porta! Mas não precisava, Regis admitiu com raiva. O terror era a corrente do assassino, tão tangível quanto algemas de ferro. Nenhum lugar para correr; nenhum lugar para se esconder.

Regis baixou a cabeça entre as mãos. Ele se deu conta do balanço do navio, do rangido rítmico e monótono das velhas tábuas, seu corpo marcando o tempo de maneira irresistível.

Sentiu suas entranhas se agitarem.

Os halflings normalmente não gostavam do mar, e Regis era hesitante até pelas medidas de sua espécie. Entreri não poderia ter encontrado um tormento maior para Regis do que uma passagem para o sul em um navio, no Mar das Espadas.

— De novo, não — gemeu Regis, arrastando-se até o pequeno portal da cabine. Abriu a janela e enfiou a cabeça para fora no frio refrescante da noite.

Entreri caminhou pelo convés vazio, a capa apertada ao seu redor. Acima dele, as velas inchavam à medida que se enchiam de vento; os ventos fortes do início do inverno empurravam o navio ao longo de sua rota ao sul. Um bilhão de estrelas pontilhavam o céu, cintilando na escuridão vazia para horizontes limitados apenas pela linha plana do mar.

Entreri tirou de novo o pendente de rubi e deixou sua magia captar a luz das estrelas. Ele o observou girar e estudou seu redemoinho, com a intenção de conhecê-lo bem antes do final de sua jornada.

Pasha Pook ficaria emocionado em obter o pingente de volta. Havia dado a ele tanto poder! Mais poder, Entreri percebia, do que outros haviam suposto. Com o pingente, Pook tinha tornado inimigos em amigos e amigos em escravos.

— Até eu? — Entreri meditou, fascinado pelas estrelinhas na luz vermelha da joia. — Será que já fui uma vítima? Ou irei ser? — Não teria acreditado que ele, Artemis Entreri, pudesse ser capturado por um feitiço mágico, mas a insistência do pingente de rubi era inegável.

Entreri riu alto. O timoneiro, a única outra pessoa no convés, lançou-lhe um olhar curioso, mas não pensou mais no assunto.

— Não — sussurrou Entreri para o rubi. — Você não me terá de novo. Eu conheço seus truques e vou aprendê-los melhor ainda! Vou percorrer o caminho da sua descida tentadora e encontrar o meu caminho de volta novamente! — Rindo, prendeu a corrente dourada do pingente em volta do pescoço e colocou o rubi sob o gibão de couro. Apalpou seu bolso, agarrou a estatueta da pantera e voltou seu olhar para o norte.

— Você está vendo, Drizzt Do'Urden? — perguntou para a noite.

Ele sabia a resposta. Em algum lugar bem atrás, em Águas Profundas ou Sela Longa ou no meio do caminho, os olhos cor de lavanda do drow estavam voltados para o sul.

Eles estavam destinados a se encontrar novamente; ambos sabiam. Eles lutaram uma vez, no Salão de Mitral, mas nenhum deles poderia reivindicar a vitória.

Só podia haver um vencedor.

Nunca Entreri encontrou alguém com reflexos iguais aos seus ou tão mortal com uma lâmina como ele, e as lembranças do confronto com Drizzt Do'Urden assombravam cada pensamento seu. Eram tão parecidos, seus movimentos tirados da mesma dança. E ainda assim, o drow, compassivo e atencioso, possuía uma humanidade básica que Entreri havia descartado há muito tempo. Tais emoções, tais fraquezas não tinham lugar no vazio frio do coração puro de um combatente, ele acreditava.

As mãos de Entreri se contraíram de ansiedade ao pensar no drow. Sua respiração soprou com raiva no ar frio.

— Venha, Drizzt Do'Urden — disse ele por entre os dentes cerrados. — Vamos descobrir quem é o mais forte!

Sua voz refletia uma determinação mortal, com um toque sutil, quase imperceptível, de ansiedade. Este seria o verdadeiro desafio de suas vidas, o teste dos diferentes princípios que orientaram todas as suas ações. Para Entreri, não poderia haver empate. Tinha vendido sua alma por sua habilidade, e se Drizzt Do'Urden o derrotasse, ou mesmo se provasse seu igual, a existência do assassino seria apenas uma mentira perdida.

Mas ele não pensava assim.

Entreri vivia para vencer.

Regis também estava observando o céu noturno. O ar fresco acalmou seu estômago e as estrelas enviaram seus pensamentos através dos longos quilômetros para seus amigos. Quantas vezes sentaram-se juntos em noites assim no Vale do Vento Gélido para compartilhar lembranças de aventuras ou apenas se sentar em silêncio na companhia um do outro. O Vale do Vento Gélido era uma faixa estéril de tundra congelada, uma terra de clima e pessoas brutais, mas os amigos que Regis fez lá, Bruenor e Cattibrie, Drizzt e Wulfgar, aqueceram as noites mais frias de inverno e tiraram a ardência do vento norte cortante.

No contexto, Vale do Vento Gélido foi apenas uma curta parada para Regis em suas viagens extensas, onde ele passou menos de dez de seus cinquenta anos. Mas ao voltar para o reino do sul, onde viveu a maior parte de sua vida, Regis percebeu que o Vale do Vento Gélido tinha sido realmente seu lar. E aqueles amigos, que se acostumara a ter por perto sem sentir, eram a única família que ele conheceria.

Ele afastou seu lamento e se obrigou a considerar o caminho diante dele. Drizzt viria buscá-lo; provavelmente Wulfgar e Cattibrie também.

Mas não Bruenor.

Qualquer alívio que Regis sentira quando Drizzt voltou ileso das entranhas do Salão de Mitral voou sobre o Desfiladeiro de Garum com o anão valente. Um dragão os encurralara enquanto uma horda de anões cinzentos malignos se aproximava por trás. Mas Bruenor, à custa de sua própria vida, abriu o caminho, caindo nas costas do dragão com um barril de óleo em chamas, levando a fera — e a si mesmo — para o fundo do desfiladeiro.

Regis não suportava recordar aquela cena terrível. Apesar de toda a grosseria, rudeza e suas provocações, Bruenor Martelo de Batalha tinha sido o companheiro mais querido do halfling.

Uma estrela cadente abriu uma trilha no céu noturno. O balanço do navio permanecia e o cheiro salgado do oceano pesou em seu nariz, mas ali no portal, na nitidez da noite clara, Regis não sentiu enjoo — apenas uma triste serenidade ao se lembrar de todo aquele tempo louco com o anão selvagem. Na verdade, a chama de Bruenor Martelo de Batalha ardeu como uma tocha ao vento, saltando e dançando e lutando até o fim.

Os outros amigos de Regis, entretanto, haviam escapado. O halfling estava certo disso — tão certo quanto Entreri. E eles viriam atrás dele. Drizzt viria buscá-lo e consertaria tudo.

Regis precisava acreditar nisso.

De sua parte, a missão parecia óbvia. Uma vez em Porto Calim, Entreri encontraria aliados entre o pessoal de Pook. O assassino estaria então em seu próprio terreno, onde conhecia cada buraco escuro e tinha todas as vantagens. Regis tinha que atrasá-lo.

Encontrando forças na visão estreita de um objetivo, Regis olhou ao redor da cabine em busca de alguma pista. Por várias vezes, teve seus olhos atraídos para a vela.

— A chama — ele murmurou para si mesmo, com um sorriso começando a se espalhar por seu rosto. Ele foi até a mesa e tirou a vela do suporte. Uma pequena poça de cera líquida brilhou na base do pavio, prometendo dor.

Mas Regis não hesitou.

Ele levantou uma das mangas e pingou uma série de gotas de cera ao longo de seu braço, fazendo uma careta para afastar a ardência quente.

Ele tinha que atrasar Entreri.

⁂

Regis fez uma de suas raras aparições no convés na manhã seguinte. O amanhecer havia chegado brilhante e claro, e o halfling queria terminar seu negócio antes que o sol ficasse muito alto no céu e criasse aquela desagradável mistura de raios quentes na bruma fria. Ele ficou na amurada, ensaiando suas falas e reunindo coragem para desafiar as ameaças silenciosas de Entreri.

E então Entreri estava ao lado dele! Regis agarrou-se à borda com força, temendo que o assassino tivesse adivinhado seu plano.

— A costa — Entreri disse a ele.

Regis seguiu o olhar de Entreri ao horizonte e a uma distante linha de terra.

— De volta à vista — Entreri continuou. — E não muito longe. — Ele olhou para Regis e exibiu seu sorriso malicioso mais uma vez para o seu prisioneiro.

Regis deu de ombros.

— Longe demais.

— Talvez — respondeu o assassino. — Mas você pode conseguir, embora sua raça tão pequena não seja tida como sendo boa nadadora. Você pesou as probabilidades?

— Eu não nado — disse Regis categoricamente.

— Uma pena — riu Entreri. — Mas se decidir tentar chegar a terra firme, me diga primeiro.

Regis deu um passo para trás, confuso.

— Eu permitiria que você fizesse a tentativa — Entreri assegurou--lhe. — Eu me divertiria com o espetáculo!

A expressão do halfling se transformou em raiva. Sabia que estava sendo ridicularizado, mas não conseguia imaginar o propósito do assassino.

— Eles têm um peixe estranho nestas águas — disse Entreri, tornando a olhar para a água. — Peixe inteligente. Segue os barcos, esperando alguém cair. — Ele olhou novamente para Regis para avaliar o efeito de sua repreensão.

— Uma barbatana pontuda o marca — ele continuou, vendo que tinha toda a atenção do halfling. — Cortando a água como a proa de um navio. Se você assistir da borda por tempo suficiente, com certeza vai espiar um.

— Por que eu iria querer isso?

— Tubarões, é como chamam esses peixes — Entreri continuou, ignorando a pergunta. Ele sacou sua adaga, colocando a ponta contra um de seus dedos com força suficiente para tirar uma gota de sangue. — Peixe maravilhoso. Filas de dentes do tamanho de adagas, afiadas e estriadas, e uma boca que poderia morder um homem ao meio. — Ele olhou Regis nos olhos. — Ou pegar um halfling inteiro.

— Eu não nado! — grunhiu Régis, não apreciando os métodos macabros, mas inegavelmente eficazes de Entreri.

— Uma pena — riu o assassino. — Mas me diga se mudar de ideia. — Ele se foi, a capa preta fluindo atrás dele.

— Desgraçado — Regis murmurou baixinho. Ele começou a voltar para a amurada, mas mudou de ideia assim que viu as águas profundas surgindo diante dele; ele girou nos calcanhares e procurou a segurança do meio do convés.

Mais uma vez, a cor deixou seu rosto enquanto o vasto oceano parecia se fechar sobre ele e o balanço interminável e nauseante do navio...

— Cê parece enjoado, pequenino — disse uma voz animada. Regis se virou e viu um marinheiro baixo, de pernas tortas, poucos dentes e olhos sempre semicerrados. — Num se acostumou com o mar ainda?

Regis estremeceu de tontura e lembrou-se de sua missão.

— É a outra coisa — respondeu ele.

O marinheiro não percebeu a sutileza de sua declaração. Ainda sorrindo através do bronzeado escuro e da barba mais escura de seu rosto sujo, ele começou a se afastar.

— Mas obrigado por sua preocupação — disse Regis enfaticamente. — E por toda a sua coragem em nos levar para Porto Calim.

O marinheiro parou, perplexo.

— Muitas vezes levamos pessoas para o sul — disse ele, sem entender a referência a "coragem".

— Sim, mas considerando o perigo... embora eu tenha certeza de que não é grande! — Regis acrescentou rapidamente, dando a impressão de que estava tentando não enfatizar esse perigo desconhecido. — Não é importante. Porto Calim trará nossa cura. — Baixinho, mas ainda alto o suficiente para o marinheiro ouvir, acrescentou. — Se chegarmos lá vivos.

— Como é que é, o que cê quer dizer? — perguntou o marinheiro, virando para Regis. O sorriso se fora.

Regis guinchou e agarrou seu antebraço de repente como se estivesse com dor. Ele fez uma careta e fingiu lutar contra a agonia, enquanto habilmente arranhava o pedaço de cera seca e a crosta embaixo dela. Um pequeno filete de sangue saiu de sua manga.

O marinheiro agarrou-o na hora, puxando a manga até o cotovelo de Regis. Ele olhou para a ferida com curiosidade.

— Queimadura?

— Não toque! — Regis exclamou em um sussurro áspero. — É assim que se espalha... eu acho.

O marinheiro afastou a mão aterrorizado, notando várias outras cicatrizes.

— Eu não vi fogo! Como você se queimou?

Regis deu de ombros, impotente.

— Elas simplesmente acontecem. Vêm de dentro. — Foi a vez do marinheiro ficar pálido. — Mas eu vou chegar em Porto Calim — ele declarou de forma nada convincente. — Demora alguns meses para te carcomer. E a maioria das minhas feridas são recentes — Regis baixou os olhos e apresentou o braço com cicatrizes. — Viu?

Mas quando olhou para trás, o marinheiro havia sumido, correndo em direção aos aposentos do capitão.

— Toma essa, Artemis Entreri — sussurrou Regis.

Capítulo 3

Orgulho de Coelhora

— Aquelas são as fazendas das quais Malchor falou — disse Wulfgar enquanto ele e Drizzt contornavam um esporão de árvores na fronteira da grande floresta. Ao longe, ao sul, havia cerca de dez casas agrupadas na borda leste da floresta, cercadas nos outros três lados por campos largos e ondulados.

Wulfgar avançou com seu cavalo, mas Drizzt o deteve abruptamente:

— Este é um povo simples — explicou o drow. — Fazendeiros vivendo nas teias de incontáveis superstições. Eles não aceitariam um elfo negro. Vamos entrar à noite.

— Talvez possamos encontrar o caminho sem a ajuda deles — Wulfgar ofereceu, não querendo perder o resto de mais um dia.

— O mais provável seria nos perdermos na floresta — respondeu Drizzt, desmontando. — Descanse, meu amigo. Esta noite promete aventura.

— A hora dela, a noite — Wulfgar observou, lembrando as palavras de Malchor sobre a banshee.

O sorriso de Drizzt se alargou em seu rosto.

— Não nesta noite — ele sussurrou.

Wulfgar viu o brilho familiar nos olhos cor de lavanda do drow e obedientemente saiu da sela. Drizzt já estava se preparando para a batalha iminente; os músculos bem tonificados do drow se contraíam de empolgação. Mas, mesmo confiante como Wulfgar era da proficiência de seu companheiro, não conseguiu evitar o estremecimento que percorreu sua espinha ao pensar no monstro morto-vivo que estava diante deles.

À noite.

Eles passaram o dia em um sono tranquilo, apreciando os chilreares e danças dos pássaros e esquilos, já se preparando para o inverno, e a atmosfera saudável da floresta. Mas quando o crepúsculo se arrastou sobre a terra, o Bosque Neverwinter assumiu uma aura muito diferente. A escuridão instalou-se muito confortavelmente sob os ramos grossos da floresta, e um súbito silêncio desceu sobre as árvores, a angustiante quietude do perigo à espreita.

Drizzt despertou Walfgar e o conduziu imediatamente para o sul, sem sequer fazer uma pausa para uma refeição rápida. Poucos minutos depois, caminharam com seus cavalos até a fazenda mais próxima. Felizmente, a noite estava sem lua, e apenas uma inspeção cuidadosa revelaria a herança de Drizzt.

— Diga o que quer ou vá embora! — exigiu uma voz ameaçadora dos telhados baixos antes de chegarem perto o suficiente para bater na porta da casa.

Drizzt havia esperado por aquilo.

— Viemos acertar as contas — disse ele sem qualquer hesitação.

— Que inimigos pessoas como vocês podem ter em Coelhora? — perguntou a voz.

— Em seu belo vilarejo? — hesitou Drizzt. — Não, nossa luta é com um inimigo comum a vocês.

Ouviram algum barulho de cima, e então dois homens, com arcos nas mãos, apareceram no canto da casa da fazenda. Tanto Drizzt quanto Wulfgar sabiam que ainda havia mais pares de olhos — e sem dúvida mais arcos — voltados para eles do telhado, e possivelmente de seus flancos. Para simples fazendeiros, aquelas pessoas estavam aparentemente bem organizadas para a defesa.

— Um inimigo comum? — Um dos homens no canto, o mesmo que falara antes do telhado, perguntou a Drizzt. — Nunca vimos alguém do seu tipo antes, elfo, nem de seu amigo gigante!

Wulfgar tirou Presa de Égide do ombro, causando um remexer desconfortável do telhado.

— Nunca passamos por seu belo vilarejo — respondeu ele com severidade, nada feliz por ter sido chamado de gigante.

Drizzt interveio rapidamente.

— Um amigo nosso foi morto perto daqui, em um caminho escuro na floresta. Disseram-nos que você poderia nos guiar.

De repente, a porta da casa se abriu e uma velha enrugada colocou a cabeça para fora.

— Ei, você, o que você quer com o fantasma na floresta? — ela retrucou com raiva. — Não incomodem quem deixa ela em paz!

Drizzt e Wulfgar se entreolharam, perplexos com a atitude inesperada da velha. Mas o homem no canto aparentemente se sentia da mesma maneira.

— Sim, deixe a Agatha em paz — disse ele.

— Vão embora! — acrescentou um homem invisível do telhado.

Wulfgar, temendo que as pessoas pudessem estar sob algum feitiço maligno, agarrou seu martelo de guerra com mais força, mas Drizzt sentiu algo mais em suas vozes.

— Disseram-me que o fantasma, esta Agatha, era um espírito maligno — disse Drizzt calmamente. — Posso ter ouvido errado? Pois gente boa a defende.

— Ah, maligno! O que é mau? — retrucou a velha, empurrando seu rosto enrugado e o corpo magro para mais perto de Wulfgar. O bárbaro deu um passo prudente para trás, embora o corpo curvado da mulher mal chegasse ao seu umbigo.

— O fantasma defende sua casa — acrescentou o homem no canto. — E ai daqueles que lá vão!

— Ai deles! — gritou a velha, aproximando-se ainda mais e cravando um dedo ossudo no enorme peito de Wulfgar.

Wulfgar já tinha ouvido o suficiente.

— Pra trás! — ele rugiu fortemente para a mulher. Ele bateu Presa de Égide em sua mão livre, uma onda repentina de sangue inchando seus braços e ombros protuberantes. A mulher gritou e desapareceu dentro de casa, batendo aterrorizada a porta.

— É uma pena — sussurrou Drizzt, compreendendo perfeitamente o que Wulfgar tinha iniciado. O drow mergulhou de cabeça para o lado, girando em um rolamento, quando uma flecha do telhado atingiu o solo onde ele estava.

Wulfgar também começou a se mover, esperando uma flecha. Em vez disso, viu a forma escura de um homem saltando sobre ele do telhado. Com uma única mão, o poderoso bárbaro pegou o suposto agressor no ar e o manteve a distância, deixando suas botas a um metro do chão.

No mesmo instante, Drizzt saiu de seu rolamento e se posicionou na frente dos dois homens na esquina, com uma cimitarra posicionada em cada uma de suas gargantas. Eles nem tiveram tempo de puxar as cordas do arco. Para seu maior horror, reconheceram Drizzt pelo que era, mas mesmo que sua pele fosse tão pálida quanto a de seus primos da superfície, o fogo em seus olhos teria tirado a força deles.

Alguns longos segundos se passaram, o único movimento sendo o tremor visível dos três fazendeiros presos.

— Um infeliz mal-entendido — disse Drizzt aos homens. Ele deu um passo para trás e embainhou suas cimitarras. — Solte-o — disse ele a Wulfgar. — Gentilmente! — o elfo drow acrescentou logo.

Wulfgar colocou o homem no chão, mas o fazendeiro aterrorizado caiu no chão mesmo assim, olhando para o enorme bárbaro com espanto e medo.

Wulfgar manteve a carranca no rosto apenas para manter o fazendeiro intimidado.

A porta da casa se abriu de novo, e a velhinha apareceu, desta vez mais pacífica.

— Vocês não vão matar a pobre Agatha, vão? — implorou.

— Certeza que ela não faz mal além de sua própria porta — acrescentou o homem no canto, a voz tremendo a cada sílaba.

Drizzt olhou para Wulfgar.

— Não — o bárbaro disse. — Vamos visitar Agatha e resolver nossos negócios com ela. Mas tenha certeza de que não vamos machucá-la.

— Diga-nos o caminho — pediu Drizzt.

Os dois homens no canto se entreolharam e hesitaram.

— Agora! — Wulfgar rugiu para o homem no chão.

— Para o emaranhado de bétulas! — o homem respondeu imediatamente. — O caminho está bem ali, voltando para o leste! Voltas e mais voltas, sim, mas sem arbustos!

— Adeus, Coelhora — disse Drizzt educadamente, curvando-se. — Gostaríamos de poder ficar mais um pouco e dissipar seus temores de nós, mas temos muito a fazer e um longo caminho pela frente. — ele e Wulfgar pularam em suas selas e giraram suas montarias.

— Mas espere! — a velha chamou por eles. Suas montarias empinaram quando Drizzt e Wulfgar olharam para trás por cima dos ombros. — Digam-nos, seus destemidos, ou estúpidos guerreiros — ela implorou a eles. — Quem seriam vocês?

— Wulfgar, filho de Beornegar! — o bárbaro gritou de volta, tentando manter um ar de humildade, embora seu peito estufasse de orgulho. — E Drizzt Do'Urden!

— Nomes que já ouvi! — um dos fazendeiros gritou em reconhecimento repentino.

— E nomes que você ouvirá novamente! — Wulfgar prometeu. Ele parou por um momento enquanto Drizzt avançava, então se virou para alcançar seu amigo.

Drizzt não tinha certeza se era sábio proclamar suas identidades e, assim, revelar sua localização, com Artemis Entreri procurando por eles. Mas quando viu o sorriso largo e orgulhoso no rosto de Wulfgar, guardou suas preocupações para si mesmo e deixou Wulfgar ter seu momento.

⁂

Assim que as luzes de Coelhora se transformaram em pontos atrás deles, Wulfgar ficou mais sério.

— Eles não pareciam malignos — disse ele a Drizzt. — Ainda assim, protegem a banshee e até deram um nome a ela! Podemos ter deixado a escuridão atrás de nós!

— Não é uma escuridão — respondeu Drizzt. — Coelhora é o que parece: uma humilde aldeia agrícola de gente boa e honesta.

— Mas Agatha... — protestou Wulfgar.

— Uma centena de aldeias semelhantes se alinham neste campo — explicou Drizzt. — Muitas sem nome e todas despercebidas pelos senhores da terra. Ainda assim, todas as aldeias, e até mesmo os Senhores de Águas Profundas, eu acho, já ouviram falar de Coelhora e do fantasma do Bosque Neverwinter.

— Agatha traz fama para eles — concluiu Wulfgar.

— E um bocado de proteção, sem dúvida — acrescentou Drizzt. — Afinal, que bandido pegaria a estrada para Coelhora com um fantasma assombrando a terra?

Wulfgar riu.

— Ainda assim, parece um arranjo estranho.

— Mas não é da nossa conta — disse Drizzt, parando o cavalo. — O emaranhado de que o homem falou. — ele apontou para um bosque de bétulas retorcidas. Atrás, o Bosque Neverwinter pairava escuro e misterioso.

O cavalo de Wulfgar achatou as orelhas.

— Estamos perto — disse o bárbaro, escorregando da sela. Amarraram suas montarias e começaram a se enredar, Drizzt silencioso como um gato, mas Wulfgar, grande demais para a rigidez das árvores, esmagando galhos a cada passo.

— Você pretende matar a coisa? — perguntou ele a Drizzt.

— Só se for necessário — respondeu o drow. — Estamos aqui apenas pela máscara e demos nossa palavra ao povo de Coelhora.

— Não acredito que Agatha nos entregará de bom grado seus tesouros — Wulfgar lembrou a Drizzt. Ele rompeu a última linha de bétulas e ficou ao lado do drow na entrada escura para os carvalhos espessos da floresta.

— Fique em silêncio agora — sussurrou Drizzt. Ele sacou Fulgor e deixou seu brilho azul silencioso conduzi-los pela escuridão.

As árvores pareciam estar se aproximando deles; o silêncio mortal da floresta só os deixava mais preocupados com o som retumbante de seus próprios passos. Até Drizzt, que passou séculos nas cavernas mais profundas, sentia o peso do canto mais escuro de Neverwinter sobre os ombros. O mal pairava ali, e se ele ou Wulfgar tinham alguma dúvida sobre a lenda da banshee, ela não existia mais. Drizzt tirou uma vela fina da bolsa do cinto e a partiu ao meio, entregando um pedaço a Wulfgar.

— Tampe seus ouvidos — ele explicou em um sussurro ofegante, reiterando a advertência de Malchor. — Ouvir o lamento dela é morrer.

O caminho era fácil de seguir, mesmo na escuridão profunda, pois a aura do mal descia mais pesadamente sobre seus ombros a cada passo. Algumas centenas de passos trouxeram a luz de uma fogueira à vista. Por instinto, ambos se agacharam na defensiva para examinar a área.

Diante deles estava uma cúpula de galhos, uma caverna de árvores que era o covil da banshee. Sua única entrada era um pequeno buraco, que mal dava para um homem passar engatinhando. A ideia de entrar na área iluminada de joelhos não deixou nenhum dos dois particularmente empolgado. Wulfgar segurou Presa de Égide diante de si e indicou que abriria uma entrada maior. Corajoso, caminhou em direção à cúpula.

Drizzt se aproximou dele, inseguro quanto à viabilidade da ideia de Wulfgar. Drizzt tinha a sensação de que uma criatura que sobrevivera com tanto sucesso por tanto tempo estaria protegida contra táticas tão óbvias. Mas o drow não tinha nenhuma ideia melhor no momento, então deu um passo para trás enquanto Wulfgar içava o martelo de guerra sobre sua cabeça.

Wulfgar abriu bem os pés para se equilibrar e respirou fundo para se acalmar, depois golpeou com toda a força. A cúpula estremeceu com o golpe; a madeira se estilhaçou e voou, mas as preocupações do drow logo vieram à tona. Quando a concha de madeira se soltou, o martelo de Wulfgar caiu em uma rede oculta. Antes que o bárbaro pudesse reverter o golpe, Presa de Égide e seus braços estavam totalmente enredados.

Drizzt viu uma sombra mover-se à luz do fogo lá dentro e, reconhecendo a vulnerabilidade de seu companheiro, não hesitou. Ele mergulhou por entre as pernas de Wulfgar e para o covil, as cimitarras já em movimento enquanto chegava. Fulgor encostou em algo por apenas uma fração de segundo, algo menos que tangível, e Drizzt soube que tinha atingido a criatura do mundo inferior. Mas, atordoado pela intensidade repentina da luz ao entrar no covil, Drizzt teve dificuldade em se equilibrar. Ele manteve juízo o bastante para discernir que a banshee havia fugido para as sombras do outro lado. Ele rolou até uma parede, apoiou as costas ali para se apoiar e ficou de pé, cortando habilmente as amarras de Wulfgar com Fulgor.

Então veio o lamento.

Ele cortou a débil proteção da cera da vela com uma intensidade de arrepiar os ossos, minando a força de Drizzt e Wulfgar e deixando cair uma escuridão estonteante sobre eles. Drizzt caiu contra a parede e Wulfgar, finalmente capaz de se livrar da teimosa rede, cambaleou para trás na noite escura e tombou de costas.

Drizzt, sozinho lá dentro, sabia que estava em apuros. Ele lutou contra o borrão estonteante e a dor lancinante em sua cabeça e tentou se concentrar na luz do fogo.

Mas viu vinte chamas dançando diante de seus olhos, luzes que ele não conseguia afastar. Ele acreditava que havia saído dos efeitos do lamento e levou um momento para perceber a verdade do lugar.

Agatha era uma criatura mágica, e proteções mágicas, ilusões confusas de imagens espelhadas, guardavam seu lar. De repente, Drizzt foi confrontado em mais de vinte frentes pelo rosto retorcido de uma donzela élfica morta há muito tempo, sua pele murcha e esticada ao longo de seu rosto encovado e seus olhos desprovidos de cor ou qualquer centelha de vida.

Mas esses orbes podiam ver mais claramente do que qualquer outro neste labirinto enganador. E Drizzt entendeu que Agatha sabia exatamente onde ele estava. Ela acenou com os braços em movimentos circulares e sorriu para sua vítima.

Drizzt reconheceu os movimentos da banshee como o início de um feitiço. Ainda preso na teia de suas ilusões, o drow só tinha uma chance. Invocando as habilidades inatas de sua raça — e esperando desesperadamente que tivesse adivinhado qual era o fogo real — ele colocou um globo de escuridão sobre as chamas. O interior da caverna da árvore ficou escuro como breu e Drizzt caiu de barriga no chão.

Um raio azul cortou a escuridão, trovejando logo acima do drow deitado e através da parede. O ar chiou ao seu redor; seu cabelo totalmente branco dançava nas pontas.

Explodindo na floresta escura, o som do raio feroz de Agatha sacudiu Wulfgar de seu estupor.

— Drizzt — ele gemeu, obrigando-se a ficar de pé. Seu amigo talvez já estivesse morto, e além da entrada havia uma escuridão muito profunda para olhos humanos. Mas destemidamente, sem pensar em sua própria segurança, Wulfgar cambaleou de volta para a cúpula.

Drizzt rastejou ao redor do perímetro escuro, usando o calor do fogo como guia. Ele trouxe uma cimitarra para guiá-lo a cada passo, mas não pegou nada com seus cortes, exceto o ar e a lateral da caverna da árvore.

De repente, sua escuridão não existia mais, deixando-o exposto ao longo do meio da parede à esquerda da porta. A imagem maliciosa de Agatha estava logo sobre ele, já começando mais um feitiço. Drizzt olhou ao redor em busca de uma rota de fuga, mas percebeu que Agatha não parecia estar olhando para ele.

Do outro lado da sala, no que deveria ser um espelho de verdade, Drizzt avistou outra imagem: Wulfgar rastejando indefeso pela entrada baixa.

Mais uma vez, Drizzt não podia hesitar. Ele estava começando a entender a configuração do labirinto de ilusão e podia adivinhar a direção geral da banshee. Ele se ajoelhou e pegou um punhado de terra, espalhando-o em um amplo arco pela sala.

Todas as imagens reagiram da mesma maneira, sem dar a Drizzt uma pista de quem era seu inimigo. Mas a verdadeira Agatha, onde quer que estivesse, cuspia terra; Drizzt havia interrompido seu feitiço.

Wulfgar se levantou e bateu com o martelo na parede do lado direito da porta, em seguida, reverteu o golpe e lançou Presa de Égide para a imagem em frente à porta, diretamente sobre o fogo. Mais uma vez, Presa de Égide se chocou contra a parede, abrindo um buraco na floresta noturna.

Drizzt, lançando inutilmente sua adaga em outra imagem do outro lado, captou um lampejo revelador na área onde tinha visto o reflexo de Wulfgar. Quando Presa de Égide voltou magicamente às mãos de Wulfgar, Drizzt correu para o fundo da câmara.

— Avise! — ele gritou, esperando que sua voz fosse alta o suficiente para Wulfgar ouvir.

Wulfgar entendeu. Gritando "Tempus!" para avisar o drow de seu lançamento, ele jogou Presa de Égide novamente.

Drizzt mergulhou em um rolamento, e o martelo assobiou sobre suas costas, explodindo no espelho. Metade das imagens na sala desapareceu e Agatha gritou de raiva. Mas Drizzt sequer desacelerou. Ele saltou sobre o suporte do espelho quebrado e os pedaços de vidro restantes.

Direto para a sala do tesouro de Agatha.

O grito da banshee tornou-se um lamento, e as ondas sonoras mortais atingiram Drizzt e Wulfgar mais uma vez. Porém, já esperavam por ele desta vez e resistiram com mais facilidade. Drizzt correu até o tesouro, colocando bugigangas e ouro em um saco. Wulfgar, enfurecido, invadiu a cúpula em um frenesi destrutivo. Logo, gravetos em brasa cobriram a área onde as paredes estiveram, e arranhões gotejando minúsculos fluxos de sangue cobriam os enormes antebraços de Wulfgar. Mas o bárbaro não sentia dor, apenas a fúria selvagem.

Com o saco quase cheio, Drizzt estava prestes a se virar e fugir quando um outro item chamou sua atenção: tinha quase ficado aliviado por não ter encontrado, e uma grande parte dele desejou que não estivesse ali, que tal item não existisse. No entanto, estava: uma máscara comum e inexpressiva, com um único cordão para mantê-la no lugar sobre o rosto do usuário. Drizzt sabia que, por mais mundana que parecesse, devia ser o item de que Malchor havia falado, e se havia quaisquer pensamentos de ignorá-lo, eles se foram rapidamente. Regis precisava dele, e para chegar a Regis logo, Drizzt precisava da máscara. Mesmo assim, o drow não pôde conter o suspiro ao tirá-la da pilha do tesouro, sentindo seu poder formigando. Sem pensar duas vezes, ele a colocou em seu saco.

Agatha não entregaria seus tesouros com tanta facilidade, e o espectro que Drizzt enfrentou quando ele pulou de volta sobre o espelho quebrado era muito real. Fulgor brilhou perversamente enquanto Drizzt desviava dos golpes frenéticos de Agatha.

Wulfgar suspeitava que Drizzt precisava dele agora, e rejeitou sua fúria selvagem, percebendo que uma cabeça limpa era necessária naquela situação. Ele examinou a sala lentamente, içando Presa de Égide para outro lançamento. Mas o bárbaro descobriu que ainda não havia resolvido o padrão dos feitiços ilusórios; a confusão de uma dúzia de imagens e o medo de acertar o Drizzt o mantinham contido.

Drizzt dançou sem esforço ao redor da banshee enlouquecida e a empurrou para a sala do tesouro. Ele poderia tê-la acertado várias vezes, mas dera sua palavra aos fazendeiros de Coelhora.

Ele a colocou em posição: empurrou Fulgor à sua frente e avançou com dois passos. Cuspindo e praguejando, Agatha recuou, tropeçando no suporte do espelho quebrado e caindo na escuridão. Drizzt girou na direção da porta.

Vendo a verdadeira Agatha e as outras imagens desaparecerem de vista, Wulfgar seguiu o som de seu grunhido e finalmente entendeu o padrão da cúpula. Ele preparou Presa de Égide para o lançamento mortal.

— Vamos embora! — Drizzt gritou com ele enquanto passava, batendo na parte traseira de Wulfgar com a lateral de Fulgor para lembrá-lo de sua missão e sua promessa.

Wulfgar se voltou para olhá-lo, mas o ágil drow já estava na escuridão da noite. Wulfgar voltou-se para ver Agatha, com os dentes à mostra e as mãos cerradas, erguendo-se.

— Perdoe nossa intrusão — disse ele educadamente, curvando-se baixo, baixo o suficiente para seguir seu amigo para fora em segurança. Ele correu ao longo do caminho escuro para alcançar o brilho azul de Fulgor.

Então veio o terceiro lamento da banshee, perseguindo-os pelo caminho. Drizzt estava além de seu alcance doloroso, mas seu poder atingiu Wulfgar e o desequilibrou. Cegamente, com o sorriso presunçoso de repente apagado de seu rosto, ele tropeçou.

Drizzt se virou e tentou agarrá-lo, mas o enorme homem derrubou o drow e continuou.

De cara em uma árvore.

Antes que Drizzt pudesse ajudar, Wulfgar levantou-se de novo e saiu correndo, assustado e envergonhado demais para sequer resmungar.

Atrás deles, Agatha lamentava impotente.

***

Quando o primeiro dos lamentos de Agatha flutuou nos ventos noturnos por cerca de um quilômetro e meio até Coelhora, os aldeões souberam que Drizzt e Wulfgar haviam encontrado seu covil. Todos eles, até as crianças, se reuniram do lado de fora de suas casas e ouviram atentamente enquanto mais dois lamentos rolavam pelo ar da noite. E agora, o mais desconcertante, vieram os gritos contínuos e tristes da banshee.

— Lá se foram os estranhos — riu um homem.

— Nah, você tá errado — disse a velha, reconhecendo a mudança sutil no tom de Agatha. — Esses são lamentos de perda. Eles venceram! Eles venceram e fugiram!

Os outros ficaram sentados em silêncio, estudando os gritos de Agatha, e logo perceberam a verdade das observações da velha. Eles se entreolharam incrédulos.

— Como eles disseram que se chamavam? — perguntou um homem.

— Wulfgar — ofereceu outro. — E Drizzt Do'Urden. Já ouvi falar deles antes.

Capítulo 4

A cidade dos esplendores

ELES ESTAVAM DE VOLTA À ESTRADA PRINCIPAL antes do amanhecer, galopando para o oeste, para a costa e a cidade de Águas Profundas. Com a visita a Malchor e os negócios com Agatha resolvidos, Drizzt e Wulfgar mais uma vez focaram seus pensamentos na estrada à frente e lembraram do perigo que seu amigo halfling enfrentaria se falhassem no resgate. As montarias, ajudadas pelas ferraduras encantadas de Malchor, aceleraram em um ritmo tremendo. A paisagem parecia apenas um borrão enquanto passava.

Eles não interromperam a viagem quando o amanhecer chegou atrás deles, nem pararam para uma refeição enquanto o sol subia.

— Teremos todo o descanso de que precisamos quando embarcarmos no navio e navegarmos para o sul — disse Drizzt a Wulfgar.

O bárbaro, determinado em ver Regis salvo, não precisava de incentivos.

A escuridão da noite voltou e o trovejar dos cascos continuou, ininterrupto. Quando a segunda manhã encontrou suas costas, uma brisa salgada enchia o ar e as torres altas de Águas Profundas, a Cidade dos Esplendores, surgiam no horizonte ocidental. Os dois cavaleiros pararam no topo do penhasco que formava a fronteira leste do fabuloso povoado. Se Wulfgar havia ficado atordoado no início daquele ano, quando vira Luskan pela primeira vez, oitocentos quilômetros costa acima, naquele momento ficou completamente abobado. Pois Águas Profundas, a joia do Norte, o maior porto de todos os Reinos, tinha dez vezes o tamanho de Luskan. Mesmo dentro de sua alta muralha, ela se espalhava preguiçosamente e indefinidamente pela costa, com torres e pináculos surgindo acima da névoa do mar até os limites da visão dos companheiros.

— Quantos vivem aqui? — perguntou Wulfgar, ofegante, a Drizzt.

— Cem das suas tribos poderiam encontrar abrigo na cidade — explicou o drow. Ele notou a ansiedade de Wulfgar com preocupação. Cidades eram algo além das experiências do jovem, e o tempo que Wulfgar havia se aventurado em Luskan quase terminara em desastre. E agora havia Águas Profundas, com dez vezes mais gente, dez vezes mais intrigas — e dez vezes mais problemas.

Wulfgar se acomodou. Drizzt não tinha escolha a não ser confiar no jovem guerreiro. O drow tinha seu próprio dilema, uma batalha pessoal que teria que resolver. Cuidadosamente, ele tirou a máscara mágica da bolsa do cinto.

Wulfgar compreendeu a determinação que guiava os movimentos hesitantes do drow e olhou para seu amigo com uma pena sincera. Ele não sabia se conseguiria ser tão corajoso, mesmo com a vida de Regis dependendo de suas ações.

Drizzt girou a máscara simples em suas mãos, perguntando-se os limites de sua magia. Ele podia sentir que este não era um item comum; seu poder vibrava ante seu toque sensível. Ela simplesmente roubaria sua aparência? Ou poderia roubar sua própria identidade? Ele tinha ouvido falar de outros itens mágicos supostamente benéficos que não podiam ser removidos depois de usados.

— Talvez eles o aceitem como você é — Wulfgar ofereceu esperançoso.

Drizzt suspirou e sorriu, com sua decisão tomada.

— Não — ele respondeu. — Os soldados de Águas Profundas não admitiriam um elfo drow, nem nenhum capitão de barco me permitiria passagem para o sul. — Sem mais demoras, colocou a máscara sobre o rosto.

Por um momento, nada aconteceu, e Drizzt começou a se perguntar se todas as suas preocupações foram em vão, se a máscara era realmente uma farsa.

— Nada — ele riu desconfortavelmente depois de mais alguns segundos, com um alívio hesitante em seu tom. — Isso não... — Drizzt se deteve no meio da frase ao notar a expressão atônita de Wulfgar.

Wulfgar remexeu em sua mochila e tirou um copo de metal brilhante.

— Olhe — ordenou a Drizzt, entregando o espelho improvisado.

Drizzt pegou o copo com as mãos trêmulas, mãos que tremeram ainda mais quando Drizzt percebeu que não eram mais negras, e o ergueu até o rosto. O reflexo não era dos melhores, ainda mais à luz da manhã para os olhos noturnos do drow, mas Drizzt não podia negar a imagem diante dele. Suas feições não haviam mudado, mas sua pele negra passou a ter o tom dourado de um elfo da superfície. E seu cabelo esvoaçante, antes totalmente branco, exibia um amarelo lustroso, tão brilhante como se tivesse captado os raios do sol e os prendido ali.

Só os olhos do Drizzt permaneciam como antes, poços profundos de um lavanda brilhante. Nenhuma magia poderia obscurecer seu brilho, e Drizzt sentiu uma pequena medida de alívio em perceber que, pelo menos, sua pessoa interior aparentemente permanecia imaculada.

No entanto, não sabia como reagir a essa alteração tão visível. Envergonhado, olhou para Wulfgar em busca de aprovação.

O rosto de Wulfgar azedou.

— Por todas as medidas que conheço, você está parecido com qualquer outro belo guerreiro elfo — respondeu ao olhar indagador de Drizzt. — E certamente uma ou duas moças vão corar e desviar o olhar quando você passar.

Drizzt baixou os olhos e tentou esconder sua inquietação.

— Mas eu não gosto — Wulfgar continuou com sinceridade. — Não mesmo. — Drizzt tornou a olhar para ele com desconforto, quase timidamente.

— E eu gosto ainda menos da cara que está fazendo, do desconforto de seu espírito — Wulfgar continuou, aparentemente um pouco perturbado. — Eu sou um guerreiro que enfrentou gigantes e dragões sem medo. Mas empalideceria ante a ideia de lutar contra Drizzt Do'Urden. Lembre-se de quem você é, nobre ranger.

Um sorriso apareceu no rosto de Drizzt.

— Obrigado, meu amigo — disse ele. — De todos os desafios que já enfrentei, talvez este seja o mais difícil.

— Eu prefiro você sem essa coisa — disse Wulfgar.

— Eu também — veio outra voz por detrás deles. Eles se viraram para ver um homem de meia-idade, bem musculoso e alto, caminhando em sua direção. Ele parecia bastante casual, vestindo roupas simples e ostentando uma barba preta bem aparada. Seu cabelo também era preto, embora manchas de prata o marcassem.

— Saudações, Wulfgar e Drizzt Do'Urden — disse ele com uma reverência graciosa. — Eu sou Khelben, um contato de Malchor. Aquele Harpell magnífico pediu-me que aguardasse sua chegada.

— Um mago? — Wulfgar perguntou, mas sem querer expressar seus pensamentos em voz alta.

Khelben deu de ombros.

— Um monteiro — respondeu ele. — Com amor pela pintura, embora ouse dizer que não sou muito bom nisso.

Drizzt estudou Khelben, sem acreditar em nenhuma de suas afirmações. O homem tinha a aura de elegância, as maneiras distintas e a confiança próprias de um lorde. Pela avaliação de Drizzt, Khelben era um igual de Malchor, no mínimo. E se o homem realmente gostava de pintar, Drizzt não tinha dúvidas de que havia se aperfeiçoado na arte mais do que qualquer outro no Norte.

— Um guia por Águas Profundas? — perguntou Drizzt.

— Um guia até um guia — respondeu Khelben. — Eu sei de sua busca e suas necessidades. Passagem em um navio não é algo fácil de se conseguir nesta época do ano, a menos que saiba onde perguntar. Agora, vamos para o portão sul, onde podemos encontrar alguém que sabe. — O homem buscou sua montaria a uma curta distância e os conduziu para o sul em um trote fácil.

Os três passaram pelo penhasco íngreme que protegia a fronteira leste da cidade, com trinta metros de altura em seu pico. Onde o penhasco descia até o nível do mar, encontraram outra muralha da cidade. Khelben desviou-se da cidade neste ponto, embora o portão sul já estivesse à vista e indicasse um outeiro relvado encimado por um único salgueiro.

Um homenzinho pulou da árvore quando chegaram à colina, com os olhos escuros vagando nervosamente ao redor. Suas roupas mostravam que ele não era um plebeu, e sua inquietação quando eles se aproximaram apenas aumentaram as suspeitas de Drizzt de que Khelben era mais do que presumira.

— Ah, Orlpar, que bom que você veio — Khelben disse casualmente. Drizzt e Wulfgar trocaram sorrisos de compreensão; o homem não tivera escolha.

— Saudações — disse Orlpar rapidamente, querendo encerrar o negócio da forma mais rápida possível. — A passagem está garantida. Você tem o pagamento?

— Quando? — perguntou Khelben.

— Uma semana — respondeu Orlpar. — A Dançarina da Costa parte em dez dias.

Khelben não deixou de notar os olhares preocupados que Drizzt e Wulfgar trocaram.

— É tempo demais — disse ele a Orlpar. — Todo marinheiro do porto lhe deve um favor. Meus amigos não podem esperar.

— Esses arranjos levam tempo! — Orlpar argumentou, levantando a voz. Mas então, como se de repente se lembrasse de com quem estava falando, ele se encolheu e baixou os olhos.

— Tempo demais — Khelben reiterou calmamente.

Orlpar passou a mão no rosto em busca de uma solução.

— Deudermont — disse ele, olhando esperançoso para Khelben. — O Capitão Deudermont sairá com o Fada do Mar esta noite. Não irão encontrar um homem mais justo, mas não sei até onde ele se aventurará ao sul. E o preço será alto.

— Ah — Khelben sorriu. — Não tema, meu amiguinho. Eu tenho uma troca maravilhosa para você hoje.

Orlpar olhou para ele desconfiado.

— Você disse ouro.

— Melhor do que ouro — respondeu Khelben. — Meus amigos partiram de Sela Longa há três dias, mas suas montarias não suaram nem um pouco.

— Cavalos? — recusou Orlpar.

— Não, não os corcéis — disse Khelben. — Suas ferraduras. Ferraduras mágicas que podem carregar um cavalo como o próprio vento!

— Meu negócio é com marinheiros! — Orlpar protestou tão vigorosamente quanto ousou. — Que utilidade eu teria para ferraduras?

— Calma, calma, Orlpar — Khelben disse, com uma piscadela. — Lembra da vergonha do seu irmão? Você vai encontrar uma maneira de transformar ferraduras mágicas em lucro, eu sei.

Orlpar respirou fundo para dissipar sua raiva. Khelben obviamente o tinha encurralado.

— Leve esses dois para a Braços da Sereia — disse ele. — Vou ver o que posso fazer. — Com isso, ele se virou e trotou colina abaixo em direção ao portão sul.

— Você lidou com ele com facilidade — observou Drizzt.

— Eu tinha todas as vantagens — respondeu Khelben. — O irmão de Orlpar lidera uma casa nobre na cidade. Às vezes, isso é um grande benefício para Orlpar. No entanto, também é um obstáculo, pois deve tomar cuidado para não causar constrangimento público à sua família.

— Mas basta desse negócio — continuou Khelben. — Podem deixar os cavalos comigo. Vão agora para o portão sul. Os guardas irão guiá-lo para Rua das Docas, e de lá vocês não terão problemas para encontrar a Braços da Sereia.

— Você não vem conosco? — perguntou Wulfgar, escorregando de sua sela.

— Tenho outros negócios — explicou Khelben. — É melhor vocês irem sozinhos. Vocês estarão seguros; Orlpar não me desafiaria, e o capitão Deudermont é conhecido por mim como um marinheiro honesto. Estranhos são comuns em Águas Profundas, especialmente na Área das Docas.

— Mas estranhos vagando ao lado de Khelben, o pintor, podem chamar a atenção — Drizzt raciocinou com um sarcasmo bem-humorado.

Khelben sorriu, mas não respondeu.

Drizzt escorregou da sela.

— Os cavalos serão devolvidos à Sela Longa?

— É claro.

— Nossos agradecimentos a você, Khelben — disse Drizzt. — Certamente, você ajudou muito a nossa causa. — Drizzt pensou por um momento, olhando seu cavalo. — Você deve saber que o encantamento que Malchor colocou nas ferraduras não permanecerá. Orlpar não vai lucrar com o negócio que fez hoje.

— Justiça — riu Khelben. — Aquele lá já fez muitos negócios injustos para os outros, podem ter certeza. Talvez esta experiência lhe ensine a humildade e o erro de seus caminhos.

— Talvez — disse Drizzt, e com uma reverência, ele e Wulfgar começaram a descer a colina.

— Mantenham a guarda, mas mantenham a calma — Khelben gritou atrás deles. — Rufiões são comuns nas docas, mas a guarda está sempre presente. Muitos estranhos passam sua primeira noite nas masmorras da cidade! — Observou os dois descerem a colina e se lembrou, como Malchor tinha se lembrado, daqueles dias antigos, quando era ele quem seguia as estradas para aventuras distantes.

— Ele intimidou o homem — observou Wulfgar quando ele e Drizzt estavam fora do alcance da voz de Khelben. — Um simples pintor?

— Mais provavelmente um mago, um mago poderoso — respondeu Drizzt. — E nossos agradecimentos novamente são devidos a Malchor, cuja influência facilitou nosso caminho. Guarde minhas palavras, não foi um simples pintor que domesticou gente como Orlpar.

Wulfgar olhou para trás, para a colina, mas Khelben e os cavalos não estavam em lugar nenhum. Mesmo com seu conhecimento limitado das artes místicas, Wulfgar percebeu que apenas magia poderia ter tirado Khelben e os três cavalos da área tão rapidamente. Ele sorriu e balançou a cabeça, e se maravilhou novamente com os personagens excêntricos que o mundo continuava mostrando a ele.

Seguindo as instruções dadas a eles pelos guardas no portão sul, Drizzt e Wulfgar logo estavam caminhando pela Rua das Docas, uma longa estrada que percorria toda a extensão do porto de Águas Profundas, no lado sul da cidade. O cheiro de peixe e o ar salgado enchiam suas narinas, gaivotas reclamavam no alto e marinheiros e mercenários de todos os trechos dos Reinos vagavam, alguns ocupados no trabalho, mas a maioria em terra para seu último descanso antes da longa jornada para pontos ao sul.

A Rua das Docas estava bem equipada para a folia; cada esquina tinha uma taverna. Mas, ao contrário das docas da cidade de Luskan, entregues aos bandidos pelos senhores da cidade há muito tempo, a Rua das Docas em Águas Profundas não era um lugar maligno. Águas Profundas era uma cidade de leis, e membros da Guarda, a famosa guarda municipal de Águas Profundas, pareciam sempre à vista.

Aventureiros durões abundavam ali, guerreiros moldados pela batalha que carregavam suas armas com fria familiaridade. Ainda assim,

Drizzt e Wulfgar encontraram muitos olhos focados neles, com quase todas as cabeças girando e observando enquanto passavam. Drizzt tateou a máscara, a princípio preocupado de ela ter escorregado e revelado sua herança aos espectadores maravilhados. Uma rápida inspeção dissipou seus temores, pois suas mãos ainda exibiam o brilho dourado de um elfo da superfície.

Drizzt quase riu alto quando se voltou para pedir a Wulfgar a confirmação de que a máscara ainda disfarçava seus traços faciais, pois foi então que o elfo negro percebeu que não era o motivo dos olhares. Ele tinha estado tão perto do jovem bárbaro nos últimos anos que estava acostumado com a estatura física de Wulfgar. Com quase dois metros de altura e músculos rígidos que se espessavam a cada ano, Wulfgar descia a Rua das Docas com o ar tranquilo de uma confiança sincera, com Presa de Égide balançando casualmente sobre um ombro. Mesmo entre os maiores guerreiros dos Reinos, este jovem se destacaria.

— Pela primeira vez, parece que não sou o alvo dos olhares — disse Drizzt.

— Tire a máscara, drow — respondeu Wulfgar com seu rosto se avermelhando com uma torrente de sangue. — E tire os olhos deles de mim!

— Eu tiraria, mas por Regis... — respondeu Drizzt com uma piscadela.

A Braços da Sereia não era diferente de qualquer outra na multidão de tavernas que cercavam esta seção de Águas Profundas. Gritos e aplausos saíam do lugar, no ar fortemente perfumado com cerveja barata e vinho. Um grupo de desordeiros, empurrando uns aos outros e rogando maldições aos homens que chamavam de amigos, havia se reunido em frente à porta.

Drizzt olhou para Wulfgar, preocupado. A única outra vez em que o jovem estivera em um lugar assim, na Cutelo em Luskan, Wulfgar destruíra a taverna — e a maioria de seus clientes — em uma briga. Apegado a ideais de honra e coragem, Wulfgar estava deslocado no mundo sem princípios das tavernas urbanas.

Orlpar saiu da Braços da Sereia e passou habilmente através da multidão barulhenta.

— Deudermont está no bar — sussurrou com o canto da boca. Ele passou por Drizzt e Wulfgar e pareceu não dar atenção a eles. — Alto; casaco azul e barba amarela — acrescentou Orlpar.

Wulfgar começou a responder, mas Drizzt o manteve avançando, entendendo a preferência de Orlpar pelo sigilo.

A multidão se separou quando Drizzt e Wulfgar avançaram, todos os olhares fixos em Wulfgar.

— Bungo vai acabar com ele — sussurrou um deles quando os dois companheiros entraram no bar.

— Vai valer a pena assistir, mesmo assim — riu outro.

Os ouvidos aguçados do drow captaram a conversa, e ele olhou novamente para seu grande amigo, notando como o tamanho de Wulfgar sempre parecia destacar o bárbaro para tais problemas.

O interior da Braços da Sereia não oferecia surpresas. O ar estava pesado com a fumaça de ervas exóticas e o fedor de cerveja rançosa. Alguns marinheiros bêbados deitavam-se de bruços nas mesas ou sentavam-se encostados nas paredes enquanto outros tropeçavam, derramando suas bebidas — muitas vezes em clientes mais sóbrios, que respondiam jogando os infratores no chão. Wulfgar se perguntou quantos desses homens perderam a partida de seus navios. Iriam cambalear ali até suas moedas acabarem, para só então serem jogados na rua para enfrentar o inverno que se aproximava sem um tostão e sem abrigo?

— Duas vezes vi as entranhas de uma cidade — sussurrou Wulfgar para Drizzt. — E em ambas as vezes fui lembrado dos prazeres da estrada!

— Os goblins e os dragões? — Drizzt retorquiu despreocupadamente, conduzindo Wulfgar a uma mesa vazia perto do bar.

— Muito melhor do que isso — observou Wulfgar.

Uma jovem estava em frente a eles antes mesmo de se sentarem.

— Qual é o seu prazer? — ela perguntou distraída, tendo há muito perdido o interesse nos clientes que servia.

— Água — Wulfgar respondeu rispidamente.

— E vinho — acrescentou Drizzt logo, entregando uma moeda de ouro para dissipar a carranca repentina da mulher.

— Deve ser o Deudermont — disse Wulfgar, desviando qualquer repreensão a respeito de seu tratamento à moça. Ele apontou para um homem alto inclinado sobre a grade do bar.

Drizzt se levantou imediatamente, pensando ser prudente encerrar seus negócios e sair da taverna o mais rápido possível.

— Segure a mesa — disse ele a Wulfgar

O capitão Deudermont não era o cliente comum da Braços da Sereia. Altivo, era um homem refinado acostumado a jantar com lordes e damas. Mas, como acontece com todos os capitães de navios que chegavam ao porto de Águas Profundas, especialmente no dia de suas partidas, Deudermont passava a maior parte do tempo em terra, mantendo um olhar atento sobre sua valiosa tripulação e tentando evitar que acabassem nas prisões superlotadas de Águas Profundas.

Drizzt se espremeu ao lado do capitão, afastando o olhar questionador do taverneiro.

— Temos um amigo em comum — disse Drizzt calmamente a Deudermont.

— Eu não colocaria Orlpar entre meus amigos — o capitão respondeu. — Mas vejo que ele não exagerou sobre o tamanho e a força de seu jovem amigo.

Deudermont não foi o único que notou Wulfgar. Como todas as outras tavernas desta área de Águas Profundas — e a maioria dos bares dos Reinos — a Braços da Sereia tinha um campeão. Um pouco mais abaixo na amurada do bar, um porcalhão imenso e grosseiro chamado Bungo estava observando Wulfgar desde o minuto em que o jovem bárbaro passara pela porta. Bungo não gostou da aparência dele, nem um pouco. Ainda mais porque os braços musculosos, os passos graciosos de Wulfgar e a facilidade com que carregava seu enorme martelo de guerra revelavam uma experiência além de sua idade.

Os apoiadores de Bungo se aglomeraram em torno dele na expectativa da briga que se aproximava, sorrisos distorcidos e hálitos fedendo a cerveja levando seu campeão à ação. Normalmente confiante, Bungo teve trabalho para manter sua ansiedade sob controle. Ele havia sofrido muitos golpes em seu reinado de sete anos na taverna. Seu corpo estava curvado, dezenas de ossos tinham sido rachados e músculos, dilacerados. Olhando para o espetáculo incrível de Wulfgar, Bungo honestamente se perguntou se poderia ter vencido esta luta mesmo em sua juventude mais saudável.

Mas os frequentadores regulares da Braços da Sereia o admiravam. Este era seu domínio e ele, seu campeão. Eles forneciam suas refeições e bebidas de graça — Bungo não podia decepcioná-los.

Ele bebeu sua caneca cheia de um único gole e se empurrou para fora da grade. Com um grunhido final para tranquilizar seus partidários, e impiedosamente empurrando qualquer um em seu caminho, Bungo dirigiu-se a Wulfgar.

Wulfgar tinha visto o grupo chegando antes mesmo de começar a se mover. Essa cena era familiar demais para o jovem bárbaro, e ele esperava mais uma vez, como acontecera no Cutelo em Luskan, destacar-se por causa de seu tamanho.

— O que que tu quer? — Bungo disse entredentes enquanto se erguia, com as mãos nos quadris, sobre o homem sentado. Os outros rufiões se espalharam ao redor da mesa, colocando Wulfgar diretamente em seu círculo.

Os instintos de Wulfgar disseram-lhe para se levantar e derrubar o porcalhão pretensioso onde estava. Ele não temia os oito amigos de Bungo. Ele os considerava covardes que precisavam de seu líder para estimulá-los. Se um único golpe derrubasse Bungo — e Wulfgar sabia que isso aconteceria — os outros hesitariam antes de atacar, uma demora que custaria caro contra gente como Wulfgar.

Mas nos últimos meses, Wulfgar aprendera a moderar sua raiva e uma definição mais ampla de honra. Ele deu de ombros, sem fazer nenhum movimento que parecesse uma ameaça.

— Um lugar para sentar e beber — respondeu ele calmamente. — E quem é você?

— Meu nome é Bungo — disse o grandalhão desleixado, com saliva borrifando a cada palavra. Ele ergueu o peito com orgulho, como se seu nome devesse significar algo para Wulfgar.

Mais uma vez, Wulfgar, enxugando a saliva de Bungo do rosto, teve que resistir a seus instintos de luta. Ele e Drizzt tinham negócios mais importantes, lembrou a si mesmo.

— Quem disse que você poderia vir ao meu bar? — Bungo rosnou, pensando, ou melhor, esperando ter colocado Wulfgar na defensiva. Ele olhou para seus amigos, que se inclinaram mais perto de Wulfgar, aumentando a intimidação.

Certamente, Drizzt entenderia a necessidade de derrubar este, Wulfgar raciocinou, com os punhos cerrados ao lado do corpo.

— Uma dose — ele murmurou silenciosamente, olhando ao redor para o grupo miserável, um grupo que ficaria melhor esparramado inconsciente nos cantos do chão.

Wulfgar evocou uma imagem de Regis para afastar sua raiva crescente, mas não podia ignorar o fato de que suas mãos estavam fechadas na borda da mesa com tanta força que os nós dos seus dedos ficaram brancos por falta de sangue.

— Os preparativos? — perguntou Drizzt.

— Feitos — respondeu Deudermont. — Tenho espaço no Fada do Mar para vocês, e agradeço mãos e lâminas adicionais, especialmente de tais aventureiros veteranos. Mas suspeito que você possa perder nossa viagem. — Ele agarrou o ombro de Drizzt para dirigi-lo ao problema que fermentava na mesa de Wulfgar.

— O campeão da taverna e seus comparsas — explicou Deudermont. — Embora minha aposta seja no seu amigo.

— Moedas bem colocadas — respondeu Drizzt. — Mas não temos tempo...

Deudermont guiou o olhar do Drizzt a um canto sombrio da taverna e a quatro homens sentados calmamente, observando com interesse o crescente tumulto.

— A guarda — disse Deudermont. — Uma luta vai custar ao seu amigo uma noite nas masmorras. Não consigo segurar a partida!

Drizzt vasculhou a taverna, procurando alguma saída. Todos os olhos pareciam estar se dirigindo na direção de Wulfgar e dos rufiões, antecipando ansiosamente a luta. O drow percebeu que, se fosse até a mesa, seria o gatilho da luta.

Bungo projetou a barriga para a frente, a centímetros do rosto de Wulfgar, para exibir um cinto largo com centenas de marcas.

— Pra cada homem que eu derroto — ele se gabou. — Me dá algo para fazer durante a noite na prisão. — Ele apontou para um grande corte na lateral da fivela. — Matei esse aqui. Esmaguei a cabeça dele. Me custou cinco noites.

Wulfgar aliviou seu aperto, não impressionado, mas atento às consequências potenciais de suas ações. Ele tinha um navio para pegar.

— Talvez tenha sido Bungo que vim ver — disse ele, cruzando os braços e recostando-se na cadeira.

— Pega ele, então — rosnou um dos rufiões.

Bungo olhou para Wulfgar com maldade.

— Veio procurando briga?

— Não, acho que não — retrucou Wulfgar. — Briga? Não, não sou nada além de um garoto querendo conhecer o mundo inteiro!

Bungo não conseguiu esconder sua confusão. Ele olhou em volta para seus amigos, que só puderam dar de ombros em resposta.

— Sente-se — ofereceu Wulfgar. Bungo não se mexeu.

O rufião atrás de Wulfgar cutucou-o com força no ombro e rosnou:

— O que que você quer?

Wulfgar teve que conscientemente agarrar sua própria mão antes que ela disparasse e apertasse os dedos imundos do rufião. Mas estava no controle. Ele se inclinou para mais perto do grande líder.

— Não lutar; assistir —disse calmamente. — Um dia, talvez, me considere digno de desafiar gente como Bungo, e nesse dia voltarei, pois não tenho dúvidas de que você ainda será o campeão desta taverna. Mas esse dia ainda vai demorar muitos anos, temo. Tenho muito que aprender.

— Então por que você veio? — Bungo exigiu saber, com sua confiança transbordando. Ele se inclinou mais perto sobre Wulfgar, ameaçador.

— Vim aprender — respondeu Wulfgar. — Aprender assistindo ao lutador mais durão de Águas Profundas. Ver como Bungo se apresenta e trata de seus negócios.

Bungo se endireitou e olhou em volta para seus amigos ansiosos, que estavam quase caindo sobre a mesa. Bungo abriu seu sorriso desdentado, habitual antes de derrotar um adversário, e os rufiões ficaram tensos. Mas então seu campeão os surpreendeu, dando um tapa forte no ombro de Wulfgar — o tapa de um amigo.

Gemidos audíveis emitiram por toda a taverna quando Bungo puxou uma cadeira para compartilhar uma bebida com o estranho impressionante.

— Vão embora! — o grandalhão rugiu para seus companheiros. Seus rostos se contorceram, decepcionados e confusos, mas não ousaram desobedecer. O que estava atrás de Wulfgar o cutucou de novo para garantir, depois seguiu os outros de volta ao bar.

— Uma jogada inteligente — observou Deudermont para Drizzt.
— Para os dois — respondeu o drow, relaxando contra a amurada.
— Você tem outros negócios na cidade? — perguntou o capitão. Drizzt sacudiu a cabeça.
— Não. Leve-nos para o navio — disse ele. — Eu temo que Águas Profundas possa trazer apenas problemas.

Um milhão de estrelas enchiam o céu naquela noite sem nuvens. Elas desceram do dossel aveludado para se juntar às luzes distantes de Águas Profundas, deixando o horizonte ao norte brilhando. Wulfgar encontrou Drizzt acima do convés, sentado em silêncio na ondulante serenidade oferecida pelo mar.
— Eu gostaria de voltar — disse Wulfgar, seguindo o olhar do amigo para a cidade agora distante.
— Para acertar contas com um rufião bêbado e seus amigos miseráveis — concluiu Drizzt.
Wulfgar riu, mas parou de repente quando Drizzt se voltou para ele.
— Para quê? — perguntou Drizzt. — Você o substituiria como o campeão da Braços da Sereia?
— Essa é uma vida que eu não invejo — Wulfgar respondeu, rindo de novo, embora desta vez desconfortavelmente.
— Então deixe-a para Bungo — disse Drizzt, voltando-se para o brilho da cidade.
Mais uma vez o sorriso de Wulfgar se desvaneceu.
Segundos, minutos talvez, se passaram, o único som, o bater das ondas contra a proa do Fada do Mar. Num impulso, Drizzt tirou Fulgor de sua bainha. A cimitarra ganhou vida em sua mão, a lâmina brilhando na luz das estrelas que dera a Fulgor seu nome e seu encantamento.

— A arma combina com você — observou Wulfgar.

— Um boa companheira — reconheceu Drizzt, examinando os intrincados desenhos gravados ao longo da lâmina curva. Ele se lembrou de outra cimitarra mágica que possuíra, uma lâmina que havia encontrado no covil de um dragão que ele e Wulfgar haviam matado. Aquela lâmina também tinha sido uma ótima companheira. Feita de magia de gelo, a cimitarra fora forjada como uma maldição para criaturas de fogo, impermeável, junto com seu portador, a suas chamas. Servira bem a Drizzt, inclusive salvando-o da morte certa e dolorosa do fogo de um demônio.

Drizzt tornou a olhar para Wulfgar.

— Estava pensando em nosso primeiro dragão — ele explicou ante o olhar questionador do bárbaro. — Você e eu sozinhos na caverna de gelo contra alguém como Morte Gélida, um inimigo formidável.

— Ele teria nos pegado — acrescentou Wulfgar. — Não fosse pela sorte daquele enorme pedaço de gelo pendurado acima das costas do dragão.

—Sorte? — respondeu Drizzt. — Talvez. Porém, com mais frequência, ouso dizer, a sorte é simplesmente a vantagem que um verdadeiro guerreiro obtém ao executar o curso de ação correto.

Wulfgar aceitou o elogio; fora ele quem havia desalojado o pingente de gelo pontudo, matando o dragão.

— É uma pena que não tenha mais a cimitarra que peguei no covil de Morte Gélida para servir de companheira para Fulgor.

— É verdade — respondeu Wulfgar, sorrindo ao recordar suas primeiras aventuras ao lado do drow. — Mas, infelizmente, ela se foi pelo Desfiladeiro de Garumn com Bruenor.

Drizzt fez uma pausa e piscou como se água fria tivesse sido jogada em seu rosto. Uma imagem repentina inundou sua mente, suas implicações tanto esperançosas quanto assustadoras. A imagem do Bruenor Martelo de Batalha descendo lentamente para as profundezas do desfiladeiro nas costas de um dragão em chamas.

Um dragão em chamas!

Foi a primeira vez que Wulfgar notou um tremor na voz de seu amigo normalmente sereno, quando Drizzt murmurou:

— Bruenor estava com minha lâmina?

Capítulo 5

Cinzas

A SALA ESTAVA VAZIA, O FOGO QUEIMANDO BAIXO. A figura sabia que havia anões cinzentos, duergar, na câmara lateral, pela porta parcialmente aberta, mas tinha que arriscar. Esta seção do complexo estava cheia demais daquela escória para continuar ao longo dos túneis sem seu disfarce.

Ele saiu do corredor principal e passou na ponta dos pés pela porta lateral para chegar à lareira. Então, ajoelhou-se e colocou seu belo machado de mitral ao seu lado. O brilho das brasas o fez encolher instintivamente, embora não sentisse dor quando mergulhou o dedo nas cinzas.

Ele ouviu a porta lateral se abrir alguns segundos depois e esfregou um punhado final de cinzas no rosto, esperando ter coberto adequadamente sua barba ruiva reveladora e a carne pálida de seu nariz comprido.

— O que você está fazendo? — veio um grasnido por detrás dele.

O anão coberto de cinzas soprou as brasas, e uma pequena chama ganhou vida.

— Um pouco de frio — respondeu ele. — Preciso descansar. — Levantou e se virou, erguendo o machado de mitral ao seu lado.

Dois anões cinzentos atravessaram a sala para ficar diante dele, com suas armas seguramente embainhadas.

— Quem é você? — perguntou um. — Não é do Clã McUduck, e não pertence a estes túneis!

— Tooktook do Clã Trilk — mentiu o anão, usando o nome de um anão cinzento que derrubara na manhã anterior. — Estava patrulhando e me perdi! Que bom que encontrei uma sala com uma lareira!

Os dois anões cinzentos se entreolharam e depois se voltaram para o estranho, desconfiados. Eles tinham ouvido os relatos nas últimas semanas — desde que Prefulgor Soturno, o dragão das sombras que tinha sido sua figura divina, havia caído — contos de duergar massacrados, frequentemente decapitados, encontrados nos túneis externos. E por que este estava sozinho? Onde estava o resto de sua patrulha? Certamente o Clã Trilk era esperto o suficiente para ficar fora dos túneis do Clã McUduck.

E por que, notou um deles, havia uma mancha vermelha na barba deste aqui?

O anão percebeu a suspeita imediatamente e sabia que não poderia manter a farsa por muito tempo.

— Perdi dois dos meus — disse ele — Para um drow. — Ele sorriu ao ver os olhos dos duergar se arregalarem. A mera menção de um elfo drow sempre fazia os anões cinzentos ficarem acuados, e trouxe ao anão alguns segundos extras. — Mas valeu a pena, isso valeu! — proclamou, segurando o machado de mitral ao lado de sua cabeça. — Encontrei uma lâmina das boas! Viram?

E quando um dos duergar se inclinou para frente, maravilhado com a arma brilhante, o anão de barba vermelha deu-lhe um olhar mais atento, colocando a lâmina profundamente em seu rosto. O outro duergar conseguiu colocar a mão no punho da espada quando foi atingido por um golpe inesperado que atingiu seu olho com a coronha do cabo do machado

Ele tropeçou para trás, cambaleando, mas soube através do borrão de dor que ele já era, um segundo antes do machado de mitral cortar o lado de seu pescoço.

Mais dois duergar irromperam da antessala, com as armas em punho.

— Busque ajuda! — um deles gritou, saltando para a luta. O outro correu para a porta.

Mais uma vez, a sorte estava com o anão de barba vermelha. Ele chutou com força um objeto no chão, lançando-o em direção ao duergar em fuga, enquanto aparava o primeiro golpe de seu mais novo oponente com seu escudo dourado.

O duergar em fuga estava a apenas alguns passos do corredor quando algo rolou entre seus pés, fazendo-o tropeçar e jogando-o no chão. Ele logo ficou de joelhos, mas hesitou, lutando contra um jorro de bile, quando viu no que ele havia tropeçado.

A cabeça de seu parente.

O anão de barba vermelha dançou para longe de outro ataque, correndo pela sala para acertar o escudo do duergar ajoelhado, esmagando a infeliz criatura na parede de pedra.

Mas o anão, desequilibrado pela fúria de sua investida, ajoelhou-se quando o duergar que sobrava o alcançou. O intruso balançou o escudo para trás acima dele para bloquear um golpe para baixo da espada do duergar e respondeu com um golpe baixo de seu machado, mirando nos joelhos.

O duergar saltou para trás bem a tempo, levando um corte na perna e, antes que pudesse se recuperar totalmente para voltar com um contra-ataque, o anão de barba vermelha estava de pé e em prontidão.

— Seus ossos são para comedores de carniça! — o anão rosnou.

— Quem é você? — perguntou o duergar. — Não é meu parente, com certeza!

Um sorriso branco se espalhou pelo rosto coberto de cinzas do anão.

— Meu nome é Martelo de Batalha — ele rosnou, exibindo o padrão estampado em seu escudo, o emblema da caneca espumante do Clã Martelo de Batalha. — Bruenor Martelo de Batalha, rei legítimo do Salão de Mitral!

Bruenor riu baixinho ao ver o rosto do anão cinzento ficar branco. O duergar cambaleou de volta para a porta da antessala, entendendo que não era páreo para este poderoso inimigo. Em desespero, girou e fugiu, tentando fechar a porta atrás de si.

Mas Bruenor adivinhou o que o duergar tinha em mente e colocou a bota pesada pela porta antes que pudesse se fechar. O poderoso anão bateu com o ombro na madeira dura, mandando o duergar voando de volta para a pequena sala, derrubando uma mesa e uma cadeira.

Bruenor caminhou com confiança, nunca temendo as probabilidades. Sem ter como escapar, o anão cinzento correu de volta para ele descontrolado, o escudo a frente e a espada acima da cabeça. Bruenor bloqueou facilmente o golpe, então acertou o machado no escudo do duergar. Também era de mitral, e o machado não poderia cortá-lo. Mas o golpe de Bruenor foi tão forte que as correias de couro se partiram e o braço do duergar ficou dormente e caiu indefeso. O duergar gritou de terror e trouxe sua espada curta sobre o peito para proteger o flanco aberto.

Bruenor seguiu o braço da espada do duergar com um golpe de escudo, golpeando o cotovelo de seu oponente e fazendo com que o duergar perdesse o equilíbrio. Em uma combinação relâmpago com seu machado, Bruenor deslizou a lâmina mortal sobre o ombro inclinado do duergar.

Uma segunda cabeça caiu no chão.

Bruenor grunhiu pelo trabalho bem executado e voltou para a sala maior. O duergar ao lado da porta estava recuperando a consciência quando Bruenor se aproximou dele e o golpeou com o escudo contra a parede. "Vinte e dois", ele murmurou para si mesmo, mantendo uma contagem do número de anões cinzentos que havia abatido durante as últimas semanas.

Bruenor espiou o corredor escuro. Tudo estava limpo. Ele fechou a porta suavemente e voltou para a lareira para retocar seu disfarce.

Após a descida selvagem ao fundo da Garganta de Garumn nas costas de um dragão flamejante, Bruenor havia perdido a consciência. Na verdade, havia ficado surpreso quando conseguiu abrir os olhos. Soube que o dragão estava morto assim que olhou em volta, mas não conseguia entender por que ele, ainda deitado em cima da forma fumegante, não tinha sido queimado.

O desfiladeiro estava silencioso e escuro ao seu redor; não conseguia adivinhar quanto tempo havia permanecido inconsciente. Ele sabia, porém, que seus amigos, se tivessem escapado, provavelmente teriam saído pela porta dos fundos, para a segurança da superfície.

E Drizzt estava vivo! A imagem dos olhos lilases do drow olhando fixamente para ele da parede do desfiladeiro enquanto o dragão deslizava em sua descida permanecia gravada na mente de Bruenor. Mesmo agora, semanas depois, pelo que podia imaginar, usava a imagem do indomável Drizzt Do'Urden como uma ladainha contra o desespero de sua própria situação. Porque Bruenor não podia subir do fundo do desfiladeiro, onde as paredes se erguiam retas e íngremes. Sua única opção era entrar no único túnel que saía da base do abismo e passar pelas minas inferiores.

E através de um exército de anões cinzentos — duergar ainda mais alertas, pois o dragão que Bruenor havia matado, Prefulgor Soturno, havia sido seu líder.

Ele tinha chegado longe e cada passo que dava o deixava um pouco mais perto da liberdade da superfície. Mas cada passo também o aproximava da horda principal dos duergar. Mesmo agora, podia ouvir o barulho das fornalhas da grande cidade subterrânea, sem dúvida fervilhando com a escória cinzenta. Bruenor sabia que tinha que passar por ali para chegar aos túneis que conectavam os níveis superiores.

Mas mesmo ali, na escuridão das minas, seu disfarce não resistia a um exame minucioso. Como se sairia no brilho da cidade subterrânea, com mil anões cinzentos circulando por toda parte?

Bruenor afastou o pensamento e esfregou mais cinzas no rosto. Não precisaria se preocupar agora; encontraria o seu caminho. Ele pegou seu machado e escudo e se dirigiu para a porta.

Ele balançou a cabeça e sorriu ao se aproximar, pois o teimoso duergar ao lado da porta estava acordado de novo — por pouco — e lutando para se pôr de pé.

Bruenor o golpeou contra a parede uma terceira vez e casualmente deixou cair a lâmina do machado sobre sua cabeça enquanto ele tombava, desta vez para nunca mais despertar.

— Vinte e dois — o poderoso anão reiterou sombriamente ao entrar no corredor.

O som da porta se fechando ecoou na escuridão e, quando se extinguiu, Bruenor tornou a ouvir o barulho das fornalhas.

A cidade subterrânea, sua única chance.

Ele se firmou respirando fundo, então bateu o machado com determinação contra o escudo e começou a caminhar ao longo do corredor em direção ao som que o chamava.

Era hora de fazer o que precisava ser feito.

O corredor tinha curvas e giros, finalmente terminando em um arco baixo que se abria em uma caverna bem iluminada.

Pela primeira vez em quase duzentos anos, Bruenor Martelo de Batalha olhou para baixo sobre a grande cidade subterrânea do Salão de Mitral. Situada em um abismo enorme, com paredes em degraus e revestidas com portas decoradas, esta câmara maciça já tinha abrigado todo o Clã Martelo de Batalha com muitos quartos de sobra.

O lugar permanecia exatamente como o anão se lembrava, como naqueles anos distantes de sua juventude: muitas das fornalhas brilhavam com o fogo e o nível mais baixo fervilhava com as formas recurvadas de trabalhadores anões. Perguntou-se quantas vezes o jovem Bruenor e seus amigos haviam olhado para a magnificência daquele lugar e ouvido o tilintar dos martelos dos ferreiros e o suspiro pesado dos enormes foles.

Bruenor espantou as agradáveis lembranças quando se lembrou de que esses trabalhadores curvados eram duergar malignos, não seus parentes. Ele trouxe sua mente de volta ao presente e à tarefa em mãos. De alguma forma, tinha que atravessar o piso aberto e subir as camadas do outro lado, para um túnel que o levaria mais alto no complexo.

Um arrastar de botas enviou Bruenor de volta às sombras do túnel. Ele agarrou seu machado com força e não se atreveu a respirar, perguntando-se se o tempo de sua última glória o havia alcançado afinal. Uma patrulha de duergar fortemente armada marchou até a arcada e continuou passando, dando apenas uma olhada casual para o túnel.

Bruenor suspirou fundo e se repreendeu por seu atraso. Ele não podia se dar ao luxo de demorar; cada momento que passava naquela área era uma aposta perigosa. Rapidamente, procurou opções. Estava a meio caminho de uma parede, a cinco níveis do chão. Uma ponte, no nível mais alto, cruzava o abismo, mas sem dúvida seria fortemente protegida. Andar sozinho lá em cima, longe da agitação do chão, o tornaria muito visível.

Atravessar o andar movimentado parecia um caminho melhor. Os túneis na metade da outra parede, quase diretamente em frente de onde estava, levavam para a extremidade oeste do complexo, de volta para o corredor em que entrara pela primeira vez ao retornar ao Salão de Mitral, e para o espaço aberto do Vale do Guardião. Era a sua melhor chance, por sua estimativa — se conseguisse atravessar o chão aberto.

Ele espiou por baixo da arcada em busca de quaisquer sinais do retorno da patrulha. Satisfeito por estar tudo tranquilo, ele se lembrou de que era um rei, o rei legítimo do complexo, e corajosamente saiu para a fileira. Os degraus mais próximos eram à direita, mas a patrulha se dirigiu para lá e Bruenor achou melhor mantê-los longe.

Sua confiança crescia a cada passo. Ele passou por dois anões cinzentos, respondendo a seus cumprimentos casuais com um aceno rápido e sem nunca diminuir o passo.

Ele desceu um nível e depois outro, e antes mesmo que tivesse tempo para avaliar seu progresso, Bruenor se viu banhado pela luz brilhante das enormes fornalhas na descida final, a apenas quatro metros e meio do chão. Ele se agachou instintivamente ao brilho da luz, mas, racionalmente, percebeu que o brilho era, na verdade, seu aliado. Os duergar eram criaturas das trevas, não acostumados nem muito chegados à luz. Os que estavam no chão mantinham os capuzes puxados para baixo para proteger os olhos, e Bruenor fez o mesmo, apenas melhorando seu disfarce. Com os movimentos aparentemente desorganizados no chão, começou a acreditar que a travessia seria fácil.

Ele se moveu lentamente no início, ganhando velocidade à medida que avançava, mas permanecendo agachado, a gola de sua capa puxada para cima firmemente em torno de suas bochechas, e seu capacete de um chifre caindo sobre sua testa. Tentando manter um ar tranquilo, Bruenor manteve o braço do escudo ao lado do corpo, mas a outra mão descansava confortavelmente sobre o machado no cinto. Se houvesse troca de golpes, Bruenor estava decidido a estar pronto.

Ele passou pelas três forjas centrais — e o grupo de duergar que elas atraíam — sem incidentes, então esperou pacientemente enquanto uma pequena caravana de carrinhos de mão cheios de minério era transportada. Bruenor, tentando manter a atmosfera amigável e cordial, acenou com a cabeça para o bando que passava, mas a bile subiu em sua garganta ao ver a carga de mitral nas carroças — e ao pensar na escória cinzenta extraindo os metais preciosos das paredes de sua sagrada pátria.

— Vocês pagarão por isso — murmurou baixinho. Ele esfregou uma manga pela testa. Havia se esquecido de como a área do fundo da cidade ficava quente quando as fornalhas estavam queimando. Como acontecia com todos os outros ali, faixas de suor começaram a escorrer por seu rosto.

Bruenor não se importou com o desconforto a princípio, mas então o último dos mineiros que passava lhe lançou um olhar curioso de esguelha.

Bruenor se curvou ainda mais e se afastou rapidamente, percebendo o efeito que seu suor teria sobre seu débil disfarce. No momento em que alcançou a primeira escada do outro lado do abismo, seu rosto estava todo listrado e partes de seus bigodes mostravam sua verdadeira tonalidade.

Ainda assim, acreditou que poderia conseguir. Mas no meio da escada, o desastre aconteceu. Concentrando-se mais em esconder o rosto, Bruenor tropeçou e se chocou com um soldado duergar, dois degraus acima dele. Por reflexo, Bruenor ergueu o olhar e seus olhos se encontraram com os do duergar.

O olhar perplexo do anão cinzento disse a Bruenor, sem qualquer dúvida, que seu disfarce havia acabado. O anão cinzento foi na direção de sua espada, mas Bruenor não tinha tempo para uma batalha. Ele enfiou a cabeça entre os joelhos do duergar — quebrando uma rótula com o chifre restante de seu capacete — e puxou o duergar para trás, escada abaixo.

Bruenor olhou ao redor. Poucos haviam notado, e brigas eram comuns entre as fileiras duergar. Casualmente, ele voltou a subir as escadas.

Mas o soldado ainda estava consciente depois de cair ao chão, coerente o suficiente para apontar um dedo para ele e gritar:

— Parem ele!

Bruenor perdeu toda esperança de permanecer despercebido. Puxou seu machado de mitral e correu ao longo do andar em direção às próximas escadas. Gritos de alarme surgiram por todo o abismo. Uma comoção geral de carrinhos de mão derramados, o tilintar de armas sendo sacadas e o bater de pés calçados em botas cercou Bruenor. Quando estava prestes a virar para a próxima escada, dois guardas pularam na frente dele.

— Qual é o problema? — um deles gritou, confuso e sem entender que o anão a frente deles era a causa da comoção. Horrorizados, os dois guardas reconheceram Bruenor pelo que era no momento em que seu machado arrancou o rosto de um e ele empurrou o outro para fora da plataforma.

Em seguida, subiu as escadas correndo, apenas para retornar quando uma patrulha apareceu no topo. Centenas de anões cinzentos correram por toda a cidade subterrânea, seu foco aumentando em Bruenor.

Bruenor encontrou outra escada e chegou ao segundo nível.

Mas parou ali, preso. Uma dezena de soldados duergar avançava contra ele de ambas as direções, armas em punho.

Bruenor esquadrinhou a área desesperadamente. O tumulto trouxe mais de uma centena de anões cinzentos ao andar correndo na direção e para cima da escada que ele havia subido.

Um sorriso largo apareceu no rosto do anão enquanto considerava um plano desesperado. Ele olhou de novo para os soldados atacando e sabia que não tinha escolha. Então, saudou os grupos, ajustou seu capacete e pulou de repente do andar, colidindo com a multidão que havia se reunido no nível abaixo dele. Sem perder o ímpeto, Bruenor continuou a rolar até a saliência, caindo junto com vários infelizes anões cinzentos sobre outro grupo no chão.

Bruenor se levantou em um piscar de olhos, abrindo caminho com seu machado. Os duergar surpresos na multidão subiam uns nos outros para sair do caminho do anão selvagem e seu machado mortal, e em segundos, Bruenor estava correndo sem obstáculos pelo chão.

Bruenor parou e olhou ao redor. Para onde poderia ir? Dezenas de duergar estavam entre ele e qualquer uma das saídas da cidade subterrânea, e eles ficavam mais organizados a cada segundo.

Um soldado o atacou, apenas para ser derrubado com um único golpe.

— Venham, então! — Bruenor gritou desafiadoramente, pensando em levar mais do que uma boa parte dos duergar com ele. — Venham, quantos quiserem! Conheçam a fúria do verdadeiro rei do Salão de Mitral!

Um virote de besta retiniu em seu escudo, tirando um pouco do impacto de suas vanglórias. Mais por instinto do que pensamento consciente, o anão disparou repentinamente para o único caminho desprotegido — as fornalhas. Ele colocou o machado de mitral em seu cinto, sem desacelerar. O fogo não o prejudicara nas costas do dragão em queda, e o calor das cinzas que ele havia esfregado em seu rosto sequer tocara sua pele.

E mais uma vez, de pé no centro da fornalha aberta, Bruenor se encontrou imune às chamas. Ele não teve tempo para refletir sobre este mistério e só podia suspeitar que a proteção contra o fogo era uma propriedade da armadura mágica que havia vestido quando entrou pela primeira vez no Salão de Mitral.

Mas, na verdade, era a cimitarra perdida de Drizzt, cuidadosamente amarrada sob a mochila de Bruenor e quase esquecida pelo anão, que o salvou uma vez mais.

O fogo sibilou em protesto e começou a queimar baixo quando a lâmina mágica começou a agir. Mas rugiu de volta à vida quando Bruenor rapidamente começou a subir a chaminé. Ele ouviu os gritos dos duergar surpresos atrás dele, junto com gritos para apagar o fogo. Então uma voz se elevou acima das outras em um tom de comando.

— Defuma ele! — gritou.

Trapos foram molhados e jogados nas chamas, e grandes rajadas de fumaça cinzenta ondulante cercaram Bruenor. A fuligem encheu seus olhos e ele não conseguia respirar, mas não tinha escolha a não ser continuar a subir. Às cegas, ele procurou por rachaduras nas quais pudesse enfiar seus dedos grossos e puxou-se com toda sua força.

Ele sabia que certamente morreria se inalasse, mas não tinha mais fôlego e seus pulmões gritaram de dor.

Inesperadamente, ele encontrou um buraco na parede e quase caiu com o impulso. "Um túnel lateral?", ele se perguntou, surpreso. Então lembrou que todas as chaminés da cidade subterrânea eram interligadas para ajudar na limpeza.

Bruenor se afastou da onda de fumaça e se enrolou dentro da nova passagem. Ele tentou limpar a fuligem de seus olhos enquanto seus pulmões misericordiosamente respiravam fundo, mas só agravou a dor com sua manga coberta de fuligem. Não conseguia ver o sangue escorrendo em suas mãos, mas podia adivinhar a extensão de seus ferimentos pela dor aguda sob suas unhas.

Por mais exausto que estivesse, sabia que não podia se dar ao luxo de atrasos. Rastejou ao longo do pequeno túnel, esperando que a fornalha abaixo da próxima chaminé que encontrasse não estivesse em uso.

O chão sumiu diante dele e Bruenor quase caiu em outro poço. Sem fumaça, notou, e com uma parede tão quebrada e escalável quanto a primeira. Apertou todo o seu equipamento, ajustou o capacete mais uma vez e avançou, procurando cegamente um apoio para a mão e ignorando as dores nos ombros e dedos. Logo, estava se movendo firmemente de novo.

Mas os segundos pareceram minutos, e os minutos, horas, para o anão cansado, e ele se viu descansando tanto quanto escalando, sua respiração em ofegos pesados e difíceis. Durante um desses descansos, Bruenor pensou ter ouvido um barulho acima dele. Fez uma pausa para analisar o som. Esses poços não deviam se conectar a qualquer passagem lateral superior, ou à cidade, ele pensou. Sua ascensão é direta ao ar livre da superfície. Bruenor se esforçou para olhar para cima com os olhos cheios de fuligem. Sabia que tinha ouvido um som.

O enigma foi resolvido de repente, quando uma forma monstruosa se arrastou pelo poço ao lado do poleiro precário de Bruenor e grandes pernas peludas começaram a se debater sobre ele. O anão percebeu o perigo imediatamente.

Uma aranha gigante.

As pinças gotejantes de veneno abriram um corte no antebraço de Bruenor. Ele ignorou a dor e as possíveis implicações da ferida e reagiu com fúria equivalente. Subiu pelo poço, batendo com a cabeça no corpo bulboso da criatura miserável e se empurrou para longe das paredes com todas as suas forças.

A aranha travou suas pinças mortais em uma bota pesada e debateu o máximo de pernas que pôde, mantendo sua posição.

Apenas um curso de ataque parecia viável para o anão desesperado: remover a aranha. Agarrou as pernas peludas, torcendo-se para quebrá-las ao pegar, ou pelo menos soltá-las da parede. Seu braço queimava com a picada do veneno e seu pé, embora a bota tivesse repelido as pinças, estava torcido e provavelmente quebrado.

Mas não tinha tempo para pensar na dor. Com um grunhido, ele agarrou outra perna e a quebrou.

E então eles estavam caindo.

A aranha, estúpida, enrolou-se o melhor que pôde e se soltou do anão. Bruenor sentiu a rajada de ar e a proximidade da parede enquanto aceleravam. Ele só podia esperar que o poço fosse reto o suficiente para mantê-los longe de quaisquer arestas afiadas. Ele escalou a aranha o máximo que pôde, colocando a maior parte de seu corpo entre ele e o impacto que se aproximava.

Caíram com um barulho sonoro. O ar saiu dos pulmões de Bruenor, mas, com a explosão úmida da aranha embaixo dele, não sofreu ferimentos graves. Ainda não conseguia ver, mas percebeu que deveria estar novamente no nível do chão do cidade subterrânea, embora felizmente, pois não ouviu gritos de alarme, em uma seção menos movimentada. Atordoado, mas destemido, o anão teimoso se levantou e limpou o fluido de aranha de suas mãos.

— Com certeza vai ter uma senhora tempestade amanhã — ele murmurou, lembrando de uma velha superstição anã contra matar aranhas. E começou a subir o poço novamente, ignorando a dor em suas mãos, a dor em suas costelas e pé, e a queimadura envenenada em seu antebraço.

E qualquer pensamento de mais aranhas espreitando à frente.

Escalou por horas, obstinadamente colocando uma mão sobre a outra e puxando-se para cima. O veneno da aranha insidiosa o varreu com ondas de náusea e minou a força de seus braços. Mas Bruenor era mais durão que a pedra da montanha. Ele poderia morrer devido ao ferimento, mas estava determinado a que isso acontecesse do lado de fora, ao ar livre, sob as estrelas ou o sol.

Ele escaparia do Salão de Mitral.

Uma rajada de vento frio sacudiu a sua exaustão. Ele olhou para cima com esperança, mas ainda não conseguia ver — talvez fosse noite lá fora. Estudou o assobio do vento por um momento e sabia que estava a apenas alguns metros de seu objetivo. Uma explosão de adrenalina o levou até a saída da chaminé — e à grade de ferro que a bloqueava.

— Malditos sejam pelo martelo de Moradin! — cuspiu Bruenor. Ele saltou das paredes e agarrou as barras da grade com os dedos ensanguentados. As barras dobraram sob seu peso, mas seguraram firme.

— Wulfgar poderia quebrá-la — disse Bruenor, meio em delírio exausto. — Empreste-me sua força, meu grande amigo — gritou para a escuridão enquanto começava a puxar e torcer.

A centenas de quilômetros de distância, envolvido em pesadelos com seu mentor perdido, Bruenor, Wulfgar se revirava inquieto em seu beliche no Fada do Mar. Talvez o espírito do jovem bárbaro tenha vindo em auxílio de Bruenor naquele momento desesperado, mas o mais provável é que a teimosia inflexível do anão se mostrasse mais forte que o ferro. Uma barra da grade se curvou o suficiente para escapar da parede de pedra e Bruenor a retirou.

Pendurado por uma mão, Bruenor deixou cair a barra no vazio abaixo dele. Com um sorriso malicioso, torcia para que alguma escória duergar pudesse, naquele instante, estar no fundo da chaminé, inspecionando a aranha morta e olhando para cima para encontrar a causa.

Bruenor se empurrou até a metade do pequeno buraco que tinha aberto, mas não teve forças para passar os quadris e o cinto. Completamente drenado, aceitou o poleiro, embora suas pernas estivessem penduradas livremente em uma queda de trezentos metros.

Ele apoiou a cabeça nas barras de ferro e não soube mais nada.

Capítulo 6

Portão de Baldur

— Pra amurada! Pra amurada! — gritou uma voz.

— Joga eles pra fora! — concordou outro. A multidão de marinheiros se aproximou, brandindo espadas curvas e porretes.

Entreri ficou parado calmamente no meio da tormenta, com Régis nervoso ao seu lado. O assassino não entendia o súbito ataque de raiva da tripulação, mas adivinhou que o halfling esperto estava de alguma forma por trás disso. Ele não havia sacado armas; sabia que seu sabre e sua adaga estariam prontos sempre que precisasse, e nenhum dos marinheiros, apesar de toda a bravata e ameaças, ainda havia chegado a três metros dele.

O capitão do navio, um homem atarracado com uma barba dura e cinzenta, dentes brancos perolados e olhos iluminados perpetuamente apertados, apareceu fora de sua cabine para investigar a confusão.

— Vem cá, Olho-vermelho — ele acenou para o marinheiro encardido que primeiro trouxe a seus ouvidos o boato de que os passageiros estavam infectados com uma doença horrível e que obviamente espalhara a história para os outros membros da tripulação. Olho-vermelho obedeceu imediatamente, seguindo seu capitão através da multidão que se separava para ficar diante de Entreri e Regis.

O capitão lentamente tirou seu cachimbo e socou a erva, sem nunca desviar seu olhar penetrante de Entreri.

— Bota eles pra fora! — vinha um grito ocasional, mas a cada vez, o capitão silenciava com um aceno de mão. Ele queria uma avaliação completa dos estranhos antes de agir, e pacientemente deixou os momentos passarem enquanto acendia o cachimbo e dava uma longa tragada.

Entreri não piscou e nem desviou o olhar do capitão. Ele jogou sua capa para trás das bainhas em seu cinto e cruzou os braços, a ação calma e confiante convenientemente colocando cada uma de suas mãos em posição, a apenas alguns centímetros do cabo de suas armas.

— Você deveria ter me contado, senhor — disse o capitão por fim.

— Suas palavras são tão inesperadas quanto as ações de sua tripulação — respondeu Entreri inexpressivamente.

— De fato — respondeu o capitão, dando outra baforada.

Alguns membros da tripulação não eram tão pacientes quanto o capitão. Um homem de peito largo, braços fortemente musculosos e tatuados, cansou-se do drama. Ele corajosamente deu um passo atrás do assassino, com a intenção de jogá-lo ao mar e acabar com ele.

Assim que o marinheiro começou a estender a mão para os ombros delgados do assassino, Entreri explodiu em movimento, girando e retornando à sua pose de braços cruzados tão rapidamente que os marinheiros que o observavam tentaram tirar o sol de seus olhos e descobrir se ele tinha movido de fato.

O homem de peito largo caiu de joelhos e despencou de bruços no convés, pois, naquele piscar de olhos, um calcanhar quebrou sua rótula e, ainda mais perturbador, uma adaga incrustada de joias saiu da bainha, cutucou seu coração e voltou a descansar no quadril do assassino.

— Sua reputação o precede — disse o capitão, sem vacilar.

— Espero fazer jus a ela — respondeu Entreri com uma reverência sarcástica.

— De fato — disse o capitão. Ele foi até o homem caído. — Os amigos dele podem ajudá-lo?

— Ele já está morto — Entreri assegurou ao capitão. — Se algum de seus amigos realmente deseja ir até ele, deixe-os dar um passo à frente.

— Eles estão com medo — explicou o capitão. — Testemunharam muitas doenças terríveis em portos ao longo da Costa da Espada.

— Doença? — ecoou Entreri.

— Seu companheiro deixou transparecer — disse o capitão.

Um sorriso se alargou no rosto de Entreri quando tudo ficou claro para ele. Rápido como um raio, ele arrancou a capa de Regis e agarrou o pulso nu do halfling, puxando-o até erguê-lo do chão, lançando um olhar feroz aos olhos aterrorizados do halfling que prometiam uma morte lenta e dolorosa. Imediatamente Entreri notou as cicatrizes no braço de Regis.

— Queimaduras? — ele ficou boquiaberto.

— Sim, é assim que o pequenino diz que acontece — gritou Olho-vermelho, afundando-se atrás de seu capitão quando o olhar de Entreri pousou sobre ele. — A queimadura vem de dentro pra fora, é verdade!

— A queimadura vem de uma vela, mais provavelmente — rebateu Entreri. — Inspecione os ferimentos por si mesmo — disse ele ao capitão. — Não há doença aqui, apenas os truques desesperados de um ladrão encurralado.

Ele largou Regis no convés com um baque. Regis ficou imóvel, sem ousar respirar. A situação não evoluiu como ele esperava.

— Joga eles pra fora! — gritou uma voz anônima.

— Não dá pra arriscar! — gritou outro.

— De quantos você precisa para navegar em seu navio? — perguntou Entreri ao capitão. — Você pode se dar ao luxo de perder quantos?

O capitão, tendo visto o assassino em ação e conhecendo a reputação do homem, nem por um momento considerou as perguntas simples como ameaças vazias. Além disso, o olhar de Entreri fixado nele dizia-lhe sem dúvida que ele seria o alvo inicial se sua tripulação se movesse contra o assassino.

— Vou confiar na sua palavra — disse ele com autoridade, silenciando os resmungos de sua tripulação nervosa. — Não há necessidade de inspecionar as feridas. Mas, com doença ou não, nosso negócio está encerrado.

Ele olhou diretamente para seu tripulante morto.

— Não pretendo nadar até Porto Calim — disse Entreri sibilando.

— De fato — respondeu o capitão. — Nós paramos em Portão de Baldur em dois dias. Você encontrará outra passagem lá.

— E você deve me ressarcir — disse Entreri calmamente. — Em cada moeda de ouro.

O capitão deu outra longa tragada no cachimbo. Não era uma batalha que ele queria lutar.

— De fato — disse ele com a mesma calma.

Ele se virou em direção a sua cabine e ordenou que sua tripulação voltasse para seus postos enquanto avançava.

Ele se lembrou dos dias preguiçosos de verão às margens de Maer Dualdon em Vale do Vento Gélido. Quantas horas passara por lá, pescando a esquiva truta cabeça-dura, ou apenas se aquecendo no raro calor do sol de verão do Vale. Olhando para trás, para seus anos em Dez Burgos, Regis mal podia acreditar no curso que o destino havia traçado para ele.

Ele pensou que tinha encontrado seu nicho, uma existência confortável — mais confortável ainda com a ajuda do pingente de rubi roubado — em uma carreira lucrativa como escultor, esculpindo o osso da truta cabeça-dura, similar ao marfim, e o transformando em pequenas bugigangas maravilhosas. Mas então veio o dia fatídico, quando Artemis Entreri apareceu em Bryn Shander, a cidade que Regis veio a chamar de lar, e fez o halfling fugir pela estrada para se aventurar com seus amigos.

Mas nem mesmo Drizzt, Bruenor, Cattibrie e Wulfgar foram capazes de protegê-lo de Entreri.

As memórias forneciam um pequeno conforto enquanto várias horas extenuantes de solidão passavam no período em que estava trancado na cabine. Regis teria gostado de se esconder nas lembranças agradáveis de seu passado, mas invariavelmente seus pensamentos o levavam de volta ao terrível presente, e ele se perguntava como seria punido por seu embuste fracassado. Entreri estava sereno, até divertido, depois do incidente no convés, conduzindo Régis para a cabine e logo desaparecendo sem dizer uma palavra.

Sereno demais, pensou Regis.

Mas isso fazia parte da mística do assassino. Nenhum homem conhecia Artemis Entreri bem o suficiente para chamá-lo de amigo, e nenhum inimigo poderia entendê-lo bem o suficiente para ficar em pé de igualdade contra ele.

Régis se encolheu contra a parede quando Entreri finalmente chegou, passando pela porta e se dirigindo à mesa do quarto sem sequer olhar de soslaio para o halfling. O assassino sentou-se, escovando os cabelos negros e olhando para a única vela acesa na mesa.

— Uma vela — ele murmurou, obviamente divertido. Ele olhou para Regis. — Você sabe alguns truques, halfling — riu o homem.

Regis não estava sorrindo. Nenhuma simpatia repentina havia invadido o coração de Entreri, ele sabia, e estaria condenado se deixasse a fachada jovial do assassino abaixar sua guarda.

— Uma manobra digna — continuou Entreri. — E eficaz. Pode nos custar uma semana para conseguir passagem ao sul de Portão de Baldur. Uma semana extra para seus amigos diminuírem a distância. Eu não esperava que você fosse tão ousado.

O sorriso deixou seu rosto de repente, e seu tom era bem mais severo quando ele acrescentou:

— Eu não acreditava que você estaria tão pronto para sofrer as consequências.

Regis inclinou a cabeça para estudar cada movimento do homem.

— Lá vem — sussurrou.

— Claro que há consequências, pequeno idiota. Elogio sua tentativa. Espero que você me dê mais diversão nesta jornada tediosa! Mas não posso restringir o castigo. Fazer isso tiraria o desafio e, portanto, a emoção, de sua trapaça.

Ele escorregou da cadeira e começou a contornar a mesa. Regis sublimava seu grito e fechou os olhos; ele sabia que não tinha escapatória.

A última coisa que viu foi a adaga incrustada de joias girando lentamente na mão do assassino.

Eles chegaram ao rio Chionthar na tarde seguinte e resistiram às correntes com uma forte brisa do mar enchendo suas velas. Ao cair da noite, as camadas superiores da cidade de Portão de Baldur alinhavam-se no horizonte oriental e, quando os últimos indícios de luz do dia desapareceram do céu, as luzes do grande porto marcaram seu curso como um farol. Mas a cidade não permitia o acesso às docas após o pôr do sol, e o navio lançou âncora a quase um quilômetro de distância.

Regis, achando impossível dormir, ouviu Entreri se mexer até muito mais tarde naquela noite. O halfling fechou os olhos com força e se obrigou a manter um ritmo de respiração lenta e pesada. Ele não tinha ideia das intenções de Entreri, mas o que quer que o assassino estivesse planejando, Regis não queria que ele desconfiasse de que estava acordado.

Entreri não se preocupou com ele. Tão silencioso quanto um gato, ou quanto a morte, o assassino deslizou pela porta da cabine. Vinte e cinco tripulantes manejavam o navio, mas após o longo dia de navegação e com Portão de Baldur aguardando a primeira luz do amanhecer, apenas quatro deles provavelmente estariam acordados.

O assassino deslizou pelo alojamento da tripulação, seguindo a luz de uma única vela na parte traseira do navio. Na cozinha, o cozinheiro atarefado preparava o desjejum matinal de sopa espessa em um caldeirão enorme. Cantando como sempre fazia quando trabalhava, o cozinheiro não prestava atenção ao que acontecia à sua volta. Mas mesmo que estivesse quieto e alerta, provavelmente não teria ouvido os passos leves atrás dele.

Ele morreu com o rosto na sopa.

Entreri voltou para o alojamento, onde mais vinte morreram sem emitir um ruído. Foi até o convés.

A lua estava cheia no céu aquela noite, mas mesmo uma lasca de sombra era suficiente para o hábil assassino e Entreri conhecia bem as rotinas dos vigias. O assassino havia passado muitas noites estudando os movimentos deles, preparando-se, como sempre, para o pior cenário possível. Sincronizando-se com os passos dos dois vigias no convés, deslizou mastro principal acima, a adaga incrustada de joias nos dentes.

Um salto fácil de seus músculos firmes o trouxe para o cesto da gávea.

E então havia dois.

De volta ao convés, Entreri moveu-se calma e abertamente para a amurada.

— Um navio! — ele gritou, apontando para a escuridão. — Aproximando-se de nós!

Instintivamente, os dois vigias restantes correram para o lado do assassino e forçaram os olhos para ver o perigo no escuro até que o brilho de uma adaga denunciar a farsa.

Sobrou apenas o capitão.

Entreri poderia facilmente ter arrombado a fechadura da porta de sua cabine e matado o homem enquanto dormia, mas o assassino queria um final mais dramático para seu trabalho; queria que o capitão entendesse completamente a desgraça que se abatera sobre seu navio naquela noite. Entreri foi até a porta, que dava para o convés, e tirou suas ferramentas e um pedaço de arame fino.

Poucos minutos depois, estava de volta à sua cabine, despertando Régis.

— Um som, e eu arranco sua língua — ele avisou ao halfling.

Regis entendeu o que estava acontecendo. Se a tripulação chegasse às docas de Portão de Baldur, sem dúvida espalhariam os rumores do assassino mortal e de seu amigo "doente", tornando impossível a busca de Entreri pela passagem para o sul.

O assassino impediria aquilo a qualquer custo, e Regis não pôde evitar se sentir responsável pela carnificina daquela noite.

Ele se moveu em silêncio, impotente, ao lado de Entreri através do alojamento, notando a ausência de roncos e a quietude da cozinha além. Certamente o amanhecer estava se aproximando; certamente o cozinheiro estaria trabalhando duro para preparar a refeição matinal. Mas nenhum canto flutuava pela porta da cozinha entreaberta.

O navio tinha estocado óleo suficiente em Águas Profundas para durar toda a jornada até Porto Calim, e os barris ainda estavam no porão. Entreri abriu o alçapão e içou dois dos pesados barris. Ele quebrou o selo de um deles e o chutou para rolar pelo alojamento, espirrando óleo pelo caminho. Em seguida, carregou o outro — e meio que carregou Régis, que estava mole de medo e repulsa — para cima, espalhando o óleo mais silenciosamente e concentrando o derramamento em um arco próximo à porta do capitão.

— Entre — disse ele a Regis, indicando o único barco a remo pendurado em um balancim a estibordo do navio. — E carregue isso — Entregou ao halfling uma pequena bolsa.

A bile subiu à garganta de Regis ao pensar no que havia dentro da bolsa, mas a pegou mesmo assim e a segurou com firmeza, sabendo que se a perdesse, Entreri simplesmente conseguiria outra.

O assassino correu com leveza pelo convés, preparando uma tocha enquanto avançava. Regis o observou horrorizado, estremecendo com a aparência fria de seu rosto sombreado enquanto jogava a tocha escada abaixo até o alojamento encharcado de óleo. Sombriamente satisfeito quando as chamas rugiam, Entreri correu de volta pelo convés para a porta do capitão.

— Adeus! — foi a única explicação que ele ofereceu ao bater na porta. Duas passadas o levaram ao barco a remo.

O capitão saltou da cama, lutando para se orientar. O navio estava estranhamente calmo, exceto por um estalo revelador e uma nuvem de fumaça que subia pelas tábuas do assoalho.

Com a espada na mão, o capitão puxou o ferrolho e abriu a porta. Olhou em volta, desesperado, e chamou sua tripulação. As chamas ainda não haviam chegado ao convés, mas era óbvio para ele — e deveria ter ficado para seus vigias — que o navio estava em chamas. Começando a suspeitar da terrível verdade, o capitão correu para fora, vestindo apenas suas roupas de dormir.

Ele sentiu o puxão do arame, então fez uma careta ao entender melhor quando o laço do arame penetrou profundamente em seu tornozelo nu. Ele caiu de bruços, com sua espada caindo na frente dele. Um cheiro encheu suas narinas, e ele percebeu as implicações mortais do fluido escorregadio encharcando sua camisola. Ele se esticou para o punho da espada e cravou as unhas no convés de madeira até seus dedos sangrarem.

Um lampejo de chama saltou pelas tábuas do assoalho.

Os sons rolaram assustadores através da extensão aberta de água, especialmente na escuridão da noite. Um som encheu os ouvidos de Entreri e Regis quando o assassino puxou o pequeno barco a remo contra as correntes do Chionthar. Cortou até mesmo o barulho das tavernas ao longo das docas de Portão de Baldur, a oitocentos metros de distância.

Como se reforçada pelos gritos de protesto silenciosos da tripulação morta — e pelo próprio navio moribundo — uma voz singular e agonizante gritou por todos eles.

Então houve apenas o crepitar do fogo.

✥

Entreri e Regis entraram em Portão de Baldur a pé logo após o amanhecer. Eles colocaram o pequeno barco a remo em uma enseada algumas centenas de metros rio abaixo, depois o afundaram. Entreri não queria nenhuma prova que o ligasse ao desastre da noite anterior.

— Vai ser bom voltar para casa — o assassino repreendeu Regis enquanto caminhavam ao longo das extensas docas da cidade baixa. Ele conduziu os olhos de Regis a um grande navio mercante atracado em um dos cais externos. — Você se lembra da flâmula?

Regis olhou para a bandeira hasteada no topo do navio, um campo de ouro cortado por linhas azuis inclinadas, o estandarte de Porto Calim.

— Os mercadores de Calimshan nunca levam passageiros a bordo — lembrou ao assassino, na esperança de dissipar a atitude arrogante de Entreri.

— Eles abrirão uma exceção — respondeu Entreri. Ele puxou o pingente de rubi de sua jaqueta de couro e o exibiu ao lado de seu sorriso malicioso.

Regis ficou em silêncio mais uma vez. Ele conhecia bem o poder do rubi e não podia contestar a afirmação do assassino.

Com passos seguros e diretos, revelando que já estivera muitas vezes em Portão de Baldur, Entreri conduziu Régis ao escritório do capitão do porto, uma pequena cabana ao lado do cais. Regis o seguiu obedientemente, embora seus pensamentos mal estivessem focados nos eventos do presente. Ainda estava preso no pesadelo da tragédia da noite anterior, tentando lidar com seu papel na morte de vinte e seis homens. Ele mal percebeu o capitão do porto e nem mesmo soube o nome do homem.

Depois de apenas alguns segundos de conversa, Regis se deu conta de que Entreri havia capturado o homem sob o feitiço hipnótico do pingente de rubi. O halfling ignorou completamente a reunião, enojado com o quão bem Entreri dominava os poderes do pingente. Seus pensamentos se voltaram para seus amigos e sua casa, embora ele olhasse para trás em lamento, não com esperança. Drizzt e Wulfgar teriam escapado dos horrores do Salão de Mitral e estavam atrás dele? Observando Entreri em ação e sabendo que logo estaria de volta aos limites do reino de Pook, Regis quase torcia para que não viessem atrás dele. Quanto sangue mais poderia manchar suas mãozinhas?

Aos poucos, Regis voltou a si, entreouvindo as palavras da conversa e dizendo a si mesmo que poderia haver algum conhecimento importante a ser adquirido.

— Quando eles zarpam? — Entreri estava dizendo.

Regis aguçou os ouvidos. O tempo era importante. Talvez seus amigos pudessem chegar até ele ali, ainda a mil e seiscentos quilômetros da fortaleza de Pasha Pook.

— Uma semana — respondeu o capitão do porto, seus olhos nunca piscando nem se afastando do espetáculo da joia que girava.

— Tempo demais — murmurou Entreri baixinho. Em seguida, para o capitão do porto. — Desejo uma reunião com o capitão.

— Isso pode ser arranjado.

— Esta noite... aqui.

O capitão do porto deu de ombros.

— E mais um favor, meu amigo — disse Entreri com um sorriso zombeteiro. — Você registra cada navio que chega ao porto?

— Esse é o meu trabalho — disse o homem atordoado.

— E certamente você tem olhos nos portões também? — Entreri perguntou com uma piscadela.

— Tenho muitos amigos — respondeu o capitão do porto. — Nada acontece em Portão de Baldur sem que eu saiba.

Entreri olhou para Regis.

— Dê a ele — ordenou,

Regis, sem entender, respondeu ao comando com um olhar vazio.

— A bolsa — explicou o assassino, usando o mesmo tom alegre que marcou sua conversa casual com o capitão do porto.

Regis estreitou os olhos e não se moveu, o ato mais desafiador que jamais ousara mostrar a seu captor.

— A bolsa — Entreri reiterou, seu tom mortalmente sério. — Nosso presente para seus amigos — Regis hesitou por apenas um segundo, depois jogou a pequena bolsa para o capitão do porto.

— Informe-se sobre cada navio e cada cavaleiro que passar por Portão de Baldur — explicou Entreri ao capitão do porto. — Procure um grupo de viajantes, dois, pelo menos: um elfo, provavelmente escondido sob uma capa, e um gigante bárbaro de cabelos amarelos. Procure-os, meu amigo. Encontre o aventureiro que se autodenomina Drizzt Do'Urden. Esse presente é só para os olhos dele. Diga a ele que aguardo sua chegada em Porto Calim. — Lançou um olhar perverso para Regis. — Com mais presentes.

O capitão do porto enfiou a pequena bolsa no bolso e deu a Entreri a garantia de que não falharia na tarefa.

— Tenho que ir — disse Entreri, colocando Regis de pé. — Nos encontramos hoje à noite — ele lembrou ao capitão do porto. — Uma hora depois que o sol se por.

Regis sabia que Pasha Pook tinha contatos em Portão de Baldur, mas ficou surpreso com o quão bem o assassino parecia conhecer o caminho. Em menos de uma hora, Entreri já havia providenciado seu quarto e alistado os serviços de dois bandidos para ficar de guarda sobre Regis enquanto executava algumas tarefas.

— Hora do seu segundo truque? — ele perguntou a Regis maliciosamente antes de sair. Ele olhou para os dois bandidos encostados na parede oposta da sala, absortos em algum debate nada intelectual sobre as supostas virtudes de uma "dama" local.

— Você pode passar por eles — sussurrou Entreri.

Regis se virou, sem gostar do senso de humor macabro do assassino.

— Mas, lembre-se, meu pequeno ladrão, uma vez lá fora, você está nas ruas, na sombra dos becos, onde não encontrará amigos e onde estarei esperando — Ele se afastou com uma risadinha maligna e saiu pela porta.

Regis olhou para os dois bandidos, já envolvidos em uma discussão acalorada. Ele provavelmente poderia ter saído pela porta naquele exato momento.

Deixou-se cair de volta na cama com um suspiro resignado e, sem jeito, travou as mãos atrás da cabeça, com a dor em uma das mãos claramente o lembrando do preço de sua bravura.

Portão de Baldur era dividida em dois distritos: a cidade baixa das docas e a cidade alta além da muralha interna, onde residiam os cidadãos mais importantes. A cidade havia literalmente estourado seus limites com o crescimento selvagem do comércio ao longo da Costa da Espada. Sua velha muralha estabelecia uma fronteira conveniente entre os marinheiros e aventureiros itinerantes que entravam na cidade e as casas antigas da terra. "A meio caminho de todos os lugares" era uma frase comum ali, referindo-se à proximidade quase igual da cidade com Águas Profundas ao Norte e Porto Calim ao Sul, as duas maiores cidades da Costa da Espada.

À luz da constante agitação e comoção que seguia tal título, Entreri atraiu pouca atenção enquanto deslizava pelas ruas em direção ao centro da cidade. Ele tinha um aliado, um mago poderoso chamado Oberon, que também era associado de Pasha Pook. A verdadeira lealdade de Oberon, Entreri sabia, era com Pook, e o mago sem dúvida contataria logo o mestre da guilda em Porto Calim com notícias do pingente recuperado e do retorno iminente de Entreri.

Mas Entreri pouco se importava se Pook soubesse que ele estava ou não a caminho. Seu objetivo estava atrás dele, em Drizzt Do'Urden, não na frente, em Pook, e o mago poderia ser de grande valor para saber mais sobre o paradeiro de seus perseguidores.

Depois de uma reunião que durou o resto do dia, Entreri deixou a torre de Oberon e voltou ao capitão do porto para o encontro combinado com o capitão do navio mercante de Porto Calim. O rosto de Entreri havia recuperado sua confiança determinada; ele abandonara o incidente infeliz da noite anterior, e tudo corria bem de novo. Agarrou o pingente de rubi enquanto se aproximava da cabana.

Uma semana era um atraso muito longo.

Regis não se surpreendeu mais tarde naquela noite, quando Entreri voltou ao quarto e anunciou que havia "persuadido" o capitão do navio de Porto Calim a mudar sua programação.

Eles partiriam em três dias.

Epílogo

WULFGAR PUXOU AS CORDAS, TENTANDO MANTER a vela principal cheia do vento escasso do oceano enquanto a tripulação do Fada do Mar olhava em choque. As correntes do Chionthar empurravam contra o navio, e um capitão sensato normalmente lançaria âncora para esperar por uma brisa mais favorável para seguir em frente. Mas Wulfgar, sob a tutela de um velho lobo do mar chamado Trevoso, estava fazendo um trabalho de mestre. As docas individuais de Portão de Baldur estavam à vista, e o Fada do Mar, para os aplausos de várias dezenas de marinheiros que assistiam à atração monumental, logo atracaria.

— Eu poderia ter dez dele em minha tripulação — disse o capitão Deudermont a Drizzt.

O drow sorriu, sempre maravilhado com a força de seu jovem amigo.

— Ele parece estar se divertindo. Eu nunca o teria imaginado como marinheiro.

— Nem eu — respondeu Deudermont. — Eu só esperava aproveitar a sua força se tivéssemos encontrado piratas. Mas Wulfgar se deu bem no mar desde o início.

— E ele gosta do desafio — acrescentou Drizzt. — O oceano aberto, a atração da água e do vento, testa-o de maneiras diferentes do que ele jamais conheceu.

— Ele se sai melhor do que muitos — respondeu Deudermont. O experiente capitão olhou para trás, rio abaixo, para onde o oceano aberto esperava. — Você e seu amigo só fizeram uma curta viagem, contornando a costa. Vocês ainda não puderam apreciar a vastidão e o poder do mar aberto.

Drizzt olhou para Deudermont com admiração sincera e até um pouco de inveja. O capitão era um homem orgulhoso, mas temperava seu orgulho com uma lógica prática. Deudermont respeitava o mar e o aceitava como seu superior. E essa aceitação, essa compreensão profunda de seu próprio lugar no mundo, dava ao capitão a maior vantagem que qualquer homem poderia obter sobre o oceano indomado. Drizzt seguiu o olhar ansioso do capitão e se perguntou sobre esse misterioso fascínio que o mar aberto parecia ter sobre tantos.

Ele considerou as últimas palavras de Deudermont.

— Um dia, talvez — disse calmamente.

Estavam perto o bastante agora, e Wulfgar soltou sua pegada e caiu, exausto, no convés. A tripulação trabalhou furiosamente para completar a atracação, mas cada um parou pelo menos uma vez para dar um tapa no ombro do enorme bárbaro. Wulfgar estava cansado demais para sequer responder.

— Ficaremos aqui por dois dias — disse Deudermont a Drizzt. — Era para ser uma semana, mas estou ciente de sua pressa. Falei com a tripulação ontem à noite, e eles concordaram em voltar ao mar imediatamente.

— Nossos agradecimentos a eles e a você — respondeu Drizzt com sinceridade. Só então, um homem magro e bem vestido saltou para o cais.

— Saudações, Fada do Mar! — ele gritou. — Deudermont está nas suas rédeas?

— Pellman, o capitão do porto — explicou o capitão a Drizzt. — Ele está — gritou de volta para o homem. — E feliz em ver Pellman, também!

— É bom vê-lo, capitão — disse Pellman. — E a melhor atracação que eu já vi! Quanto tempo vai ficar no porto?

— Dois dias — respondeu Deudermont. — Então, para o mar e para o sul.

O capitão do porto parou por um momento, como se tentasse se lembrar de algo. Então fez, como havia feito a todos os navios que haviam atracado nos últimos dias, a pergunta que Entreri havia plantado em sua mente. — Procuro dois aventureiros — disse ele a Deudermont.

— Você por acaso os viu?

Deudermont olhou para Drizzt, de alguma forma adivinhando, como o drow, que esta pergunta era mais que uma coincidência.

— Drizzt Do'Urden e Wulfgar, por nome — explicou Pellman. — Embora eles possam estar usando outros. Um é pequeno e misterioso, élfico, e o outro é um gigante e mais forte do que qualquer homem vivo!

— Problemas? — perguntou Deudermont.

— Não exatamente — respondeu Pellman. — Uma mensagem.

Wulfgar se aproximou de Drizzt e ouviu a última parte da conversa. Deudermont olhou para Drizzt em busca de instruções.

— Sua decisão.

Drizzt não imaginava que Entreri armaria armadilhas sérias para eles; sabia que o assassino pretendia lutar com eles, ou pelo menos com ele, pessoalmente.

— Vamos falar com o homem — respondeu ele.

— Estão comigo — disse Deudermont a Pellman. Ele olhou para o bárbaro e piscou, em seguida, ecoou a própria descrição de Pellman — Foi Wulfgar, mais forte do que qualquer homem vivo, o responsável por essa atracação!

Deudermont os conduziu até a amurada.

— Se houver problemas, farei o que puder para resgatá-los — disse ele calmamente. — E podemos esperar no porto por até duas semanas se for necessário.

— Mais uma vez, muito obrigado — respondeu Drizzt. — Certamente Orlpar de Águas Profundas nos colocou no lugar certo.

— Não diga o nome daquele cão — respondeu Deudermont. — Raramente tive resultados tão afortunados em minhas negociações com ele! Adeus, então. Vocês podem dormir no navio, se desejarem.

Drizzt e Wulfgar avançaram com cautela até o capitão do porto, Wulfgar à frente. Drizzt procurou por qualquer sinal de emboscada.

— Nós somos quem você procura — disse Wulfgar severamente, elevando-se sobre o homem magro.

— Saudações — disse Pellman com um sorriso cativante. Ele enfiou a mão no bolso. — Encontrei com um conhecido de vocês — explicou ele. — Um homem moreno com um lacaio halfling.

Drizzt foi para o lado de Wulfgar e os dois trocaram olhares preocupados.

— Ele deixou isso — continuou Pellman, entregando a pequena bolsa para Wulfgar. — E pediu para dizer que vai esperar sua chegada em Porto Calim.

Wulfgar segurou a bolsa com hesitação, como se esperasse que explodisse em seu rosto.

— Muito obrigado — disse Drizzt a Pellman. — Diremos ao nosso conhecido que você executou a tarefa de maneira admirável.

Pellman acenou com a cabeça e curvou-se, virando-se enquanto o fazia, para voltar às suas funções. Mas primeiro percebeu de repente que tinha outra missão, um comando subconsciente ao qual não podia resistir. Seguindo as ordens de Entreri, o capitão do porto saiu das docas e se dirigiu ao nível superior da cidade.

Em direção à casa de Oberon.

Drizzt conduziu Wulfgar para o lado, fora de vista. Vendo a aparência pálida do bárbaro, ele pegou a pequena bolsa e cuidadosamente afrouxou o cordão, segurando-a o mais longe possível. Dando de ombros para Wulfgar, que deu um passo cauteloso para longe, Drizzt trouxe a bolsa até o nível do cinto e olhou para dentro.

Wulfgar se aproximou, curioso e preocupado ao ver os ombros de Drizzt caírem. O drow olhou para ele com resignação impotente e virou a bolsa do avesso, revelando seu conteúdo.

O dedo de um halfling.

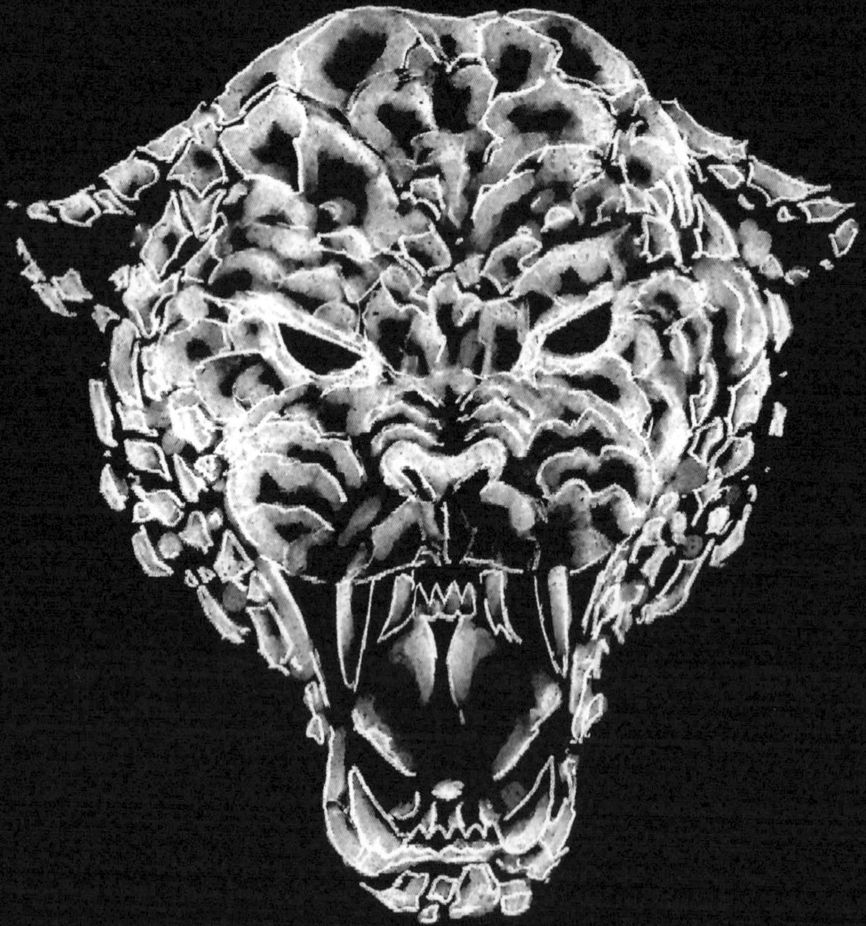

Parte 2
Aliados

O mundo está cheio de rufiões. O mundo está cheio de pessoas de bom caráter. Ambas as afirmações são verdadeiras, creio, porque dentro da maioria das pessoas que conheci estão os pontos iniciais de ambos os caminhos aparentemente díspares.

Algumas pessoas são tímidas demais para serem rufiões, é claro, e outras bondosas demais e, da mesma forma, algumas pessoas são temperamentais demais para deixarem suas boas qualidades aparecerem. Mas a composição emocional da maioria das pessoas está em algum lugar no meio, um tom de cinza que pode ser facilmente alterado por uma simples interação. A raça pode certamente modificar o tom — como tenho visto desde que minha estrada me levou à superfície! Um elfo pode recuar visivelmente ao se aproximar de um anão, enquanto um anão pode fazer o mesmo, ou até mesmo cuspir no chão, se a situação for invertida.

Essas impressões iniciais às vezes são difíceis de superar e às vezes tornam-se duradouras, mas além da raça, da aparência e de outras coisas que não podemos controlar, aprendi que existem decisões definitivas que posso tomar em relação à qual reação vou provocar em outra pessoa.

A chave para tudo isso, acredito, é o respeito. Quando estava em Luskan com Wulfgar, atravessamos uma taverna cheia de rufiões, homens que usavam seus punhos e armas quase diariamente. No entanto, outro amigo meu, o Capitão Deudermont do Fada do Mar, costuma frequentar essas tavernas e raramente, muito raramente, chega a se envolver até mesmo em uma discussão verbal. Por quê? Por que um homem como Deudermont, um homem rico (como mostram suas roupas e maneiras), e também um homem de associações respeitáveis, não se encontraria imerso em brigas tão regularmente quanto os outros? Muitas vezes, entra sozinho e fica quieto no bar, mas, embora quase não diga uma palavra, com certeza se destaca entre os clientes mais comuns.

É o medo que afasta os rufiões do homem? Eles temem que, se se envolverem com Deudermont, encontrem retribuição nas mãos de sua tripulação? Ou Deudermont apenas traz consigo uma reputação de ferocidade a ponto de assustar quaisquer adversários em potencial?

Nada disso, digo eu. Certamente o capitão do Fada do Mar deve ser um bom guerreiro, mas isso não impede os brutamontes das tavernas; na verdade, quanto maior for a reputação como um lutador, maior é o convite ao desafio para essas pessoas. E embora a tripulação de Deudermont seja formidável, segundo todos os relatos, homens mais poderosos e conectados do que ele já foram encontrados mortos nas sarjetas de Luskan.

Não, o que mantém o capitão Deudermont seguro é sua capacidade de mostrar respeito por qualquer pessoa que encontrar. Ele é um homem charmoso, que guarda bem seu orgulho pessoal. Concede respeito no início de uma reunião e continua com esse respeito até que a pessoa o perca. Isso é muito diferente da maneira como a maioria das pessoas vê o mundo. A maioria das pessoas insiste que o respeito deve ser conquistado, e com muitos, passei a observar, conquistá-lo não é uma tarefa fácil! Muitos, e eu incluo Bruenor e Wulfgar neste grupo, exigem que qualquer um que deseje sua amizade ganhe primeiro seu respeito, e posso entender seu ponto de vista, pois já acreditei ter um semelhante.

Em minha jornada para o sul no Fada do Mar, o Capitão Deudermont me ensinou, me fez perceber, sem nunca dizer uma palavra sobre o assunto, que exigir de outro que ele ganhe seu respeito é, por si só, um ato de arrogância, uma forma de se colocar acima, implicando, por sua própria natureza, que seu respeito é algo que vale a pena ser ganho.

Deudermont segue a abordagem oposta, de aceitação e sem julgamento inicial. Pode parecer uma alternativa sutil, mas certamente não é. Quem dera o homem fosse elevado a rei, digo, pois ele aprendeu o segredo da paz. Quando o capitão Deudermont, vestido com suas melhores roupas, entra em uma taverna de rudes camponeses comuns, aqueles lá dentro e a sociedade em geral o consideram superior. E, ainda assim, em suas interações com essas pessoas, não há ar de superioridade no homem. Em seus olhos e em seu coração, ele está entre seus iguais, entre outras criaturas inteligentes cujos caminhos os levaram a um lugar diferente, nem melhor ou pior, que o seu. E quando Deudermont concede respeito aos homens que não se importariam em arrancar seu coração, ele os desarma, tirando qualquer motivo que eles possam ter encontrado para lutar com ele.

Há muito mais do que isso, o Capitão Deudermont é capaz de fazer isso porque ele pode honestamente tentar ver o mundo através dos olhos de outra pessoa. Ele é um homem de empatia, um homem que se deleita com as diferenças das pessoas em vez de temer essas diferenças.

Quão rica é sua vida! Quão cheia de maravilhas e quão repleta de experiências!

Capitão Deudermont me ensinou essas coisas pelo exemplo. Respeito é uma das necessidades mais básicas das criaturas racionais, principalmente entre os homens. Um insulto só é o que é porque é um ataque ao respeito, à estima e à mais perigosa das qualidades: o orgulho.

Então, quando encontro pessoas agora, elas não precisam merecer meu respeito. Eu o concedo, de boa vontade e com alegria, esperando que, ao fazer isso, venha a aprender ainda mais sobre este belo mundo ao meu redor e que minhas experiências se ampliem.

Certamente, algumas pessoas verão isso como fraqueza ou covardia, interpretarão mal minhas intenções como sublimação, ao invés de uma aceitação de igual valor. Mas não é o medo que guia minhas ações — já vi batalhas demais para continuar as temendo: é a esperança.

A esperança de encontrar outro Bruenor, ou outra Cattibrie, pois descobri que nunca terei amigos demais.

Portanto, ofereço respeito a você e vai precisar de muito para perdê-lo. Mas se você o fizer, se você escolher ver isso como fraqueza e aproveitar sua vantagem percebida, bem...

Talvez eu te deixe ter uma conversa com Guenhwyvar.

— Drizzt Do'Urden

Capítulo 7

Agitações

A PRIMEIRA COISA QUE NOTOU FOI A AUSÊNCIA DO vento. Ele tinha passado horas em seu poleiro no topo da chaminé, e em meio a tudo, mesmo em seu estado semiconsciente, havia a presença incessante do vento. Havia levado sua mente de volta ao Vale do Vento Gélido, seu lar por quase dois séculos. Mas Bruenor não sentia nenhum conforto no gemido desesperado do vendaval, uma lembrança contínua de sua situação e o último som que achou que ouviria.

Mas ele não existia mais. Apenas o crepitar de um fogo próximo quebrava o silêncio. Bruenor ergueu uma pálpebra pesada e olhou distraidamente para as chamas, tentando discernir seu estado e seu paradeiro. Ele estava aquecido e confortável, com uma colcha pesada puxada firmemente sobre os ombros. E ele estava do lado de dentro de algum lugar: as chamas queimavam em uma lareira, não no fosso aberto de uma fogueira.

Os olhos de Bruenor se desviaram para o lado da lareira e se concentraram em uma pilha bem organizada de equipamentos.

Seu equipamento!

O elmo de um chifre, a cimitarra de Drizzt, a armadura de mitral, seu novo machado de batalha e o escudo brilhante. Ele estava esticado sob a colcha, vestindo apenas uma camisola de seda.

Sentindo-se de repente muito vulnerável, Bruenor se apoiou nos cotovelos.

Uma onda de escuridão o envolveu e enviou seus pensamentos em círculos nauseantes. Ele caiu pesadamente de costas.

Sua visão voltou por apenas um momento, longo o suficiente para registrar a forma de uma mulher alta e bonita ajoelhada perto dele. Os longos cabelos dela, brilhando prateados à luz do fogo, roçaram em seu rosto.

— Veneno de aranha — ela disse suavemente. — Teria matado qualquer coisa, exceto um anão.

Então, houve apenas escuridão.

Bruenor acordou algumas horas depois, mais forte e alerta. Tentando não se mexer e chamar a atenção, entreabriu um olho e examinou a área, olhando primeiro para a pilha. Satisfeito por todo o seu equipamento estar lá, ele virou a cabeça devagar.

Estava em uma pequena câmara, aparentemente uma estrutura de um só cômodo, pois a única porta parecia levar para fora. A mulher que tinha visto antes — embora Bruenor não tivesse realmente certeza até então se aquela imagem tinha sido um sonho — estava ao lado da porta, olhando pela única janela do quarto para o céu noturno além. Seu cabelo era realmente prateado. Bruenor percebeu que sua tonalidade não era um truque da luz do fogo. Não prateado como após o envelhecimento; estes cabelos lustrosos brilhavam com vida vibrante.

— Perdão, bela dama — o anão resmungou, a voz falhando a cada sílaba. A mulher se virou e olhou para ele com curiosidade.

— Posso comer um pouco? — perguntou Bruenor, jamais confundindo suas prioridades.

A mulher flutuou pela sala e ajudou Bruenor a se sentar. Mais uma vez, uma onda de escuridão envolveu o anão, mas ele conseguiu se livrar dela.

— Só mesmo um anão! — a mulher murmurou, surpresa que Bruenor tivesse superado sua provação.

Bruenor inclinou a cabeça para ela.

— Eu a conheço, senhora, embora não consiga encontrar seu nome em meus pensamentos.

— Não é importante — respondeu a mulher. — Você passou por muita coisa, Bruenor Martelo de Batalha. — Bruenor inclinou a cabeça ainda mais e se afastou com a menção de seu nome, mas a mulher o firmou e continuou. — Eu cuidei de seus ferimentos o melhor que pude, embora temesse tê-lo encontrado tarde demais para ajudar com o veneno da aranha.

Bruenor baixou o olhar para o antebraço enfaixado, revivendo os terríveis momentos em que se encontrou pela primeira vez com a aranha gigante.

— Quanto tempo?

— Quanto tempo você ficou em cima da grade quebrada, eu não sei — a mulher respondeu. — Mas aqui você descansou por mais de três dias, tempo demais para o seu estômago! Vou preparar alguma comida — Ela começou a se levantar, mas Bruenor a segurou pelo braço.

— Onde fica este lugar?

O sorriso da senhora aliviou seu aperto.

— Em uma clareira não muito longe da grade. Eu temia movê-lo.

Bruenor não entendeu muito bem.

— Sua casa?

— Oh, não — a mulher riu, levantando-se. — Uma criação, e apenas temporária. Ele irá embora com a luz do amanhecer se você se sentir capaz de viajar.

O vínculo com a magia fez com que a reconhecesse.

— Você é a Senhora de Lua Argêntea! — Bruenor falou de repente.

— Luaclara Alustriel — disse a mulher com uma reverência educada. — Minhas saudações, nobre Rei.

— Rei? — Bruenor ecoou, enojado. — É certo que meus salões se foram nas mãos daquela escória.

— Veremos — disse Alustriel.

Mas Bruenor não ouviu sua resposta. Seus pensamentos não estavam no Salão de Mitral, mas em Drizzt, Wulfgar e Regis, e especialmente em Cattibrie, a alegria de sua vida.

— Meus amigos — ele implorou para a mulher. — Você sabe sobre meus amigos?

— Descanse tranquilo — respondeu Alustriel. — Eles escaparam dos salões, cada um deles.

— Até o drow?

Alustriel assentiu.

— Drizzt Do'Urden não estava destinado a morrer na casa de seu amigo mais querido.

A familiaridade de Alustriel com Drizzt desencadeou outra memória no anão.

— Você encontrou com ele antes — disse. — Em nosso caminho para o Salão de Mitral. Você nos apontou o caminho. E foi assim que você soube meu nome.

— E sabia onde procurar por você — acrescentou Alustriel. — Seus amigos acham que você está morto, para sua grande tristeza. Mas eu sou uma maga com algum talento e posso falar com mundos que muitas vezes trazem revelações surpreendentes. Quando o espectro de Morkai, um velho conhecido que se foi deste mundo há alguns anos, transmitiu-me a imagem de um anão caído, meio fora de um buraco na encosta de uma montanha, eu soube a verdade sobre o destino de Bruenor Martelo de Batalha. Só esperava não chegar tarde demais.

— Ah! Resistente como sempre! — Bruenor bufou, batendo com o punho no peito. Quando ele mudou de posição, uma dor aguda em seu assento o fez estremecer.

— Um virote de besta — Alustriel explicou.

Bruenor pensou por um momento. Não se lembrava de ter sido atingido, embora a memória de sua fuga da cidade subterrânea fosse perfeitamente clara. Ele deu de ombros e atribuiu isso à cegueira de sua ânsia pela batalha.

— Então um daquela escória cinzenta me pegou — ele começou a dizer, mas então corou e desviou os olhos com o pensamento da mulher arrancando o virote de seu traseiro.

Alustriel teve a gentileza de mudar de assunto.

— Jante e depois descanse — instruiu. — Seus amigos estão seguros... No momento.

— Onde...

Alustriel o cortou com a palma da mão estendida.

— Meu conhecimento sobre esse assunto não é suficiente — explicou ela. — Você encontrará suas respostas em breve. Pela manhã, vou levá-lo a Sela Longa e Cattibrie. Ela poderá contar mais do que eu.

Bruenor desejou que pudesse ir agora até a garota humana que ele tinha arrancado das ruínas de um ataque goblin e criado como sua filha, que pudesse esmagá-la contra ele em seus braços e dizer a ela que estava tudo bem. Mas lembrou a si mesmo que nunca tinha realmente esperado ver Cattibrie de novo e poderia sofrer por mais uma noite.

Quaisquer medos que tinha foram dissipados na serenidade do sono exausto, poucos minutos depois de terminar a refeição. Alustriel o vigiou até que roncos contentes ressoaram por todo o abrigo mágico.

Ciente de que apenas uma pessoa com sono saudável poderia roncar tão alto, a Senhora de Lua Argêntea se recostou na parede e fechou os olhos.

Foram três longos dias.

Bruenor observou com espanto enquanto a estrutura se desvanecia ao redor dele com a primeira luz do amanhecer, como se a escuridão da noite tivesse emprestado ao lugar o material tangível para sua construção. Ele se virou para dizer algo a Alustriel, mas a viu no meio de um feitiço, encarando o céu rosado e estendendo a mão como se tentasse agarrar os raios de luz.

Ela apertou as mãos e as levou à boca, sussurrando o encantamento nelas. Em seguida, ela lançou a luz capturada diante dela, gritando as palavras finais do encantamento:

— Equinos flamejantes! — Uma bola vermelha brilhante atingiu a pedra e explodiu em uma chuva de fogo, formando quase instantaneamente uma carruagem de chamas e dois cavalos. Suas imagens dançaram com o fogo que lhes dava forma, mas não queimavam o chão.

— Pegue suas coisas — instruiu ela a Bruenor. — É hora de partirmos.

Bruenor ficou imóvel por mais um momento. Ele nunca chegou a apreciar a magia, apenas aquela que fortalecia armas e armaduras, mas também nunca negou sua utilidade. Ele recolheu seu equipamento, sem se preocupar em vestir armadura ou escudo, e se juntou a Alustriel atrás da carruagem. Ele a seguiu, um tanto relutantemente, mas a carruagem não o queimou e parecia tão tangível quanto madeira.

Alustriel segurou as rédeas de fogo em sua mão esguia e chamou os cavalos. Um único salto os ergueu para o céu da manhã, e eles dispararam, para o oeste ao redor da parte principal da montanha e depois para o sul.

O anão atordoado largou o equipamento no chão — e colou o queixo no peito — então agarrou-se à lateral da carruagem. Montanhas corriam abaixo dele; notou as ruínas de Pedra do Veredito, a antiga cidade anã, muito abaixo, e apenas um segundo depois, muito atrás. A carruagem rugiu sobre o gramado aberto e deslizou para o oeste ao longo da borda norte da Charneca dos Trolls. Bruenor relaxou o suficiente para cuspir um palavrão enquanto voavam sobre a cidade de Nesmé, lembrando-se do tratamento nada hospitaleiro que ele e seus amigos receberam nas mãos de uma patrulha do lugar. Eles passaram pela rede do rio Dessarin, uma cobra brilhante se contorcendo pelos campos, e Bruenor viu um grande acampamento de bárbaros bem ao norte.

Alustriel virou a carruagem de fogo para o sul novamente, e apenas alguns minutos depois, a famosa Mansão de Hera da Colina Harpell, em Sela Longa, apareceu à vista.

Uma multidão de magos curiosos se reuniu no topo da colina para assistir à chegada da carruagem, aplaudindo sombriamente — tentando manter um ar distinto — como sempre faziam quando a dama Alustriel os agraciava com sua presença. Um rosto na multidão empalideceu e ficou branco quando a barba ruiva, o nariz pontudo e o elmo de um chifre de Bruenor Martelo de Batalha apareceram.

— Mas... você... é... morto... caiu... — gaguejou Harkle Harpell quando Bruenor saltou da traseira da carruagem.

— É bom te ver também — respondeu Bruenor, vestido apenas com sua camisola e elmo. Ele pegou seu equipamento da carruagem e jogou a pilha aos pés de Harkle. — Onde está minha garota?

— Sim, sim... a garota... Cattibrie... Oh, onde? Oh, lá — ele divagou, com os dedos de uma mão saltando nervosamente em seu lábio inferior. — Venha, venha sim! — Ele agarrou a mão de Bruenor e levou o anão para a Mansão de Hera.

Eles interceptaram Cattibrie, mal saída da cama e vestindo um robe peludo, arrastando-se por um longo corredor. Os olhos da jovem se arregalaram quando viu Bruenor correndo para ela, e ela deixou cair a toalha que segurava, com os braços caindo frouxamente para o lado. Bruenor enterrou o rosto nela, abraçando-a pela cintura com tanta força que forçou o ar para fora de seus pulmões. Assim que se recuperou do choque, ela devolveu o abraço dez vezes.

— Minhas preces... — ela gaguejou, a voz trêmula com os soluços.
— Pelos deuses, achei que você estivesse morto!

Bruenor não respondeu, tentando manter-se firme. Suas lágrimas estavam ensopando a frente do robe de Cattibrie e ele sentia os olhos de uma multidão de Harpells atrás dele. Envergonhado, ele abriu uma porta ao seu lado, surpreendendo um Harpell que estava nu da cintura para cima.

— Com licen... — o mago começou, mas Bruenor agarrou seu ombro e o puxou para o corredor, ao mesmo tempo conduzindo Cattibrie ao interior do cômodo. A porta bateu na cara do mago quando ele tentou voltar para seu quarto. Olhou impotente para seus parentes reunidos, mas os sorrisos largos e as gargalhadas que irrompiam lhe disseram que eles não seriam de nenhuma ajuda. Dando de ombros, o mago continuou com sua rotina matinal como se nada de incomum tivesse acontecido.

Foi a primeira vez que Cattibrie viu o estoico anão chorar de verdade. Bruenor não se importou e de qualquer maneira não poderia ter feito nada para impedir a cena.

— Minhas preces também — ele sussurrou para sua filha amada, a criança humana que ele tinha tomado como sua mais de uma década e meia antes.

— Se soubéssemos... — Cattibrie começou, mas Bruenor colocou um dedo gentil em seus lábios para silenciá-la. Não era importante; Bruenor sabia que Cattibrie e os outros nunca o teriam abandonado se sequer suspeitassem que pudesse estar vivo.

— Com certeza, não sei por que vivi — respondeu o anão. — O fogo não atingiu minha pele. — Ele estremeceu com as memórias de suas semanas sozinho nas minas do Salão de Mitral. — Chega de falar sobre aquele lugar — ele implorou. — Está no passado. E no passado vai ficar!

Cattibrie, sabendo da aproximação de exércitos para reclamar a pátria dos anões, começou a sacudir a cabeça, mas Bruenor não percebeu o movimento.

— Meus amigos? — ele perguntou à jovem. — Vi os olhos do drow enquanto caía.

— Drizzt vive — respondeu Cattibrie. — Assim como o assassino que perseguia Regis. Ele veio até a borda assim que você caiu e levou o pequeno embora.

— Pança-furada? — ofegou Bruenor.

— Sim, e a gata do drow também.

— Não está morto...

— Não, não que eu saiba — Cattibrie foi rápida em responder. — Não ainda. Drizzt e Wulfgar perseguiram o inimigo para o sul, sabendo que seu objetivo era Porto Calim.

— Uma jornada longa. — murmurou Bruenor. Ele olhou para Cattibrie, confuso. — Mas achei que você estaria com eles.

— Eu tenho meu próprio curso — Cattibrie respondeu, o rosto de repente sério. — Uma dívida para pagar.

Bruenor entendeu imediatamente.

— O Salão de Mitral? — ele ofegou. — Você pensou em voltar, me vingando?

Cattibrie assentiu sem piscar.

— Você é fora da casinha, garota! — disse Bruenor. — E o drow deixou você ir sozinha?

— Sozinha? — ecoou Cattibrie. Era hora do rei legítimo saber. — Não, nem eu acabaria com minha vida de forma tão tola. Cem dos nossos vêm do norte e do oeste — explicou ela. — E um bom número do povo de Wulfgar ao lado deles.

— Não é o suficiente — respondeu Bruenor. — Um exército da escória duergar domina os corredores.

— E mais oito mil da Cidadela Adbar ao norte e ao leste — Cattibrie continuou severamente, sem diminuir o ritmo. — O rei Harbromme dos anões de Adbar disse que verá os corredores livres de novo! Até mesmo os Harpells prometeram ajuda.

Bruenor desenhou uma imagem mental dos exércitos que se aproximavam — magos, bárbaros e uma muralha de anões — e com Cattibrie à sua frente. Um leve sorriso cortou a carranca de seu rosto. Ele olhou para a filha com ainda mais do que o considerável respeito que sempre demonstrara por ela, os olhos molhados de lágrimas mais uma vez.

— Eles não me venceriam — rosnou Cattibrie. — Eu queria ver seu rosto esculpido no Salão dos Reis, e queria colocar seu nome em seu devido lugar de glória!

Bruenor a agarrou e apertou com toda sua força.

De todos os mantos e louros que havia encontrado nos anos passados, ou poderia encontrar nos anos seguintes, nenhum se encaixava tão bem ou o abençoava tanto quanto "Pai".

❖

Bruenor ficou de pé solenemente na encosta sul da Colina Harpell naquela noite, observando as últimas cores desvanecerem-se do céu ocidental e o vazio da planície ao sul. Seus pensamentos estavam em seus amigos, particularmente em Regis — Pança-furada — o halfling chato que inegavelmente havia encontrado um canto macio no coração de pedra do anão.

Drizzt ficaria bem. Drizzt sempre estava bem e, com o poderoso Wulfgar caminhando ao lado dele, seria necessário um exército para derrubá-los.

Mas havia Regis.

Bruenor nunca duvidou que a maneira despreocupada de viver do halfling, incomodando os outros com um dar de ombros meio pedindo desculpas e meio se divertindo, acabaria por metê-lo fundo demais na lama para que suas perninhas o tirassem de lá. Pança-furada tinha sido um tolo ao roubar o pingente de rubi do mestre da guilda.

Mas isso não fazia nada para dissipar a pena do anão pelo dilema de seu amigo halfling, nem a raiva de Bruenor por sua própria incapacidade de ajudar. Por sua posição, seu lugar era aqui, e ele lideraria os exércitos reunidos para a vitória e glória, esmagando os duergar e trazendo a prosperidade de volta ao Salão de Mitral. Seu novo reino seria a inveja do Norte, com obras que rivalizariam com os trabalhos dos dias antigos fluindo para as rotas de comércio em todos os Reinos.

Tinha sido seu sonho, o objetivo de sua vida desde aquele dia terrível quase dois séculos antes, quando o Clã Martelo de Batalha quase fora exterminado e os poucos que sobreviveram, principalmente crianças, foram expulsos de sua pátria para as minúsculas minas de Vale do Vento Gélido.

O sonho de toda a vida de Bruenor iria retornar, mas como parecia vazio para ele agora, com seus amigos apanhados em uma perseguição desesperada através do sul.

A última luz deixou o céu e as estrelas ganharam vida.

Noite, Bruenor pensou com um pouco de conforto.

A hora do drow.

Os primeiros indícios de seu sorriso se dissiparam, entretanto, assim que começaram, quando Bruenor repentinamente passou a ver a escuridão que se aprofundava em uma perspectiva diferente.

— Noite — ele sussurrou em voz alta.

A hora do assassino.

Capítulo 8

Uma simples embalagem marrom

A ESTRUTURA DE MADEIRA SIMPLES NO FINAL DO Círculo dos Ladinos parecia subestimada mesmo para o lado decrépito da extensa cidade sulista de Porto Calim. O prédio tinha poucas janelas, todas cobertas por tábuas ou grades, e nenhum terraço ou sacada. Da mesma forma, nenhuma inscrição identificava o prédio, nem mesmo um número na porta. Mas todos na cidade conheciam a casa e a guardavam bem na memória, pois, depois de uma de suas portas de ferro, o cenário mudava dramaticamente. Enquanto o exterior exibia apenas o marrom envelhecido da madeira velha, o interior exibia uma miríade de cores vivas e tapeçarias, tapetes de tecido grosso e estátuas de ouro maciço. Era a guilda dos ladrões, rivalizando com o palácio do governante de Calimshan em riqueza e decoração.

Ela tinha três andares superiores, com mais dois níveis ocultos abaixo. O andar mais alto era o mais luxuoso, com cinco cômodos — um salão central octogonal e quatro antecâmaras ao redor — tudo projetado para o conforto e conveniência de um homem: Pasha Pook. Era o mestre da guilda, o arquiteto de uma intrincada rede de ladrões. E garantiu que era o primeiro a aproveitar os despojos da obra de sua guilda.

Pook caminhava pelo salão central do nível mais alto, sua câmara de audiência, parando a cada circuito para acariciar o pelo brilhante do leopardo que estava ao lado de sua grande cadeira. Uma ansiedade incomum estava gravada no rosto redondo do mestre da guilda, e ele remexia os dedos nervosamente quando não estava acariciando seu animal de estimação exótico.

Suas roupas eram de seda pura, mas além do broche que prendia suas vestes, não usava nenhuma das joias abundantes habituais entre outros de sua posição — embora seus dentes brilhassem com o ouro maciço. Na verdade, Pook parecia uma versão de tamanho reduzido de um dos quatro gigantes da colina eunucos que ladeavam o salão, uma aparência discreta para um mestre de guilda eloquente que havia posto sultões de joelhos e cujo nome fazia o mais robusto dos rufiões de rua sair correndo para buracos escuros.

Pook quase saltou quando uma batida forte ressoou na porta principal do cômodo, a que dava para os andares mais baixos. Ele hesitou por um longo momento, assegurando-se de que faria o outro homem se contorcer em espera — embora realmente precisasse de tempo para se recompor. Em seguida, acenou distraído para um dos eunucos, sentou-se no trono estofado na plataforma elevada em frente à porta e baixou a mão novamente para seu gato mimado.

Um guerreiro esguio entrou, o florete fino dançando ao ritmo de seu passo. Usava uma capa preta que flutuava atrás de si, presa ao seu pescoço. Seu cabelo castanho espesso se enrolava em seu pescoço. Suas roupas eram escuras e simples, mas entrecruzadas por tiras e cintos, cada um com uma bolsa ou adaga embainhada ou alguma outra arma incomum pendurada. Suas botas altas de couro, gastas além de qualquer vinco, não faziam nenhum som além do bater cronometrado de seu passo ágil.

— Saudações, Pook — disse ele informalmente.

Os olhos de Pook se estreitaram ao ver o homem.

— Rassiter — respondeu ele ao homem-rato.

Rassiter caminhou até o trono e curvou-se sem muito entusiasmo, lançando ao leopardo reclinado um olhar desagradável. Exibindo um sorriso podre que revelava sua herança humilde, ele colocou um pé na cadeira e se abaixou para permitir que o mestre da guilda sentisse o calor de sua respiração.

Pook olhou para a bota suja em sua bela cadeira, depois de volta para o homem com um sorriso que até o inculto Rassiter notou que era um pouco desarmante demais. Imaginando que poderia estar levando sua familiaridade com seu parceiro um pouco longe demais, Rassiter tirou o pé de seu apoio e deu um passo para trás.

O sorriso de Pook desapareceu, mas ele estava satisfeito.

— Está feito? — perguntou ele ao homem

Rassiter dançou em um círculo e quase riu alto.

— Claro — ele respondeu, e puxou um colar de pérolas de sua bolsa.

Pook fez uma careta pelo que viu, exatamente a expressão que o guerreiro dissimulado esperava.

— Você precisa mesmo matar todo mundo? — o mestre da guilda disse em um sibilar.

Rassiter deu de ombros e recolocou o colar onde estava.

— Você disse que queria que ela fosse removida. Ela foi removida.

As mãos de Pook agarraram os braços do trono.

— Eu disse que a queria fora das ruas até que o trabalho fosse completado.

— Ela sabia demais — respondeu Rassiter, examinando as unhas.

— Ela era valiosa — disse Pook, de volta ao controle. Poucos homens conseguiam irritar Pasha Pook como Rassiter, e pouquíssimos teriam deixado o salão com vida.

— Uma em mil — riu o guerreiro esguio.

Outra porta se abriu e um homem mais velho entrou, usando vestes roxas bordadas com estrelas douradas e luas crescentes, um enorme diamante prendendo seu turbante alto.

— Eu preciso ver...

Pook lhe lançou um olhar de soslaio.

— Agora não, LaValle.

— Mas Mestre...

Os olhos de Pook se estreitaram perigosamente, quase combinando com as linhas de seus lábios. O velho fez uma reverência desculpando-se e desapareceu pela porta, fechando-a com cuidado e em silêncio atrás de si.

Rassiter riu do espetáculo:

— Muito bem.

— Você deveria aprender a ter os modos de LaValle — Pook disse a ele.

— Ah, Pook, somos parceiros — respondeu Rassiter.

Ele saltou até uma das duas janelas da sala, a que dava para o sul, para as docas e o oceano.

— A lua estará cheia esta noite — disse ele com entusiasmo, tornando a girar na direção de Pook. — Você deveria se juntar a nós, Pasha! Haverá um grande banquete!

Pook estremeceu ao pensar na mesa macabra que Rassiter e seus companheiros homens-rato planejavam. Talvez a moça ainda não estivesse morta...

Ele afastou esses pensamentos.

— Receio ter de recusar — disse ele calmamente.

Rassiter entendia — e atiçara de propósito — o nojo de Pook. Ele voltou a dançar e colocou o pé no trono, mostrando a Pook aquele sorriso asqueroso outra vez.

— Você não sabe o que está perdendo — disse ele. — Mas a escolha é sua; esse era o nosso acordo. — ele se virou e fez uma reverência. — E você é o mestre.

— Um acordo que vai bem para você e os seus — Pook o lembrou.

Rassiter virou as palmas das mãos em concessão, então as bateu uma contra a outra.

— Eu não posso negar que minha guilda está se saindo melhor desde que você nos trouxe para cá. — ele curvou-se novamente. — Perdoe minha insolência, meu caro amigo, mas mal posso conter a alegria de minhas fortunas. E esta noite a lua estará cheia!

— Então vá para o seu banquete, Rassiter.

O homem magro curvou-se de novo, lançou mais um olhar desagradável para o leopardo e saltou da sala.

Quando a porta se fechou, Pook correu os dedos sobre a testa e para baixo através dos restos propositalmente emaranhados do que uma vez tinha sido uma espessa mecha de cabelo preto. Então ele deixou cair o queixo desamparadamente na palma da mão gorda e riu de seu próprio desconforto ao lidar com Rassiter, o homem-rato.

Ele olhou para a porta do harém, perguntando-se se conseguiria tirar o colega de seus pensamentos. Mas então se lembrou de LaValle. O mago não o teria perturbado, certamente não com Rassiter na sala, a menos que as notícias fossem importantes.

Ele deu uma última coçada no queixo de seu animal de estimação e passou pela porta sudeste da câmara, para os aposentos mal iluminados do mago. LaValle, olhando fixamente para sua bola de cristal, não o notou quando ele entrou. Sem querer atrapalhar o mago, Pook calmamente sentou-se do outro lado da mesinha e esperou, divertindo-se com as curiosas distorções da barba grisalha e desgrenhada de LaValle através da bola de cristal enquanto o mago se movia para um lado e para outro.

Por fim, LaValle ergueu os olhos. Ele podia ver claramente as linhas de tensão ainda no rosto de Pook, não inesperadas após a visita do homem-rato.

— Eles a mataram, então? — perguntou, já sabendo a resposta.

— Eu o desprezo — disse Pook.

LaValle concordou com a cabeça.

— Mas você não pode descartar o poder que Rassiter trouxe para você.

O mago falava a verdade. Nos dois anos desde que Pook se aliara aos homens-rato, sua guilda se tornou a mais proeminente e poderosa na cidade. Ele poderia viver bem só com os pagamentos que os mercadores do cais lhe pagavam para proteção — de sua própria guilda. Mesmo os capitães de muitos dos navios mercantes visitantes eram espertos o suficiente para não mandar embora o coletor de Pook quando ele os encontrava nas docas.

E quem não era, aprendia rápido.

Não, Pook não podia discutir sobre os benefícios de ter Rassiter e seus companheiros por perto. Mas o mestre da guilda não tinha amor pelos miseráveis licantropos, humanos durante o dia e algo bestial, meio rato e meio homem, à noite. E não gostava da maneira como lidavam com seus negócios.

— Chega dele — disse Pook, deixando cair as mãos na toalha de mesa de veludo preto. — Tenho certeza de que precisarei de umas dez horas no harém para superar nosso encontro! — seu sorriso mostrou que o pensamento não o desagradava. — Mas o que você queria?

Um sorriso imenso se espalhou pelo rosto do mago.

— Eu falei com Oberon em Portão de Baldur hoje — disse ele com algum orgulho. — Soube de algo que pode fazer você esquecer tudo sobre sua conversa com Rassiter.

Pook esperou com curiosidade, permitindo que LaValle tivesse seu momento de drama. O mago era um aliado bom e leal, a coisa mais próxima que o mestre da guilda tinha de um amigo.

— Seu assassino está voltando! — LaValle proclamou de repente.

Pook levou alguns minutos para pensar no significado e nas implicações das palavras do mago. Mas então percebeu e saltou da mesa.

— Entreri? — ofegou, mal recuperando o fôlego.

LaValle acenou com a cabeça e quase riu alto.

Pook passou a mão pelo cabelo. Três anos. Entreri, o mais mortal dos mortais, estava voltando para ele depois de três longos anos. Ele olhou com curiosidade para o mago.

— Ele está com o halfling — LaValle respondeu à sua pergunta silenciosa. O rosto de Pook se iluminou em um largo sorriso. Ele se inclinou para frente ansiosamente, com seus dentes dourados brilhando à luz das velas.

LaValle estava feliz de verdade por agradar seu mestre de guilda, em dar-lhe as notícias que ele havia esperado tanto para ouvir.

— E o pingente de rubi! — o mago proclamou, batendo o punho na mesa.

— Isso! — rosnou Pook, explodindo em gargalhadas. Sua joia, seu bem mais precioso. Com seus poderes hipnóticos, poderia atingir alturas ainda maiores de prosperidade e poder. Ele não apenas dominaria a todos que encontrasse, mas os faria felizes com a experiência. — Ah, Rassiter — murmurou Pook, pensando repentinamente na vantagem que poderia ganhar sobre seu colega. — Nosso relacionamento está prestes a mudar, meu amigo roedor.

— O quanto você ainda vai precisar dele? — perguntou LaValle.

Pook deu de ombros e olhou para a lateral da sala, para uma pequena cortina.

O Aro de Taros.

LaValle empalideceu com o simples pensamento sobre a coisa. O Aro de Taros era uma relíquia poderosa capaz de deslocar seu dono, ou seus inimigos, pelos próprios planos da existência. Mas o poder deste item tinha um preço. Era totalmente maligno, e cada uma das poucas vezes que LaValle o usara, sentiu uma parte de si mesmo se esvaindo, como se o Aro de Taros ganhasse seu poder roubando sua força vital. LaValle odiava Rassiter, mas esperava que o mestre da guilda encontrasse uma solução melhor do que o Aro de Taros.

O mago voltou seu olhar para encontrar Pook encarando-o.

— Conte mais! — Pook insistiu, ansioso.

LaValle deu de ombros, impotente, e colocou a mão na bola de cristal.

— Não fui capaz de vê-los pessoalmente — disse ele. — Artemis Entreri sempre foi capaz de evitar minha vidência. Mas, pelas palavras de Oberon, eles não estão muito longe. Navegando nas águas ao norte de Calimshan, se já não estiverem dentro das fronteiras. E eles navegam em um vento forte, Mestre. Uma semana ou duas, não mais.

— E Regis está com ele? — perguntou Pook.

— Ele está.

— Vivo?

— Muito vivo — disse o mago.

— Bom! — zombou Pook. Como ele desejava ver novamente o halfling traidor! Ter as mãos rechonchudas em volta do pequeno pescoço de Regis! A guilda passou por tempos difíceis depois que Regis fugiu com o pingente mágico. Na verdade, os problemas vieram mais da própria insegurança de Pook em lidar com pessoas sem a joia, por tê-la usado tanto tempo, e da obsessiva — e cara — caçada do mestre da guilda ao halfling. Mas, para Pook, a culpa recaia diretamente sobre Regis. Ele até culpou o halfling pela aliança com a guilda dos homens-rato, pois não teria precisado de Rassiter se tivesse seu pingente.

Mas tudo daria certo, Pook sabia. Possuindo o pingente e dominando os homens-rato, talvez pudesse até pensar em expandir seu poder para fora de Porto Calim, com associados encantados e aliados licantropos liderando guildas por todo o sul.

LaValle parecia mais sério quando Pook tornou a olhar para ele.

— Como você acredita que Entreri se sentirá em relação aos nossos novos associados? — perguntou sombriamente.

— Ah, ele não sabe — disse Pook, percebendo as implicações. — Está fora há muito tempo. — pensou por um momento e deu de ombros. — No fim das contas, eles estão no mesmo ramo. Entreri deve aceitá-los.

— Rassiter perturba a todos que ele encontra — o mago o lembrou. — Suponho que ele arrume problemas com Entreri?

Pook riu da ideia.

— Posso garantir que Rassiter arrumará problemas com Artemis Entreri apenas uma vez, meu amigo.

— E então você deverá fazer acordos com o novo chefe dos homens-rato — LaValle riu.

Pook deu um tapinha em seu ombro e se dirigiu para a porta.

— Descubra o que puder — ele instruiu o mago. — Se puder encontrá-los em sua bola de cristal, me chame. Mal posso esperar para ver de novo o rosto de Regis, o halfling. Devo muito àquele lá.

— E você estará...?

— No harém — Pook respondeu com uma piscadela. — Tensão, você sabe.

LaValle caiu para trás em sua cadeira quando Pook saiu e considerou novamente o retorno de seu principal rival. Ele havia ganhado muito desde que Entreri partira, até mesmo subindo a este quarto no terceiro nível como assistente pessoal de Pook.

Este quarto, o quarto de Entreri.

Mas o mago nunca teve problemas com o assassino. Foram aliados confortáveis, se não amigos, e ajudaram-se mutuamente muitas vezes no passado. LaValle não conseguia contar quantas vezes havia mostrado a Entreri a rota mais rápida para um alvo.

E houve aquela situação desagradável com Mancas Tiveros, um outro mago. "Mancas, o Poderoso", os outros magos de Porto Calim o chamavam, e tiveram pena de LaValle quando ele e Mancas entraram em uma disputa sobre a origem de um feitiço específico. Ambos reivindicaram o crédito pela descoberta e todos esperaram que uma guerra mágica estourasse. Mas Mancas foi embora repentina e inexplicavelmente, deixando uma nota negando seu papel na criação do feitiço e dando todo o crédito a LaValle. Mancas nunca mais foi visto — em Porto Calim ou em qualquer outro lugar.

— Ah, bem — LaValle suspirou, voltando-se para sua bola de cristal. Artemis Entreri tinha sua utilidade.

A porta da sala se abriu e Pook enfiou a cabeça para dentro novamente.

— Envie um mensageiro para a guilda dos carpinteiros — disse ele a LaValle. — Diga a eles que precisaremos de vários homens qualificados imediatamente.

LaValle inclinou a cabeça em descrença.

— O harém e a sala do tesouro devem ficar — Pook disse com ênfase, fingindo frustração sobre a incapacidade de seu mago de ver a lógica. — E com certeza não irei ceder meu quarto!

LaValle franziu a testa ao pensar que havia começado a entender.

— Nem estou prestes a dizer a Artemis Entreri que ele não pode ter seu próprio quarto de volta — disse Pook. — Não depois de ter realizado sua missão de maneira tão excelente!

— Eu entendo — disse o mago taciturno, acreditando que estava sendo relegado mais uma vez aos níveis inferiores.

— Portanto, um sexto quarto deve ser construído — riu Pook, divertindo-se com seu joguinho. — Entre o de Entreri e o harém — Ele piscou novamente para seu valioso assistente. — Você pode projetar você mesmo, meu caro LaValle. E não poupe despesas! — ele fechou a porta e foi embora.

O mago enxugou a umidade dos olhos. Pook sempre o surpreendia, mas nunca o desapontava.

— Você é um mestre generoso, meu Pasha Pook — ele sussurrou para a sala vazia.

E realmente Pasha Pook também era um líder magistral, pois LaValle voltou-se para sua bola de cristal, com os dentes cerrados em determinação. Ele encontraria Entreri e o halfling. Ele não desapontaria seu mestre generoso.

Capítulo 9

Enigmas flamejantes

CORRENDO COM AS CORRENTES DO CHIONTHAR, E com a brisa em um ângulo vindo do norte bom o suficiente para que as velas tivessem um pouco de impulso, o Fada do Mar navegou para longe de Portão de Baldur a uma velocidade tremenda, cuspindo um jato branco apesar do movimento simultâneo da água.

— Costa da Espada no meio da tarde — disse Deudermont a Drizzt e Wulfgar. — E, longe da costa, sem terra à vista até chegarmos ao Canal de Asavir. Em seguida, uma jornada ao sul ao redor dos limites do mundo e de volta ao leste para Porto Calim.

— Porto Calim — disse ele de novo, indicando uma nova flâmula subindo pelo mastro do Fada do Mar, um campo dourado cruzado por linhas azuis inclinadas.

Drizzt olhou para Deudermont, desconfiado, sabendo que esta não era uma prática comum dos navios.

— Estendemos a bandeira de Águas Profundas ao norte de Portão de Baldur — explicou o capitão. — e Porto Calim ao sul.

— Uma prática aceitável? — perguntou Drizzt.

— Para quem sabe o preço — riu Deudermont. — Águas Profundas e Porto Calim são rivais, e teimosas em sua rivalidade. As cidades desejam o comércio uma com a outra e só têm a lucrar com isso, mas nem sempre permitem que os navios que levam a bandeira da outra atraquem em seus portos.

— Um orgulho tolo — observou Wulfgar, lembrando dolorosamente de algumas tradições semelhantes que seu próprio clã praticara apenas alguns anos antes.

— Política — disse Deudermont com um dar de ombros. — Mas os senhores de ambas as cidades desejam em segredo o comércio, e algumas dezenas de navios fizeram as conexões para manter os negócios em andamento. O Fada do Mar tem dois portos para chamar de lar, e todos lucram com o acordo.

— Dois mercados para o Capitão Deudermont — comentou Drizzt maliciosamente. — Prático.

— E também faz muito sentido em questão de navegação — Deudermont continuou, com o sorriso ainda largo. — Os piratas que correm nas águas ao norte de Portão de Baldur respeitam o estandarte de Águas Profundas acima de todos os outros, e aqueles ao sul daqui tomam cuidado para não despertar a raiva de Porto Calim e sua imensa armada. Os piratas ao longo do Canal de Asavir têm muitos navios mercantes para escolher e são mais propensos a atacar um que carregue uma bandeira de menor peso.

— E nunca te incomodam? — Wulfgar não pôde deixar de perguntar, com sua voz hesitante e quase sarcástica, como se ainda não soubesse se aprovava a prática.

— Nunca? — ecoou Deudermont. — Não "nunca", mas raramente. E nas ocasiões em que os piratas vêm até nós, nós içamos nossas velas e fugimos. Poucos navios podem alcançar o Fada do Mar quando suas velas estão cheias de vento.

— E se eles alcançarem? — perguntou Wulfgar.

— É assim que vocês dois podem fazer valer sua passagem — riu Deudermont. — Meu palpite é que só essas armas que vocês carregam já vão suavizar o desejo de um pirata de continuar a perseguição.

Wulfgar trouxe Presa de Égide para frente dele.

— Rezo para ter aprendido os movimentos de um navio bem o suficiente para essa batalha — disse ele. — Um balanço mal dado pode me mandar para o mar!

— Então nade para o lado do navio pirata — refletiu Drizzt. — E vire-o!

De uma câmara escura em sua torre em Portão de Baldur, o mago Oberon observou o Fada do Mar zarpar. Ele investigou mais profundamente a bola de cristal para ver o elfo e o enorme bárbaro de pé ao lado do capitão do navio no convés. Eles não eram dessas partes, o mago sabia. Por suas vestimentas e sua coloração, o bárbaro era mais provavelmente de uma daquelas tribos distantes ao norte, além de Luskan e ao redor das montanhas Espinha do Mundo, naquele trecho desolado de terra conhecido como Vale do Vento Gélido. Como estava longe de casa, e como era incomum ver alguém como ele navegando em mar aberto!

— Que papel esses dois poderiam desempenhar no retorno da joia de Pasha Pook? — Oberon se perguntou em voz alta, verdadeiramente intrigado. Entreri tinha percorrido todo o caminho até aquela distante faixa de tundra em busca do halfling? Esses dois o estavam seguindo até o sul?

Mas não era problema do mago. Oberon estava feliz por Entreri ter cobrado a dívida com um favor tão fácil. O assassino havia matado por Oberon — mais de uma vez — vários anos atrás, e embora Entreri nunca tivesse mencionado os favores em suas muitas visitas à torre de Oberon, o mago sempre sentiu como se o assassino segurasse uma corrente pesada em volta de seu pescoço. Mas nessa mesma noite, a dívida de longa data seria liquidada no sopro de um simples sinal.

A curiosidade de Oberon o manteve sintonizado com o Fada do Mar um pouco mais. Ele se concentrou no elfo — Drizzt Do'Urden, como Pellman, o capitão do porto, o havia chamado. Para o olho experiente do mago, algo estava errado com aquele elfo. Não fora do lugar, como parecia o bárbaro. Em vez disso, algo na maneira como Drizzt se portava ou olhava com aqueles olhos cor de lavanda únicos.

Os olhos simplesmente não pareciam se encaixar naquele elfo, Drizzt Do'Urden.

Um encantamento, talvez, supôs Oberon. Algum disfarce mágico. O mago curioso desejava ter mais informações para relatar a Pasha Pook. Ele considerou a possibilidade de ir rapidamente até o convés do navio para investigar mais, mas não tinha os feitiços certos preparados para tal empreitada. Além disso, ele lembrou a si mesmo, isso não era problema dele.

E ele não queria contrariar Artemis Entreri.

Naquela mesma noite, Oberon voou para fora de sua torre e subiu para o céu noturno com uma varinha na mão. Centenas de metros acima da cidade, ele disparou a sequência adequada de bolas de fogo.

No convés de um navio de Porto Calim, chamado Dançarino Demoníaco, trezentos quilômetros ao sul, Artemis Entreri observou a exibição.

— Por mar — ele murmurou, observando a sequência das rajadas. Ele se virou para o halfling parado ao lado dele.

— Seus amigos nos seguem pelo mar — disse ele. — E menos de uma semana atrás! Eles se saíram bem.

Os olhos de Regis não brilharam de esperança com a notícia. A mudança climática já estava muito evidente, todos os dias e todas as noites. Eles haviam deixado o inverno bem para trás, e os ventos quentes dos Reinos do sul haviam se acomodado inquietantemente aos espíritos do halfling. A viagem para Porto Calim não seria interrompida por nenhuma outra parada, e nenhum navio — mesmo um a menos de uma semana atrás — teria esperança de alcançar o veloz Dançarino Demoníaco.

Regis lutava contra um dilema interno, tentando chegar a um acordo com a inevitabilidade de seu encontro com seu antigo mestre de guilda.

Pasha Pook não era um homem misericordioso. Regis testemunhara pessoalmente Pook aplicando punições severas aos ladrões que ousaram roubar de outros membros da guilda. Regis foi ainda mais longe do que isso; ele havia roubado do próprio mestre da guilda. E o item que ele pegou, o pingente mágico de rubi, era o bem mais precioso de Pook. Derrotado e desesperado, Regis abaixou a cabeça e caminhou lentamente de volta para sua cabine.

O humor sombrio do halfling não fez nada para conter o formigamento que percorria a espinha de Entreri. Pook receberia a joia e o halfling, e Entreri seria bem pago pelo serviço. Mas na mente do assassino, o ouro de Pook não era a verdadeira recompensa por seus esforços.

Entreri queria Drizzt Do'Urden.

✦

Drizzt e Wulfgar também assistiram ao show de luzes sobre Portão de Baldur naquela noite. Já em mar aberto, mas ainda a mais de duzentos e cinquenta quilômetros ao norte do Dançarino Demoníaco, eles só podiam supor o significado da exibição.

— Um mago — observou Deudermont, aproximando-se dos dois. — Talvez esteja lutando contra alguma grande fera aérea — ofereceu o capitão, tentando elaborar uma história divertida. — Um dragão ou algum outro monstro no céu!

Drizzt estreitou os olhos para ver mais de perto as explosões de fogo. Ele não viu nenhuma forma escura correndo ao redor dos sinalizadores, nem qualquer indício de que eles visassem um alvo específico. Mas talvez o Fada do Mar estivesse apenas longe demais para ele discernir tais detalhes.

— Não é uma luta, é um sinal — Wulfgar deixou escapar, reconhecendo um padrão nas explosões. — Três e um. Três e um.

— Parece um pouco trabalhoso demais para um simples sinal — acrescentou Wulfgar. — Um cavaleiro carregando uma nota não serviria melhor?

— A menos que seja um sinal para um navio — ofereceu Deudermont. Drizzt já havia acalentado esse mesmo pensamento, e estava ficando mais do que um pouco desconfiado da origem da exibição, e de sua finalidade.

Deudermont estudou a exibição por mais um momento.

— Talvez seja um sinal — admitiu, reconhecendo a precisão das observações de Wulfgar sobre um padrão. — Muitos navios entram e saem de Portão de Baldur todos os dias. Um mago cumprimentando alguns amigos ou dizendo adeus em grande estilo.

— Ou transmitindo informações — acrescentou Drizzt, olhando para Wulfgar. Wulfgar não deixou passar a intenção do drow; Drizzt percebeu pela carranca do bárbaro que Wulfgar alimentava suspeitas semelhantes.

— Mas, para nós, um show e nada mais — disse Deudermont, desejando-lhes boa noite com um tapinha no ombro. — Uma diversão para ser desfrutada.

Drizzt e Wulfgar se entreolharam, duvidando da avaliação de Deudermont.

※

— O que Artemis Entreri está tramando? — Pook perguntou retoricamente, falando seus pensamentos em voz alta.

Oberon, o mago na bola de cristal, deu de ombros.

— Nunca fingi entender os motivos de Artemis Entreri

Pook acenou com a cabeça e continuou a andar atrás da cadeira de LaValle.

— Mesmo assim, acho que esses dois têm pouco a ver com o seu pingente — disse Oberon.

— Alguma vingança pessoal que Entreri adquiriu ao longo de suas viagens — concordou Pook.

— Amigos do halfling? — ponderou Oberon. — Então por que Entreri os guiaria na direção certa?

— Quem quer que sejam, só podem trazer problemas — disse LaValle, sentado entre seu mestre da guilda e o dispositivo de vidência.

— Talvez Entreri planeje uma emboscada para eles — sugeriu Pook a Oberon. — Isso explicaria a necessidade do seu sinal.

— Entreri instruiu o capitão do porto a dizer a eles que os encontraria em Porto Calim — Oberon lembrou a Pook.

— Para despistá-los — disse LaValle. — Para fazê-los acreditar que o caminho estaria desimpedido até que chegassem ao porto do sul.

— Esse não é o estilo de Artemis Entreri — disse Oberon, e Pook estava pensando a mesma coisa. — Eu nunca soube do assassino usando truques tão óbvios para ganhar vantagem em uma competição. É o maior prazer de Entreri encontrar e esmagar seus desafiadores cara a cara.

Os dois magos e o mestre da guilda, e haviam sobrevivido e prosperado pela sua capacidade de reagir a tais quebra-cabeças de maneira adequada, seguraram seus pensamentos por um momento para refletir sobre as possibilidades. Tudo com o que Pook se importava era o retorno de seu precioso pingente. Com ele, poderia expandir seus poderes dez vezes, talvez até ganhando os favores do próprio governante Pasha de Calimshan.

— Eu não gosto disso — Pook disse por fim. — Não quero complicações para o retorno do halfling ou do meu pingente.

Fez uma pausa para considerar as implicações de seu curso decidido, inclinando-se sobre as costas de LaValle para se aproximar da imagem de Oberon.

— Você ainda tem contato com Pinochet? — perguntou ele, astutamente, ao mago.

Oberon adivinhou o que o mestre da guilda queria.

— O pirata não esquece seus amigos — respondeu ele no mesmo tom. — Pinochet entra em contato comigo sempre que encontra o caminho para Portão de Baldur. Ele pergunta de você também, esperando que tudo esteja bem com seu velho amigo.

— E ele está agora nas ilhas?

— O comércio de inverno está vindo com tudo de Águas Profundas — Oberon respondeu com uma risada. — Onde mais um pirata de sucesso estaria?

— Bom — murmurou Pook.

— Devo providenciar boas-vindas aos perseguidores de Entreri? — Oberon perguntou ansiosamente, apreciando a intriga e a oportunidade de servir ao mestre da guilda.

— Três navios, sem espaço para erros — disse Pook. — Nada interferirá no retorno do halfling. Eu e ele temos muito o que discutir!

Oberon considerou a tarefa por um momento.

— Uma pena — observou ele. — O Fada do Mar era um ótimo barco.

Pook repetiu uma única palavra para dar ênfase, deixando absolutamente claro que ele não toleraria erros.

— Era.

Capítulo 10

O peso do manto de um rei

O HALFLING ESTAVA PENDURADO PELOS TORNOzelos, suspenso de cabeça para baixo por correntes acima de um caldeirão repleto de um líquido fervente. Não era água, porém, mas algo mais escuro. Um tom de vermelho, talvez.

Sangue, talvez.

A manivela rangeu, e o halfling desceu um centímetro mais perto do líquido.

Seu rosto estava contorcido, sua boca, escancarada, como se estivesse gritando.

Mas nenhum grito podia ser ouvido. Só os sons da manivela e uma risada sinistra vinda de um torturador oculto.

A cena enevoada mudou, e a manivela se fez visível, operada lentamente por uma única mão que parecia não estar ligada a lugar algum.

Houve uma pausa na descida.

Então, a voz maligna riu uma última vez. A mão se mexeu em um solavanco rápido, e fez a manivela girar.

Um grito ressoou, agudo e cortante, um grito de agonia... um grito de morte!

O suor queimava os olhos de Bruenor antes mesmo de abri-los por completo. Ele limpou a umidade do rosto e sacudiu a cabeça, tentando afastar as imagens terríveis e ajustar seus pensamentos aos seus arredores.

Estava na Mansão de Hera, em uma cama confortável em um quarto confortável. As velas novas que havia acendido estavam quase totalmente consumidas. Elas não ajudaram e a noite tinha sido como as outras: outro pesadelo.

Bruenor se virou e se sentou ao lado da cama. Tudo estava como deveria. A armadura de mitral e o escudo dourado estavam em uma cadeira ao lado da única cômoda do quarto. O machado que ele havia usado para abrir caminho para fora do covil duergar descansava tranquilo contra a parede ao lado da cimitarra de Drizzt, e dois elmos estavam em cima da cômoda, o elmo surrado de um chifre só que havia carregado o anão em suas aventuras nos último dois séculos, e a coroa do rei do Salão de Mitral, rodeada por mil pedras brilhantes.

Mas aos olhos de Bruenor, nem tudo estava como deveria. Ele olhou para a janela e para a escuridão da noite além. Infelizmente, tudo o que podia ver era o reflexo da sala iluminada por velas, a coroa e a armadura do rei do Salão de Mitral.

Fora uma semana difícil para Bruenor. Todos os dias foram preenchidos com a emoção dos tempos, com conversas sobre os exércitos que vinham da Cidadela Adbar e do Vale do Vento Gélido para reclamar o Salão de Mitral. Os ombros do anão doíam por receber tantos tapinhas dos Harpells e de outros visitantes da mansão, todos ansiosos para parabenizá-lo antecipadamente pelo retorno iminente de seu trono.

Mas nos últimos dias, Bruenor havia vagado distraído, desempenhando um papel imposto a ele antes que pudesse realmente apreciá-lo. Era hora de se preparar para a aventura com a qual Bruenor fantasiava desde seu exílio quase dois séculos antes. O pai de seu pai tinha sido rei do Salão de Mitral, seu pai antes dele, até os primórdios do Clã Martelo de Batalha. O direito de nascença de Bruenor exigia que ele liderasse os exércitos e retomasse o Salão de Mitral para se sentar no trono que nascera para possuir.

Mas fora nas próprias câmaras da antiga pátria dos anões que Bruenor Martelo de Batalha havia percebido o que era realmente importante para ele. Ao longo da última década, quatro companheiros muito especiais entraram em sua vida, nenhum deles um anão. A amizade que os cinco construíram era maior que um reino anão e mais preciosa para Bruenor que todo o mitral do mundo. A concretização de sua fantasia de conquista parecia vazia para ele.

Os momentos da noite sequestravam o coração de Bruenor e sua concentração. Os sonhos, nunca os mesmos, mas sempre com a mesma terrível conclusão, não se apagavam com a luz do dia.

— Outro? — veio um chamado suave da porta. Bruenor olhou por cima do ombro para ver Cattibrie o espiando. Bruenor sabia que não precisava responder. Ele abaixou a cabeça com uma das mãos e esfregou os olhos.

— Sobre Regis de novo? — perguntou Cattibrie, aproximando-se. Bruenor ouviu a porta fechar suavemente.

— Pança-furada — Bruenor a corrigiu baixinho, usando o apelido que dera ao halfling que tinha sido seu amigo mais próximo por quase uma década.

O anão colocou as pernas de volta na cama.

— Eu deveria estar com ele — disse rispidamente — ou pelo menos com o drow e Wulfgar, procurando por ele!

— Seu reino o aguarda — Cattibrie o lembrou, mais para dissipar a culpa de Bruenor do que para suavizar sua crença de onde ele realmente pertencia, uma crença que a jovem compartilhava de todo o coração.
— Seus parentes de Vale do Vento Gélido estarão aqui em um mês, o exército de Adbar em dois.

— Sim, mas não podemos ir para os salões até o fim do inverno.

Cattibrie olhou ao redor em busca de uma maneira de mudar a conversa desagradável.

— Você vai ficar bem nisso — disse, alegre, indicando o elmo adornado com joias, a coroa do rei do Salão de Mitral.

— Qual? — retrucou Bruenor, com um tom afiado em sua língua.

Cattibrie olhou para o elmo amassado, lamentável ao lado do elmo glorioso, e quase gargalhou alto. Mas então se voltou para Bruenor antes de comentar, e o olhar severo estampado no rosto do anão enquanto estudava o velho elmo lhe disse que Bruenor não tinha perguntado em tom de brincadeira. Naquele momento, Cattibrie percebeu, Bruenor via o elmo de um chifre como infinitamente mais precioso do que a coroa que estava destinado a usar.

— Eles estão a meio caminho de Porto Calim — Cattibrie observou, simpatizando com os desejos do anão. — Talvez mais.

— Sim, e poucos barcos sairão de Águas Profundas com o inverno chegando — Bruenor murmurou sério, ecoando os mesmos argumentos que Cattibrie havia levantado durante sua segunda manhã na Mansão de Hera, quando mencionou pela primeira vez seu desejo de ir atrás de seus amigos.

— Temos um milhão de preparações diante de nós — disse Cattibrie, mantendo teimosamente seu tom alegre. — Com certeza, o inverno passará rápido e chegaremos aos salões a tempo para o retorno de Drizzt, Wulfgar e Regis.

O rosto de Bruenor não se suavizou. Seus olhos se fixaram no capacete quebrado, mas sua mente vagou além da visão, de volta à cena fatídica no Desfiladeiro de Garumn. Pelo menos tinha feito as pazes com Regis antes de se separarem...

As lembranças de Bruenor desapareceram de repente. Ele lançou um olhar irônico na direção de Cattibrie.

— Você acha que voltam a tempo para a luta?

Cattibrie deu de ombros.

— Se voltarem logo — respondeu ela, curiosa com a pergunta, pois sabia que Bruenor tinha mais em mente do que lutar ao lado de Drizzt e Wulfgar na batalha pelo Salão de Mitral. — Podem cobrir muitos quilômetros no sul, mesmo no inverno.

Bruenor saltou da cama e correu para a porta, pegando o capacete de um chifre e ajustando-o à cabeça enquanto avançava.

— No meio da noite? — Cattibrie ficou boquiaberta atrás dele. Ela deu um pulo e o seguiu até o corredor.

Bruenor não desacelerou. Ele marchou direto para a porta de Harkle Harpell e bateu com força suficiente para acordar todos naquela ala da casa.

— Harkle! — rosnou.

Cattibrie sabia que não devia sequer tentar acalmá-lo. Ela apenas deu de ombros se desculpando para cada cabeça curiosa que apareceu no corredor para dar uma olhada.

Finalmente, Harkle, vestido apenas com uma camisola e um gorro com um pompom na ponta, abriu a porta segurando uma vela,.

Bruenor entrou no quarto, com Cattibrie o seguindo.

— Você pode me fazer uma carruagem? — exigiu o anão.

— Uma o quê? — Harkle bocejou, tentando inutilmente afastar o sono. — Uma carruagem?

— Uma carruagem! — rosnou Bruenor. — De fogo. Como a em que a dama Alustriel me trouxe até aqui! Uma carruagem de fogo!

— Bem — gaguejou Harkle. — Eu nunca...

— Você consegue? — rosnou Bruenor, sem paciência para tagarelice desfocada.

— Sim... é, talvez — Harkle proclamou tão confiante quanto pôde. — Na verdade, esse feitiço é a especialidade de Alustriel. Ninguém aqui nunca... — ele parou, sentindo o olhar frustrado de Bruenor o atravessando. O anão estava com as pernas esticadas, com o calcanhar nu batendo no chão, os braços musculosos cruzados sobre o peito, e os dedos grossos de uma das mãos batendo em um ritmo impaciente em seus bíceps.

—Vou falar com ela amanhã de manhã — Harkle assegurou-lhe. — Tenho certeza...

— Alustriel ainda está aqui? — interrompeu Bruenor

— Sim, por quê? — respondeu Harkle. — Ela ficou mais alguns...

— Onde ela está? — Bruenor exigiu saber.

— No final do corredor.

— Qual quarto?

— Vou levá-lo até ela pela man... — começou Harkle.

Bruenor agarrou a frente da camisola do mago e levou-o ao nível dos olhos de um anão. Bruenor se mostrou mais forte até mesmo com o nariz, pois a coisa longa e pontuda pressionou o nariz de Harkle contra uma de suas bochechas. Os olhos de Bruenor não piscaram e ele pronunciou cada palavra de sua pergunta lenta e distintamente, do jeito que queria a resposta.

— Qual quarto?

— Porta verde, ao lado do corrimão. — Harkle engoliu em seco.

Bruenor deu ao mago uma piscadela de bom coração e o deixou ir. O anão passou ao lado de Cattibrie, retribuindo seu sorriso divertido com um movimento decidido de cabeça e irrompeu no corredor.

— Oh, ele não deve perturbar a dama Alustriel a esta hora! — protestou Harkle.

Cattibrie não pôde evitar o riso.

— Então, vai lá e para ele!

Harkle ouviu os passos pesados do anão ressoando no final do corredor; os pés descalços de Bruenor batiam no chão de madeira como pedras quicando.

— Não — Harkle respondeu à oferta, com seu sorriso se alargando para combinar com o dela. — Eu acho que não.

Acordada abruptamente no meio da noite, a dama Alustriel apareceu não menos bonita, com sua juba prateada de alguma forma conectada misticamente ao brilho suave da noite. Bruenor se recompôs ao ver a senhora, lembrando-se de sua posição e modos.

— Uh, imploro para que a senhora me perdoe — gaguejou, de repente muito envergonhado por suas ações.

— É tarde, bom Rei Bruenor — disse Alustriel educadamente, com um sorriso divertido no rosto ao ver o anão, vestido apenas com sua camisola e capacete quebrado. — O que pode ter trazido você à minha porta a esta hora?

— Com tudo o que está acontecendo, eu nem sabia que você ainda estava em Sela Longa — explicou Bruenor.

— Eu teria ido vê-lo antes de partir — respondeu Alustriel, com seu tom ainda cordial. — Não havia necessidade de perturbar o seu sono... ou o meu.

— Meus pensamentos não estavam em despedidas — disse Bruenor. — Estou precisando de um favor.

— Urgente?

Bruenor assentiu enfaticamente.

— Um favor que eu deveria ter pedido antes de chegarmos aqui.

Alustriel o conduziu até dentro do quarto e fechou a porta atrás deles, percebendo a seriedade do assunto do anão.

— Eu preciso de outra daquelas carruagens — disse Bruenor. — Para me levar para o sul.

— Você pretende alcançar seus amigos e ajudar na busca pelo halfling — Alustriel compreendeu.

— Sim, eu sei qual é meu lugar.

— Mas eu não posso acompanhá-lo — disse Alustriel. — Eu tenho um reino para governar; não é minha função viajar sem aviso prévio para outros reinos.

— Eu não pediria que você fosse — respondeu Bruenor.

— Então quem vai conduzir a carruagem? Você não tem experiência com essa magia.

Bruenor pensou por um momento.

— Harkle vai me levar! — disse ele de repente.

Alustriel não conseguiu esconder um sorriso malicioso ao pensar nas possibilidades de desastre. Harkle, como muitos de seus parentes Harpell, geralmente se machucava ao lançar feitiços. A senhora sabia que não influenciaria o anão, mas sentiu que era seu dever apontar todas as fraquezas de seu plano.

— Porto Calim é um longo caminho, de fato — ela disse a ele. — A viagem até lá na carruagem será rápida, mas o retorno pode levar muitos meses. O verdadeiro rei do Salão de Mitral não liderará os exércitos reunidos na luta por seu trono?

— Ele irá — respondeu Bruenor. — Se for possível. Mas meu lugar é com meus amigos. Eu devo pelo menos isso a eles!

— Você arrisca muito.

— Não mais do que eles arriscaram por mim... muitas vezes.

Alustriel abriu a porta.

— Muito bem — disse ela. — E meu respeito pela sua decisão. Você será um nobre rei, Bruenor Martelo de Batalha.

O anão, por uma das poucas vezes em sua vida, corou.

— Agora, vá descansar — disse Alustriel. — Vou ver o que posso descobrir esta noite. Encontre-me na encosta sul da Colina Harpell antes do amanhecer.

Bruenor assentiu ansioso e encontrou o caminho de volta para seu quarto. Pela primeira vez desde que chegara a Sela Longa, ele dormiu pacificamente.

Sob o céu claro da madrugada, Bruenor e Harkle encontraram Alustriel no local designado. Harkle concordou com a viagem, ávido; sempre quis ter uma chance de dirigir uma das famosas carruagens da dama Alustriel. Ele parecia deslocado ao lado do anão pronto para a batalha, porém, vestindo seu manto de mago — enfiado em botas de couro presas ao quadril — e um capacete de prata de formato estranho com asas de pelos brancos fofos e uma viseira que ficava caindo sobre seus olhos.

Alustriel não dormiu o resto daquela noite. Ficou ocupada olhando para a bola de cristal que os Harpells lhe deram, sondando planos distantes em busca de pistas sobre o paradeiro dos amigos de Bruenor. Ela aprendeu muito naquele curto período de tempo e até mesmo fez uma conexão com o mago morto Morkai no mundo espiritual para obter mais informações.

E o que ela descobriu não a perturbava pouco.

Ela estava agora com componentes em mãos e aguardando o amanhecer, calmamente voltada para o leste. Quando os primeiros raios de sol apareceram no horizonte, ela os agarrou e executou o feitiço. Minutos depois, uma carruagem em chamas e dois cavalos de fogo apareceram na encosta, magicamente suspensos a centímetros do solo. As suas chamas enviavam minúsculos fluxos de fumaça subindo a partir da grama coberta de orvalho.

— Para Porto Calim! — proclamou Harkle, correndo para a carruagem encantada.

— Não — corrigiu Alustriel. Bruenor lançou um olhar confuso na direção dela.

— Seus amigos ainda não estão no Império das Areias — explicou a dama. — Eles estão no mar e encontrarão um grande perigo no dia de hoje. Defina seu curso para o sudoeste, para o mar, e então siga para o sul com a costa à vista.

Ela jogou um medalhão em forma de coração para Bruenor. O anão o abriu e encontrou uma imagem de Drizzt Do'Urden dentro.

— O medalhão vai aquecer quando você se aproximar do navio que carrega seus amigos — disse Alustriel. — Eu o criei há muitos dias, para saber caso seu grupo se aproximasse de Lua Argêntea em seu retorno do Salão de Mitral.

Ela evitou o olhar inquisitivo de Bruenor, sabendo da miríade de perguntas que devem ter passado pela mente do anão. Baixinho, quase como se envergonhada, ela acrescentou:

— Eu gostaria que ele fosse devolvido.

Bruenor guardou seus comentários astutos para si mesmo. Ele sabia da crescente conexão entre a dama Alustriel e Drizzt. Tornava-se cada vez mais clara a cada dia.

— Você vai tê-lo de volta — ele assegurou. Ele pegou o medalhão em seu punho e foi se juntar a Harkle.

— Não fiquem parados — disse Alustriel disse a eles. — A necessidade deles é urgente hoje!

— Espere! — veio um chamado da colina. Todos os três se viraram para ver Cattibrie, totalmente equipada para a estrada, com Taulmaril, o arco mágico de Anariel que ela havia recuperado das ruínas do Salão de Mitral, pendurado casualmente sobre seu ombro. Ela correu para a parte de trás da carruagem. — Você não pretendia me deixar, não é? — ela perguntou a Bruenor.

Bruenor não conseguia olhá-la nos olhos. Na verdade, pretendia partir sem sequer se despedir da filha.

— Ah! — ele bufou. — Você só teria tentado me impedir de ir!

— Eu nunca faria isso! — Cattibrie rosnou de volta para ele. — Acho que você está fazendo o certo. Mas seria mais certo se você se mexesse e abrisse espaço para mim!

Bruenor sacudiu a cabeça enfaticamente.

— Eu tenho tanto direito quanto você! — reclamou Cattibrie.

— Ah! — Bruenor bufou de novo. — Drizzt e Pança-furada são meus melhores amigos!

— E meus também!

— E Wulfgar tem sido como um filho para mim! — Bruenor disparou de volta, achando que ganhara a rodada.

— E um pouco mais do que isso para mim se ele voltar do Sul! — retrucou Cattibrie.

Cattibrie nem precisou lembrar a Bruenor que fora ela quem o apresentara a Drizzt. Ela havia derrotado todos os argumentos do anão.

— Chegue para o lado, Bruenor Martelo de Batalha, e abra espaço! Tenho tanto em jogo quanto você e pretendo ir junto!

— Quem vai cuidar dos exércitos? — perguntou Bruenor.

— Os Harpells vão organizá-los. Eles não marcharão para os salões até estarmos de volta, ou pelo menos até a primavera.

— Mas se vocês dois forem e não retornarem — Harkle interrompeu, deixando o pensamento pairar sobre eles por um momento. — Vocês são os únicos que conhecem o caminho.

Bruenor viu o olhar abatido de Cattibrie e se deu conta do quão profundamente ela desejava unir-se a ele em sua busca. E sabia que ela estava certa em vir, pois tinha tanto em jogo na busca pelo sul quanto ele. Ele pensou por um momento, mudando de repente para o lado de Cattibrie no debate.

— A senhora conhece o caminho — disse ele, indicando Alustriel. Alustriel assentiu.

— Sim — respondeu ela. — E eu ficaria feliz em mostrar aos exércitos os salões. Mas a carruagem pode levar apenas dois cavaleiros.

O suspiro de Bruenor foi tão alto quanto o de Cattibrie. Ele deu de ombros impotente para sua filha.

— Melhor que você fique — ele disse suavemente. — Vou trazê-los de volta para você.

Cattibrie não deixaria passar tão fácil.

— Quando a luta começar — disse ela. — E com certeza vai, você prefere ter Harkle e seus feitiços ao seu lado, ou eu e meu arco?

Bruenor olhou casualmente para Harkle e logo viu a lógica da jovem. O mago estava nas rédeas da carruagem, tentando encontrar uma maneira de manter a viseira do capacete erguida sobre a testa. Por fim, Harkle desistiu e apenas inclinou a cabeça para trás o suficiente para poder ver sob o visor.

— Aqui, você deixou cair um pedaço — Bruenor disse a ele. — É por isso que ela não fica levantada!

Harkle se virou e viu Bruenor apontando para o chão atrás da carruagem. Ele arrastou os pés ao lado de Bruenor e se inclinou, tentando ver o que o anão estava apontando.

Quando Harkle se curvou para olhar, o peso de seu capacete prateado — que na verdade pertencia a um primo muito maior do que ele — o derrubou e o deixou esparramado no gramado. No mesmo momento, Bruenor levou Cattibrie para a carruagem ao lado dele.

— Oh, droga! — choramingou Harkle. — Eu teria adorado ir!

— A senhora vai fazer outra para você voar — disse Bruenor para confortá-lo.

Harkle olhou para Alustriel.

— Amanhã de manhã — concordou Alustriel, bastante divertida com toda a cena. Em seguida, para Bruenor, ela perguntou. — Você pode guiar a carruagem?

— Tão bem quanto ele, eu acho! — proclamou o anão, agarrando as rédeas de fogo. — Se segure, garota. Temos meio mundo para atravessar!

Ele puxou as rédeas, e a carruagem ergueu-se no céu da manhã, rasgando uma faixa de fogo através da névoa azul-acinzentada do amanhecer.

O vento passou por eles enquanto disparavam para o oeste, a carruagem balançando descontrolada de um lado para o outro, para cima e para baixo. Bruenor lutava freneticamente para manter seu curso; Cattibrie lutava freneticamente só para se segurar. Os lados balançavam, as costas mergulhavam e escalavam, e uma vez até giraram em um círculo vertical completo, embora tenha acontecido tão rápido — por sorte felizmente — que nenhum dos dois teve tempo de cair!

Poucos minutos depois, uma única nuvem de tempestade apareceu à frente deles. Bruenor viu e Cattibrie gritou um aviso, mas o anão não tinha dominado as sutilezas de conduzir a carruagem bem o suficiente para fazer algo sobre seu curso. Eles afundaram na escuridão, deixando uma cauda de vapor sibilante em seu rastro, e dispararam acima da nuvem.

Então Bruenor, com o rosto brilhando de umidade, encontrou a medida das rédeas. Nivelou o curso da carruagem e colocou o sol nascente atrás de seu ombro direito. Cattibrie também recuperou o equilíbrio, embora ainda se agarrasse com força à amurada da carruagem com uma das mãos e à pesada capa do anão com a outra.

O dragão prateado rolou de costas preguiçosamente, cavalgando os ventos matinais com suas pernas — todas as quatro — cruzadas sobre ele e seus olhos sonolentos semicerrados. O bom dragão amava seu voo matinal, deixando a agitação do mundo bem abaixo e captando os raios imaculados do sol acima do nível das nuvens.

Mas os maravilhosos olhos do dragão se abriram amplamente quando ele viu a faixa de fogo vindo do leste. Pensando que as chamas eram os fogos precursores de um dragão vermelho maligno, o prateado mergulhou em uma nuvem alta e preparou-se para emboscar a coisa. Mas a fúria deixou os olhos do dragão quando ele reconheceu a estranha nave, uma carruagem de fogo, com apenas o elmo do condutor, uma geringonça de um chifre, espetando acima da frente da carruagem e uma jovem humana parada atrás, com seus cabelos castanho-avermelhados voando sobre seus ombros.

Com sua boca enorme aberta, o dragão de prata observou a carruagem passar em alta velocidade. Poucas coisas despertavam a curiosidade dessa criatura ancestral, que vivera tantos anos, mas pensou seriamente em seguir essa cena improvável.

Uma brisa fresca soprou então e lavou todos os outros pensamentos da mente do dragão de prata.

— Pessoas — murmurou, rolando novamente de costas e balançando a cabeça em descrença.

⁂

Cattibrie e Bruenor sequer viram o dragão. Seus olhos estavam fixos à frente, onde o mar amplo já estava à vista no horizonte oeste, coberto por uma densa névoa matinal. Meia hora depois, viram as altas torres de Águas Profundas ao norte e saíram da Costa da Espada, passando a voar sobre a água. Bruenor, sentindo melhor as rédeas, girou a carruagem para o sul e a deixou ir para baixo.

Baixo demais.

Mergulhando na mortalha cinza de névoa, ouviram o bater das ondas abaixo deles e o assobio do vapor quando o borrifo atingiu sua embarcação de fogo.

— Sobe! — gritou Cattibrie. — Você está baixo demais!

— Precisa ser baixo! — Bruenor ofegou, lutando contra as rédeas. Ele tentou disfarçar sua incompetência, mas percebeu que estavam de fato perto demais da água. Lutando com todas as suas forças, conseguiu fazer a carruagem subir mais alguns metros e nivelá-la.

— Pronto — gabou-se. — Deixei reta, e deixei baixa.

Ele olhou por cima do ombro para Cattibrie.

— Precisa ser baixo — ele disse de novo em resposta à sua expressão de dúvida. — Temos que ver o maldito navio para encontrá-lo!

Cattibrie apenas sacudiu a cabeça.

Mas então eles realmente viram um navio. Não o navio, mas um navio ainda assim, surgindo na névoa apenas trinta metros à frente.

Cattibrie gritou — Bruenor também — e o anão caiu para trás com as rédeas, forçando a carruagem a subir com o ângulo mais inclinado possível. O convés do navio rolou abaixo deles.

E os mastros ainda se erguiam acima deles!

Se todos os fantasmas de todos os marinheiros que já morreram no mar tivessem se levantado de suas sepulturas aquáticas e buscado vingança sobre este navio em particular, o rosto do vigia não mostraria uma expressão mais verdadeira de terror. Talvez tenha saltado de seu poleiro — o mais provável é que tenha caído de susto —, mas de qualquer forma, errou o convés e caiu em segurança na água bem no último segundo antes de a carruagem passar em disparada pelo seu cesto da gávea e beliscar o topo do mastro principal.

Cattibrie e Bruenor se recompuseram e olharam para trás para ver a ponta do mastro do navio queimando como uma vela solitária na névoa cinzenta.

— Você está baixo demais — reiterou Cattibrie.

Capítulo 11

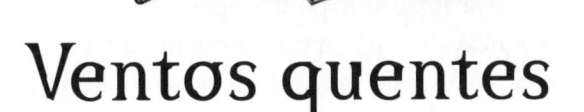

Ventos quentes

O FADA DO MAR NAVEGAVA TRANQUILAMENTE sob o céu azul e o calor preguiçoso dos Reinos do sul. Um forte vento alísio mantinha as velas cheias e, apenas seis dias depois de sua partida de Portão de Baldur, a ponta oeste da Península de Tethyr já estava à vista — uma jornada que normalmente demorava mais de uma semana.

Mas o aviso de um mago viajava ainda mais rápido.

Capitão Deudermont levou o Fada do Mar para o centro do Canal de Asavir, tentando manter uma distância segura das baías protegidas da península — baías que muitas vezes abrigavam piratas preparados para a passagem de navios mercantes — e também cauteloso o suficiente para manter um espaço de água saudável entre seu navio e as ilhas a oeste: Nelanther, as famosas Ilhas dos Piratas. O capitão se sentia seguro na rota marítima lotada, com a bandeira de Porto Calim tremulando acima de sua embarcação e as velas de vários outros navios mercantes pontilhando o horizonte de vez em quando, tanto na frente quanto atrás do Fada do Mar.

Usando um truque comum de mercador, Deudermont se aproximou de um navio e copiou seu curso, mantendo o Fada do Mar em seu rastro. Menos manobrável e mais lento que o Fada do Mar e com a bandeira de Murann, uma cidade menor na Costa da Espada, este segundo navio seria um alvo muito mais fácil para qualquer pirata na área.

A vinte e cinco metros acima da água, dando uma volta no cesto da gávea, Wulfgar tinha uma visão mais clara do convés do navio à frente. Com sua força e agilidade, o bárbaro estava se tornando um grande marinheiro, ansiosamente assumindo sua vez em cada trabalho ao lado do restante da tripulação. Seu dever favorito era o cesto da gávea, embora fosse um pouco apertado para um homem de seu tamanho. Ele ficava em paz na brisa quente e na solidão. Ele descansou contra o mastro, usando uma das mãos para bloquear o clarão diurno, e estudou as atividades da tripulação no navio à frente.

Ele ouviu o vigia do navio da frente gritar algo para baixo, embora não conseguisse entender as palavras, e viu a tripulação correndo frenetica, a maioria indo para a proa observar o horizonte. Wulfgar se endireitou e se inclinou sobre o cesto, olhando para o sul.

— Como eles se sentem, conosco os seguindo? — Drizzt, parado ao lado de Deudermont na ponte, perguntou ao capitão. Enquanto Wulfgar construía uma relação de trabalho ao lado da tripulação, Drizzt havia feito uma sólida amizade com o capitão. Percebendo o valor das opiniões do elfo, Deudermont alegremente compartilhava seu conhecimento da sua posição, e do mar, com Drizzt. — Eles entendem seu papel como bucha?

— Eles sabem nosso propósito em segui-los, e seu capitão, se for um marinheiro experiente, faria o mesmo se nossas posições fossem invertidas — respondeu Deudermont. — Ainda assim, damos a eles um pouco mais de segurança também. Só ter um navio de Porto Calim à vista já detém muitos dos piratas.

— E talvez eles sintam que viríamos em seu auxílio no caso de um ataque? — Drizzt foi rápido em perguntar.

Deudermont sabia que Drizzt estava interessado em descobrir se o Fada do Mar ajudaria mesmo o outro navio. Drizzt tinha uma forte veia de honra nele, Deudermont entendia, e o capitão, de moral semelhante, o admirava por isso. Mas as responsabilidades de

Deudermont como capitão de um navio eram complicadas demais para tal situação hipotética.

— Talvez — respondeu.

Drizzt deixou o questionamento terminar, satisfeito porque Deudermont manteve a balança de dever e moralidade em equilíbrio adequado.

— Velas a sul! — veio o grito de Wulfgar de cima, trazendo muitos tripulantes do Fada do Mar para a amurada da proa.

Os olhos do Deudermont foram para o horizonte, depois para Wulfgar.

— Quantos?

— Dois navios! — Wulfgar gritou de volta. — Correndo para o norte, na mesma direção, e bem separados!

— Bombordo e estibordo? — perguntou Deudermont.

Wulfgar avaliou de perto o curso de interceptação e depois confirmou as suspeitas do capitão.

— Vamos passar entre eles!

— Piratas? — perguntou Drizzt, sabendo a resposta.

— É o que parece — respondeu o capitão. As velas distantes apareceram para os homens no convés.

— Não vejo bandeira — disse um dos marinheiros perto da ponte para o capitão.

Drizzt apontou para o navio mercante à frente.

— Eles são o alvo?

Deudermont acenou com a cabeça sombriamente.

— É o que parece — disse ele de novo.

— Então vamos nos aproximar deles — disse o drow. — Dois contra dois parece uma luta mais justa.

Deudermont olhou nos olhos cor de lavanda de Drizzt e quase se surpreendeu com seu brilho repentino. Como o capitão poderia esperar fazer aquele honrado guerreiro entender o lugar deles no cenário? O Fada do Mar hasteava a bandeira de Porto Calim, o outro navio, o de Murann. Os dois mal eram aliados.

— O encontro pode não vir a golpes — disse ele a Drizzt. — Seria sensato o navio de Murann render-se pacificamente.

Drizzt começou a entender o raciocínio.

— Então, hastear a bandeira de Porto Calim também traz responsabilidades além de benefícios?

Deudermont deu de ombros, impotente.

— Pense nas guildas de ladrões nas cidades que você conheceu — explicou ele. — Piratas são praticamente iguais, um incômodo inevitável. Se avançarmos para lutar, dissiparemos qualquer autodomínio que os piratas mantenham sobre si mesmos, trazendo mais problemas do que o necessário.

— E marcaríamos cada navio sob a bandeira de Porto Calim navegando no canal — acrescentou Drizzt, sem olhar mais para o capitão, mas observando o espetáculo se desenrolar diante dele. A luz sumiu de seus olhos.

Deudermont, inspirado pela compreensão dos princípios de Drizzt — princípios que não permitiriam tal aceitação de bandidos — colocou a mão no ombro do elfo.

— Se o encontro chegar à batalha — disse o capitão, atraindo o olhar de Drizzt de volta para o seu.— O Fada do Mar se juntará à luta.

Drizzt se voltou para o horizonte e bateu na mão de Deudermont com a sua. O fogo ansioso voltou a seus olhos quando Deudermont ordenou que a tripulação se preparasse.

O capitão não esperava mesmo lutar. Ele tinha visto dezenas de combates como este e, normalmente, quando os piratas ultrapassavam o número de suas vítimas pretendidas, o saque era realizado sem derramamento de sangue. Mas Deudermont, com tantos anos de experiência no mar, logo percebeu que havia algo estranho desta vez. Os navios piratas mantiveram seu curso amplo, passando longe demais do navio de Murann para abordá-lo. A princípio, Deudermont pensou que os piratas pretendiam lançar um ataque à distância — uma das embarcações piratas tinha uma catapulta montada no convés de ré — para aleijar a vítima, embora o ato parecesse desnecessário.

Então o capitão entendeu a verdade. Os piratas não tinham interesse no navio de Murann. O Fada do Mar era seu alvo.

De sua posição elevada, Wulfgar também percebeu que os piratas estavam passando direto pelo navio da frente.

— Peguem as armas! — gritou ele para a tripulação. — Eles querem a nós!

— Você poderá ter a sua luta — disse Deudermont para Drizzt. — Parece que a bandeira de Porto Calim não nos protegerá desta vez.

Aos olhos habituados à noite de Drizzt, os navios distantes pareciam não mais do que minúsculos pontos negros no meio da água brilhante, mas o drow podia perceber o que estava acontecendo muito bem. Não conseguia entender a lógica da escolha dos piratas, entretanto, e tinha a estranha sensação de que ele e Wulfgar poderiam estar de alguma forma ligados aos acontecimentos que se desenrolavam.

— Por que nós? — perguntou ele a Deudermont.

O capitão deu de ombros.

— Talvez eles tenham ouvido um boato de que um dos navios de Porto Calim estivesse levando uma carga valiosa.

A imagem das bolas de fogo explodindo no céu noturno sobre Portão de Baldur passou pela mente de Drizzt. "Um sinal?" indagou-se novamente. Ele ainda não conseguia juntar todas as peças, mas suas suspeitas o levavam invariavelmente à teoria de que ele e Wulfgar estavam de alguma forma envolvidos na escolha de navio dos piratas.

— Lutamos? — ele chegou a perguntar a Deudermont, mas viu que o capitão já estava fazendo planos.

— Estibordo! — disse Deudermont ao timoneiro. — Ponha-nos a oeste das Ilhas dos Piratas. Vamos ver se esses cães têm colhões para os recifes! — Designou, então, outro homem no cesto da gávea, desejando ter a força de Wulfgar para as tarefas mais importantes no convés. O Fada do Mar cortou as ondas e seguiu em uma curva fechada à direita. O navio pirata a leste, o mais distante então, virou-se para perseguir diretamente enquanto o outro, o mais volumoso dos dois, manteve seu curso reto, cada segundo trazendo o Fada do Mar mais perto de um tiro de sua catapulta.

Deudermont apontou para a maior das poucas ilhas visíveis a oeste.

— Vá para perto — disse ele ao timoneiro. — Mas cuidado com o recife. A maré está baixa e deve estar à vista.

Wulfgar se jogou no convés ao lado do capitão.

— Naquela linha — Deudermont ordenou a ele. — Você fica com o mastro principal. Se eu mandar você puxar, puxe com todas as suas forças! Não teremos uma segunda chance.

Wulfgar pegou a corda pesada com um grunhido de determinação, envolvendo-a com força nos pulsos e nas mãos.

— Fogo no céu! — gritou um dos tripulantes, apontando novamente para o sul, em direção ao navio pirata volumoso. Uma bola de piche em chamas voou, espirrando inofensivamente no oceano com um silvo de protesto, a muitos metros do Fada do Mar.

— Um tiro de rastreio — explicou Deudermont. — Para saberem a nossa distância.

Deudermont estimou a distância e calculou o quanto os piratas se aproximariam antes que o Fada do Mar colocasse a ilha entre eles.

— Nós passaremos por eles se chegarmos ao canal entre o recife e a ilha — disse ele a Drizzt, acenando com a cabeça para indicar que considerava as perspectivas promissoras.

Mas quando o drow e o capitão começaram a se confortar com pensamentos de fuga, os mastros de um terceiro navio se fizeram visíveis diante deles a oeste, saindo do próprio canal em que Deudermont esperava entrar. Este navio estava com as velas enroladas e preparado para o embarque.

O queixo de Deudermont caiu.

— Eles estavam tramando para nós — disse ele a Drizzt. Ele se virou para o elfo, impotente. — Estavam tramando para nós.

— Mas não temos nenhuma carga de valor particular — continuou o capitão, tentando raciocinar através da reviravolta incomum dos acontecimentos. — Por que os piratas comandariam três navios em um ataque contra um único navio?

Drizzt sabia a resposta.

A viagem ficou mais fácil para Bruenor e Cattibrie. O anão havia se acomodado confortavelmente nas rédeas da carruagem de fogo, e a névoa da manhã havia se dissipado. Eles cruzaram a Costa da Espada, divertindo-se com os navios pelos quais passavam e as expressões de espanto de cada marinheiro que olhava para o céu.

Logo depois, cruzaram a entrada do Rio Chionthar, a porta de entrada para Portão de Baldur. Bruenor se deteve por um momento para considerar um impulso repentino, depois desviou a carruagem da costa.

— A dama Alustriel nos pediu para ficarmos na costa — disse Cattibrie assim que percebeu a mudança de curso

Bruenor agarrou o medalhão mágico com a imagem de Drizzt, que tinha pendurado no pescoço, e deu de ombros.

— Isso aqui me diz outra coisa — respondeu ele.

Uma segunda carga de piche em chamas atingiu a água, desta vez perigosamente perto do Fada do Mar.

— Podemos passar por ele — disse Drizzt a Deudermont, pois o terceiro navio ainda não tinha içado as velas.

O capitão experiente reconheceu a falha nesse raciocínio. O principal objetivo do navio que saía da ilha era bloquear a entrada do canal. O Fada do Mar poderia realmente passar por aquele navio, mas Deudermont teria que levar seu navio para fora daquele recife perigoso e de volta ao mar aberto. E assim, ficariam ao alcance da catapulta.

Deudermont olhou por cima do ombro. O navio pirata restante, o mais longe a leste, estava com as velas cheias de vento e cortava a água com ainda mais rapidez do que o Fada do Mar. Se uma bola de piche acertasse o alvo e o Fada do Mar levasse qualquer dano em suas velas, logo seria ultrapassado.

Um segundo problema chamou dramaticamente a atenção do capitão. Um raio atingiu o convés do Fada do Mar, cortando algumas linhas e estilhaçando o mastro principal. A estrutura inclinou-se e gemeu contra o esforço das velas cheias. Wulfgar encontrou um ponto de apoio e lutou contra o peso com todas as suas forças.

— Segure! — Deudermont o animou. — Mantenha-nos firmes e fortes!

— Eles têm um mago — comentou Drizzt, percebendo que a explosão viera do navio à frente deles.

— Era o que eu temia — respondeu Deudermont sombriamente.

O fogo fervente nos olhos de Drizzt disse a Deudermont que o elfo já havia decidido sua primeira tarefa na luta. Mesmo em desvantagem óbvia, o capitão sentiu uma pontada de pena do mago.

Uma expressão maliciosa surgiu no rosto de Deudermont quando a visão de Drizzt inspirou um desesperado plano de ação.

— Leve-nos direto a bombordo do navio — disse ele ao timoneiro. — Perto o suficiente para cuspir neles!

— Mas, capitão... — protestou o marinheiro. — Isso nos colocaria na direção do recife!

— Exatamente o que os cães desejavam — respondeu Deudermont. — Que pensem que não conhecemos essas águas; deixe-os acreditar que as rochas farão o seu trabalho por eles!

Drizzt se sentiu à vontade com a segurança no tom do capitão.

O velho marinheiro astuto tinha algo em mente.

— Firme? —perguntou Deudermont a Wulfgar.

O bárbaro assentiu.

— Quando eu mandar, puxe, homem, como se sua vida dependesse disso! — disse Deudermont a ele.

Ao lado do capitão, Drizzt fez uma observação silenciosa.

— Ela depende.

Da ponte de sua nau almirante, a embarcação veloz a leste, o pirata Pinochet observava as manobras do Fada do Mar com preocupação. Ele conhecia a reputação de Deudermont bem o suficiente para saber que o capitão não seria tolo a ponto de colocar seu navio em um recife sob o sol forte do meio-dia na maré baixa. Deudermont pretendia lutar.

Pinochet olhou para o navio volumoso e mediu o ângulo para o Fada do Mar. A catapulta teria mais dois tiros, talvez três, antes que seu alvo corresse ao lado do navio que bloqueava o canal. O navio de Pinochet ainda estava a muitos minutos de distância da ação, e o capitão pirata se perguntou quanto dano Deudermont infligiria antes que pudesse ajudar seus aliados.

Mas Pinochet logo afastou da cabeça o custo dessa missão. Ele estava fazendo um favor pessoal para o mestre da guilda da maior gangue de ladrões de Porto Calim. Qualquer que fosse o preço, o pagamento de Pasha Pook certamente compensaria!

Cattibrie olhava ansiosamente a cada novo navio que surgia, mas Bruenor, confiante de que o medalhão mágico o conduzia ao drow, não lhes dava atenção. O anão agarrou as rédeas, tentando apressar os cavalos de chamas. De alguma forma, e talvez fosse outra propriedade do medalhão, Bruenor sentia que Drizzt estava em apuros e que a velocidade era essencial.

O anão então estendeu um dedo atarracado à sua frente.

— Ali! — ele gritou assim que o Fada do Mar apareceu.

Cattibrie não questionou sua observação. Ela rapidamente examinou a situação dramática que se desenrolava abaixo dela.

Outra bola de piche voou, atingindo a água logo atrás do Fada do Mar, mas acertando muito pouco do navio para causar algum dano real.

Cattibrie e Bruenor observaram a catapulta sendo puxada para outro tiro; observaram a tripulação bruta do navio no canal, espadas nas mãos, esperando a aproximação do Fada do Mar; e eles observaram o terceiro navio pirata, avançando por trás para fechar a armadilha.

Bruenor desviou a carruagem para o sul, para o mais volumoso dos navios.

— Primeiro para a catapulta! — gritou o anão repleto de raiva.

Pinochet, assim como a maioria dos tripulantes nos dois navios piratas de trás, observou a embarcação em chamas descendo do céu do norte, mas o capitão e a tripulação do Fada do Mar e do outro navio estavam enredados demais no desespero de suas próprias situações para se preocupar com eventos atrás deles. Drizzt até deu uma segunda olhada na carruagem, porém, notando um reflexo cintilante que poderia ser um único chifre de um capacete quebrado espiando acima das chamas, e uma forma atrás dele com cabelos esvoaçantes que parecia mais do que vagamente familiar.

Mas talvez fosse apenas um truque da luz e das esperanças imperecíveis do próprio Drizzt. A carruagem se afastou em um borrão de fogo e Drizzt a deixou para lá, sem tempo para continuar a pensar naquilo.

A tripulação do Fada do Mar se alinhou no convés da proa, disparando bestas contra o navio pirata, esperando, mais do que qualquer outra coisa, manter o mago ocupado demais para acertá-los novamente.

Um segundo relâmpago rugiu, mas o Fada do Mar se balançava descontroladamente nas ondas que quebravam do recife, e a explosão do mago cortou apenas um pequeno buraco na vela principal.

Deudermont olhou esperançoso para Wulfgar, tenso e pronto para o comando.

E então eles estavam cruzando ao lado dos piratas, a apenas quinze metros do outro navio, e aparentemente seguindo em uma rota mortal para o recife.

— Puxe! — gritou Deudermont e Wulfgar se ergueu, todos os músculos de seu enorme corpo ficando vermelhos com um súbito fluxo de sangue e adrenalina.

O mastro principal gemeu em protesto, as vigas rangeram e estalaram, e as velas cheias de vento revidaram enquanto Wulfgar passava a corda por cima do ombro e avançava. O Fada do Mar realmente girou na água, com sua extremidade dianteira erguendo-se sobre o balanço de uma onda e guinando na direção do navio pirata. A tripulação de Deudermont, embora tivesse testemunhado o poder de Wulfgar no rio Chionthar, agarrou-se desesperadamente à amurada e segurou-se, pasma.

E os piratas atordoados, sem suspeitar que um navio a toda vela pudesse fazer uma curva tão fechada, não reagiram de forma alguma. Assistiram com espanto vazio quando a proa do Fada do Mar colidiu com seu flanco de bombordo, enredando os dois navios em um abraço mortal.

— Mostre para eles! — gritou Deudermont. Ganchos voaram, prendendo ainda mais o Fada do Mar, e pranchas de embarque foram lançadas e presas no lugar.

Wulfgar ficou de pé com dificuldade e puxou Presa de Égide de suas costas. Drizzt sacou suas cimitarras, mas não fez nenhum movimento imediato, examinando o convés do navio inimigo em vez disso. Rapidamente se concentrou em um homem, não vestido como um mago, mas desarmado até onde Drizzt podia ver.

O homem fez alguns movimentos, como se estivesse lançando um feitiço, e os reveladores respingos mágicos espalharam o ar ao seu redor.

Mas Drizzt foi mais rápido. Invocando as habilidades inatas de sua herança, o drow delineou a forma do mago em inofensivas chamas purpúreas. A imagem corpórea do mago desapareceu de vista quando seu feitiço de invisibilidade fez efeito.

Mas o contorno roxo permaneceu.

— Mago, Wulfgar! — gritou Drizzt.

O bárbaro correu para a amurada e inspecionou o navio pirata, identificando facilmente o contorno mágico.

O mago, percebendo a situação, mergulhou atrás de alguns tonéis.

Wulfgar não hesitou. Ele arremessou Presa de Égide. O poderoso martelo de guerra atravessou os barris, lançando madeira e água explodindo no ar, e então acertou seu alvo do outro lado.

O martelo arremessou o corpo quebrado do mago — ainda visível apenas pelo contorno do fogo feérico do drow — no ar e sobre a amurada do navio pirata.

Drizzt e Wulfgar assentiram um para o outro, com uma satisfação sombria.

Deudermont bateu com a mão nos olhos incrédulos.

Talvez tivessem uma chance.

Os piratas nos dois navios de trás fizeram uma pausa em suas tarefas para observar a carruagem voadora. Enquanto Bruenor dava a volta do volumoso navio da catapulta e vinha por trás, Cattibrie tensionava a corda de Taulmaril.

— Pense em seus amigos — Bruenor a confortou, vendo sua hesitação. Apenas poucas semanas antes, Cattibrie tinha matado uma humana por necessidade, e o ato não lhe agradara. Ao aproximarem-se do navio por cima, ela poderia fazer chover a morte entre os marinheiros expostos.

Ela bufou fundo para se firmar e atacou um marinheiro, boquiaberto, nem mesmo percebendo que ele estava para morrer.

Havia outro jeito.

Com o canto do olho, Cattibrie avistou um alvo melhor. Ela balançou o arco em direção à parte de trás do navio e lançou uma flecha de prata para baixo. Ela atingiu o braço da catapulta, rachando a madeira, a energia mágica da flecha queimando um buraco negro enquanto a haste de prata a atravessava.

— Provem meu fogo! — gritou Bruenor, conduzindo a carruagem para baixo. O anão selvagem conduziu seus cavalos em chamas direto pela vela principal, deixando um trapo esfarrapado em seu rastro.

E a pontaria de Cattibrie foi perfeita; repetidamente as flechas de prata assobiaram na catapulta. Quando a carruagem passou pela segunda vez, os artilheiros do navio tentaram responder com uma bola de piche em chamas, mas o braço de madeira da catapulta havia sofrido danos demais para reter qualquer força, e a bola de piche foi lançada fracamente, alguns metros acima e alguns metros para fora.

E caiu no convés de seu próprio navio!

— Mais uma vez! grunhiu Bruenor, olhando por cima do ombro para o fogo que agora rugia no mastro e no convés.

Mas os olhos do Catti-brie estavam voltados para a frente, para onde o Fada do Mar acabara de se chocar contra um navio e onde o segundo navio pirata logo se juntaria à briga.

— Não temos tempo — gritou. — Estão precisando de nós lá na frente!

Aço retinia contra aço enquanto a tripulação do Fada do Mar lutava contra os piratas. Um deles, vendo Wulfgar lançar o martelo de guerra, cruzou para o Fada do Mar e se dirigiu ao bárbaro desarmado, acreditando que ele seria uma presa fácil. Correu, empurrando sua espada à frente.

Wulfgar desviou facilmente do golpe, pegou o pirata pelo pulso e deu um tapa na virilha do homem com a outra mão. Mudando ligeiramente a direção do pirata, mas sem quebrar seu impulso, Wulfgar o içou no ar e o jogou sobre a amurada do Fada do Mar. Dois outros piratas, tendo a mesma reação inicial ao bárbaro desarmado que seu infeliz camarada, pararam no meio de sua corrida e procuraram oponentes mais bem armados, mas menos perigosos.

Presa de Égide magicamente retornou à mão de Wulfgar, e foi sua vez de atacar.

Três dos tripulantes de Deudermont, tentando fazer a travessia, foram abatidos na prancha de embarque central, e os piratas vinham correndo pela abertura para inundar o convés do Fada do Mar.

Drizzt Do'Urden deteve a maré. Com as cimitarras em mãos — e Fulgor brilhando em uma luz azul raivosa — o elfo saltou com leveza sobre a ampla prancha de embarque.

O grupo de piratas, vendo apenas um único e delgado inimigo cercando o caminho, esperava passar direto.

Seu ímpeto diminuiu consideravelmente quando a primeira fila de três tropeçou em um borrão de lâminas zunindo, agarrando-se a gargantas e barrigas cortadas.

Deudermont e o timoneiro, correndo para apoiar Drizzt, diminuíram a velocidade e observaram a exibição, enquanto Fulgor e a outra cimitarra se erguiam e mergulhavam com velocidade ofuscante e precisão mortal. Outro pirata caiu, e ainda outro teve sua espada arrancada da mão, então mergulhou na água para escapar do terrível guerreiro élfico.

Os cinco piratas restantes congelaram como se estivessem paralisados, a boca aberta em gritos silenciosos de terror.

Deudermont e o timoneiro também deram um salto para trás, surpresos e confusos, pois com Drizzt absorvido na concentração da batalha, a máscara mágica havia feito um truque próprio. Tinha escorregado do rosto do drow, revelando sua herança sombria a todos ao redor.

— Mesmo se você queimar as velas, o navio entrará — observou Cattibrie, notando a curta distância entre o navio pirata restante e os navios emaranhados na entrada do canal.

— As velas? — riu Bruenor. — Com certeza quero mais do que isso!

Cattibrie se afastou do anão, digerindo seu significado.

— Você é louco! — Ela ficou boquiaberta quando Bruenor trouxe a carruagem ao nível do convés.

— Ah! Vou parar os cães! Se segura, garota!

— Demônios, claro que vou! — Cattibrie gritou de volta. Ela deu um tapinha na cabeça de Bruenor e prosseguiu com um plano alternativo, caindo da parte de trás da carruagem na água.

— Garota esperta — riu Bruenor, observando-a cair em segurança. Seus olhos voltaram para os piratas. A tripulação na parte de trás do navio o vira chegando e estava mergulhando em todas as direções para sair de seu caminho.

Pinochet, na frente do navio, olhou para trás, para a comoção inesperada quando Bruenor desabou.

— Moradin!

O grito de guerra do anão ressoou no convés do Fada do Mar e no terceiro navio pirata, por cima de todo o barulho da batalha. Piratas e marinheiros nos navios em guerra olharam para trás, para a explosão na nau capitânia de Pinochet, e a tripulação de Pinochet respondeu ao grito de Bruenor com um de terror.

Wulfgar fez uma pausa ante o apelo ao deus anão, lembrando-se de um querido amigo que costumava gritar tal nome para seus inimigos.

Drizzt apenas sorriu.

Quando a carruagem caiu no convés, Bruenor rolou da parte de trás e o encantamento de Alustriel se desfez, transformando a carruagem em uma bola de destruição em movimento. As chamas varreram o convés, lambendo os mastros e atingindo a parte de baixo das velas.

Bruenor ficou de pé, machado de mitral equilibrado em uma mão e escudo dourado brilhante amarrado na outra. Mas ninguém se importou em desafiá-lo naquele momento. Os piratas que escaparam da devastação inicial estavam preocupados apenas com a fuga.

Bruenor cuspiu na direção deles e deu de ombros. E então, para espanto dos poucos que o viram, o anão louco foi direto para as chamas, indo em frente para ver se algum dos piratas na frente queria brincar.

Pinochet soube imediatamente que seu navio estava perdido. Não pela primeira vez, e provavelmente não pela última, ele se consolou enquanto calmamente gesticulava para seu oficial mais próximo para ajudá-lo a soltar um pequeno barco a remo. Dois de seus outros tripulantes tiveram a mesma ideia e já estavam desamarrando o barco quando Pinochet chegou.

Mas, nesse desastre, era cada um por si, e Pinochet apunhalou um deles pelas costas e expulsou o outro.

Bruenor emergiu, sem se incomodar com as chamas, para encontrar a frente do navio quase deserta. Ele sorriu feliz quando viu o pequeno barco e o capitão pirata pousarem na água. O outro pirata estava curvado sobre a amurada, desamarrando a última corda.

E enquanto o pirata içava uma perna por cima da amurada, Bruenor o ajudou, colocando uma bota em sua retaguarda e lançando-o para longe da amurada e do pequeno barco a remo.

— Dê a volta, sim? — Bruenor grunhiu para o capitão pirata quando caiu pesadamente no barco a remo. — Tenho uma garota para tirar da água!

Pinochet deslizou cautelosamente a espada para fora da bainha e espiou por cima do ombro.

— Sim? — Bruenor perguntou de novo.

Pinochet girou, na intenção de golpear violentamente o anão.

— Você podia só ter dito não — provocou Bruenor, bloqueando o golpe com seu escudo e lançando um contra-ataque nos joelhos do homem.

De todos os desastres que aconteceram aos piratas naquele dia, nenhum os horrorizou mais do que quando Wulfgar partiu para o ataque. Ele não precisava de uma prancha de embarque; o poderoso bárbaro saltou sobre a lacuna entre os navios. Ele entrou nas fileiras de piratas, espalhando-os com poderosos golpes de seu martelo de guerra.

Da prancha central, Drizzt assistia ao espetáculo. O drow não havia notado que sua máscara havia escorregado, mas não teria tempo de fazer nada a respeito de qualquer forma. Com a intenção de se juntar ao amigo, ele empurrou os cinco piratas restantes na prancha. Eles abriram caminho de boa vontade, preferindo a água abaixo às lâminas mortais de um elfo drow.

Então os dois heróis, os dois amigos, estavam juntos, abrindo uma faixa de destruição no convés do navio pirata. Deudermont e sua tripulação, eles próprios lutadores treinados, logo eliminaram os piratas do Fada do Mar e venciam em cada uma das pranchas de embarque. Sabendo que a vitória estava próxima, esperavam na amurada do navio pirata, escoltando a onda crescente de prisioneiros voluntários de volta ao porão do Fada do Mar enquanto Drizzt e Wulfgar terminavam sua tarefa.

— Você vai morrer, seu cão barbado! — rugiu Pinochet, golpeando com sua espada.

Bruenor, tentando se firmar no barco que balançava, deixou o homem manter a ofensiva, guardando seus próprios golpes para os melhores momentos.

Um veio inesperadamente quando o pirata que Bruenor tinha chutado do navio em chamas alcançou o barco a remo à deriva. Bruenor observou sua aproximação pela visão periférica.

O homem agarrou a lateral do pequeno barco e içou-se para cima — apenas para ser recebido com um golpe no topo da cabeça dado pelo machado de mitral de Bruenor.

O pirata caiu de volta ao lado do barco a remo, tornando a água vermelha.

— Amigo seu? — provocou Bruenor.

Pinochet avançou ainda mais furioso, como Bruenor esperava. O homem errou um golpe selvagem, desequilibrando-se à direita de Bruenor. O anão ajudou Pinochet, mudando seu peso para aumentar a inclinação do barco e acertando o escudo nas costas do capitão pirata.

— Por sua vida — Bruenor gritou enquanto Pinochet nadava a alguns metros de distância. — Largue a espada! — O anão reconheceu a importância do homem e ele preferia deixar outra pessoa remar.

Sem opções para ele, Pinochet obedeceu e nadou de volta para o barco. Bruenor o arrastou para o lado e jogou-o entre os remos.

— Dê a volta! — rugiu o anão. — E reme com força!

— A máscara caiu — Wulfgar sussurrou para Drizzt quando terminaram. O drow deslizou para trás de um mastro e repôs o disfarce mágico.

— Você acha que eles viram? —perguntou Drizzt quando voltou para o lado de Wulfgar. Enquanto falava, percebeu a tripulação do Fada do Mar alinhando-se no convés do navio pirata e olhando-o com desconfiança, com as armas nas mãos.

— Eles viram — observou Wulfgar. — Venha — ordenou ele a Drizzt, voltando para a prancha de embarque. — Eles vão aceitar!

Drizzt não estava tão certo. Ele se lembrou de outras vezes em que resgatou homens, apenas para vê-los se voltar contra ele quando viram sob o capuz de sua capa e descobriram a verdadeira cor de sua pele.

Mas este era o preço de sua escolha de abandonar seu próprio povo e vir ao mundo da superfície.

Drizzt agarrou Wulfgar pelo ombro e passou por ele, guiando resolutamente o caminho de volta ao Fada do Mar. Olhando para trás, para seu jovem amigo, piscou e tirou a máscara do rosto. Ele embainhou suas cimitarras e se virou para confrontar a tripulação.

— Que conheçam Drizzt Do'Urden — grunhiu Wulfgar baixinho atrás dele, emprestando a Drizzt toda a força de que precisava.

Capítulo 12

Camaradas

Bruenor encontrou Cattibrie na água além da carnificina do navio de Pinochet. Pinochet não prestou atenção na jovem, no entanto. À distância, a tripulação de seu navio restante, o volumoso navio de artilharia, havia controlado o fogo, mas deu meia-volta e partiu com toda a velocidade que pôde reunir.

— Achei que tinha me esquecido, — disse Cattibrie enquanto o barco a remo se aproximava.

— Você deveria ter ficado ao meu lado — o anão riu dela.

— Eu não me dou bem com o fogo como você — retrucou Cattibrie com um pouco de suspeita.

Bruenor deu de ombros.

— Tem sido assim desde os salões — respondeu ele. — Pode ser a armadura do pai de meu pai.

Cattibrie agarrou a lateral do barco e começou a subir, depois se deteve repentinamente ao notar a cimitarra presa às costas de Bruenor.

— Você tem a arma do drow! — disse ela, lembrando-se da história que Drizzt contara sobre sua batalha contra um demônio de fogo. A magia da cimitarra forjada em gelo salvara Drizzt do fogo naquele dia. — Com certeza, essa é a sua salvação!

— Boa lâmina — murmurou Bruenor, olhando para o cabo sobre o ombro. — O elfo deveria dar um nome para ela!

— O barco não aguenta o peso de três — interrompeu Pinochet.

Bruenor lançou um olhar zangado para ele e rebateu:

— Então nade!

O rosto de Pinochet se contorceu e ele começou a se levantar ameaçadoramente. Bruenor reconheceu que tinha insultado orgulhoso pirata demais. Antes que o homem pudesse se endireitar, o anão bateu com a testa no peito de Pinochet, derrubando-o na parte de trás do barco a remo. Sem perder o ritmo, o anão agarrou o pulso de Cattibrie e içou-a ao seu lado.

— Mire nele com seu arco, garota — disse em voz alta o suficiente para que Pinochet, mais uma vez nadando, ouvisse. Ele jogou ao pirata a ponta de uma corda. — Se ele não acompanhar, mate-o!

Cattibrie colocou uma flecha de cabo de prata na corda de Taulmaril e mirou em Pinochet, mantendo a ameaça, embora não tivesse intenção de acabar com o homem indefeso.

— Eles chamam meu arco de Buscador de Corações — ela avisou — Com certeza, seria sábio você nadar.

O orgulhoso pirata puxou a corda em volta dele e remou.

— Nenhum drow vai voltar para este navio! — um dos tripulantes de Deudermont rosnou para Drizzt.

O homem levou um tapa na nuca por causa de suas palavras, e então timidamente se afastou quando Deudermont se aproximou da prancha de embarque. O capitão estudou as expressões de seus tripulantes enquanto examinavam o drow que tinha sido seu companheiro por dez dias.

— O que você vai fazer com ele? — um marinheiro se atreveu a perguntar.

— Temos homens na água — respondeu o capitão, desviando da pergunta direta. — Tragam eles para dentro e sequem-nos e acorrentem os piratas. — Esperou um momento para que seus tripulantes se dispersassem, mas eles mantiveram suas posições, hipnotizados pelo drama do elfo.

— E desprendam esses navios! — rugiu Deudermont.

Ele se voltou para Drizzt e Wulfgar, a apenas alguns metros da prancha.

— Vamos nos retirar para minha cabine — disse ele calmamente. — Precisamos conversar.

Drizzt e Wulfgar não responderam. Eles seguiram com o capitão em silêncio, absorvendo os olhares curiosos, temerosos e indignados que os seguiam.

Deudermont parou no meio do convés, juntando-se a um grupo de sua tripulação enquanto olhavam para o sul, além do navio em chamas de Pinochet, para um pequeno barco a remo indo com força em sua direção.

— O condutor da carruagem de fogo que cruzou o céu — explicou um dos tripulantes.

— Ele derrubou aquele navio! — outro exclamou, apontando para os destroços da nau capitânia de Pinochet, agora inclinada para baixo e prestes a afundar. — E fez o terceiro sair correndo!

— Então ele é um amigo nosso, de fato! — respondeu o capitão.

— E nosso — acrescentou Drizzt, voltando todos os olhos para ele. Até Wulfgar olhou com curiosidade para seu companheiro. Ele tinha ouvido o grito de Moradin, mas não ousou ter esperança de que fosse realmente Bruenor Martelo de Batalha correndo em seu socorro.

— Um anão de barba vermelha, se meu palpite estiver correto — continuou Drizzt. — E com ele, uma jovem.

O queixo de Wulfgar caiu.

— Bruenor? — ele conseguiu sussurrar. — Cattibrie?

Drizzt deu de ombros.

— É o meu palpite.

— Em breve saberemos — assegurou Deudermont. Ele instruiu sua tripulação a trazer os passageiros do barco a remo para sua cabine assim que subissem a bordo, então conduziu Drizzt e Wulfgar para longe, sabendo que no convés o drow seria uma distração para seus homens. E neste momento, após lidarem com os navios, eles tinham um trabalho importante a concluir.

— O que você pretende fazer conosco? — Wulfgar exigiu saber quando Deudermont fechou a porta da cabana. — Nós lutamos por...

Deudermont parou o discurso crescente com um sorriso calmante.

— Vocês lutaram mesmo — ele reconheceu. — Eu só queria ter marinheiros tão poderosos em todas as viagens para o sul. Certamente, então, os piratas fugiriam sempre que o Fada do Mar surgisse no horizonte!

Wulfgar recuou de sua postura defensiva.

— Meu disfarce não teve a intenção de causar dano — disse Drizzt, sério. — E apenas minha aparência era uma mentira. Preciso de uma passagem para o sul para resgatar um amigo, isso continua sendo verdade.

Deudermont acenou com a cabeça, mas antes que pudesse responder, uma batida na porta e um marinheiro apareceu.

— Perdão — ele começou.

— O que é? — perguntou Deudermont.

— Seguimos cada passo seu, capitão, você sabe disso — gaguejou o marinheiro. — Mas achamos que a gente devia deixar você saber como a gente se sente sobre o elfo.

Deudermont analisou o marinheiro, e depois Drizzt, por um momento. Ele sempre teve orgulho de sua tripulação; a maioria dos homens estava junto há muitos anos, mas se perguntava como eles iriam superar esse dilema.

— Vá em frente — ele incitou, teimosamente mantendo sua confiança em seus homens.

— Bem, sabemos que ele é um drow — começou o marinheiro — E sabemos o que isso significa. — ele fez uma pausa, pesando suas próximas palavras com cuidado. Drizzt conteve o fôlego com expectativa; ele já havia percorrido esse caminho antes.

— Mas eles dois, eles seguraram nossa onda legal lá fora — o marinheiro cuspiu as palavras de repente. — A gente não teria conseguido sem eles!

— Então vocês querem que eles permaneçam a bordo? — Deudermont perguntou, com um sorriso crescendo em seu rosto. Sua tripulação se saíra bem mais uma vez.

— Sim! — o marinheiro respondeu entusiasticamente. — Cada um de nós! E temos orgulho de ter eles com a gente!

Outro marinheiro, aquele que havia desafiado Drizzt na prancha poucos minutos antes, enfiou a cabeça para dentro.

— Eu estava assustado, só isso — ele se desculpou com Drizzt.

Perplexo, Drizzt ainda não tinha recuperado o fôlego. Ele acenou com a aceitação do pedido de desculpas.

— Vejo vocês no convés, então — disse o segundo marinheiro, e ele desapareceu porta afora.

— A gente só achou que você devia saber — disse o primeiro marinheiro a Deudermont, e então também se foi.

— Eles são uma boa tripulação — disse Deudermont a Drizzt e Wulfgar quando a porta se fechou.

— E o que você acha? — Wulfgar teve que perguntar.

— Julgo um homem... elfo... por seu caráter, não por sua aparência — declarou Deudermont. — E quanto a isso, fique sem a máscara, Drizzt Do'Urden. Você é um tipo muito mais bonito sem ela!

— Muitos não compartilham dessa observação — respondeu Drizzt.

— No Fada do Mar, compartilham! — rugiu o capitão. — Agora, a batalha está ganha, mas há muito a ser feito. Suspeito que sua força seria apreciada na proa, poderoso bárbaro. Temos que desbloquear e mover esses navios antes que aquele terceiro navio pirata volte com mais amigos!

— E você — disse ele a Drizzt com um sorriso furtivo. — Eu acho que ninguém poderia manter um grupo de prisioneiros na linha melhor do que você.

Drizzt tirou a máscara da cabeça e a enfiou na mochila.

— Há algumas vantagens na cor da minha pele — ele concordou, sacudindo os nós de suas mechas brancas. Ele se virou com Wulfgar para sair, mas a porta se abriu diante deles.

— Bela lâmina, elfo! — disse Bruenor Martelo de Batalha, parado em uma poça de água do mar. Ele jogou a cimitarra mágica para Drizzt.

— Encontre um nome para ela, sim? Uma lâmina assim precisa de um nome. Boa para um cozinheiro fazer um porco assado!

— Ou para um anão caçar dragões — comentou Drizzt. Ele segurou a cimitarra com reverência, lembrando-se novamente da primeira vez que a vira, deitada no tesouro do dragão morto. Em seguida, deu a ela um novo lar na bainha que tinha levado sua lâmina normal, acreditando que a antiga era uma companheira adequada para Fulgor.

Bruenor se aproximou de seu amigo drow e agarrou seu pulso com firmeza.

— Quando eu vi seus olhos olhando para mim do desfiladeiro — o anão começou suavemente, lutando contra um estrangulamento que ameaçava quebrar sua voz. — Soube com certeza que meus outros amigos estariam seguros!

— Mas não estão — respondeu Drizzt. — Regis está em um perigo terrível.

Bruenor piscou.

— Nós o traremos de volta, elfo! Nenhum assassino fedorento vai acabar com Pança-furada! — ele apertou o braço do drow com força uma última vez e se voltou para Wulfgar, o rapaz que ele tinha conduzido à idade adulta.

Wulfgar queria falar, mas não encontrou caminho para as palavras além do nó na garganta. Ao contrário de Drizzt, o bárbaro não tinha ideia de que Bruenor ainda pudesse estar vivo, e ver seu querido mentor, o anão que se tornara um pai para ele, de volta da sepultura e de pé diante dele era simplesmente demais para ele digerir. Ele agarrou Bruenor pelos ombros quando o anão ia dizer alguma coisa e o içou, prendendo-o em um grande abraço de urso.

Bruenor levou alguns segundos se mexendo para se soltar o suficiente para respirar.

— Se você tivesse espremido o dragão assim... — O anão tossiu. — Eu não teria precisado descer o desfiladeiro!

Cattibrie entrou pela porta, encharcada, com o cabelo arruivado emaranhado no pescoço e nos ombros. Atrás dela vinha Pinochet, encharcado e humilhado.

Seus olhos encontraram pela primeira vez o olhar de Drizzt, prendendo o drow em um momento silencioso de emoção mais profunda do que a simples amizade.

— Olá — ela sussurrou. — É bom olhar para Drizzt Do'Urden novamente. Meu coração esteve com vocês o tempo todo.

Drizzt lançou um sorriso casual e desviou seus olhos cor de lavanda.

— De alguma forma, eu sabia que você se juntaria a nossa missão antes que ela terminasse — disse ele. — Olá, então, e seja bem-vinda.

O olhar de Cattibrie se desviou do drow para Wulfgar. Duas vezes ela havia se separado do homem, e nas duas vezes, quando se encontraram novamente, Cattibrie se lembrou do quanto o amava.

Wulfgar a viu também. Gotículas de água do mar brilhavam em seu rosto, mas empalideceram ao lado do brilho de seu sorriso. O bárbaro, com seu olhar fixo nunca deixando Cattibrie, pousou Bruenor de volta ao chão.

Só o constrangimento do amor juvenil os separava naquele momento, com Drizzt e Bruenor olhando.

— Capitão Deudermont — disse Drizzt. — Apresento-lhe Bruenor Martelo de Batalha e Cattibrie, dois queridos amigos e grandes aliados.

— E trouxemos um presente — riu Bruenor. — Visto que não temos dinheiro para pagar a passagem. — Bruenor se aproximou, agarrou Pinochet pela manga e puxou o homem para a frente e para o centro. — Capitão do navio que queimei, é a minha suspeita.

— Boas-vindas a vocês dois — respondeu Deudermont. E eu garanto que vocês mais do que mereceram suas passagens.

O capitão moveu-se para confrontar Pinochet, suspeitando da importância do homem.

— Você sabe quem eu sou? — disse o pirata bufando, acreditando ter uma pessoa mais razoável para lidar do que o anão ranzinza.

— Você é um pirata — respondeu Deudermont calmamente.

Pinochet inclinou a cabeça para estudar o capitão. Um sorriso malicioso cruzou seu rosto.

— Você talvez já tenha ouvido falar de Pinochet?

Deudermont pensou e temeu ter reconhecido o homem quando Pinochet entrou pela primeira vez na sua cabine. O capitão do Fada do Mar de fato tinha ouvido falar de Pinochet — todos os mercadores da Costa da Espada já tinham ouvido falar de Pinochet.

— Eu exijo que você liberte a mim e aos meus homens! — vociferou o pirata.

— No momento certo — respondeu Deudermont. Todos, Drizzt, Bruenor, Wulfgar e Cattibrie, sem compreender a extensão da influência dos piratas, olharam para Deudermont incrédulos.

— Eu aviso que as consequências de suas ações serão terríveis! — Pinochet continuou, ganhando de repente a vantagem no confronto. — Não sou um homem que perdoa, nem meus aliados.

Drizzt, cujo próprio povo costumava dobrar os princípios da justiça para se adequar às regras da posição social, compreendeu imediatamente o dilema do capitão.

— Deixe-o ir — disse ele. Ambas as cimitarras mágicas saíram em suas mãos, com Fulgor brilhando perigosamente. — Deixe-o ir e dê-lhe uma lâmina. Eu também não perdoo fácil.

Vendo o olhar horrorizado que o pirata lançou ao drow, Bruenor se apressou em juntar-se a ele.

— Sim, capitão, deixe o cão livre. — O anão fez uma careta. — Eu só mantive a cabeça dele sob os ombros para te dar um presente vivo. Se você não o quiser... — Bruenor tirou o machado do cinto e balançou-o com facilidade.

Wulfgar não perdeu a deixa:

— Mãos nuas e no mastro! — rugiu o bárbaro, flexionando os músculos para que parecessem que iriam explodir. — O pirata e eu! Deixe o vencedor conhecer a glória da vitória. E deixe o perdedor cair para a morte!

Pinochet olhou para os três guerreiros enlouquecidos. Então, quase implorando por ajuda, ele se voltou para Deudermont.

— Ah, vocês estão perdendo a diversão — sorriu Cattibrie, para não ficar de fora. — Onde está a graça em um de vocês estraçalhar um pirata? Dê a ele um barquinho e faça-o partir. — Seu rosto alegre tornou-se subitamente sombrio e ela lançou um olhar malicioso para Pinochet. — Dê a ele um barco — reiterou. — E deixe-o se esquivar de minhas flechas de prata!

— Muito bem, capitão Pinochet — começou Deudermont, mal escondendo uma risada. — Eu não invocaria a fúria dos piratas. Você é um homem livre e pode ir quando quiser.

Pinochet girou, cara a cara com Deudermont.

— Ou... — continuou o capitão do Fada do Mar. — Você e sua tripulação podem permanecer sob meu domínio, sob minha proteção pessoal, até chegarmos ao porto.

— Você não é capaz de controlar sua tripulação? — cuspiu o pirata.

— Eles não são minha tripulação — respondeu Deudermont. — E se esses quatro escolherem matá-lo, atrevo-me a dizer que pouco poderia fazer para detê-los.

— Não é do feitio do meu povo deixar nossos inimigos viverem! — Drizzt interveio em um tom tão cruel que causou arrepios na espinha até mesmo de seus amigos mais próximos. — Mesmo assim, preciso de você, capitão Deudermont, e de seu navio — ele embainhou suas lâminas em um movimento rápido como um raio. — Vou deixar o pirata viver em troca da conclusão dos nossos arranjos.

— O domínio, capitão Pinochet? — perguntou Deudermont, acenando para dois de seus tripulantes escoltarem o líder pirata.

Os olhos de Pinochet estavam de volta em Drizzt.

— Se você navegar por aqui novamente... — o pirata teimoso começou ameaçador.

Bruenor o chutou no traseiro.

— Abane a língua de novo, cão — rugiu o anão. — Com certeza, vou cortar fora!

Pinochet saiu em silêncio com os tripulantes de Deudermont.

Mais tarde naquele dia, enquanto a tripulação do Fada do Mar continuava seus reparos, os amigos reunidos retiraram-se para a cabine de Drizzt e Wulfgar onde ouviram as aventuras de Bruenor no Salão de Mitral. As estrelas cintilavam no céu noturno e ainda assim o anão continuava, falando das riquezas que tinha visto, dos lugares antigos e sagrados que havia encontrado em sua terra natal, de suas muitas escaramuças com patrulhas duergar e de sua fuga final e ousada pela grande cidade subterrânea.

Cattibrie estava sentada diretamente em frente a Bruenor, observando o anão através da chama oscilante da única vela acesa sobre a mesa. Ela tinha ouvido a história antes, mas Bruenor sabia contar uma história melhor do que qualquer outro, e ela se inclinava para frente na cadeira, hipnotizada uma vez mais. Wulfgar, com seus longos braços acomodados confortavelmente sobre os ombros dela, tinha puxado sua cadeira para trás dela.

Drizzt estava perto da janela e olhava para o céu onírico. Tudo parecia como nos velhos tempos, como tivessem trazido um pedaço do Vale do Vento Gélido com eles. Muitas foram as noites em que os amigos se reuniram para trocar histórias de seus passados ou apenas para apreciar o sossego da noite juntos. Claro, um quinto membro estava com o grupo na época e sempre com uma história bizarra que superava todas as outras.

Drizzt olhou para seus amigos e depois de volta para o céu noturno, pensando — esperando — que um dia os cinco amigos voltassem a se reunir.

Uma batida na porta fez os três pularem na mesa, de tão absortos que estavam — até mesmo Bruenor — na história do anão.

Drizzt abriu a porta e o capitão Deudermont entrou.

— Saudações — disse ele educadamente. — Eu não interromperia, mas tenho algumas novidades.

— Estava chegando na parte boa — resmungou Bruenor. — Mas vai ficar melhor com um pouco de expectativa!

— Falei com Pinochet mais uma vez — disse Deudermont. — Ele é um homem muito proeminente nesta terra, e não combina que tenha armado três navios para nos parar. Ele estava atrás de alguma coisa.

— Nós — Drizzt raciocinou.

— Ele não disse nada diretamente — respondeu Deudermont. — Mas acredito que seja esse o caso. Por favor, entenda que não posso pressioná-lo muito.

— Ah! Posso fazer o cão latir! — bufou Bruenor.

— Não é preciso — disse Drizzt. — Os piratas deviam estar procurando por nós.

— Mas como saberiam? — perguntou Deudermont.

— Bolas de fogo sobre Portão de Baldur — supôs Wulfgar.

Deudermont assentiu, lembrando-se da exibição.

— Parece que vocês atraíram alguns inimigos poderosos.

— O homem que procuramos sabia que entraríamos em Portão de Baldur — disse Drizzt. — Ele até deixou uma mensagem para nós. Não teria sido difícil para gente como Artemis Entreri arranjar um sinal detalhando como e quando partimos.

— Ou preparar uma emboscada — disse Wulfgar severamente.

— É o que parece — disse Deudermont.

Drizzt ficou quieto, mas suspeitava de algo diferente. Por que Entreri os levaria até ali, apenas serem mortos por piratas? Outra pessoa havia entrado em cena, Drizzt sabia, e só podia supor que seria o próprio Pasha Pook.

— Mas há outros assuntos que devemos discutir — disse Deudermont. — O Fada do Mar está em condições de navegar, mas levamos danos sérios, assim como o navio pirata que capturamos.

— Você pretende navegar com os dois para fora daqui? — perguntou Wulfgar.

— Sim — respondeu o capitão. — Vamos liberar Pinochet e seus homens quando chegarmos ao porto. Eles levarão o navio de lá.

— Os piratas merecem alguma coisa pior — resmungou Bruenor.

— E esse dano vai atrasar nossa jornada? — perguntou Drizzt, mais preocupado com sua missão.

— Vai — respondeu Deudermont. — Espero chegar ao reino de Calimshan, em Memnon, logo além da fronteira de Tethyr. Nossa bandeira nos ajudará no reino do deserto. Lá, podemos atracar e consertar.

— Por quanto tempo?

Deudermont deu de ombros.

— Talvez uma semana, talvez mais. Não saberemos até que possamos avaliar adequadamente os danos. E outra semana depois disso, para navegar ao redor do chifre para Porto Calim.

Os quatro amigos trocaram olhares desanimados e preocupados. Quantos dias Regis ainda teria de vida? O halfling poderia se dar ao luxo desse atraso?

— Mas há outra opção — Deudermont disse a eles. — A viagem de Memnon a Porto Calim de navio, ao redor da cidade de Teshburl e no Mar Brilhante, é muito mais longa do que a rota terrestre reta. As caravanas partem para Porto Calim quase todos os dias, e a jornada, embora difícil através do Deserto de Calim, leva apenas alguns dias.

— Temos pouco ouro para a passagem — disse Cattibrie.

Deudermont dispensou o problema:

— Um custo menor — disse ele. — Qualquer caravana que atravesse o deserto ficaria feliz em tê-los como guardas. E vocês mereceram uma ampla recompensa de mim para ajudá-los. — Ele balançou uma bolsa de ouro amarrada ao cinto. — Ou, se preferirem, podem permanecer com o Fada do Mar pelo tempo que desejarem.

— Quanto tempo até Memnon? — perguntou Drizzt.

— Depende de quanto vento nossas velas podem suportar — respondeu Deudermont. — Cinco dias; talvez uma semana.

— Conte-nos sobre este Deserto de Calim — disse Wulfgar. — O que é um deserto?

— Uma terra estéril — respondeu Deudermont, sério, não querendo subestimar o desafio que estaria diante deles se escolhessem esse caminho. — Uma área vazia repleta de areias cortantes e ventos quentes. Onde monstros governam os homens, e muitos viajantes infelizes rastejaram até a morte para terem os ossos limpos por abutres.

Os quatro amigos ignoraram a descrição sombria do capitão.

Exceto pela diferença de temperatura, parecia que estariam em casa.

Capítulo 13

Pagando o preço

As docas seguiam além da vista em qualquer direção, e as velas de mil navios salpicavam as águas azul-claras do Mar Brilhante, e levariam horas para caminhar pela extensão da cidade diante deles, não importando por qual portão procurassem.

Porto Calim, a maior cidade em todos os Reinos, era um conglomerado extenso de barracos e templos enormes, com torres altas surgindo das planícies de casas baixas de madeira. Era o centro da costa sul, um vasto mercado com várias vezes a área de Águas Profundas.

Entreri saiu com Régis das docas e entrou na cidade. O halfling não ofereceu resistência; ele estava envolvido demais nas emoções marcantes que os cheiros, paisagens e sons únicos da cidade traziam a ele. Mesmo seu pavor com a ideia de enfrentar Pasha Pook foi enterrado na confusão de memórias invocadas por seu retorno a seu antigo lar.

Havia passado toda a sua infância ali como um órfão abandonado, roubando refeições nas ruas e dormindo enrolado ao lado das fogueiras de lixo que os outros sem-teto incendiavam nos becos nas noites frias. Mas Regis tinha uma vantagem sobre os outros necessitados de Porto Calim. Mesmo ainda jovem, tinha um charme inegável e uma maré de sorte que sempre parecia tirá-lo das enrascadas. O bando imundo com quem ele costumava ficar apenas balançou a cabeça, compreensivo no dia em que seu camarada halfling foi acolhido por um dos muitos bordéis da cidade.

As damas mostraram a Regis muita gentileza, deixando-o fazer pequenas tarefas de limpeza e cozinha em troca de um estilo de vida sofisticado que seus velhos amigos só podiam observar e invejar. Reconhecendo o potencial do halfling carismático, as senhoras até apresentaram Regis ao homem que se tornaria seu mentor e que o transformaria em um dos melhores ladrões que a cidade já conheceu: Pasha Pook.

O nome veio a Regis como um tapa na cara, lembrando-o da terrível realidade que enfrentava. Ele tinha sido o batedorzinho de carteira favorito de Pook, o orgulho e a alegria do mestre da guilda, mas isso só pioraria as coisas para Regis. Pook nunca o perdoaria por sua traição.

Uma lembrança mais vívida amoleceu as pernas de Regis quando Entreri o fez descer o Círculo dos Ladinos. Na extremidade oposta, ao redor do beco sem saída e virado para a entrada da travessa, havia um prédio de madeira de aparência simples com uma única porta sem nada especial. Mas Regis conhecia os esplendores ocultos naquela fachada despretensiosa.

E os horrores.

Entreri o agarrou pelo colarinho e o arrastou, sem diminuir o passo.

— Agora, Drizzt, agora — sussurrou Regis, rezando para que seus amigos estivessem prontos para um resgate desesperado de última hora. Mas Regis sabia que suas orações não seriam respondidas desta vez. Ele finalmente ficou preso demais na lama para escapar.

Dois guardas disfarçados de sem-teto se moveram na frente da dupla quando se aproximaram da porta. Entreri não disse nada, mas só lançou um olhar homicida.

Aparentemente, os guardas reconheceram o assassino. Um deles saiu desajeitado do caminho, tropeçando nos próprios pés, enquanto o outro correu para a porta e bateu nela com força. Uma vigia se abriu na porta e o guarda sussurrou algo para o porteiro lá dentro. Uma fração de segundo depois, a porta se abriu.

Olhar para dentro da guilda dos ladrões foi demais para o halfling. A escuridão girou em torno dele e ele ficou inerte nas mãos de ferro do assassino. Sem demonstrar emoção nem surpresa, Entreri ergueu Regis por cima do ombro e o carregou como um saco para a sede da guilda, e desceu o lance de escadas além da porta.

Mais dois guardas avançaram para escoltá-lo, mas Entreri passou por eles. Passaram-se três longos anos desde que Pook o colocara na estrada atrás de Regis, mas o assassino conhecia o caminho. Ele passou por várias salas, desceu outro nível, e então começou a subir uma longa escada em espiral. Logo, estava no nível da rua novamente e continuava subindo para as câmaras mais altas da estrutura.

Regis recuperou a consciência em um borrão estonteante. Olhou em volta desesperado enquanto as imagens ficavam mais claras e ele se lembrava de onde estava. Entreri o segurava pelos tornozelos, a cabeça do halfling pendurada no meio das costas do assassino e sua mão a apenas alguns centímetros da adaga cravejada de joias. Mas mesmo que pudesse chegar à arma rápido o suficiente, Regis sabia que não tinha chance de escapar — não com Entreri segurando-o, dois guardas armados o seguindo e olhos curiosos os observando de cada porta.

Os sussurros viajaram pela guilda mais rápido que Entreri.

Regis passou o queixo pelo flanco de Entreri e conseguiu vislumbrar o que estava por vir. Chegaram a um patamar onde mais quatro guardas se separaram sem questionar, abrindo caminho por um curto corredor que terminava em uma porta ornamentada de ferro.

A porta de Pasha Pook.

A escuridão consumiu Regis mais uma vez.

Ao entrar na câmara, Entreri descobriu que era esperado. Pook sentava-se confortavelmente em seu trono, com LaValle ao seu lado e seu leopardo favorito a seus pés, e nenhum deles vacilou com o súbito aparecimento dos dois conhecidos há muito sumidos.

O assassino e o mestre da guilda se encararam em silêncio por um longo tempo. Entreri estudou o homem cuidadosamente. Ele não esperava um encontro tão formal.

Alguma coisa estava errada.

Entreri puxou Regis de seu ombro e o segurou — ainda de cabeça para baixo — com o braço estendido, como se apresentasse um troféu. Convencido de que o halfling estava alheio ao mundo naquele momento, Entreri o soltou, deixando Régis cair pesadamente no chão.

Isso atraiu uma risada de Pook.

— Foram três longos anos — disse o mestre da guilda, quebrando a tensão.

Entreri assentiu.

— Eu disse a você desde o início que este aqui poderia levar algum tempo. O ladrãozinho correu para os confins do mundo.

— Mas não além do seu alcance, hein? — disse Pook, um tanto sarcasticamente. — Você desempenhou sua tarefa com excelência, como sempre, Mestre Entreri. Sua recompensa será conforme prometido. — Pook recostou-se de novo em seu trono e retomou sua postura distante, esfregando um dedo sobre os lábios e olhando Entreri com desconfiança.

Entreri não tinha ideia de por que Pook, depois de tantos anos difíceis e uma conclusão bem-sucedida da missão, o trataria tão mal. Regis havia escapado das garras do mestre da guilda por mais de meia década antes de Pook finalmente enviar Entreri atrás dele. Com esse histórico o precedendo, Entreri não acreditava que três anos fosse tanto tempo para completar a missão.

E o assassino se recusava a jogar esses jogos enigmáticos.

— Se tem algum problema, fale — disse ele sem rodeios.

— Havia um problema — Pook respondeu misteriosamente, enfatizando o passado de sua declaração.

Entreri deu um passo para trás, já totalmente perdido — uma das raras vezes em sua vida.

Regis mexeu-se nesse momento e conseguiu se sentar, mas os dois homens, envolvidos na importante conversa, não lhe deram atenção.

— Você estava sendo seguido — explicou Pook, sabendo que era melhor não continuar por muito tempo com a brincadeira de provocar com o assassino. — Amigos do halfling?

Regis então ficou muito atento.

Entreri levou um longo momento para considerar sua resposta. Adivinhou o que Pook queria dizer e foi fácil deduzir que Oberon teria informado ao mestre da guilda mais do que seu retorno com Regis. Ele fez uma nota mental para visitar o mago na próxima vez que estivesse em Portão de Baldur e explicar a Oberon os limites adequados da espionagem e as restrições adequadas à lealdade. Ninguém jamais criava problemas com Artemis Entreri duas vezes.

— Não importa — disse Pook, não vendo nenhuma resposta vindo. — Eles não vão mais nos incomodar.

Regis sentiu-se mal. Este era o sul, a casa de Pasha Pook. Se Pook soube da perseguição de seus amigos, certamente poderia tê-los eliminado.

Entreri também entendeu assim. Ele lutou para manter a calma enquanto uma raiva ardente crescia dentro dele.

— Eu cuido dos meus próprios negócios — rosnou ele para Pook, com seu tom confirmando ao mestre da guilda que ele realmente estava jogando um jogo particular com seus perseguidores.

— E eu dos meus! — Pook rebateu, endireitando-se na cadeira. — Não sei que conexão este elfo e bárbaro têm com você, Entreri, mas eles não têm nada a ver com meu pingente! — Ele logo se recompôs e recostou-se, percebendo que o confronto estava ficando perigoso demais para continuar. — Eu não podia correr o risco.

A tensão diminuiu dos músculos contraídos de Entreri. Ele não queria uma guerra com Pook e não podia mudar o que havia acontecido.

— Como? — perguntou ele.

— Piratas — respondeu Pook. — Pinochet me devia um favor.

— Foi confirmado?

— Por que se importa? — perguntou Pook. — Você está aqui. O halfling está aqui. Meu pin... — ele parou de repente, percebendo que ainda não tinha visto o pingente de rubi.

Foi a vez de Pook suar e se questionar.

— Está confirmado? — Entreri perguntou de novo, sem fazer nenhum movimento em direção ao pingente mágico que pendia, oculto, em seu pescoço.

— Ainda não — gaguejou Pook. — Mas três navios foram enviados atrás do deles. Não há dúvidas.

Entreri escondeu seu sorriso. Ele conhecia o poderoso drow e o bárbaro bem o suficiente para considerá-los vivos até que seus corpos fossem exibidos diante dele.

— Sim, pode haver dúvida — ele sussurrou para si enquanto puxava o pingente de rubi sobre a cabeça e o jogava para o mestre da guilda.

Pook o pegou com as mãos trêmulas, sabendo imediatamente pelo formigamento familiar que era a joia verdadeira. Que poder iria ter! Com o rubi mágico nas mãos, Artemis Entreri de volta ao seu lado e os homens-rato de Rassiter sob seu comando, ele seria imbatível!

LaValle colocou uma mão firme no ombro do mestre da guilda. Pook, radiante de expectativa ao seu poder crescente, olhou para ele.

— Sua recompensa será como prometido — Pook disse novamente a Entreri assim que recuperou o fôlego. — E mais!

Entreri fez uma reverência.

— Muito bem, então, Pasha Pook — respondeu. — É bom estar em casa.

— Com relação ao elfo e ao bárbaro — Pook disse, de repente voltando atrás sobre nunca desconfiar do assassino.

Entreri o deteve com as palmas estendidas.

— Uma sepultura de água salgada serve a eles tão bem quanto os esgotos de Porto Calim — disse ele. — Não nos preocupemos com o que ficou para trás.

O sorriso de Pook envolveu seu rosto redondo.

— Concordo, e muito bem, então — ele sorriu. — Especialmente quando há negócios tão prazerosos à nossa frente. — Ele olhou malignamente para Regis, mas o halfling, encurvado no chão ao lado de Entreri, não percebeu.

Regis ainda tentava digerir as notícias sobre seus amigos. Naquele momento, ele não se importava como suas mortes poderiam afetar seu próprio futuro — ou a falta de um. Só importava era que eles se foram. Primeiro Bruenor no Salão de Mitral, depois Drizzt e Wulfgar, e talvez Cattibrie também. Comparado a disso, as ameaças de Pasha Pook pareciam vazias. O que Pook poderia fazer com ele que doeria tanto quanto essas perdas?

— Passei muitas noites sem dormir me preocupando com a decepção que você me causou — disse Pook a Regis. — E muitas mais passei considerando como eu iria retribuir!

A porta se abriu, interrompendo a linha de pensamento de Pook. O mestre da guilda não teve que olhar para cima para saber quem ousara entrar sem autorização. Apenas um homem na guilda teria tal coragem.

Rassiter entrou na sala e andou em um círculo desconfortavelmente fechado enquanto inspecionava os recém-chegados.

— Saudações, Pook — disse ele de forma casual, os olhos fixos no olhar severo do assassino.

Pook não disse nada, mas apoiou o queixo na mão para assistir. Ele havia esperado aquele encontro por muito tempo.

Rassiter era quase trinta centímetros mais alto que Entreri, um fato que só aumentava a atitude já arrogante do homem-rato. Como tantos valentões simplórios, Rassiter costumava confundir tamanho com força, e olhar de cima para aquele homem que era uma lenda nas ruas de Porto Calim, e portanto, seu rival, fazia pensar que já havia vencido.

— Então, você é o grande Artemis Entreri — disse ele, o desprezo evidente em sua voz.

Entreri não piscou. A morte estava em seus olhos enquanto seu olhar seguia Rassiter, que ainda circulava. Até Regis ficou pasmo com a ousadia do estranho. Ninguém nunca se movia tão casualmente ao redor de Entreri.

— Saudações — disse Rassiter por fim, satisfeito com sua inspeção. Ele se curvou. — Eu sou Rassiter, o conselheiro mais próximo de Pasha Pook e controlador das docas.

Mesmo assim, Entreri não respondeu. Ele olhou para Pook em busca de uma explicação.

O mestre da guilda retribuiu o olhar curioso de Entreri com um sorriso malicioso e ergueu as palmas em um gesto impotente.

Rassiter levou sua familiaridade ainda mais longe.

— Você e eu — ele praticamente sussurrou para Entreri — Podemos fazer grandes coisas juntos.

Ele começou a colocar a mão no ombro do assassino, mas Entreri se virou com um olhar gélido, tão mortal que até o arrogante Rassiter começou a entender o perigo de seu curso.

— Você poderá ver que tenho muito a lhe oferecer — disse Rassiter, dando um passo cauteloso para trás. Não havendo nenhuma resposta, ele se virou para Pook. — Você gostaria que eu cuidasse do pequeno ladrão? — perguntou, sorrindo seu sorriso amarelado.

— Esse é meu, Rassiter — respondeu Pook com firmeza. — Você e os seus, mantenham suas mãos peludas longe dele!

Entreri não deixou a referência passar.

— Claro — respondeu Rassiter. — Eu tenho negócios, então. Estou indo. — Ele se curvou rapidamente e se virou para sair, encontrando os olhos de Entreri uma última vez. Ele não conseguia segurar aquele olhar gelado, não conseguia igualar a intensidade do olhar do assassino, com o seu.

Rassiter sacudiu a cabeça em descrença ao passar, convencido de que Entreri ainda não tinha piscado.

— Você se foi. Meu pingente se foi — Pook explicou quando a porta se fechou novamente. — Rassiter me ajudou a manter e até mesmo expandir a força da guilda.

— Ele é um homem-rato — observou Entreri, como se esse fato encerrasse qualquer discussão.

— Chefe de sua guilda — respondeu Pook. — Mas são leais o bastante e fáceis de controlar. — Ele ergueu o pingente de rubi. — Mais fácil agora.

Entreri teve dificuldade em aceitar isso, mesmo à luz da tentativa fútil de Pook de uma explicação. Ele queria tempo para considerar o novo desenvolvimento, para descobrir o quanto as coisas haviam mudado na guilda.

— Meu quarto? — perguntou ele.

LaValle se mexeu desconfortavelmente e olhou para Pook.

— Tenho usado seu quarto — gaguejou o mago. — Mas um novo alojamento está sendo construído para mim — ele olhou para a porta recém-cortada na parede entre o harém e o antigo quarto de Entreri. — Pode ficar pronto a qualquer momento. Posso sair do seu quarto em minutos.

— Não é necessário — respondeu Entreri, acreditando que os arranjos eram melhores do jeito que estavam. Ele queria ficar longe de Pook por um tempo, de qualquer forma, para avaliar melhor a situação diante dele e planejar seus próximos movimentos. —Vou encontrar uma quarto abaixo, onde posso entender melhor os novos costumes da guilda.

LaValle relaxou com um suspiro audível.

Entreri agarrou Regis pela gola.

— O que devo fazer com este aqui?

Pook cruzou os braços sobre o peito e inclinou a cabeça.

— Pensei em um milhão de torturas condizentes com o seu crime — disse ele a Regis. — Torturas demais, acredito, porque na verdade não tenho ideia de como retribuir adequadamente o que você fez para mim — ele olhou de novo para Entreri. — Não importa — ele riu. — Logo saberei. Ponha ele nas Celas dos Nove.

Regis ficou mole novamente com a menção da masmorra infame. A cela favorita de Pook era uma câmara de terror reservada para ladrões que matavam outros membros da guilda. Entreri sorriu ao ver o halfling tão aterrorizado com a simples menção do lugar. Ele levantou Regis do chão com facilidade e o carregou para fora da sala.

— Não correu nada bem — LaValle disse quando Entreri saiu.

— Foi esplêndido! — discordou Pook. — Eu nunca vi Rassiter tão enervado, e essa visão provou ser infinitamente mais agradável do que eu jamais imaginei!

— Entreri o matará se ele não tomar cuidado — observou LaValle sério.

Pook parecia divertido com o pensamento.

— Então devemos descobrir quem provavelmente sucederá Rassiter — ele olhou para LaValle. — Não tema, meu amigo. Rassiter é um sobrevivente. Ele teve as ruas como lar sua vida inteira e sabe quando correr para a segurança das sombras. Ele aprenderá seu lugar ao redor de Entreri e mostrará o devido respeito ao assassino.

Mas LaValle não estava pensando na segurança de Rassiter — várias vezes tinha pensamentos de se livrar do miserável homem-rato ele mesmo. O que preocupava o mago era a possibilidade de uma divisão mais profunda na guilda.

— E se Rassiter virar o poder de seus aliados contra Entreri? — perguntou ele em um tom ainda mais severo. — A guerra nas ruas que se seguiria dividiria a guilda ao meio.

Pook descartou a possibilidade com um aceno de mão.

— Nem Rassiter é tão estúpido — respondeu ele, tocando o pingente de rubi, uma salvaguarda da qual ele poderia precisar.

LaValle relaxou, satisfeito com as garantias de seu mestre e com a habilidade de Pook de lidar com a situação delicada. Como de costume, Pook estava certo, LaValle percebeu. Entreri tinha enervado o homem-rato com um simples olhar, para o possível benefício de todos os envolvidos. Talvez agora, Rassiter agisse mais apropriadamente para sua posição na guilda. E com Entreri prestes a ser hospedado neste mesmo andar, talvez as intrusões do imundo homem-rato viessem com menos frequência.

Sim, era bom ter Entreri de volta.

✦

As Celas dos Nove receberam esse nome por causa das nove celas cortadas no centro do piso de uma câmara, uma circular e as outras a circundando. Apenas a célula central ficava desocupada; as outras oito continham a coleção mais preciosa de Pasha Pook: grandes gatos caçadores de todos os cantos dos Reinos.

Entreri entregou Regis ao carcereiro, um homem gigante mascarado, e depois se afastou para assistir ao show. Em volta do halfling, o carcereiro amarrou uma ponta de uma corda pesada, que passava por uma roldana no teto acima da cela central e depois voltou a uma manivela lateral.

— Desamarre quando estiver dentro — grunhiu o carcereiro para Regis. Ele empurrou Regis para frente. — Escolha o seu caminho.

Regis caminhou com cuidado ao longo da borda das celas externas. Todas elas tinham cerca de três metros quadrados com alcovas cortadas nas paredes, onde os gatos poderiam descansar. Mas nenhum dos animais descansavam agora, e todos pareciam igualmente famintos.

Eles estavam sempre com fome.

Regis escolheu a prancha entre um leão branco e um tigre pesado, pensando que aqueles dois gigantes seriam os menos propensos a escalar a parede de seis metros e arrancar seu tornozelo de baixo dele enquanto cruzava. Ele escorregou um pé na parede — que mal tinha dez centímetros de largura — separando as celas e então hesitou, apavorado.

O carcereiro deu um puxão na corda que quase derrubou Regis para junto do leão.

Relutante, recomeçou, concentrando-se em colocar um pé na frente do outro, tentando ignorar os rosnados e garras abaixo. Estava quase atingindo a cela central quando o tigre lançou todo o seu peso contra a parede, sacudindo-a violentamente. Regis perdeu o equilíbrio e caiu com um grito agudo.

O carcereiro puxou a manivela e o pegou no meio da queda, içando-o para fora do alcance do tigre que saltava. Regis se lançou contra a parede oposta, machucando as costelas, mas nem mesmo sentindo o ferimento naquele momento desesperador. Ele escalou a parede e se desvencilhou, finalmente parando no meio da cela central, onde o carcereiro o deixou cair.

Ele colocou os pés no chão, hesitante, e agarrou a corda como sua única salvação possível, recusando-se a acreditar que deveria permanecer naquele lugar saído de pesadelos.

— Desamarra! — exigiu o carcereiro, e Regis sabia pelo tom do homem que desobedecer seria sofrer uma dor indescritível. Ele soltou a corda.

— Durma bem — riu o carcereiro, puxando a corda bem alto, fora do alcance do halfling. O homem encapuzado saiu com Entreri, apagando todas as tochas do cômodo e batendo a porta de ferro atrás dele, deixando Regis sozinho no escuro com os oito gatos famintos.

As paredes que separavam as células dos gatos eram sólidas, evitando que os animais ferissem um ao outro, mas a célula central era forrada com barras largas - largas o suficiente para um gato passar suas patas. E essa câmara de tortura era circular, proporcionando acesso fácil e igual a todas as outras oito celas.

Regis não se atreveu a se mover. A corda o colocara exatamente no centro da cela, o único lugar que o mantinha fora do alcance de todos os oito gatos. Ele olhou ao redor para os olhos felinos, brilhando perversamente na luz fraca. Ele ouviu o arranhar de garras e até sentiu um sopro de ar sempre que um deles conseguia passar uma pata o suficiente através das barras para acertar um golpe próximo.

E cada vez que uma pata enorme batia no chão ao lado dele, Regis precisava se lembrar de não pular para trás — onde outro felino esperava.

Cinco minutos pareceram uma hora, e Regis estremeceu ao pensar em quantos dias Pook o manteria ali. Talvez fosse melhor simplesmente acabar com isso, pensou Regis, um pensamento que muitos compartilhavam quando colocados na câmara.

Olhando para os felinos, entretanto, o halfling descartou essa possibilidade. Mesmo se ele pudesse se convencer de que uma morte rápida nas mandíbulas de um tigre seria melhor do que o destino que sem dúvida enfrentaria, nunca teria encontrado a coragem para levá-la adiante. Era um sobrevivente, sempre tinha sido, e não podia negar aquele lado teimoso de seu caráter que se recusava a ceder, não importava o quão sombrio seu futuro parecesse.

Ficou parado, imóvel como uma estátua, e conscientemente trabalhou para preencher sua mente com pensamentos sobre seu passado recente, os dez anos que passara fora de Porto Calim. Tantas aventuras ele vira em suas viagens, tantos perigos pelos quais passara. Regis repassou essas batalhas e fugas repetidas vezes em sua mente, tentando recapturar a pura empolgação que experimentara, pensamentos ativos que o ajudariam a mantê-lo acordado.

Pois se o cansaço o dominasse e ele caísse no chão, alguma parte dele poderia chegar perto demais de um dos animais.

Mais de um prisioneiro fora pego por uma garra no pé e arrastado para o lado para ser dilacerado.

E mesmo aqueles que sobreviveram às Células dos Nove jamais esqueceriam os olhares vorazes daqueles dezesseis olhos brilhantes.

Capítulo 14

Serpentes dançarinas

A SORTE ESTAVA COM O DANIFICADO FADA DO MAR e o navio pirata capturado, pois o mar estava calmo e o vento soprava constante, mas suave. Ainda assim, a jornada ao redor da Península de Tethyr mostrou-se tediosa e lenta para os quatro amigos ansiosos, pois cada vez que os dois navios pareciam estar avançando, um ou outro desenvolvia um novo problema.

Ao sul da península, Deudermont conduziu seus navios por uma grande extensão de água chamada Correria, assim chamada pelo espetáculo comum de navios mercantes fugindo da perseguição de piratas. Nenhum outro pirata incomodou Deudermont ou sua tripulação, porém. Mesmo o terceiro navio de Pinochet nunca mais mostrou suas velas.

— Nossa jornada está terminando — disse Deudermont aos quatro amigos quando a alta linha costeira das Colinas Púrpuras apareceu na manhã seguinte. — Onde as colinas terminam, Calimshan começa.

Drizzt se inclinou sobre a grade dianteira e olhou para as águas azuis claras dos mares do sul. Ele se perguntou novamente se chegariam até Regis a tempo.

— Há uma colônia de seu povo mais para o interior — Deudermont disse a ele, tirando-o de seus pensamentos particulares — em uma floresta escura chamada Mir. — Um estremecimento involuntário tomou o capitão. — Os drow não são apreciados nesta região. Aconselho você a colocar sua máscara.

Sem pensar, Drizzt colocou a máscara mágica sobre o rosto, assumindo instantaneamente as feições de um elfo da superfície. O ato lhe incomodou menos do que abalou seus três amigos, que olharam com desdém resignado. Drizzt estava apenas fazendo o que tinha que fazer, eles se lembraram, continuando com o mesmo estoicismo sem queixas que havia guiado sua vida desde o dia em que abandonara seu povo.

A nova identidade do drow não era certa aos olhos de Wulfgar e Cattibrie. Bruenor cuspiu na água, enojado por um mundo ofuscado demais por uma capa para ler o livro dentro.

No início da tarde, uma centena de velas pontilhavam o horizonte ao sul e uma vasta linha de docas apareceu ao longo da costa, com uma cidade extensa de barracos baixos de argila e tendas de cores vivas estendendo-se atrás deles. Mas, por mais vastas que fossem as docas de Memnon, o número de navios de pesca, mercantes e de guerra da crescente marinha de Calimshan era ainda maior. O Fada do Mar e seu navio capturado foram forçados a lançar âncora ao largo da costa e esperar pela abertura dos desembarques apropriados — uma espera, o capitão do porto logo informou a Deudermont, de possivelmente uma semana.

— Em seguida, seremos visitados pela marinha de Calimshan — explicou Deudermont enquanto a embarcação do capitão do porto se afastava. — Que virá inspecionar o navio pirata e interrogar Pinochet.

— Eles vão cuidar do cão? — perguntou Bruenor.

Deudermont balançou a cabeça.

— Provavelmente não. Pinochet e seus homens são meus prisioneiros e meu problema. Calimshan deseja o fim das atividades piratas e está dando passos ousados em direção a esse objetivo, mas duvido que ouse se envolver com alguém tão poderoso quanto Pinochet.

— O que haverá com ele, então? — resmungou Bruenor, tentando encontrar algum caráter em toda aquela conversa política.

— Ele partirá para perturbar outro navio outro dia — respondeu Deudermont.

— E para avisar àquele rato, Entreri, que escapamos da forca — retrucou Bruenor.

Compreendendo a posição sensível de Deudermont, Drizzt fez um pedido razoável.

— Quanto tempo você pode nos dar?

— Pinochet não pode encostar o navio nas docas por uma semana. — O capitão continuou com uma piscadela astuta. — Já cuidei para que não estivesse mais em condições de navegar. Eu consigo esticar essa semana para duas. Até o pirata encontrar o timão de seu navio novamente, você já terá contado a este Entreri sobre sua fuga pessoalmente.

Wulfgar ainda não entendeu.

— O que você ganhou? — perguntou ele a Deudermont. — Você derrotou os piratas, mas eles devem navegar livres, sentindo o gosto da vingança em seus lábios. Eles atacarão o Fada do Mar na sua próxima passagem. Mostrarão tanta misericórdia se vencerem o próximo encontro?

— É um jogo estranho esse que jogamos — Deudermont concordou com um sorriso impotente. — Mas, na verdade, fortaleci minha posição nas águas poupando Pinochet e seus homens. Em troca de sua liberdade, o capitão pirata irá jurar abrir mão da vingança. Nenhum dos associados de Pinochet jamais incomodará o Fada do Mar de novo, e esse grupo inclui a maioria dos piratas que navegam no Canal de Asavir!

— E você vai confiar na palavra daquele cão? — relutou Bruenor.

— Eles são bastante honrados — respondeu Deudermont. — Do jeito deles. Os códigos foram escritos e mantidos pelos piratas; quebrá-los seria um convite à guerra aberta com os reinos do sul.

Bruenor cuspiu na água novamente. Era o mesmo em todas as cidades e reinos e até mesmo em águas abertas: organizações de ladrões toleradas dentro de limites de comportamento. Bruenor era de opinião diferente. No Salão de Mitral, seu clã tinha customizado um armário com prateleiras especialmente projetadas para segurar as mãos decepadas que foram pegas em bolsos onde não pertenciam.

— Está resolvido, então — comentou Drizzt, vendo que era hora de mudar de assunto. — Nossa jornada por mar chegou ao fim.

Deudermont, já esperando por isso, jogou-lhe a bolsa de ouro.

— Uma escolha sábia — disse o capitão. — Você chegará em Porto Calim mais de uma semana antes do Fada do Mar encontrar suas docas. Mas venha até nós quando tiver concluído o seu negócio. Devemos voltar para Águas Profundas antes que as últimas neves do inverno derretam no Norte. Por todos os meus cálculos, vocês fizeram por merecer sua passagem.

— Devemos partir muito antes disso — respondeu Bruenor. — Mas obrigado por sua oferta!

Wulfgar deu um passo à frente e deu um aperto de mão segurando o pulso do capitão.

— Foi bom servir e lutar ao seu lado — disse ele. — Estou ansioso pelo dia em que nos encontraremos novamente.

— Assim como todos nós — acrescentou Drizzt. Ele segurou a bolsa bem alto. — E isso será reembolsado.

Deudermont afastou a ideia com um aceno e murmurou:

— Uma ninharia. — sabendo do desejo de pressa dos amigos, fez sinal para que dois de seus tripulantes descessem um barco a remo.

— Adeus! — ele gritou enquanto os amigos se afastavam do Fada do Mar. — Procurem por mim em Porto Calim!

※

De todos os lugares que os companheiros visitaram, de todas as terras pelas quais caminharam e lutaram, nenhum pareceu tão estranho para eles quanto Memnon no reino de Calimshan. Até Drizzt, que tinha vindo do estranho mundo dos elfos drow, olhava ao redor com espanto enquanto caminhava pelas ruas abertas e mercados da cidade. Uma música estranha, estridente e triste — tanto semelhante a gemidos de dor quanto harmônica — os rodeava e os carregava.

Pessoas se aglomeravam em todos os lugares. A maioria usava túnicas cor de areia, outros estavam vestidos com roupas coloridas e todos tinham algum tipo de cobertura para a cabeça: um turbante ou um chapéu velado. Os amigos não podiam imaginar o número da população da cidade, que parecia não ter fim, e duvidavam que alguém tivesse se dado ao trabalho de contar. Mas Drizzt e seus companheiros podiam imaginar que se todas as pessoas das cidades ao longo dos trechos ao norte da Costa da Espada, Águas Profundas inclusa, se reunissem em um vasto campo de refugiados, ele se pareceria com Memnon.

Uma estranha combinação de odores flutuava no ar quente de Memnon: o de um esgoto que passava por um mercado de perfumes, misturado com o suor pungente e o hálito fétido da multidão cada vez mais agitada. Parecia que as cabanas eram erguidas ao acaso, sem dar a Memnon nenhum projeto ou estrutura aparente. As ruas eram qualquer caminho que não fosse bloqueado por casas, embora os quatro amigos tivessem chegado à conclusão de que as próprias ruas serviam de lar para muitas pessoas.

No centro de toda a agitação estavam os mercadores. Eles se enfileiravam em todas as travessas, vendendo armas, alimentos, ervas de cachimbo exóticas e até mesmo escravos, exibindo descaradamente seus produtos de qualquer maneira que pudesse atrair uma multidão. Em uma esquina, os compradores em potencial testavam uma grande besta, atirando em um estande fechado, completo, com escravos que serviam de alvos vivos. Em outra, uma mulher mostrando mais pele do que roupa — roupa essa que era nada além de véus translúcidos — se retorcia e se contorcia em uma dança sincrônica com uma cobra gigantesca, enrolando-se no enorme réptil e, em seguida, escorregando provocativamente de volta.

Com os olhos arregalados e a boca aberta, Wulfgar se deteve, hipnotizado pela dança estranha e sedutora, recebendo um tapa na nuca de Cattibrie e risadas divertidas de seus outros dois companheiros.

— Nunca quis tanto voltar para casa — suspirou o enorme bárbaro, verdadeiramente sobrepujado.

— É outra aventura, nada mais — Drizzt o lembrou. — Em nenhum lugar você pode aprender mais do que em uma terra diferente da sua.

— É verdade — disse Cattibrie. — Mas aos meus olhos, essas pessoas estão transformando a decadência em sociedade.

— Eles vivem de acordo com regras diferentes — respondeu Drizzt. — Eles talvez ficassem igualmente ofendidos com os costumes do Norte.

Os outros não responderam e Bruenor, nunca surpreso, mas sempre maravilhado com os modos excêntricos dos humanos, apenas sacudiu a barba ruiva.

Equipados para a aventura, os amigos estavam longe de ser uma novidade na cidade comercial. Mas, sendo estrangeiros, atraíam uma multidão, a maioria crianças nuas implorando por moedas. Os mercadores também olhavam para os aventureiros — os estrangeiros geralmente traziam riqueza — e um par de olhos particularmente lascivo pousou neles com firmeza.

— Bem, então...? — perguntou o comerciante patife ao seu companheiro corcunda.

— Magia, magia em toda parte, meu mestre — o pequeno goblin balbuciou avidamente, absorvendo as sensações que sua varinha mágica transmitia a ele. Ele recolocou a varinha em seu cinto. — Mais forte nas armas: espadas do elfo, as duas, machado do anão, arco da garota e, especialmente, o martelo do grandão! — Pensou em mencionar as estranhas sensações que sua varinha havia transmitido sobre o rosto do elfo, mas decidiu não deixar seu mestre facilmente excitável mais nervoso do que o necessário.

— Ha ha ha ha ha — gargalhou o comerciante, balançando os dedos. Ele saiu para interceptar os estranhos.

Bruenor, liderando a trupe, parou ao ver o homem magro vestido com túnicas listradas de amarelo e vermelho e um turbante rosa flamejante com um enorme diamante incrustado na frente.

— Ha ha ha ha ha. Saudações! — o homem falou para eles, com seus dedos tamborilando em seu próprio peito e seu sorriso de orelha a orelha mostrando que todos os dentes eram de ouro alternados com marfim. — Eu sou Sali Dalib, eu sou, eu sou! Você compra, eu vendo. Bom negócio, bom negócio! — As palavras saiam rápido demais para serem entendidas imediatamente. Os amigos se entreolharam, deram de ombros e se afastaram.

— Ha ha ha ha ha — pressionou o comerciante, voltando a bloquear o caminho. — O que você precisa, Sali Dalib tem. Em abundância, também, muito. Fumi, moci, tomi.

— Erva de fumo, mulheres e livros em todas as línguas conhecidas no mundo — traduziu o pequeno goblin balbuciante. — Meu mestre é um comerciante de tudo e qualquer coisa!

— Melhor dos melhores! — afirmou Sali Dalib. — O que você precisa...

— Sali Dalib tem — Bruenor concluiu por ele. O anão olhou para Drizzt, certo de que pensavam a mesma coisa: quanto mais cedo saíssem de Memnon, melhor. Um comerciante estranho serviria tão bem quanto qualquer outro.

— Cavalos — disse o anão ao comerciante.

— Queremos chegar a Porto Calim — explicou Drizzt.

— Cavalos, cavalos? Ha ha ha ha ha — respondeu Sali Dalib sem perder o ritmo. — Não para uma viagem longa, não. Muito quente, muito seco. Camelos funcionam!

— Camelos... cavalos do deserto — explicou o goblin, vendo as expressões perplexas. Ele apontou para um grande dromedário sendo conduzido pela rua por seu mestre de manto cor de bronze. — Muito melhor para andar pelo deserto.

— Camelos, então — bufou Bruenor, olhando a enorme fera hesitante. — Ou o que quer que seja!

Sali Dalib esfregou as mãos ansiosamente.

— O que você precisa...

Bruenor estendeu a mão para deter o comerciante empolgado.

— Nós sabemos, nós sabemos.

Sali Dalib mandou seu assistente embora com algumas instruções particulares e conduziu os amigos pelo labirinto de Memnon em grande velocidade, embora nunca parecesse levantar os pés do chão enquanto andava. O tempo todo, o comerciante estendia as mãos à sua frente, com os dedos girando e batendo. Mas ele parecia bastante inofensivo, e os amigos estavam mais divertidos do que preocupados.

Sali Dalib parou antes de uma grande tenda no extremo oeste da cidade, uma seção mais pobre até mesmo para os padrões do povo carente de Memnon. Nos fundos, o comerciante encontrou o que procurava.

— Camelos! — ele proclamou com orgulho.

— Quanto por quatro? — bufou Bruenor, ansioso por encerrar as negociações e voltar à estrada.

Sali Dalib parecia não entender.

— O preço? — perguntou o anão.

— Preço?

— Ele quer uma oferta — observou Cattibrie.

Drizzt também entendeu. Lá em Menzoberranzan, a cidade dos drow, os mercadores usavam a mesma técnica. Ao fazer com que o comprador — especialmente um comprador não familiarizado com as mercadorias à venda — fizesse a primeira menção ao preço, eles frequentemente recebiam muitas vezes o valor de suas mercadorias. E se o lance começasse muito baixo, o comerciante sempre poderia esperar pelo valor de mercado adequado.

— Quinhentas moedas de ouro para os quatro — Drizzt ofereceu, supondo que as criaturas tivessem pelo menos o dobro desse valor.

Os dedos de Sali Dalib começaram a dançar de novo e um brilho apareceu em seus olhos cinza pálidos. Drizzt esperava uma bronca e,

197

em seguida, uma contraproposta absurda, mas Sali Dalib de repente se acalmou e exibiu seu sorriso dourado e marfim.

— Concordo. — respondeu ele.

Drizzt conteve a língua antes que sua réplica planejada saísse de sua boca em um gorgolejo sem sentido. Ele lançou um olhar curioso para o comerciante, depois se virou para contar o ouro do saco que Deudermont lhe dera.

— Mais cinquenta para você, se puder nos arrumar uma caravana para Porto Calim — ofereceu Bruenor.

Sali Dalib assumiu uma postura contemplativa, batendo os dedos contra as cerdas escuras de seu queixo.

— Mas tem uma saindo agora — respondeu ele. — Você consegue alcançar fácil. Mas deveria. Última para Porto Calim da semana.

— Para o sul! — o anão gritou feliz para seus companheiros.

— O sul? Ha ha ha ha ha. — Sali Dalib deixou escapar. — Não sul. Sul é para isca de ladrão!

— Porto Calim fica ao sul — retrucou Bruenor, desconfiado. — Assim como a estrada, suponho.

— A estrada para Porto Calim é sul — concordou Sali Dalib — Mas espertos vão para oeste, na estrada mais melhor.

Drizzt entregou uma bolsa de ouro ao comerciante.

— Como alcançamos a caravana?

— Oeste — Sali Dalib respondeu, colocando a bolsa em um bolso fundo, sem nem mesmo inspecionar o conteúdo. — Saiu tem uma hora. É fácil chegar. É só seguir a sinalização no horizonte. Sem problema.

— Precisamos de suprimentos — observou Cattibrie.

— A caravana tem bastante — respondeu Sali Dalib. — Lugar mais melhor pra comprar. Agora vai. Alcança antes de virar pro sul pro Caminho do Comércio!

Ele se moveu para ajudá-los a selecionar suas montarias: um grande dromedário para Wulfgar, um de duas corcovas para Drizzt e outros menores para Cattibrie e Bruenor.

— Lembrem-se, bons amigos — disse o comerciante a eles quando estavam empoleirados em suas montarias. — O que você precisa...

— Sali Dalib tem! — todos eles responderam em uníssono. Com um lampejo final de seu sorriso dourado e marfim, o comerciante entrou na tenda.

— Ele não barganhou o bastante, pelo que acho — observou Cattibrie enquanto se dirigiam desajeitadamente nos camelos de pernas rígidas até a primeira placa de sinalização. — Ele poderia ter conseguido mais pelos animais.

— Roubados, é claro! — riu Bruenor, declarando o que considerava o óbvio.

Mas Drizzt não tinha tanta certeza.

— Um comerciante como ele teria procurado o melhor preço até mesmo para bens roubados — respondeu ele. — Pelo que sei das regras de negociação, ele certamente deveria ter contado o ouro.

— Ah! — bufou Bruenor, lutando para manter sua montaria se movendo em linha reta. — Você provavelmente deu a ele mais do que as coisas valem!

— O que acha? — Cattibrie perguntou a Drizzt, concordando mais com seu raciocínio.

— Onde? — Wulfgar respondeu e perguntou ao mesmo tempo. — Ele mandou seu goblin fugir com uma mensagem.

— Emboscada — disse Cattibrie.

Drizzt e Wulfgar assentiram.

— É o que parece — disse o bárbaro.

Bruenor considerou a possibilidade.

— Ah! — Ele bufou com a ideia. — Ele não teria raciocínio suficiente para planejar algo assim.

— Essa observação só pode torná-lo mais perigoso. — observou Drizzt, olhando uma última vez para trás em direção a Memnon.

— Voltamos? — perguntou o anão, não tão rápido em dispensar as preocupações aparentemente sérias do drow.

— Se nossas suspeitas estiverem erradas e perdermos a caravana... — Wulfgar os lembrou de modo sombrio.

— Regis pode esperar? — perguntou Cattibrie.

Bruenor e Drizzt se entreolharam.

— Avante — disse Drizzt por fim. — Vamos aprender o que pudermos.

— Em nenhum lugar você pode aprender mais do que em uma terra diferente da sua — observou Wulfgar, ecoando os pensamentos de Drizzt naquela manhã.

Depois de passarem pela primeira placa de sinalização, suas suspeitas não diminuíram. Uma grande placa pregada no poste indicava a rota em vinte línguas, todas com a mesma leitura: "A estrada mais melhor". Mais uma vez, os amigos consideraram suas opções e mais uma vez se viram presos pela falta de tempo. Eles continuariam, eles decidiram, por uma hora. Se não tivessem encontrado nenhum sinal da caravana até então, voltariam a Memnon e "discutiriam" o assunto com Sali Dalib.

A próxima placa de sinalização dizia a mesma coisa, assim como a seguinte. Quando passaram pela quinta, o suor encharcava suas roupas e ardia em seus olhos, e a cidade não estava mais à vista, perdida em algum lugar no calor empoeirado das dunas crescentes. Suas montarias não tornavam a jornada nem um pouco melhor. Os camelos eram feras desagradáveis, e ainda mais desagradáveis quando conduzidas por um condutor inexperiente. O de Wulfgar, em particular, tinha uma péssima opinião sobre seu condutor, pois os camelos preferiam escolher seu próprio caminho, e o bárbaro, com suas pernas e braços poderosos, continuava forçando sua montaria nos movimentos que escolhia. Por duas vezes, o dromedário arqueou a cabeça para trás e lançou um punhado de saliva na cara de Wulfgar.

Wulfgar recebeu a tudo com calma, mas passou mais do que um momento passageiro fantasiando em aplainar a corcova do dromedário com seu martelo.

— Parem! — ordenou Drizzt enquanto desciam para um vão entre as dunas. O drow estendeu o braço, conduzindo os olhares surpresos para o céu, onde vários urubus haviam alçado um voo circular preguiçoso.

— Tem carniça por aí — observou Bruenor.

— Ou logo haverá — respondeu Drizzt sombriamente.

Enquanto falava, as linhas das dunas que os rodeavam se transformaram repentinamente do achatado e nebuloso marrom das areias quentes para as silhuetas sinistras de cavaleiros, com suas espadas curvas erguidas e brilhando ao sol forte.

— Emboscada — Wulfgar declarou, sem emoção.

Não muito surpreso, Bruenor olhou ao redor para avaliar rapidamente as probabilidades.

— Cinco para um — ele sussurrou para Drizzt.

— Sempre parece ser — respondeu Drizzt. Devagar, deslizou o arco do ombro e o preparou.

Os cavaleiros mantiveram sua posição por um longo tempo, examinando sua pretensa presa.

— Você acha que eles querem conversar? — perguntou Bruenor, tentando encontrar algum humor na situação desoladora.

— Nah — o anão respondeu a si mesmo quando nenhum dos outros três esboçou um sorriso.

O líder dos cavaleiros latiu uma ordem e o ataque estrondoso começou.

— Que se exploda e se dane a droga do mundo inteiro — resmungou Cattibrie, puxando Taulmaril de seu ombro enquanto descia de sua montaria. — Todo mundo quer lutar.

— Venham, então! — ela gritou para os cavaleiros. — Mas vamos deixar essa luta um pouco mais justa! — Colocou o arco mágico em ação, lançando uma flecha de prata após a outra dunas acima em meio à horda, explodindo cavaleiro após cavaleiro para fora de sua sela. Bruenor olhou boquiaberto para a filha, de repente tão sombria e selvagem.

— A garota tem razão — proclamou, descendo de seu camelo. — Não dá pra lutar em cima dessas coisas! — Assim que atingiu o solo, o anão agarrou sua mochila e tirou dois frascos de óleo.

Wulfgar seguiu o exemplo de seu mentor, usando a lateral de seu camelo como barricada. Mas o bárbaro descobriu que a montaria era seu primeiro inimigo, pois a fera mal-humorada voltou-se para ele e cravou os dentes achatados em seu antebraço.

O arco de Drizzt se juntou à canção mortal de Taulmaril, mas quando os cavaleiros se aproximaram, o drow decidiu por outro curso de ação. Jogando com o terror da reputação de seu povo, Drizzt arrancou sua máscara e puxou o capuz de sua capa, saltando sobre o camelo e montando a fera com um pé em cada corcunda. Os cavaleiros que se aproximavam de Drizzt se detiveram ante a enervante aparição de um elfo drow.

Os outros três flancos desabaram rapidamente, porém, conforme os cavaleiros se aproximavam, ainda em número maior do que os amigos.

Wulfgar olhou incrédulo para seu camelo, depois bateu com o enorme punho entre os olhos da criatura miserável. O camelo atordoado prontamente o largou e afastou sua cabeça tonta.

Wulfgar não havia acabado com a fera traiçoeira. Ele notou três cavaleiros vindo em sua direção, então decidiu colocar um inimigo contra o outro. Ele pisou sob o camelo e o ergueu, os músculos se contraindo enquanto ele lançava o animal no grupo em investida. Mal conseguiu se esquivar da massa cambaleante de cavalos, cavaleiros, camelos e areia.

Pegou Presa de Égide em suas mãos, e saltou na confusão, esmagando os bandidos antes que percebessem o que os havia atingido.

Dois cavaleiros encontraram um canal através dos camelos sem cavaleiro para chegar até Bruenor, mas foi Drizzt, sozinho, quem deu o primeiro golpe. Convocando sua habilidade mágica, o drow conjurou um globo de escuridão na frente dos bandidos que atacavam. Eles tentaram parar, mas mergulharam de cabeça.

Isso deu a Bruenor todo o tempo de que precisava. Ele acendeu uma faísca de seu isqueiro sobre os trapos que enfiara nos frascos de óleo, depois jogou as granadas em chamas na bola de escuridão.

Mesmo as luzes ardentes das explosões que se seguiram não puderam ser vistas dentro do globo do feitiço de Drizzt, mas pelos gritos que irromperam lá de dentro, Bruenor sabia que tinha atingido o alvo.

— Obrigado, elfo! — gritou o anão. — Fico feliz em estar com você de novo!

— Atrás de você! — foi a resposta de Drizzt, pois, quando Bruenor falava, um terceiro cavaleiro deu a volta no globo e galopava até o anão. Bruenor instintivamente caiu em uma bola, jogando seu escudo dourado sobre ele.

O cavalo pisou em Bruenor e tropeçou na areia fofa, jogando seu cavaleiro.

O anão durão se pôs de pé de um salto e sacudiu a areia das orelhas. Esse pisão certamente doeria quando a adrenalina da batalha passasse, mas no momento tudo que Bruenor sentia era raiva. Ele atacou o cavaleiro, também se levantando, com seu machado de mitral levantado acima da cabeça.

Assim que Bruenor chegou lá e começou seu golpe por sobre a cabeça, uma linha de prata passou por seu ombro, deixando o bandido morto. Incapaz de parar seu ímpeto, o anão passou de cabeça por sobre o corpo repentinamente prostrado e caiu de cara no chão.

— Da próxima vez, me avisa, garota! — Bruenor rugiu para Cattibrie, cuspindo areia a cada palavra.

Cattibrie tinha seus próprios problemas. Ela tinha se abaixado, ouvindo um cavalo galopando atrás dela enquanto soltava a flecha. Uma espada curva passou pelo lado de sua cabeça, fazendo um corte em sua orelha, e o cavaleiro passou direto.

Cattibrie pretendia enviar outra flecha para seguir ao homem, mas enquanto estava curvada, viu outro bandido avançando até ela por trás, este com uma lança em punho e um escudo pesado guiando o caminho.

Cattibrie e Taulmaril provaram-se mais velozes. Em um instante, outra flecha estava na corda do arco mágico e foi lançada. Ela explodiu no escudo pesado do bandido e se espalhou, jogando o homem indefeso das costas de sua montaria e no reino da morte.

O cavalo sem cavaleiro diminuiu o passo. Cattibrie segurou as rédeas quando ele passou trotando e subiu na sela para perseguir o bandido que a havia cortado.

Drizzt ainda estava em cima de seu camelo, elevando-se acima de seus adversários e dançando habilmente para longe dos ataques dos cavaleiros que passavam correndo, o tempo todo tecendo suas duas cimitarras mágicas em uma hipnotizante dança da morte. Por várias vezes, os bandidos pensavam que tinham um alvo fácil no elfo de pé, apenas para descobrir suas espadas ou lanças acertando nada além do ar, e de repente perceber Fulgor ou a outra cimitarra mágica cortando uma linha limpa em suas gargantas quando eles começavam a galopar para longe.

Em seguida, dois chegaram juntos, lado a lado para o camelo e atrás de Drizzt. O ágil drow saltou, ainda mantendo confortavelmente sua posição. Em poucos segundos, colocou seus dois inimigos na defensiva.

Wulfgar terminou o último dos três que derrubara e saltou para longe da bagunça, apenas para encontrar o camelo teimoso erguendo-se diante dele novamente. Ele bateu na criatura desagradável de novo, desta vez com Presa de Égide, e ela caiu no chão ao lado dos bandidos.

Com essa batalha no seu inegável final, a primeira coisa que o bárbaro notou foi Drizzt. Ele se maravilhou com a magnífica dança das lâminas do drow, abaixando-se para desviar uma espada curva ou para manter um dos dois oponentes do drow sem equilíbrio. Drizzt se livraria dos dois em questão de segundos.

Wulfgar olhou além do drow, onde outro cavaleiro trotava silenciosamente, com a ponta da sua lança em ângulo para pegar Drizzt pelas costas.

— Drizzt! — o bárbaro gritou enquanto lançava Presa de Égide na direção de seu amigo.

Ao som do grito, Drizzt achou que Wulfgar estava em apuros, mas quando olhou e viu o martelo de guerra girando em direção a seus joelhos, entendeu imediatamente. Sem hesitação, saltou sobre seus inimigos em uma cambalhota.

O lanceiro que atacava nem mesmo teve tempo de lamentar a fuga da vítima, pois o poderoso martelo de guerra girou entre as corcovas do camelo e achatou seu rosto.

O mergulho de Drizzt também foi benéfico em sua luta na frente, pois pegou os dois espadachins de surpresa. Na fração de segundo em que vacilaram, o drow, embora estivesse de cabeça para baixo no ar, golpeou com força, lançando suas lâminas para baixo.

Fulgor cavou profundamente em um torso. O outro bandido conseguiu se esquivar da segunda cimitarra, mas se aproximou o suficiente para que Drizzt prendesse seu punho sob o braço do homem. Ambos os cavaleiros caíram com o drow, e apenas Drizzt pousou de pé. Suas lâminas cruzaram duas vezes e mergulharam novamente, desta vez encerrando a luta.

Vendo o enorme bárbaro desarmado, outro cavaleiro foi atrás dele. Wulfgar viu o homem chegando e se preparou para um ataque desesperado. Quando o cavalo avançou, o bárbaro fintou para a direita, para longe do braço da espada do cavaleiro e como o cavaleiro esperava. Então Wulfgar mudou de direção, jogando-se diretamente no caminho do animal.

Wulfgar aceitou o impacto impressionante e travou os braços ao redor do pescoço do cavalo e suas pernas nas patas dianteiras da fera, rolando para trás com o impulso e fazendo o cavalo tropeçar. O poderoso bárbaro puxou com todas as suas forças, trazendo montaria e cavaleiro diretamente sobre ele.

O bandido, chocado, não conseguiu reagir, embora tenha conseguido gritar quando o animal o jogou no chão. Quando o cavalo rolou para longe, o bandido permaneceu enterrado de cabeça para baixo na areia, com as pernas pendendo grotescamente para um lado.

Com as botas e a barba cheias de areia, Bruenor procurava ansiosamente alguém com quem lutar. Entre as altas montarias, o anão baixo fora esquecido por todos, exceto por um punhado de bandidos. A maioria deles já estava morta!

Bruenor fugiu da proteção dos camelos sem cavaleiros, batendo com o machado no escudo para chamar a atenção para si mesmo. Ele viu um cavaleiro se virando para fugir da cena desastrosa.

— Ei! — Bruenor gritou para ele. — Sua mãe é uma meretriz barata!

Acreditando que tinha todas as vantagens sobre o anão de pé, o bandido não poderia perder a oportunidade de responder ao insulto. Ele galopou até Bruenor e o atacou com sua espada.

Bruenor ergueu o escudo dourado para bloquear o golpe e contornou a frente da montaria. O cavaleiro girou para encontrar o anão do outro lado, mas Bruenor usou seu tamanho como vantagem. Quase sem se dobrar, ele escorregou sob a barriga do cavalo, de volta ao lado original, e enfiou o machado por cima da cabeça, pegando o homem confuso no quadril. Enquanto o bandido se contorcia de dor, Bruenor ergueu o braço do escudo, agarrou o turbante e o cabelo com seus dedos nodosos e arrancou o homem de seu assento. Com um grunhido satisfeito, o anão cortou o pescoço do bandido

— Fácil demais! — resmungou, deixando o corpo cair no chão. Ele procurou outra vítima, mas a batalha havia acabado. Nenhum bandido permanecia no pequeno vale, e Wulfgar, com Presa de Égide de volta em suas mãos, e Drizzt estavam de pé tranquilamente.

— Onde está minha garota? — gritou Bruenor.

Drizzt o acalmou com um olhar e um dedo apontando.

No topo de uma duna ao lado, Cattibrie estava sentada em cima do cavalo que havia confiscado, com Taulmaril tenso em suas mãos enquanto olhava para o deserto.

Vários cavaleiros galopavam pela areia em plena fuga e outro jazia morto do outro lado da duna. Cattibrie avistou um deles e logo se deu conta de que a luta terminara atrás dela.

— Chega — ela sussurrou, movendo o arco um centímetro para o lado e mandando a flecha sobre o ombro do bandido em fuga.

Já houvera matança suficiente naquele dia, pensou. Cattibrie olhou para a carnificina da cena da batalha e para os abutres famintos circulando pacientemente no alto. Ela largou Taulmaril ao seu lado. A firmeza de seu rosto sombrio derreteu.

Capítulo 15

O guia

— Veja o prazer que promete — provocou o mestre da guilda, raspando a mão sobre a ponta farpada de um único prego que saía de um bloco de madeira no centro da pequena mesa do cômodo. Regis propositalmente curvou os lábios em um sorriso estúpido, fingindo ver a lógica óbvia das palavras de Pook.

— Basta soltar a palma da mão sobre ele — persuadiu Pook. — Então você conhecerá a felicidade e será novamente parte de nossa família.

Regis procurava uma maneira de escapar da armadilha. Uma vez antes havia usado o estratagema, a farsa dentro de uma farsa, fingindo estar sob a influência do feitiço mágico. Ele havia trabalhado com perfeição em seu ato, convencendo um mago maligno de sua lealdade, e então se voltando contra o homem em um momento crítico para ajudar seus amigos.

Desta vez, porém, Regis havia até mesmo se surpreendido ao escapar da atração insistente e hipnotizante do pingente de rubi. Porém, tinha sido pego: uma pessoa realmente enganada pela joia empalaria de bom grado sua mão na ponta afiada.

Regis colocou a mão acima da cabeça e fechou os olhos, tentando manter o rosto vazio o suficiente para realizar o truque. Ele balançou o braço para baixo, na intenção de seguir a sugestão de Pook.

No último momento, sua mão se desviou e bateu inofensivamente na mesa.

Pook rugiu de raiva, suspeitando o tempo todo que Regis havia de alguma forma escapado da influência do pingente. Ele agarrou o halfling pelo pulso e bateu com a mãozinha dele contra o espigão, balançando-a enquanto a atravessava. O grito de Regis se multiplicou dez vezes quando Pook puxou a mão de volta.

Pook o soltou e deu-lhe um tapa no rosto enquanto Regis colocava a mão ferida no peito.

— Cão mentiroso! — gritou o mestre da guilda, mais furioso com a falha do pingente do que com a farsa de Regis. Ele se preparou para dar outro tapa, mas se acalmou e decidiu torcer a vontade teimosa do halfling contra o próprio Regis.

— Uma pena — provocou. — Se o pingente o tivesse trazido de volta ao controle, eu poderia ter encontrado um lugar para você na guilda. Certamente você merece morrer, ladrãozinho, mas não esqueci o seu valor para mim no passado. Você era o melhor ladrão de Porto Calim, uma posição que eu poderia oferecer a você mais uma vez.

— Então, não sofro pelo fracasso da joia — Régis se atreveu a replicar, supondo o jogo de provocação que Pook estava jogando. — Pois nenhuma dor supera o nojo que eu sentiria ao bancar o lacaio de Pasha Pook!

A resposta de Pook foi um golpe pesado que derrubou Regis da cadeira e o fez cair no chão. O halfling ficou deitado enrolado, tentando estancar o sangue de sua mão e de seu nariz.

Pook recostou-se na cadeira e cruzou as mãos atrás da cabeça. Ele olhou para o pingente, pousado na mesa à sua frente. Apenas uma vez antes ele falhara, quando o havia usado contra uma vontade que não seria capturada. Felizmente, Artemis Entreri não percebeu a tentativa naquele dia, e Pook era sábio o suficiente para não tentar usar o pingente no assassino novamente.

Pook desviou o olhar para Regis, desmaiado de dor. Tinha que dar crédito ao pequeno halfling. Mesmo que a familiaridade de Regis com o pingente o tivesse dado uma vantagem em sua batalha, apenas uma vontade de ferro poderia resistir ao puxão tentador.

— Mas isso não vai te ajudar — Pook sussurrou para a forma inconsciente. Ele se recostou na cadeira de novo e fechou os olhos, tentando imaginar outra tortura para Regis.

※

O braço com a túnica cor de bronze deslizou pela aba da tenda e segurou o corpo mole do anão de barba vermelha de cabeça para baixo pelo tornozelo. Os dedos de Sali Dalib iniciaram sua manobra costumeira, e ele exibiu o sorriso dourado e marfim, tão amplo que parecia alcançar suas orelhas. Ao seu lado, o pequeno assistente goblin saltava para cima e para baixo, gritando:

— Magia, magia, magia!

Bruenor abriu um olho e ergueu um braço para afastar a longa barba do rosto.

— Está gostando do que está vendo? — perguntou o anão astutamente.

O sorriso de Sali Dalib desapareceu e seus dedos ficaram todos entrelaçados.

O portador de Bruenor — Wulfgar, vestindo o manto de um dos bandidos — entrou na tenda. Cattibrie entrou atrás dele.

— Então foi você que colocou os bandidos atrás de nós — rosnou a jovem.

A exclamação de choque de Sali Dalib saiu como uma espécie de tagarelice, e o astuto comerciante girou para fugir... apenas para encontrar um buraco bem feito na parte de trás de sua tenda e Drizzt Do'Urden de pé ali, apoiado em uma cimitarra enquanto a outra descansava facilmente em seu ombro. Só para aumentar o terror do comerciante, Drizzt tirou novamente a máscara mágica.

— É... hum, a estrada mais melhor? — gaguejou o comerciante

— "Mais melhor" para você e seus amigos! — rosnou Bruenor.

— Assim eles pensaram — Cattibrie foi rápida em acrescentar.

Sali Dalib esboçou um sorriso envergonhado, mas já havia passado por situações difíceis centenas de vezes e sempre conseguira escapar. Ele ergueu as palmas das mãos, como se dissesse: "Você me pegou", mas lançou-se em uma manobra vertiginosa, puxando vários pequenos globos de cerâmica de um dos muitos bolsos de seu manto. Ele os jogou no chão a seus pés. Explosões de luzes multicoloridas deixaram uma fumaça espessa e ofuscante em seu rastro, e o comerciante correu para o lado da tenda.

Instintivamente, Wulfgar deixou Bruenor cair e saltou à frente, pegando o nada. O anão caiu de cabeça no chão e rolou até se sentar, com o elmo de um chifre inclinado para o lado da cabeça. Enquanto a fumaça se dissipava, o bárbaro constrangido olhou para trás, para o anão, que apenas balançou a cabeça em descrença e murmurou:

— Com certeza vai ser uma longa aventura.

Apenas Drizzt, sempre alerta, não fora pego desprevenido. O drow protegeu os olhos das rajadas e depois observou a silhueta enfumaçada do mercador que se lançava para a esquerda. Drizzt o teria pegado antes que saísse da aba oculta da tenda, mas o assistente de Sali Dalib tropeçou no caminho do drow. Mal diminuindo a velocidade, Drizzt bateu com o punho de Fulgor na testa do pequeno goblin, deixando a criatura inconsciente, colocou a máscara de volta em seu rosto e saltou para as ruas de Memnon.

Cattibrie se apressou para seguir Drizzt e Bruenor se levantou de um salto.

— Atrás dele, garoto! — gritou o anão para Wulfgar. A perseguição começou.

Drizzt avistou o mercador entrando na multidão das ruas. Até mesmo o manto espalhafatoso de Sali Dalib se misturaria bem com a miríade de cores da cidade, então Drizzt acrescentou um toque próprio. Como fizera com o mago invisível no convés do navio pirata, o drow lançou sobre o mercador um esboço de chamas arroxeadas e brilhantes.

Drizzt disparou em sua perseguição, entrando e saindo da multidão com incrível facilidade e observando a linha púrpura que dançava à frente.

Bruenor era menos gracioso. O anão avançou à frente de Cattibrie e mergulhou de cabeça na multidão, pisando forte e usando seu escudo para tirar os corpos de seu caminho. Wulfgar, logo atrás, abriu uma faixa ainda mais ampla, e Cattibrie teve facilidade em seguir o rastro.

Passaram por uma dezena de travessas e se chocaram contra um mercado aberto, com Wulfgar derrubando acidentalmente uma carroça com enormes melões amarelos. Gritos de reclamação irromperam atrás deles enquanto passavam, mas mantiveram os olhos à frente, cada um observando a pessoa na frente e tentando não se perder na agitação avassaladora.

Sali Dalib soube imediatamente que estava evidente demais com o contorno flamejante para escapar pelas ruas abertas. Para aumentar sua desvantagem, os olhos e dedos de uma centena de curiosos o cumprimentavam a cada passo, sinalizações para seus perseguidores. Aproveitando a única chance diante dele, o comerciante atravessou uma rua e tropeçou pelas portas de um grande edifício de pedra.

Drizzt se voltou para certificar-se de que seus amigos ainda estavam atrás, então correu pelas portas, derrapando até parar no piso de mármore coberto de vapor de uma casa de banho pública. Dois enormes eunucos se moveram para bloquear o elfo vestido, mas como o comerciante que tinha entrado um pouco antes, o ágil Drizzt recuperou seu ímpeto rápido demais para ser impedido. Patinou pelo curto corredor de entrada e na sala principal, uma grande banheira aberta, espessa com vapor e cheirando a suor e sabonetes perfumados. Corpos nus cruzavam seu caminho a cada passo, e Drizzt teve que tomar cuidado onde colocava as mãos ao passar.

Bruenor quase caiu ao entrar na câmara escorregadia, e os eunucos, já fora de suas posições, se colocaram diante dele.

— Sem roupas! — um deles exigiu, mas Bruenor não tinha tempo para discussões fúteis. Ele pisou com uma bota pesada em um dos pés descalços do gigante, então esmagou o outro pé por via das dúvidas. Wulfgar entrou e empurrou o eunuco restante para o lado.

O bárbaro, inclinando-se para frente para ganhar velocidade, não teve chance de parar ou girar no chão escorregadio, e quando Bruenor se virou para abrir caminho ao longo do perímetro da banheira, Wulfgar se chocou contra ele, derrubando-os ao chão e em um deslize que não poderiam frear.

Saltaram sobre a borda da banheira e mergulharam na água, Wulfgar subindo, até a cintura, entre duas mulheres voluptuosas, nuas e risonhas.

O bárbaro gaguejou um pedido de desculpas, encontrando sua língua retorcida dentro dos limites de sua boca. Um tapa na parte de trás de sua cabeça o fez recobrar os sentidos.

— Você está procurando pelo comerciante, lembra? — Cattibrie o lembrou.

— Estou procurando! — Wulfgar a assegurou.

— Então procure por alguém coberto por uma linha roxa! — rebateu Cattibrie.

Wulfgar, com os olhos liberados pela expectativa de outro tapa, notou o único chifre de um capacete saindo da água ao seu lado. Ele mergulhou freneticamente a mão, agarrando Bruenor pela nuca e tirando-o da banheira. O anão, não muito feliz, surgiu com os braços cruzados sobre o peito e balançando a cabeça em descrença mais uma vez.

Drizzt saiu pela porta dos fundos da casa de banho e se encontrou em um beco vazio, o único trecho desabitado que vira desde que entrou em Memnon. Procurando uma vantagem melhor, o drow escalou a lateral da casa de banho e correu ao longo do telhado.

Sali Dalib diminuiu o passo, acreditando que havia conseguido escapar da perseguição. O fogo púrpura do drow se extinguiu, aumentando ainda mais a sensação de segurança do comerciante. Abriu caminho através do labirinto do beco. Nem mesmo os bêbados de sempre se encostavam nas paredes para informar seus perseguidores. Ele se moveu cem metros sinuosos, depois mais duzentos e, finalmente, desceu por um beco que sabia levar até o maior mercado de Memnon, onde qualquer um poderia se tornar invisível em um piscar de olhos.

Quando Sali Dalib se aproximou do fim do beco, no entanto, uma forma élfica caiu na frente dele e duas cimitarras saíram de suas bainhas, cruzando-se diante do comerciante atordoado, parando em sua clavícula e, em seguida, desenhando linhas de cada lado de seu pescoço.

Quando os quatro amigos voltaram à tenda do comerciante com seu prisioneiro, encontraram, para seu alívio, o pequeno goblin deitado onde Drizzt o havia esbofeteado. Bruenor, não muito gentilmente, puxou a infeliz criatura atrás de Sali Dalib e amarrou os dois costas com costas. Wulfgar se moveu para ajudar e acabou enganchando um laço da corda no antebraço de Bruenor. O anão se desvencilhou e empurrou o bárbaro para longe.

— Deveria ter ficado no Salão de Mitral — resmungou Bruenor. — Mais seguro com os cinzentos do que ao lado de você e da garota!

Wulfgar e Cattibrie olharam para Drizzt em busca de apoio, mas o drow apenas sorriu e se moveu para o lado da tenda.

— Ha ha ha ha há — Sali Dalib deu uma risadinha nervosa. — Nenhum problema aqui. Nós negociamos? Muitas riquezas, eu tenho. O que você precisa...

— Cala a boca! — Bruenor gritou com ele. O anão piscou para Drizzt, indicando que pretendia fazer o papel do cara malvado nesse encontro.

— Não procuro riquezas de quem me enganou — grunhiu Bruenor. — Meu coração quer vingança! — Ele olhou para seus amigos. — Todos vocês viram o rosto dele quando achou que eu estava morto. Com certeza foi ele que colocou os bandidos atrás de nós.

— Sali Dalib nunca... — gaguejou o comerciante.

— Eu disse: 'Cala a boca!' — Bruenor gritou em sua cara, intimidando-o. O anão ergueu o machado e colocou-o sobre o ombro.

O comerciante olhou para Drizzt, confuso, pois o drow tinha recolocado a máscara e agora aparecia como um elfo da superfície mais uma vez. Sali Dalib adivinhou a verdade sobre a identidade do elfo mortal, e nem mesmo pensou em implorar pela misericórdia de Drizzt.

— Espere, então — Cattibrie disse de repente, agarrando o cabo da arma de Bruenor. — Que haja uma maneira desse cão salvar seu pescoço.

— Ah! O que a gente iria querer dele? — Bruenor rebateu, piscando para Cattibrie por desempenhar seu papel com perfeição.

— Ele nos levará para Porto Calim — respondeu Cattibrie. Ela lançou um olhar gelado para Sali Dalib, avisando-o de que sua misericórdia não era facilmente obtida. — Com certeza desta vez ele nos levará pela verdadeira "estrada mais melhor."

— Sim, sim, ha ha ha ha ha — respondeu Sali Dalib. — Sali Dalib mostra o caminho!

— Mostra? — recusou Wulfgar, para não ficar de fora. — Você nos levará até Porto Calim.

— Caminho muito longo — resmungou o comerciante. — Cinco dias ou mais. Sali Dalib não pode...

Bruenor ergueu o machado.

— Sim, sim, claro — o comerciante voltou atrás. — Sali Dalib leva vocês lá. Leve vocês até o portão... através do portão — ele rapidamente se corrigiu. — Sali Dalib até pega água. Devemos alcançar a caravana.

— Sem caravana — interrompeu Drizzt, surpreendendo até mesmo seus amigos. — Vamos viajar sozinhos.

— Perigoso — respondeu Sali Dalib. — Muito, muito. O Deserto de Calim está cheio de monstros. Dragões e bandidos.

— Sem caravana — disse Drizzt novamente em um tom que nenhum deles ousou questionar. — Desamarre-os e deixe que aprontem as coisas.

Bruenor assentiu, depois colocou o rosto a apenas alguns centímetros do de Sali Dalib.

— E eu pretendo vigiar esses aqui eu mesmo — disse ele a Drizzt, embora tenha enviado a mensagem mais incisivamente para Sali Dalib e o pequeno goblin. — Um truque e vou cortá-los ao meio!

Menos de uma hora depois, cinco camelos saíram do sul de Memnon e entraram no deserto de Calim com jarras de cerâmica batendo nas laterais. Drizzt e Bruenor lideraram o caminho, seguindo as placas de sinalização do Caminho do Comércio. O drow usava sua máscara, mas manteve o capuz de sua capa o mais baixo que podia, pois a luz do sol escaldante nas areias brancas queimava seus olhos, outrora acostumados a escuridão absoluta do subterrâneo.

Sali Dalib, com seu assistente sentado no camelo à sua frente, vinha no meio, com Wulfgar e Cattibrie na retaguarda. Cattibrie mantinha Taulmaril em seu colo, uma flecha de prata pronta como um lembrete contínuo para o comerciante sorrateiro.

O dia ficou mais quente do que qualquer coisa que os amigos já experimentaram, exceto para Drizzt, que viveu nas próprias entranhas do mundo. Nenhuma nuvem atrapalhava os raios brutais do sol, e nenhum sopro de brisa vinha oferecer algum alívio. Sali Dalib, mais acostumado ao calor, sabia que a falta de vento era uma bênção, pois o vento no deserto significava a areia cegante, o assassino mais perigoso de Calim.

A noite foi melhor, com a temperatura caindo confortavelmente e a lua cheia transformando a interminável linha de dunas em uma paisagem onírica prateada, como as ondas do oceano. Os amigos montaram acampamento por algumas horas, revezando-se para cuidar de seus relutantes guias.

Cattibrie despertou em algum momento depois da meia-noite. Ela se sentou e se espreguiçou, imaginando que seria sua vez de vigiar. Ela viu Drizzt, de pé à beira da luz do fogo, olhando para o céu estrelado.

"Drizzt não tinha feito o primeiro turno?" ela se perguntou. Cattibrie estudou a posição da lua para ter certeza da hora. Não poderia haver dúvida; a noite estava avançada.

— Problemas? — ela perguntou suavemente, indo para o lado de Drizzt. Um ronco alto de Bruenor respondeu à pergunta por Drizzt.

— Posso render você, então? — ela perguntou. — Até um elfo drow precisa dormir.

— Posso encontrar meu descanso sob o capuz de minha capa — respondeu Drizzt, voltando-se para encontrar seu olhar preocupado com seus olhos lilás —, quando o sol estiver alto.

— Posso me juntar a você, então? — perguntou Cattibrie. — Certeza, é uma noite maravilhosa.

Drizzt sorriu e voltou seu olhar para os céus, para o fascínio do céu noturno com um desejo místico em seu coração tão profundo quanto qualquer elfo da superfície já experimentou.

Cattibrie deslizou os dedos finos ao redor dos dele e ficou quieta a seu lado, não querendo perturbar ainda mais seu encantamento, compartilhando mais que simples palavras com seu amigo mais querido.

O calor foi pior no dia seguinte, e ainda pior no outro, mas os camelos avançavam sem esforço e os quatro amigos, que haviam passado por tantas dificuldades, aceitaram a marcha brutal como apenas mais um obstáculo na jornada que eles tinham que completar.

Eles não viram nenhum outro sinal de vida e consideraram isso uma bênção, pois qualquer coisa que vivesse naquela região desolada só poderia ser hostil. O calor era inimigo o suficiente, e eles sentiam como se sua pele fosse simplesmente murchar e rachar.

Sempre que um deles sentia vontade de desistir, como se o sol implacável, a areia escaldante e o calor fossem simplesmente demais para suportar, ele ou ela apenas pensava em Regis.

Que terríveis torturas o halfling estaria sofrendo nas mãos de seu antigo mestre?

Epílogo

Das sombras de uma porta, Entreri observou Pasha Pook subir a escada para a saída da guilda.

Fazia menos de uma hora desde que Pook havia recuperado seu pingente de rubi e já estava pronto para colocá-lo em uso. Entreri tinha que dar crédito ao mestre da guilda; nunca deixava uma oportunidade passar.

O assassino esperou que Pook deixasse a casa por completo, e caminhou furtivamente de volta ao nível superior. Os guardas do lado de fora da porta final não fizeram nenhum movimento para detê-lo, embora Entreri não se lembrasse deles de seus primeiros dias na guilda. Pook deve ter prudentemente comunicado a posição de Entreri na guilda, concedendo-lhe todos os privilégios de que costumava desfrutar.

Nunca perdia uma oportunidade.

Entreri se dirigiu à porta de seu antigo quarto, onde agora residia LaValle, e bateu suavemente.

— Entre, entre — o mago o cumprimentou, nada surpreso que o assassino tivesse retornado.

— É bom estar de volta — disse Entreri.

— E é bom ter você de volta — respondeu o mago com sinceridade. — As coisas não têm sido as mesmas desde que você nos deixou, e só pioraram nos últimos meses.

Entreri entendeu onde o mago queria chegar.

— Rassiter?

LaValle fez uma careta.

— Fique de costas para a parede quando ele estiver por perto. — Um estremecimento o sacudiu, porém logo se recompôs. — Mas com você de volta ao lado de Pook, Rassiter aprenderá seu lugar.

— Talvez — respondeu Entreri — Embora eu não tenha tanta certeza de que Pook tenha ficado tão feliz em me ver.

— Você entende Pook — riu LaValle. — Sempre pensando como um mestre de guilda! Queria definir as regras do reencontro para afirmar sua autoridade. Mas aquele incidente ficou para trás.

O olhar de Entreri deu ao mago a impressão de que ele não tinha tanta certeza.

— Pook vai esquecer — LaValle assegurou-lhe,

— Aqueles que me perseguiram não devem ser esquecidos tão facilmente — respondeu Entreri.

— Pook convocou Pinochet para completar a tarefa — disse LaValle. — O pirata nunca falhou.

— O pirata nunca enfrentou esses inimigos — respondeu Entreri. Ele olhou para a mesa e para a bola de cristal de LaValle. — Devemos ter certeza.

LaValle pensou por um momento, então acenou com a cabeça em concordância. Ele pretendia praticar alguma vidência de qualquer forma.

— Olhe para a bola — instruiu ele a Entreri. — Vou ver se consigo invocar a imagem de Pinochet.

A bola de cristal permaneceu escura por alguns momentos, depois se encheu de fumaça. LaValle não havia lidado com frequência com Pinochet, mas conhecia o pirata o suficiente para uma simples vidência. Alguns segundos mais tarde, a imagem de um navio ancorado apareceu — não um navio pirata, mas um navio mercante. Na mesma hora, Entreri suspeitou de que algo estava errado.

O cristal sondou mais fundo, além do casco do navio, e a suposição do assassino foi confirmada, pois em um canto seccionado do porão estava o orgulhoso capitão pirata, com os cotovelos sobre os joelhos e a cabeça nas mãos, algemado à parede.

LaValle, atordoado, olhou para Entreri, mas o assassino estava concentrado demais na imagem para oferecer qualquer explicação. Um raro sorriso se mostrava no rosto de Entreri.

LaValle lançou um feitiço na bola de cristal.

— Pinochet — chamou suavemente.

O pirata ergueu a cabeça e olhou em volta.

— Onde você está? — perguntou LaValle.

— Oberon? — perguntou Pinochet. — É você, mago?

— Não, sou LaValle, o feiticeiro de Pook em Porto Calim. Onde você está?

— Memnon — respondeu o pirata. — Você pode me tirar daqui?

— E o elfo e o bárbaro? — perguntou Entreri a LaValle, mas Pinochet ouviu a pergunta diretamente.

— Eles estavam nas minhas mãos! — sibilou o pirata. — Presos em um canal sem saída. Mas então um anão apareceu, conduzindo as rédeas de uma carruagem voadora de fogo, e com ele uma arqueira, uma arqueira mortal. — ele fez uma pausa, lutando contra seu desgosto ao se lembrar do encontro.

— E qual foi o resultado? — perguntou LaValle, surpreso com o desenvolvimento.

— Um navio saiu correndo, um navio, o meu, afundou e o terceiro foi capturado — gemeu Pinochet. Ele travou o rosto em uma careta e perguntou novamente, com mais ênfase — Você pode me tirar daqui?

LaValle olhou impotente para Entreri, que se erguia sobre a bola de cristal, absorvendo cada palavra:

— Onde eles estão? — rosnou o assassino, com sua paciência se esgotando.

— Foram embora — respondeu Pinochet. — Foram com a garota e o anão para Memnon.

— Quanto tempo?

— Três dias.

Entreri sinalizou a LaValle que já tinha ouvido o suficiente.

— Farei com que Pasha Pook envie uma mensagem a Memnon imediatamente — assegurou LaValle ao pirata. — Você será libertado.

Pinochet afundou em sua posição original e desanimada. Claro que ele seria libertado; isso havia sido arranjado. Ele esperava que LaValle pudesse de alguma forma tirá-lo magicamente do domínio do Fada do Mar, liberando-o assim de qualquer promessa que seria forçado a fazer a Deudermont quando o capitão o libertasse.

— Três dias — disse LaValle a Entreri enquanto o cristal escurecia. — Eles podem estar na metade do caminho agora.

Entreri parecia divertido com a ideia.

— Pasha Pook não deve saber nada sobre isso — disse ele de repente.

LaValle afundou na cadeira.

— Ele deve ser informado.

— Não! — rebateu Entreri. — Isso não é da conta dele.

— A guilda pode estar em perigo — respondeu LaValle.

— Você não acredita que eu seja capaz de lidar com isso? — perguntou Entreri em um tom baixo e sombrio. LaValle sentiu os olhos cruéis do assassino olhando através dele, como se de repente ele tivesse se tornado apenas mais uma barreira a ser superada.

Mas Entreri suavizou seu olhar e sorriu abertamente.

— Você sabe da fraqueza de Pasha Pook por caçar gatos — disse ele, enfiando a mão na bolsa. — Dê isso a ele. Diga que você fez isso para ele. — O assassino jogou um pequeno objeto preto sobre a mesa para o mago. LaValle o pegou, e seus olhos se arregalaram assim que ele percebeu o que era.

Guenhwyvar.

※

Em um plano distante, a grande gata mexeu-se com o toque do mago na estatueta e se perguntou se seu mestre pretendia chamá-la, finalmente, para seu lado.

Mas, depois de um momento, a sensação desapareceu e a gata abaixou a cabeça para descansar.

Muito tempo havia se passado.

※

— Contém uma entidade — disse o mago surpreso, sentindo a força da estatueta de ônix.

— Uma entidade poderosa — Entreri lhe assegurou. — Quando você aprender a controlá-lo, terá trazido um novo aliado para a guilda.

— Como posso agradecer... — LaValle começou, mas parou ao perceber que já havia sido informado do preço da pantera. — Por que incomodar Pook com detalhes que não dizem respeito a ele? — riu, jogando um pano sobre sua bola de cristal.

Entreri deu um tapinha no ombro de LaValle ao ir até a porta. Três anos não fizeram nada para diminuir a compreensão que os dois compartilhavam.

Mas com Drizzt e seus amigos se aproximando, Entreri tinha negócios mais urgentes. Ele tinha que ir para as Celas dos Nove e fazer uma visita a Regis.

O assassino precisava de outro presente.

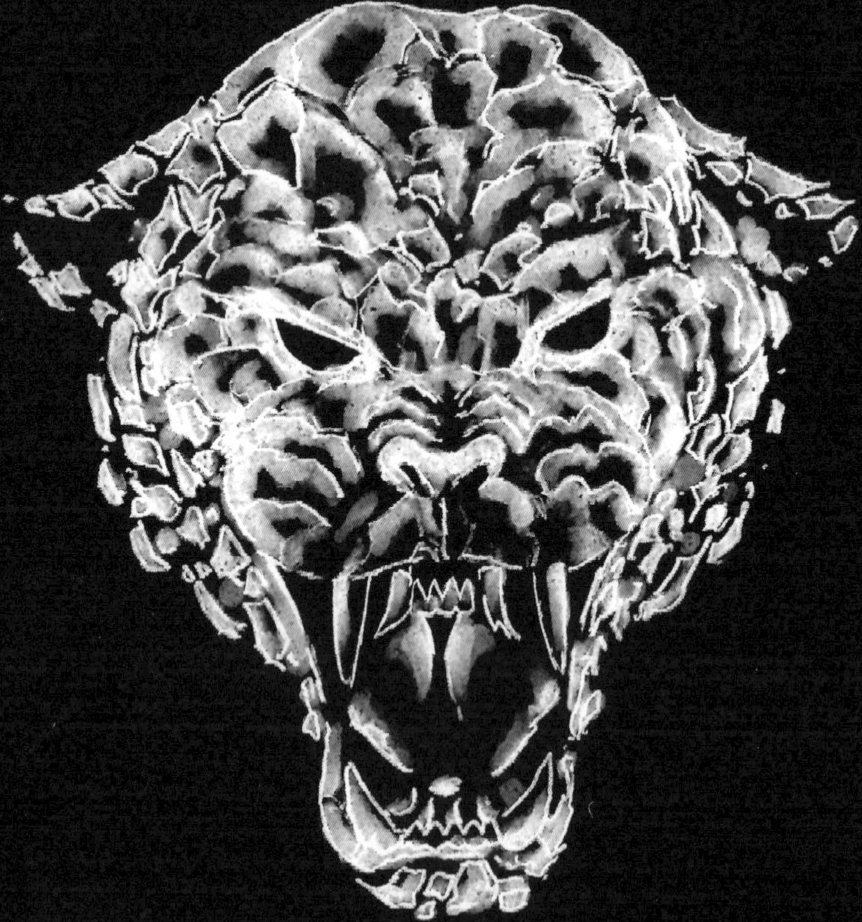

Parte 3
Impérios do deserto

É como olhar em um espelho que pinta o mundo com cores opostas: cabelo branco em preto; pele negra em branca, olhos claros para escuros. Que espelho complexo é esse para substituir um sorriso por um esgar e uma expressão de amizade por uma carranca aparentemente perpétua!

Pois é assim que vejo Artemis Entreri, este guerreiro que pode complementar cada movimento que faço com precisão e graça semelhantes, o guerreiro que, em todos os sentidos, exceto um, consideraria meu igual.

Quão difícil foi para mim estar com ele nas profundezas do Salão de Mitral, lutando lado a lado por nossas vidas! Estranhamente, não foi nenhum imperativo moral que me incomodou em lutar naquela situação. Não foi a crença de que Entreri deveria morrer, precisava morrer, e que eu, se não fosse tão covarde, o teria matado ali mesmo, mesmo que a ação custasse minha própria vida enquanto tentava escapar das profundezas inóspitas. Não, nada assim.

O que tornou tudo tão difícil para mim foi observar aquele homem, aquele assassino humano, e saber, sem a menor sombra de dúvida, que poderia muito bem estar olhando para mim mesmo.

Seria isso que eu teria me tornado se não tivesse encontrado Zaknafein naqueles primeiros anos em Menzoberranzan? Se eu não tivesse descoberto o exemplo de alguém que validava minhas próprias crenças de que os caminhos dos drow não eram corretos, tanto no quesito moral quanto no prático? É aquele assassino de coração frio que eu teria me tornado se fosse minha irmã cruel Briza me treinando em vez da mais gentil Vierna?

Temo que sim. Que eu, apesar de tudo o que sei ser verdadeiro no fundo do meu coração, teria sido oprimido pela situação que me cercava, teria sucumbido ao desespero a um ponto em que restasse quase nada de compaixão e justiça. Eu teria me tornado um assassino, mantendo-me firme dentro do meu próprio código de ética, mas com aquele código tão horrivelmente distorcido que eu não conseguiria mais entender a verdade de minhas ações e poderia justificá-las com o mais puro cinismo.

Vi tudo isso quando olhei para Entreri e agradeci profundamente a Mielikki por aqueles em minha vida, por Zaknafein, por Belwar Dissengulp e por Montólio, que me ajudaram a tomar o rumo correto. E se eu vi um potencial para mim dentro de Entreri, então devo admitir que uma vez houve um potencial de Entreri se tornar alguém como me tornei, de conhecer a compaixão e a comunidade, de conhecer amigos, bons amigos e de conhecer o amor.

Penso muito nele, como ele, sem dúvida, pensa em mim. Enquanto sua obsessão é baseada no orgulho, no desafio de me vencer em batalha, a minha é forjada pela curiosidade, por buscar respostas dentro de mim observando as ações de quem eu poderia ter me tornado.

Se eu o odeio?

Estranhamente, não. Essa falta de ódio não se baseia no respeito que dou ao homem por sua proficiência em batalha, pois essa medida de respeito acaba ali mesmo, no campo de batalha. Não, eu não odeio Artemis Entreri porque tenho pena, por causa dos eventos que levaram a decisões erradas que ele tomou. Existe uma força verdadeira dentro dele, e existe, ou existiu, um potencial substancial para fazer o bem em um mundo que precisa de heróis. Pois, apesar de suas ações, vim a entender que Entreri opera dentro de um código muito estrito. Em sua própria visão distorcida do mundo, acredito que Entreri acredita honestamente que nunca matou ninguém que não merecesse. Ele manteve Cattibrie cativa, mas não abusou dela.

Quanto às suas ações em relação a Regis... bem, Regis era, na verdade, um ladrão, e embora ele tenha roubado de outro ladrão, isso não desculpa esse crime. Em Luskan, como na maioria das cidades dos Reinos, os ladrões perdem as mãos, ou pior, e certamente um caçador de recompensas enviado para recuperar um item roubado e a pessoa que o roubou está dentro da lei em matar essa pessoa e qualquer outro que atrapalhar sua tarefa.

Em Porto Calim, Artemis Entreri opera entre ladrões e bandidos, no limite da civilização. Sendo assim, ele vende a morte, como fazia Zaknafein nos becos de Menzoberranzan. Há uma diferença — certamente! — entre os dois, e não pretendo de forma alguma desculpar Entreri de seus crimes. Nem vou considerá-lo o simples monstro assassino que era, digamos, Errtu.

Não, já houve potencial ali, eu sei, embora tema que ele esteja muito longe desse caminho, pois quando olho para Artemis Entreri, vejo a mim mesmo, vejo a capacidade de amar, e também a capacidade de perder tudo isso e me tornar frio.

Muito frio.

Talvez nos encontremos novamente e acabemos batalhando, e se eu o matar, não derramarei lágrimas por ele. Não por quem ele é, pelo menos, mas muito possivelmente, chorarei por quem este guerreiro maravilhoso poderia ter se tornado.

Se eu o matar, estarei chorando por mim mesmo.

— Drizzt Do'Urden

Capítulo 16

Não há lugar mais sórdido

Entreri esgueirou-se pelas sombras das entranhas de Porto Calim silencioso como uma coruja planando pela floresta ao crepúsculo. Aquele era seu lar, o lugar que ele conhecia melhor, e todos os habitantes das ruas da cidade marcariam o dia em que Artemis Entreri voltaria a caminhar ao lado deles — ou atrás deles.

Entreri não pôde evitar sorrir levemente sempre que os sussurros abafados começavam a seguir em seu rastro — os ladinos mais experientes dizendo aos novatos que o rei havia retornado. Entreri nunca deixou que a lenda de sua reputação — por mais merecida que fosse — interferisse no constante estado de prontidão que o manteve vivo ao longo dos anos. Nas ruas, uma reputação de poder apenas marcava um homem como alvo de bandidos de segunda classe querendo forjar sua própria fama.

Assim, a primeira tarefa de Entreri na cidade, fora de suas responsabilidades para com Pasha Pook, foi restabelecer a rede de informantes e aliados que o entrincheiraram em sua posição. Ele já tinha um trabalho importante para um deles, com Drizzt e companhia se aproximando rapidamente, e ele sabia quem.

— Ouvi dizer que você estava de volta — guinchou um sujeito diminuto que parecia um menino humano que ainda não tinha entrado

na adolescência quando Entreri se abaixou e entrou em sua residência.
— Acho que a maioria ouviu.

Entreri aceitou o elogio com um aceno de cabeça.

— O que mudou, meu amigo halfling?

— Pouco — respondeu Dondon. — e muito. — Ele foi até a mesa no canto mais escuro de seus pequenos aposentos, a sala lateral, mantendo-se de frente para o aliado, em uma estalagem barata chamada Cobra Enrolada. — As regras da rua não mudam, mas os jogadores sim. — Dondon ergueu os olhos da lâmpada apagada da mesa para atrair os olhos de Entreri com os seus.

— Afinal de contas, Artemis Entreri se foi — explicou o halfling, querendo ter certeza de que Entreri entendia completamente sua declaração anterior. — A suíte real estava vaga.

Entreri assentiu com a cabeça, fazendo com que o halfling relaxasse e suspirasse audivelmente.

— Pook ainda controla os mercadores e as docas — disse Entreri. — Quem é o dono das ruas?

— Pook, ainda — respondeu Dondon. — Pelo menos de nome. Ele encontrou outro agente em seu lugar. Toda uma horda de agentes — Dondon parou por um momento para pensar. Mais uma vez, tinha que ser cuidadoso e pesar cada palavra antes de pronunciá-la. — Talvez o mais correto fosse dizer que Pasha Pook não controla as ruas, mas sim que ele ainda tem as ruas sob controle.

Entreri sabia, antes mesmo de perguntar a que o pequeno halfling estava levando.

— Rassiter — disse ele soturnamente.

— Há muito a ser dito sobre aquele lá e seu bando — riu Dondon, retomando seus esforços para acender a lanterna.

— Pook afrouxa as rédeas dos homens-rato, e os rufiões da rua tomam cuidado para ficar fora do caminho da guilda — raciocinou Entreri.

— Rassiter e seu povo jogam duro.

— E cairão duros.

A frieza do tom de Entreri fez com que os olhos de Dondon se erguessem da lâmpada e, pela primeira vez, o halfling reconheceu verdadeiramente o velho Artemis Entreri, o guerreiro de rua humano que construiu seu império sombrio, um aliado de cada vez. Um estremecimento involuntário percorreu a espinha de Dondon, e ele se mexeu, desconfortável.

Entreri percebeu o efeito e logo mudou rapidamente de assunto.

— Chega disso — disse ele. — Que isso não te preocupe, pequenino. Tenho um trabalho para você que está mais de acordo com seus talentos.

Dondon finalmente conseguiu pegar o pavio da lanterna e puxou uma cadeira, ansioso para agradar seu antigo chefe.

Eles conversaram por mais de uma hora, até a lanterna se tornar uma defesa solitária contra a escuridão insistente da noite. Entreri partiu, saindo pela janela e entrando no beco. Ele não acreditava que Rassiter seria tolo a ponto de atacar antes de avaliar completamente o assassino, antes que o homem-rato pudesse começar a entender as dimensões de seu inimigo.

Por outro lado, Entreri não acreditava que Rassiter fosse competente em nenhuma escala de inteligência.

Talvez fosse Entreri, entretanto, quem não entendia de verdade seu inimigo, ou quão completamente Rassiter e seus miseráveis servos dominaram as ruas durante os últimos três anos. Menos de cinco minutos depois que Entreri se foi, a porta de Dondon se abriu de novo.

E Rassiter entrou.

— O que ele queria? — o guerreiro arrogante perguntou, sentando-se confortavelmente em uma cadeira à mesa.

Dondon se afastou inquieto, notando mais dois companheiros de Rassiter montando guarda no corredor. Depois de mais de um ano, o halfling ainda se sentia desconfortável perto de Rassiter.

— Vamos, anda logo — insistiu Rassiter. Ele perguntou novamente, em um tom mais sombrio — O que ele queria?

A última coisa que Dondon queria era ser pego em um fogo cruzado entre os homens-rato e o assassino, mas não tinha escolha a não ser responder a Rassiter. Se Entreri soubesse da traição, Dondon sabia que seus dias terminariam rapidamente.

No entanto, se não contasse a Rassiter, sua morte não seria menos certa e o método menos rápido.

Ele suspirou com a falta de opções e contou a história, detalhe por detalhe, para Rassiter.

Rassiter não deu nenhuma contraordem às instruções de Entreri. Ele deixaria Dondon seguir com o cenário como Entreri havia planejado. Aparentemente, o homem-rato acreditava que poderia usar a situação para obter seus próprios ganhos. Ele ficou sentado em silêncio por um longo momento, coçando o queixo sem pelos e saboreando a antecipação da vitória fácil, seus dentes quebrados brilhando em um tom de amarelo ainda mais profundo à luz da lamparina.

— Você vai correr conosco esta noite? — ele perguntou ao halfling, satisfeito pelo negócio do assassino estar terminado. — A lua vai brilhar. — Ele apertou uma das bochechas de Dondon. — O pelo vai estar grosso, hein?

Dondon se afastou do aperto.

— Não esta noite — respondeu ele, um pouco abruptamente.

Rassiter inclinou a cabeça, estudando Dondon com curiosidade. Ele sempre suspeitou que o halfling não se sentia confortável com sua nova posição. "Será que esse desafio está relacionado ao retorno de seu antigo chefe?" Rassiter se perguntou.

— Provoque-o e morra — Dondon respondeu, atraindo um olhar ainda mais curioso do homem-rato.

— Você ainda não começou a entender esse homem que enfrenta — continuou Dondon, inabalável. — Não se deve brincar com Artemis Entreri, não se for sábio. Ele sabe de tudo. Se um rato de meio tamanho for visto correndo com vocês, minha vida será perdida e seus planos arruinados. — Ele se levantou, apesar de sua repulsa pelo homem e deixou seu semblante sério a apenas alguns centímetros do nariz de Rassiter.

— Desista — reiterou — pelo menos.

Rassiter girou para fora da cadeira, fazendo-a quicar pela sala. Ele tinha ouvido demais sobre Artemis Entreri em um único dia para seu gosto. Para onde quer que se virasse, lábios trêmulos pronunciavam o nome do assassino.

"Eles não sabem?" disse a si mesmo mais uma vez enquanto caminhava com raiva para a porta. "É Rassiter quem eles deveriam temer!"

Ele sentiu a coceira reveladora em seu queixo, a sensação de formigamento do crescimento varreu seu corpo. Dondon recuou e desviou os olhos, nunca se sentindo confortável com o espetáculo.

Rassiter tirou as botas e afrouxou a camisa e a calça. O pelo estava visível agora, saindo de sua pele em manchas desgrenhadas e tufos.

Caiu de costas contra a parede quando a febre o levou completamente. Sua pele borbulhava e inchava, principalmente ao redor do rosto. Ele sublimava seu grito quando seu focinho se alongava, embora a onda de agonia não fosse menos intensa desta vez — talvez a milésima vez — do que durante sua primeira transformação.

Ficou diante de Dondon sobre duas pernas, como um homem, mas com bigodes e pelos e com uma longa cauda cor de rosa que escorria pela parte de trás de suas calças, como um roedor.

— Vem comigo? — perguntou ele ao halfling.

Escondendo sua repulsa, Dondon recusou rapidamente. Olhando para o homem-rato, o halfling se perguntou como havia permitido que Rassiter o mordesse, infectando-o com seu pesadelo licantrópico. "Isso vai lhe trazer poder!" Rassiter havia prometido.

"Porém, a que preço?" pensou Dondon. "Parecer e cheirar como um rato? Não há bênção nisso, mas uma doença."

Rassiter sentiu o desgosto do halfling e curvou seu focinho de rato em um silvo ameaçador, então se virou para a porta.

Ele se virou para Dondon antes de sair da sala.

— Fique longe disso! — ele avisou ao halfling. — Faça o que te pediram e depois se esconda!

— Sem dúvidas quanto a isso — sussurrou Dondon quando a porta se fechou.

※

A aura que distinguia Porto Calim como o lar de tantos calishitas parecia sórdida para os estrangeiros do Norte. Na verdade, Drizzt, Wulfgar, Bruenor e Cattibrie estavam cansados do Deserto de Calim quando sua jornada de cinco dias terminou, mas olhar para a cidade de Porto Calim os fez querer dar meia volta e voltar para as areias.

Era a miserável Memnon em uma escala maior, com as divisões de riqueza tão flagrantemente óbvias que Porto Calim gritava perversão para os quatro amigos. Casas elaboradas, monumentos em excesso e insinuando uma riqueza além da imaginação, pontilhavam a paisagem urbana. No entanto, bem ao lado desses palácios assomavam ruelas e mais ruelas de barracos decrépitos de argila em ruínas ou de peles esfarrapadas. Os amigos não conseguiam adivinhar quantas pessoas perambulavam pelo lugar — certamente mais do que Águas Profundas e Memnon juntas! — e souberam imediatamente que em Porto Calim, assim como em Memnon, ninguém se dera ao trabalho de contar.

Sali Dalib desmontou, ordenando aos outros que fizessem o mesmo, e conduziu-os descendo uma última colina até a cidade sem muros. Os amigos descobriram que a vista de Porto Calim não era melhor de perto. Crianças nuas, magérrimas e com a barriga inchada, saíam do caminho ou eram simplesmente pisoteadas enquanto carroças douradas puxadas por escravos passavam pelas ruas. Pior ainda eram as laterais dessas avenidas, basicamente valas, que serviam de esgoto a céu aberto nas áreas mais pobres da cidade. Lá estavam jogados os corpos dos empobrecidos, que haviam caído na beira da estrada no final de seus dias miseráveis.

— Pança-Furada nunca falou dessas coisas quando falava de casa — resmungou Bruenor, puxando a capa sobre o rosto para tentar conter o fedor terrível. — Não entendo como ele sentia falta deste lugar!

— A maior cidade do mundo, essa é! — soltou Sali Dalib, levantando os braços para aumentar seu elogio.

Wulfgar, Bruenor e Cattibrie lhe lançaram olhares incrédulos. Hordas de pessoas mendigando e morrendo de fome não era sua ideia de grandeza. Drizzt não prestou atenção ao comerciante, entretanto. Ele estava ocupado fazendo a comparação inevitável entre Porto Calim e outra cidade que ele havia conhecido, Menzoberranzan. Na verdade, havia semelhanças, e a morte não era menos comum em Menzoberranzan, mas Porto Calim parecia de alguma forma mais sórdida que a cidade dos drow. Mesmo o mais fraco dos elfos negros tinha meios para se proteger, com fortes laços familiares e habilidades mortais inatas. Os lamentáveis camponeses de Porto Calim, porém, e mais ainda seus filhos, pareciam desamparados e sem esperança.

Em Menzoberranzan, aqueles que estão nos degraus mais baixos da escada do poder podem lutar para ter uma posição melhor. Para a maioria da multidão de Porto Calim, porém, haveria apenas pobreza, uma existência suja no dia a dia até que pousarem nas pilhas de corpos bicados por urubus nas valas.

— Leve-nos para a guilda de Pasha Pook — disse Drizzt, indo direto ao ponto, querendo terminar seus negócios e sair de Porto Calim. — E você estará dispensado.

Sali Dalib empalideceu com o pedido.

— Pasha Poop? — gaguejou ele. — Quem é?

— Ah! — bufou Bruenor, aproximando-se perigosamente do comerciante. — Ele conhece o cara.

— Com certeza conhece — observou Cattibrie. — E tem medo dele.

— Sali Dalib não... — começou o comerciante.

Fulgor saiu da bainha e parou sob o queixo do comerciante, silenciando o homem. Drizzt deixou sua máscara escorregar um pouco, lembrando Sali Dalib de sua herança drow. Mais uma vez, seu comportamento repentinamente sombrio enervou até seus próprios amigos.

— Eu penso em meu amigo — disse Drizzt em um tom calmo e baixo, com seus olhos cor de lavanda olhando distraidamente para a cidade. — Sendo torturado enquanto nos atrasamos — ele olhou carrancudo para Sali Dalib. — Enquanto você nos atrasa! Você nos levará para a guilda de Pasha Pook — ele reiterou, com mais insistência. — E estará dispensado.

— Pook? Oh, Pook — o comerciante sorriu. — Sali Dalib conhece este homem, sim, sim. Todo mundo conhece Pook. Sim, sim, eu levo vocês lá, então eu vou.

Drizzt recolocou a máscara, mas manteve o rosto severo.

— Se você ou seu pequeno companheiro tentarem fugir — ele prometeu com tanta calma que nem o comerciante nem seu assistente duvidaram de suas palavras por um momento. — Vou caçá-los e matá-los.

Os três amigos do drow trocaram um dar de ombros confuso e olhares preocupados. Sentiam-se confiantes de conhecerem Drizzt em sua alma, mas seu tom era tão sombrio que mesmo eles se perguntaram o quanto daquela promessa era uma ameaça vazia.

※

Demorou mais de uma hora serpenteando no labirinto que era Porto Calim, para desgosto dos amigos, que não queriam nada além de sair das ruas e ficar longe do odor fétido. Finalmente, para seu alívio, Sali Dalib dobrou uma esquina final, para o Círculo dos Ladinos, e apontou para a estrutura de madeira ordinária em seu final: a guilda de Pasha Pook.

— Pook tá ali — disse Sali Dalib. — Agora, Sali Dalib pega seus camelos e vai embora, de volta para Memnon.

Os amigos não foram tão rápidos em se livrar do astuto comerciante.

— Acho que Sali Dalib está indo até Pook para vender algumas história sobre quatro amigos — grunhiu Bruenor.

— Bem, nós temos um jeito de evitar isso — disse Cattibrie. Ela lançou a Drizzt uma piscadela astuta, depois se dirigiu ao curioso e assustado comerciante, pegando sua mochila enquanto caminhava.

O olhar dela ficou repentinamente sombrio, tão perverso e intenso que Sali Dalib recuou quando a mão dela subiu para a testa dele.

— Fique parado! — Cattibrie gritou com ele asperamente, e ele não resistiu ao poder de seu tom. Ela tinha um pó, uma substância parecida com farinha, em sua mochila. Recitando alguma baboseira que soava como um canto arcano, ela traçou uma cimitarra na testa de Sali Dalib. O comerciante tentou reclamar, mas não conseguiu encontrar a língua, para seu terror.

— Agora, o pequeno — disse Cattibrie, voltando-se para o assistente goblin de Sali Dalib. O goblin gritou e tentou fugir, mas Wulfgar o agarrou com uma das mãos e o estendeu para Cattibrie, apertando cada vez mais forte até que a coisa parou de se mexer.

Cattibrie realizou a cerimônia novamente e se voltou para Drizzt.

— Eles estão ligados ao seu espírito agora — disse ela. — Você os sente?

Drizzt, compreendendo o blefe, acenou com a cabeça sério e desembainhou as duas cimitarras devagar.

Sali Dalib empalideceu e quase caiu, mas Bruenor, aproximando-se para assistir à brincadeira de sua filha, foi rápido em apoiar o homem aterrorizado.

— Ah, deixe-os ir, então. Minha bruxaria acabou — disse Cattibrie a Wulfgar e a Bruenor. — O drow vai sentir sua presença agora — sibilou ela para Sali Dalib e seu goblin. — Ele vai saber quando vocês estiverem por perto e quando terão ido. Se vocês ficarem na cidade, e se tiverem pensamentos de ir até Pook, o drow saberá, e ele seguirá essa sensação... ele vai caçar vocês. — Ela parou por um momento, querendo que os dois compreendessem o horror que enfrentavam.

— E ele vai matar vocês devagar.

— Peguem seus cavalos estranhos, então, e vão embora! — rugiu Bruenor. — Se eu voltar a ver seus rostos fedorentos, o drow terá que entrar na fila para acabar com vocês!

Antes mesmo que o anão tivesse terminado, Sali Dalib e o goblin recolheram seus camelos e partiram, para longe do Círculo dos Ladinos e de volta ao extremo norte da cidade.

— Os dois vão para o deserto — riu Bruenor quando eles se foram. — Ótimos truques, minha garota.

Drizzt apontou para a placa de uma estalagem, o Camelo Cuspidor, na metade da travessa.

— Arranjem quartos para nós — disse ele aos amigos. — Vou segui-los para ter certeza de que realmente deixaram a cidade.

— Perdendo tempo — gritou Bruenor atrás dele. — Ou a garota fez eles saírem correndo, ou eu sou um gnomo barbudo!

Drizzt já tinha começado a caminhar silenciosamente pelo labirinto de ruas de Porto Calim.

Wulfgar, apanhado de surpresa por suas artimanhas atípicas e ainda sem saber ao certo o que acabava de acontecer, olhou Cattibrie com atenção. Bruenor não deixou passar seu olhar apreensivo.

— Tome nota, garoto — zombou o anão. — Com certeza, a garota tem um lado malvado que você não vai querer que esteja contra você!

Querendo se juntar à brincadeira de Bruenor, Cattibrie olhou para o grande bárbaro e estreitou os olhos, fazendo com que Wulfgar recuasse um passo cauteloso.

— Bruxaria — ela gargalhou. — Me avisa quando seus olhos estão cheios da visão de outra mulher! — Ela se virou devagar, sem libertá-lo de seu olhar até que tivesse dado uns três passos na direção da estalagem que Drizzt havia indicado.

Bruenor estendeu a mão e deu um tapa nas costas de Wulfgar enquanto ia atrás de Cattibrie.

— Ótima moça — comentou ele com Wulfgar. — Só não deixa ela brava!

Wulfgar sacudiu a confusão de sua cabeça e forçou uma risada, lembrando a si mesmo de que a "magia" de Cattibrie tinha sido apenas uma farsa para assustar o comerciante.

Mas o olhar furioso de Cattibrie ao seguir com essa farsa, e a pura força de sua intensidade, seguiram com ele ao caminhar pelo Círculo dos Ladinos. Um arrepio e um formigamento doce simultâneos se espalharam por sua espinha.

Metade do sol estava abaixo do horizonte a oeste antes que Drizzt voltasse ao Círculo dos Ladinos. Ele havia seguido Sali Dalib e seu assistente até o deserto de Calim, embora o ritmo frenético do comerciante não desse nenhuma indicação de que teria qualquer intenção de voltar a Porto Calim. Drizzt simplesmente não se arriscou; estavam perto demais de encontrar Regis e perto demais de Entreri.

Mascarado como um elfo — Drizzt estava começando a perceber quão facilmente usava o disfarce agora — ele caminhou para O Camelo Cuspidor e para a mesa do taverneiro. Um homem incrivelmente magro, de pele grossa como couro, que sempre mantinha as costas contra a parede e a cabeça girando nervosamente em todas as direções, o atendeu.

— Três amigos — disse Drizzt rispidamente. — Um anão, uma mulher e um gigante de cabelo dourado.

— Suba as escadas — orientou o homem. — À esquerda. Dois de ouro se você pretende passar a noite. — Ele estendeu a mão.

— O anão já pagou — disse Drizzt sombriamente, afastando-se.

— Para ele, a garota e o grandão — o taverneiro começou, agarrando Drizzt pelo ombro. O olhar nos olhos cor de lavanda de Drizzt, entretanto, fez o estalajadeiro congelar.

— Ele pagou — gaguejou o homem assustado. — Eu lembro. Ele pagou.

Drizzt se afastou sem dizer outra palavra.

Ele encontrou os dois quartos em lados opostos do corredor, na extremidade da estrutura. Ele pretendia ir direto até Wulfgar e Bruenor descansar um pouco, esperando estar na rua quando a noite caísse, quando provavelmente Entreri estaria por perto. Drizzt encontrou, ao invés disso, Cattibrie em sua porta, aparentemente o esperando. Ela gesticulou para que entrasse em seu quarto e fechou a porta atrás dele.

Drizzt se acomodou na ponta de uma das duas cadeiras no centro da sala, com o pé batendo no chão à sua frente.

Cattibrie o estudou enquanto se dirigia à outra cadeira. Ela conhecia Drizzt há anos, mas nunca o tinha visto tão agitado.

— Você parece querer se rasgar em pedaços — disse ela.

Drizzt lhe lançou um olhar frio, mas Cattibrie riu.

— Você quer me atacar, então?

Isso fez com que o drow se acomodasse em sua cadeira.

— E não use essa máscara boba — ralhou Cattibrie.

Drizzt estendeu a mão para a máscara, mas hesitou.

— Tira! — ordenou Cattibrie, e o drow obedeceu antes que tivesse tempo de reconsiderar.

— Você estava um pouco sombrio na rua antes de partir — comentou Cattibrie, suavizando sua voz.

— Precisávamos ter certeza — Drizzt respondeu friamente. — Não confio em Sali Dalib.

— Nem eu — concordou Cattibrie. — Mas ainda estava sombrio demais, a meu ver.

— Foi você quem veio com a tal bruxaria — rebateu Drizzt, em um tom defensivo. — Foi Cattibrie quem se mostrou sombria então.

Cattibrie deu de ombros.

— Um ato necessário — disse ela. — Um ato que eu abandonei quando o comerciante foi embora. Mas você... — disse ela incisivamente, inclinando-se para frente e colocando uma mão reconfortante no joelho de Drizzt. — Você está pronto para uma luta.

Drizzt fez menção de se afastar, mas percebeu a verdade de suas observações e se obrigou a relaxar sob seu toque amigável. Ele desviou o olhar, pois descobriu que não conseguia suavizar a severidade de seu rosto.

— O que está acontecendo? — sussurrou Cattibrie.

Drizzt olhou para trás e se lembrou de todas as situações que haviam compartilhado no Vale do Vento Gélido. Em sua sincera preocupação por ele agora, Drizzt recordou a primeira vez que se conheceram, quando o sorriso da menina — pois então ela era apenas uma menina — havia dado ao drow deslocado e desanimado uma esperança renovada em sua vida entre os moradores da superfície.

Cattibrie sabia mais sobre ele do que qualquer pessoa viva, sobre as coisas que eram importantes para ele e tornavam sua existência estoica suportável. Só ela reconhecia os medos que pairavam sob sua pele negra, a insegurança mascarada por sua habilidade com as cimitarras.

— Entreri — ele respondeu suavemente.

— Você quer matá-lo?

— Eu preciso;

Cattibrie se recostou para considerar as palavras.

— Se você matar Entreri para libertar Regis e para impedi-lo de machucar outra pessoa, então meu coração diz que é uma coisa boa. — ela se inclinou para frente novamente, aproximando seu rosto do de Drizzt. — Mas se você pretende matá-lo para provar a si mesmo ou negar o que ele é, então meu coração chora.

Ela poderia ter esbofeteado Drizzt e ter tido o mesmo efeito. Ele se endireitou e inclinou a cabeça, suas feições retorcidas em negação raivosa. Ele deixou Cattibrie continuar, mas não podia descartar a importância das percepções da mulher observadora.

— Com certeza o mundo não é justo, meu amigo. Com certeza, pela medida dos corações, você foi injustiçado. Mas você está atrás do assassino por sua própria raiva? Matar Entreri curará o que foi feito de errado?

Drizzt não respondeu, mas seu olhar tornou-se obstinadamente sombrio de novo.

— Olhe no espelho, Drizzt Do'Urden — disse Cattibrie. — Sem a máscara. Matar Entreri não mudará a cor da pele dele... ou a sua.

Mais uma vez, Drizzt foi esbofeteado, e desta vez, havia um tom inegável de verdade com esse tapa na cara. Ele se recostou na cadeira, olhando para Cattibrie como nunca a tinha olhado antes. Para onde foi a garotinha de Bruenor? Diante dele estava uma mulher, bonita e sensível, que desnudou sua alma em algumas palavras. Eles haviam compartilhado muito, era verdade, mas como ela poderia conhecê-lo tão bem? E por que ela havia perdido tempo com ele?

— Você tem amigos mais verdadeiros do que jamais saberá — continuou Cattibrie. — E não pelo modo como manuseia uma espada. Você tem outros que se chamariam de amigos se ao menos pudessem se aproximar de você, se você apenas pudesse ver.

Drizzt considerou as palavras. Ele se lembrou do Fada do Mar, do Capitão Deudermont e da tripulação, ao lado dele mesmo quando descobriram sua herança.

— E se ao menos você tivesse aprendido a amar — prosseguiu Cattibrie, com sua voz quase inaudível. — Com certeza, você deixou algumas coisas passarem, Drizzt Do'Urden.

Drizzt a estudou atentamente, medindo o brilho em seus olhos escuros. Ele tentou imaginar aonde ela queria chegar, que mensagem pessoal estava enviando.

A porta se abriu de repente e Wulfgar entrou na sala, com um sorriso se estendendo por seu rosto e o olhar ansioso de aventura brilhando em seus olhos azuis claros.

— Que bom que você está de volta — disse ele a Drizzt. Ele se moveu para trás de Cattibrie e colocou um braço confortavelmente sobre seus ombros. — A noite chegou, e uma lua brilhante aparece sobre a borda leste. É hora de caçar!

Cattibrie pôs a mão sobre a de Wulfgar e lhe lançou um sorriso adorável. Drizzt estava feliz por terem se encontrado. Eles cresceriam juntos em uma vida abençoada e alegre, criando filhos que, sem dúvida, seriam a inveja de todas as terras do norte.

Cattibrie olhou para trás para Drizzt.

— Só material para você pensar, meu amigo — ela disse baixinho, calmamente. — Você está mais preso pela maneira como o mundo te vê ou pela maneira como você vê o mundo te vendo?

A tensão diminuiu dos músculos do Drizzt. Se Cattibrie estivesse certa em suas observações, teria muito em que pensar.

— É hora de caçar! — gritou Cattibrie, satisfeita por ter conseguido mostrar seu ponto de vista. Ela se levantou ao lado de Wulfgar e se dirigiu para a porta, mas virou a cabeça por cima do ombro para encarar Drizzt uma última vez, dando-lhe um olhar que lhe dizia que talvez ele devesse ter pedido mais de Cattibrie em Vale do Vento Gélido, antes de Wulfgar ter entrado em sua vida.

Drizzt suspirou quando saíram da sala e instintivamente estendeu a mão para a máscara mágica.

"Instintivamente?" ele se perguntou.

Drizzt a soltou de repente e caiu para trás na cadeira, pensativo, cruzando as mãos atrás da cabeça. Ele olhou ao redor, em expectativa, mas o quarto não tinha espelho.

Capítulo 17

Lealdades impossíveis

LaValle manteve a mão dentro da bolsa por um longo momento, provocando Pook. Estavam sozinhos com os eunucos, que não contavam, na câmara central do nível superior. LaValle havia prometido a seu mestre um presente além até mesmo da notícia do retorno do pingente de rubi, e Pook sabia que o mago faria essa promessa com muito cuidado. Não era sensato desapontar o mestre da guilda.

LaValle tinha grande confiança em seu presente e não tinha receio de suas grandes reivindicações. Ele o deslizou para fora e o apresentou a Pook, sorrindo amplamente ao fazê-lo.

Pook perdeu o fôlego e o suor engrossou em suas palmas ao toque da estatueta de ônix.

— Magnífica — murmurou ele, chocado. — Nunca vi tamanha habilidade, tantos detalhes. Quase se poderia acariciar a coisa!

— É possível — LaValle sussurrou.

O mago não queria revelar todas as propriedades do presente de uma vez, no entanto, então respondeu:

— Estou satisfeito que esteja satisfeito.

— Onde o conseguiu?

LaValle se mexeu inquieto.

— Isso não é importante — respondeu ele. — É para você, Mestre, dado com toda a minha lealdade. — Logo mudou a conversa para evitar que Pook insistisse no assunto. — O acabamento da estatueta é apenas uma fração de seu valor — provocou, atraindo um olhar curioso de Pook.

— Você já ouviu falar dessas estatuetas — continuou LaValle, satisfeito por ter chegado a hora de encantar o mestre da guilda novamente. — Elas podem ser companheiras mágicas para seus donos.

As mãos de Pook realmente tremeram com o pensamento.

— Isso... — gaguejou ele entusiasmado. — Isso pode trazer a pantera à vida?

O sorriso malicioso de LaValle respondeu à pergunta.

— Como? Quando eu posso...

— Sempre que desejar — respondeu LaValle.

— Devemos preparar uma gaiola? — perguntou Pook.

— Não é necessário.

— Mas pelo menos até que a pantera entenda quem é seu mestre...

— Você possui a estatueta — interrompeu LaValle. — A criatura que você invoca é toda sua. Ela seguirá todos os seus comandos exatamente como deseja.

Pook agarrou a estatueta perto de seu peito. Ele mal podia acreditar em sua sorte. Os grandes felinos eram seu primeiro e maior amor, e ter em sua posse um com tal obediência, uma extensão de sua própria vontade, emocionava-o como nunca.

— Agora — disse ele. — Eu quero chamar o gato agora. Diga-me as palavras.

LaValle pegou a estátua e colocou-a no chão, então sussurrou no ouvido de Pook, tomando cuidado para que sua própria pronúncia do nome da gata não convocasse Guenhwyvar e arruinasse o momento do mestre da guilda.

— Guenhwyvar — ele chamou suavemente. Nada aconteceu a princípio, mas Pook e LaValle puderam sentir a ligação sendo feita com a entidade distante.

— Venha a mim, Guenhwyvar! — ordenou Pook.

Sua voz rolou pelo portão do túnel nos Planos da existência, descendo o corredor escuro para o Plano Astral, o lar da entidade da pantera. Guenhwyvar despertou com o chamado. Cautelosamente, a gata encontrou o caminho.

— Guenhwyvar — o chamado veio de novo, mas a gata não reconheceu a voz. Passaram-se muitas semanas desde que seu mestre a levara ao Plano Material, e a pantera teve um descanso bem merecido e necessário, mas que trouxe consigo uma apreensão cautelosa. Com uma voz desconhecida invocando-a, Guenhwyvar entendeu que algo definitivamente mudara.

Hesitante, mas incapaz de resistir à convocação, a grande gata caminhou pelo corredor.

Pook e LaValle assistiram, hipnotizados, quando uma fumaça cinzenta apareceu, envolvendo o chão ao redor da estatueta. Ela rodou preguiçosamente por alguns momentos e então tomou forma definitiva, solidificando-se em Guenhwyvar. A gata ficou imóvel, buscando algum reconhecimento de seus arredores.

— O que eu faço? — perguntou Pook a LaValle. A gata ficou tensa ao som da voz, a voz de seu mestre.

— O que você quiser — respondeu LaValle. — O gato vai sentar-se ao seu lado, caçar por você, andar atrás de você... matar por você.

Algumas ideias surgiram na cabeça do mestre da guilda no último comentário.

— Quais são os limites?

LaValle deu de ombros.

— A maior parte da magia deste tipo desaparece após um período de tempo, embora você possa convocar o gato novamente quando ele tiver descansado — logo acrescentou, vendo o olhar desanimado de Pook. — Não pode ser morto; fazer isso só iria devolvê-lo ao seu plano, embora a estátua possa ser quebrada.

Mais uma vez, o olhar de Pook azedou. O item já havia se tornado precioso demais para ele pensar em perdê-lo.

— Garanto que destruir a estatueta não seria uma tarefa fácil — continuou LaValle. — Sua magia é bastante potente. O ferreiro mais poderoso de todos os Reinos não poderia arranhá-la com seu martelo mais pesado!

Pook estava satisfeito.

— Venha até mim — ele ordenou à gata, estendendo a mão.

Guenhwyvar obedeceu e achatou as orelhas enquanto Pook acariciava suavemente seu pelo preto macio.

— Eu tenho uma tarefa — Pook anunciou de repente, virando um olhar animado para LaValle. — Uma tarefa memorável e maravilhosa! A primeira tarefa para Guenhwyvar.

Os olhos de LaValle se iluminaram com o puro prazer estampado no rosto de Pook.

— Traga-me Regis —disse o mestre da guilda a LaValle. — Que a primeira morte de Guenhwyvar seja o halfling que mais desprezo!

Exausto por sua provação nas Celas dos Nove, e pelas várias torturas que Pook o fizera passar, Regis foi facilmente jogado de cara no chão diante do trono de Pook. O halfling lutou para ficar de pé, determinado a aceitar a próxima tortura — mesmo que isso significasse a morte — com dignidade.

Pook acenou para que os guardas saíssem da sala.

— Você gostou da sua estadia conosco? — ele provocou Regis.

Regis afastou uma mecha de cabelo do rosto.

— Aceitável — respondeu ele. — Os vizinhos são barulhentos, rosnando e ronronando a noite toda.

— Silêncio! — gritou Pook. Ele olhou para LaValle, de pé ao lado da grande cadeira. — Ele encontrará pouco humor aqui — disse o mestre da guilda com uma risada venenosa.

Regis havia passado do medo, entretanto, para a resignação.

— Você venceu — disse ele calmamente, na esperança de roubar um pouco do prazer de Pook. — Peguei seu pingente e fui pego. Se você acredita que o crime merece a morte, então me mate.

— Oh, eu irei! — sibilou Pook. — Eu havia planejado isso desde o início, mas não conhecia o método apropriado.

Regis chegou um pouco para trás, sem mover um passo. Talvez ele não estivesse tão composto quanto esperava.

— Guenhwyvar — chamou Pook.

— Guenhwyvar? — Regis ecoou baixinho.

— Venha a mim, meu animal de estimação.

O queixo do halfling caiu até o peito quando a gata mágica saiu pela porta entreaberta do quarto de LaValle.

— Onde você a conseguiu? — gaguejou Regis.

— Magnífico, não é? — respondeu Pook. — Mas não se preocupe, ladrãozinho. Você vai dar uma olhada mais de perto.

Ele se virou para a gata:

— Guenhwyvar, querida Guenhwyvar — ronronou Pook. — Este ladrãozinho enganou seu mestre. Mate-o, meu bichinho, mas mate-o lentamente. Eu quero ouvir seus gritos.

Regis olhou nos olhos arregalados da pantera.

— Calma, Guenhwvvar — disse ele enquanto o gato dava um passo lento e hesitante em sua direção. Doeu de verdade em Regis ver a maravilhosa pantera sob o comando de alguém tão vil como Pook. Guenhwyvar pertencia a Drizzt.

Mas Regis não podia perder muito tempo considerando as implicações da aparição da gata. Seu próprio futuro tornou-se sua principal preocupação.

— É ele — gritou Regis para Guenhwyvar, apontando para Pook. — Ele comanda o homem maligno que nos tirou de seu verdadeiro mestre, o homem maligno que seu verdadeiro mestre busca!

— Excelente! — riu Pook, acreditando que Regis estava se agarrando a uma mentira desesperada para confundir o animal. — Este show ainda pode valer a agonia que suportei em suas mãos, ladrão Regis!

LaValle se mexeu inquieto, entendendo mais da verdade nas palavras de Regis.

— Agora, meu bichinho! — ordenou Pook. — Traga dor para ele! — Guenhwyvar rosnou baixinho, seus olhos se estreitando.

— Guenhwyvar — disse Regis novamente, dando um passo para trás. — Guenhwyvar, você me conhece.

A gata não deu nenhuma indicação de que reconhecia o halfling. Compelida pela voz de seu mestre, ela se agachou e avançou na direção de Regis.

— Guenhwyvar! — gritou Regis, tateando a parede em busca de uma fuga.

— Esse é o nome do gato — riu Pook, ainda sem perceber o reconhecimento honesto do halfling da criatura. — Adeus, Regis. Conforte--se em saber que me lembrarei desse momento pelo resto da minha vida!

A pantera achatou as orelhas e se agachou, pisando nas patas traseiras para se equilibrar. Regis correu para a porta, embora não tivesse dúvidas de que estava trancada, e Guenhwyvar saltou, incrivelmente rápida e precisa. Regis mal percebeu que a gata estava em cima dele.

O êxtase de Pasha Pook, porém, durou pouco. Ele saltou da cadeira, esperando ver melhor a ação, enquanto Guenhwyvar enterrava Regis. Então a gata desapareceu, desvanecendo lentamente.

O halfling também se fora.

— O quê? — gritou Pook. — É isso? Sem sangue? — ele girou na direção de LaValle. — É assim que a coisa mata?

A expressão horrorizada do mago contou a Pook uma história diferente. De repente, o mestre da guilda reconheceu a verdade do que Regis disse à gata.

— Essa coisa o levou embora! — rugiu Pook.

Ele correu, contornou a lateral da cadeira e encostou o rosto no de LaValle:

— Onde? Diga!

LaValle quase caiu de tremor.

— Não é possível. — ofegou ele. — A gata deve obedecer ao seu mestre, o possuidor.

— Regis conhecia a gata! — gritou Pook.

— Lealdades impossíveis — respondeu LaValle, verdadeiramente pasmo.

Pook se recompôs e recostou-se na cadeira.

— Onde você a conseguiu? — perguntou ele a LaValle.

— Entreri — o mago respondeu de imediato, não ousando hesitar.

Pook coçou o queixo.

— Entreri — ele repetiu. As peças começaram a se encaixar. Pook entendia Entreri bem o suficiente para saber que o assassino não entregaria um item tão valioso sem receber algo em troca. — Pertencia a um dos amigos do halfling — raciocinou Pook, lembrando-se das referências de Regis ao verdadeiro mestre da gata.

— Eu não perguntei — respondeu LaValle.

— Você não precisava perguntar! — rebateu Pook. — Pertencia a um dos amigos do halfling, talvez um daqueles de quem Oberon falou. Sim. E Entreri deu a você em troca de... — ele lançou um olhar perverso para LaValle.

— Onde está o pirata, Pinochet? — ele perguntou maliciosamente.

LaValle quase desmaiou, preso em uma teia que prometia morte o que quer que fizesse.

— Já disse o suficiente — disse Pook, entendendo tudo pela expressão pálida do mago. — Ah, Entreri — ele meditou. — Você sempre se prova uma dor de cabeça, por melhor que me sirva. E você... — ele bufou para LaValle. — Aonde eles foram?

LaValle balançou a cabeça.

— O plano do gato — ele soltou. — É a única possibilidade.

— E o gato pode voltar a este mundo?

— Somente se convocado pelo possuidor da estátua.

Pook apontou para a estátua caída no chão em frente à porta.

— Traga aquele gato de volta — ele ordenou.

LaValle correu para a estatueta.

— Não. Espere! — reconsiderou Pook. — Deixe-me primeiro construir uma gaiola para essa criatura. Guenhwyvar será meu a tempo. Ele aprenderá disciplina.

LaValle continuou e pegou a estátua, sem saber realmente por onde começar. Pook o agarrou quando ele passou pelo trono.

— Mas o halfling — rosnou Pook, pressionando seu nariz contra o de LaValle. — Pela sua vida, mago, traga aquele halfling de volta para mim!

Pook empurrou LaValle para trás e se dirigiu para a porta dos andares inferiores. Ele teria que abrir alguns olhos nas ruas, para saber o que Artemis Entreri estava tramando e para saber mais sobre aqueles amigos do halfling, se eles ainda viviam ou morreram no Canal de Asavir.

Se fosse qualquer outra pessoa que não fosse Entreri, Pook teria colocado seu pingente de rubi em uso, mas essa opção não era viável com o perigoso assassino.

Pook rosnou para si mesmo ao sair da câmara. Ele esperava, no retorno de Entreri, que nunca teria que tomar esse caminho de novo, mas com LaValle tão obviamente ligado aos jogos do assassino, a única opção de Pook era Rassiter.

— Você quer que ele seja removido? — perguntou o homem-rato, gostando do início desta tarefa, como qualquer outra que Pook já havia dado a ele.

— Não se iluda — Pook disparou de volta. — Entreri não é da sua conta, Rassiter, e está além de seu poder.

— Você subestima a força da minha guilda.

— Você subestima a rede do assassino, provavelmente envolvendo muitos daqueles que você chama erroneamente de camaradas — avisou Pook. — Não quero guerra dentro da minha guilda.

— Então, o que vai ser? — rebateu o homem-rato em decepção óbvia.

Diante do tom antagônico de Rassiter, Pook começou a mexer no pingente de rubi pendurado em seu pescoço. Poderia colocar Rassiter sob seu encantamento, ele sabia, mas preferia não fazê-lo. Indivíduos encantados nunca tinham um desempenho tão bom quanto aqueles que agiam por conta própria, e se os amigos de Regis tivessem realmente escapado de Pinochet, Rassiter e seus comparsas teriam que dar o melhor de si para derrotá-los.

— Entreri pode ter sido seguido até Porto Calim — explicou Pook. — Amigos do halfling, eu acredito, e perigosos para nossa guilda.

Rassiter se inclinou para frente, fingindo surpresa. Claro, o homem-rato já havia descoberto com Dondon sobre a chegada do grupo vindo do norte.

— Eles estarão na cidade em breve — continuou Pook. — Você não tem muito tempo.

Eles já estão aqui, Rassiter respondeu em silêncio, tentando esconder o sorriso.

— Você quer que eles sejam capturados?

— Eliminados — corrigiu Pook. — Este grupo é poderoso demais. Sem espaço para erros.

— Eliminados — ecoou Rassiter. — Sempre minha preferência.

Pook não pôde deixar de estremecer.

— Avise quando a tarefa estiver concluída — disse ele, dirigindo-se para a porta.

Rassiter silenciosamente riu às costas de seu mestre.

— Ah, Pook — ele sussurrou enquanto o mestre da guilda saía. — Quão pouco você sabe sobre minhas influências.

O homem-rato esfregou as mãos em antecipação. A noite estava avançada e os viajantes do norte logo estariam nas ruas — onde Dondon os encontraria.

Capítulo 18

Nas entrelhinhas

Em seu canto favorito, do outro lado do Camelo Cuspidor no Círculo de Ladinos, Dondon observou o elfo, o último dos quatro, ir para a pousada e se juntar aos amigos. O halfling puxou um pequeno espelho de bolso para verificar seu disfarce — todas as marcas de sujeira pareciam nos lugares certos; suas roupas eram grandes demais, como aquelas que uma criança abandonada tiraria de um bêbado inconsciente em um beco; e seu cabelo estava adequadamente bagunçado e emaranhado, como se não fosse penteado há anos.

Dondon olhou ansiosamente para a lua e inspecionou seu queixo com os dedos. "Ainda sem pelos, mas formigando", pensou. O halfling deu um suspiro profundo, depois outro, e lutou contra os impulsos licantrópicos. No ano em que ingressou nas fileiras de Rassiter, aprendeu a sublimar esses impulsos diabólicos muito bem, mas esperava poder terminar logo seus negócios naquela noite. A lua estava especialmente brilhante.

Pessoas da rua, locais, davam uma piscadela de aprovação enquanto passavam pelo halfling, sabendo que o mestre vigarista estava à espreita mais uma vez. Com sua reputação, Dondon há muito se tornara ineficaz contra os frequentadores das ruas de Porto Calim, mas eram espertos o suficiente para manter a boca fechada sobre o halfling para estranhos. Dondon sempre conseguia cercar-se dos bandidos mais duros da cidade, e revelar seu disfarce a uma pretensa vítima era um crime sério de fato!

O halfling recostou-se na quina de um prédio para observar os quatro amigos emergirem do Camelo Cuspidor pouco tempo depois.

Para Drizzt e seus companheiros, a noite de Porto Calim provou ser tão antinatural quanto as paisagens que presenciaram durante o dia. Ao contrário das cidades do norte, onde as atividades noturnas geralmente eram relegadas às muitas tavernas, a agitação das ruas de Porto Calim aumentava ainda mais depois que o sol se punha. Até os humildes camponeses assumiam um comportamento diferente, repentinamente misterioso e sinistro.

A única seção da travessa que permanecia desocupada pelas hordas era a área na frente da estrutura não demarcada na parte de trás do círculo: a sede da guilda. Como à luz do dia, vagabundos sentavam-se contra as paredes do prédio em ambos os lados de sua única porta, mas havia mais dois guardas de cada lado.

— Se Regis está naquele lugar, temos que encontrar um jeito de entrar — observou Cattibrie.

— Não há dúvida de que Regis está aí — respondeu Drizzt. — Nossa caça deve começar com Entreri.

— Viemos para encontrar Regis — Cattibrie o lembrou, lançando um olhar decepcionado em sua direção. Drizzt rapidamente explicou sua resposta para satisfazê-la.

— O caminho até Regis passa pelo assassino — disse ele. — Entreri cuidou disso. Você o ouviu no abismo do Desfiladeiro de Garumn. Entreri não permitirá que encontremos Regis até que tenhamos lidado com ele.

Cattibrie não podia negar a lógica do drow. Quando Entreri tirou Regis deles no Salão de Mitral, ele se deu ao trabalho de atrair Drizzt para a perseguição, como se a captura de Regis fosse apenas parte de um jogo que estava jogando contra Drizzt.

— Por onde começar? — Bruenor bufou de frustração. Esperava que a rua estivesse mais tranquila, oferecendo-lhes uma oportunidade melhor de realizar a tarefa diante deles. Esperava que pudessem até mesmo concluir seus negócios naquela mesma noite.

— Exatamente onde estamos — respondeu Drizzt, para espanto de Bruenor. — Aprenda o cheiro da rua — explicou o drow. — Observe os movimentos de seu povo e ouça seus sons. Prepare sua mente para o que está por vir.

— Tempo, elfo! — rosnou Bruenor. — Meu coração me diz que Pança-Furada deve estar levando um chicote nas costas enquanto estamos aqui cheirando a rua fedorenta!

— Não precisamos procurar Entreri — interrompeu Wulfgar, seguindo a linha de pensamento de Drizzt. — O assassino vai nos encontrar.

Quase na mesma hora, como se a declaração de Wulfgar os tivesse lembrado de seus arredores perigosos, os quatro desviaram os olhos de seu pequeno grupo e observaram a agitação da rua ao redor deles. Olhos escuros os espiavam de todos os cantos; cada pessoa que passava lhes lançava um olhar de soslaio. Porto Calim não estava desacostumada a estranhos, afinal, era um porto mercante, mas aqueles quatro se destacavam nas ruas de qualquer cidade dos Reinos. Reconhecendo sua vulnerabilidade, Drizzt decidiu colocá-los em movimento. Começou a atravessar o Círculo dos Ladinos, gesticulando para que os outros o seguissem.

Antes que Wulfgar, na retaguarda da linha em formação, sequer desse um passo, uma voz infantil o chamou das sombras do Camelo Cuspidor.

— Ei — acenou. — Cês querem se dar bem?

Wulfgar, sem entender, aproximou-se um pouco mais e olhou em meio à escuridão. Lá estava Dondon, parecendo um menino humano jovem e desgrenhado.

— O que é? — perguntou Bruenor, indo para o lado de Wulfgar.

Wulfgar apontou para a esquina.

— O que é? — Bruenor perguntou novamente, agora visando a figura diminuta e sombria.

— Cês querem se dar bem? — reiterou Dondon, saindo da escuridão.

— Ah! — bufou Bruenor, acenando com a mão — Só um garoto. Vá embora, pequeno. Não temos tempo para brincar! — Ele agarrou o braço de Wulfgar e se virou.

— Eu posso armar uma pra vocês — disse Dondon atrás deles.

Bruenor continuou caminhando, com Wulfgar a seu lado, mas Drizzt se detivera, notando a demora de seus companheiros, e ouviu a última declaração do menino.

— Só um garoto! — Bruenor explicou ao drow enquanto ele se aproximava.

— Um garoto de rua — corrigiu Drizzt, contornando Bruenor e Wulfgar e recuando. — Com olhos e ouvidos que deixam pouca coisa passar.

— Como você pode armar uma para nós? — sussurrou Drizzt para Dondon enquanto se aproximava do edifício, fora da vista das hordas muito curiosas.

Dondon deu de ombros.

— Tem muita coisa pra roubar; um monte de comerciantes veio hoje. O que cês tão procurando?

Bruenor, Wulfgar e Cattibrie tomaram posições defensivas ao redor de Drizzt e do menino, com os olhos nas ruas, mas com os ouvidos atentos à conversa repentinamente interessante.

Drizzt se agachou e conduziu o olhar de Dondon com o seu para o edifício no final do círculo.

— A casa de Pook — comentou Dondon. — A casa mais ruim de entrar de Porto Calim.

— Mas tem uma fraqueza — disse Drizzt.

— Todas têm — respondeu Dondon com calma, desempenhando perfeitamente o papel de um sobrevivente de rua arrogante.

— Você já esteve lá?

— Talvez.

— Você já viu cem moedas de ouro?

Dondon deixou seus olhos brilharem e, de propósito para que vissem, mudou seu peso de um pé para o outro.

— Leve-o para os quartos — disse Cattibrie. — Vocês estão atraindo muitos olhares aqui.

Dondon logo concordou, mas lançou a Drizzt um aviso na forma de um olhar frio e proclamou:

— Eu sei contar até cem!

Quando voltaram para o quarto, Drizzt e Bruenor alimentaram Dondon com um fluxo constante de moedas enquanto o halfling explicava o caminho para uma entrada secreta nos fundos da guilda.

— Nem os ladrões sabem dela! — proclamou Dondon. Os amigos se juntaram, ansiosos pelos detalhes. Dondon fazia toda a operação parecer fácil.

Fácil demais.

Drizzt se levantou e se afastou, escondendo a risada do informante. Não tinham acabado de falar sobre Entreri entrando em contato? Poucos minutos antes desse menino esclarecedor chegar tão convenientemente para guiá-los.

— Wulfgar, tire os sapatos dele — disse Drizzt.

Seus três amigos se viraram para ele com curiosidade. Dondon se contorceu em sua cadeira.

— Os sapatos — disse Drizzt de novo, voltando-se e apontando para os pés de Dondon. Bruenor, há tanto tempo amigo de um halfling, captou o raciocínio do drow e não esperou que Wulfgar respondesse. O anão agarrou a bota esquerda de Dondon e a puxou, revelando uma espessa mecha de pelos do pé — o pé de um halfling.

Dondon deu de ombros impotente e afundou-se na cadeira. A reunião estava seguindo o curso exato que Entreri havia previsto.

— Ele disse que poderia armar uma para nós — observou Cattibrie sarcasticamente, transformando as palavras de Dondon em algo mais sinistro.

— Quem te mandou? — rosnou Bruenor.

— Entreri — respondeu Wulfgar por Dondon. — Ele trabalha para Entreri, enviado aqui para nos levar a uma armadilha. — Wulfgar se inclinou sobre Dondon, bloqueando a luz das velas com seu corpo enorme.

Bruenor empurrou o bárbaro de lado e ocupou seu lugar. Com seu rosto de garoto, Wulfgar simplesmente não podia ser tão imponente quanto o guerreiro anão de nariz pontudo, barba vermelha e olhos de fogo com o elmo surrado.

— Então, seu pequeno larápio — grunhiu Bruenor na cara de Dondon. — Agora nós lidamos com sua língua fedorenta! Abane para o lado errado e eu irei cortá-la!

Dondon empalideceu — ato que dominava — e começou a tremer visivelmente.

— Acalme-se — disse Cattibrie a Bruenor, desempenhando um papel mais leve desta vez. — Com certeza, você assustou o pequeno o suficiente.

Bruenor a fez recuar, afastando-se o suficiente de Dondon para lhe dar uma piscadela.

— Assustou ele? — negou o anão. Ele levou o machado até o ombro. — Mais do que assustá-lo está nos meus planos!

— Espere! Espere! — implorou Dondon, prostrando-se como só um halfling poderia. — Eu estava apenas fazendo o que o assassino me obrigou e me pagou para fazer.

— Você conhece Entreri? — perguntou Wulfgar.

— Todo mundo conhece Entreri — respondeu Dondon. — E em Porto Calim, todos obedecem aos comandos de Entreri!

— Esqueça Entreri! — Bruenor grunhiu em sua cara. — Meu machado vai impedir aquele lá de te machucar.

— Você acha que pode matar Entreri? — rebateu Dondon, embora soubesse o verdadeiro significado da afirmação de Bruenor.

— Entreri não pode machucar um cadáver — respondeu Bruenor severamente. — Meu machado vai chegar antes dele na sua cabeça!

— É você que ele quer — disse Dondon a Drizzt, procurando uma situação mais calma.

Drizzt assentiu, mas permaneceu em silêncio. Algo parecia estranho nesta reunião esquisita.

— Não escolho nenhum lado — Dondon implorou a Bruenor, não vendo nenhum alívio vindo de Drizzt. — Eu só faço o que devo para sobreviver.

— E para sobreviver agora, você vai nos dizer como entrar — disse Bruenor. — O caminho seguro para entrar.

— O lugar é uma fortaleza — Dondon deu de ombros. — Não tem caminho seguro.

Bruenor começou a deslizar para mais perto, sua carranca se aprofundando.

— Mas, se eu tivesse que tentar... — despejou o halfling. — Eu tentaria através dos esgotos.

Bruenor olhou para seus amigos.

— Parece correto — observou Wulfgar.

Drizzt estudou o halfling por mais um momento, procurando alguma pista nos olhos atentos de Dondon.

— Está correto — disse o drow por fim.

— Então ele salvou o pescoço — disse Cattibrie. — Mas o que vamos fazer com ele? Levá-lo junto?

— Claro — disse Bruenor com um olhar astuto. — Ele vai na frente!

— Não — respondeu Drizzt, para espanto de seus companheiros. — O halfling fez o que pedimos. Deixe-o ir.

— Ele deixá-lo ir imediatamente contar a Entreri o que aconteceu? — disse Wulfgar.

— Entreri não entenderia — respondeu Drizzt. Ele olhou Dondon nos olhos, sem dar nenhuma indicação ao halfling de que havia descoberto sua pequena manobra dentro de uma manobra. — Nem perdoaria.

— Meu coração diz que devemos levá-lo — observou Bruenor.

— Deixe que vá — disse Drizzt calmamente. — Confie em mim.

Bruenor bufou e deixou cair o machado de lado, resmungando enquanto ia abrir a porta. Wulfgar e Cattibrie trocaram olhares preocupados, mas saíram do caminho.

Dondon não hesitou, mas Bruenor deu um passo à frente dele quando o halfling chegou à porta.

— Se eu vir seu rosto de novo — ameaçou o anão — ou qualquer rosto que você possa estar usando, eu vou te cortar!

Dondon deu a volta e voltou para o corredor, sem tirar os olhos do anão perigoso, depois disparou pelo corredor, sacudindo a cabeça ante a perfeição com que Entreri tinha descrito o encontro, o quão bem o assassino conhecia a esses amigos, em particular o drow.

Suspeitando da verdade sobre todo o encontro, Drizzt compreendeu que a ameaça final de Bruenor tinha pouco peso para o astuto halfling. Dondon os enfrentou em ambas as mentiras sem o menor indício de um deslize.

Mas Drizzt assentiu com aprovação quando Bruenor, ainda carrancudo, voltou para a sala, pois o drow também sabia que a ameaça, se nada mais, tinha feito Bruenor se sentir mais seguro.

Por sugestão de Drizzt, todos se acomodaram para dormir um pouco. Com o clamor das ruas, eles nunca seriam capazes de passar despercebidos em uma das grades do esgoto. Mas a multidão provavelmente diminuiria à medida que a noite passasse e a guarda mudasse dos perigosos bandidos da noite para os camponeses do dia quente.

Só Drizzt não conseguiu dormir. Ele sentou-se encostado na porta da sala, ouvindo os sons de qualquer aproximação e embalado em meditações pela respiração rítmica de seus companheiros. Ele olhou para a máscara pendurada em seu pescoço. Uma mentira tão simples, e ele poderia andar livremente pelo mundo.

Mas ficaria preso na teia de sua própria farsa? Que liberdade poderia encontrar em negar a verdade sobre si mesmo?

Drizzt olhou para Cattibrie, pacificamente afundada na única cama do quarto, e sorriu. De fato, havia sabedoria na inocência, uma veia de verdade no idealismo das percepções imaculadas.

Ele não poderia desapontá-la.

Drizzt percebeu um aprofundamento da escuridão externa. A lua havia se posto. Ele foi até a janela do quarto e espiou para a rua. As pessoas ainda perambulavam à noite, mas eram menos agora, e a noite se aproximava do fim. Drizzt despertou seus companheiros; não podiam se dar ao luxo de mais atrasos. Eles se espreguiçaram para afastar o cansaço, verificaram o equipamento e voltaram para a rua.

O Círculo dos Ladinos estava alinhado com várias grades de esgoto de ferro que pareciam ter sido projetadas mais para manter as coisas sujas dos esgotos no subsolo do que como drenos para as águas repentinas das raras, mas violentas tempestades que atingiam a cidade. Os amigos escolheram uma no beco ao lado de sua estalagem, fora do caminho principal da rua, mas perto o suficiente da guilda para que provavelmente pudessem encontrar seu caminho subterrâneo sem muitos problemas.

— O garoto pode levantar a grade — observou Bruenor, acenando para Wulfgar. Wulfgar se abaixou e agarrou o ferro.

— Ainda não — sussurrou Drizzt, olhando ao redor em busca de olhos suspeitos. Ele acenou para Cattibrie ir até o final do beco, de volta ao Círculo dos Ladinos, enquanto disparou para o lado mais escuro. Quando certificou-se que tudo estava limpo, acenou de volta para Bruenor. O anão olhou para Cattibrie, que assentiu em aprovação.

— Levante, garoto — disse Bruenor. — E não faça barulho! — Wulfgar agarrou o ferro com força e respirou fundo, buscando equilíbrio. Seus braços enormes ficaram vermelhos de sangue enquanto ele puxava, e um grunhido escapou de seus lábios. Mesmo assim, a grade resistiu ao seu puxão.

Wulfgar olhou para Bruenor incrédulo, depois redobrou seus esforços. Seu rosto agora se ruborizava. A grade gemeu em protesto, mas se levantou a apenas alguns centímetros do chão.

— Com certeza tem alguma coisa segurando — disse Bruenor, inclinando-se para inspecioná-la.

Um "tilintar" de corrente quebrando foi o único aviso do anão quando a grade se soltou, jogando Wulfgar para trás. O ferro que se levantou cortou a testa de Bruenor, derrubando seu elmo e fazendo com que caísse sentado. Wulfgar, ainda segurando a grade, bateu forte e ruidosamente na parede da estalagem.

— Sua grade maldita, ridícula... — Bruenor começou a resmungar, mas Drizzt e Cattibrie, correndo em seu socorro, rapidamente o lembraram do segredo de sua missão.

— Por que eles acorrentariam uma grade de esgoto? — perguntou Cattibrie.

Wulfgar se limpou da poeira do chão.

— Por dentro — acrescentou. — Parece que alguma coisa lá embaixo quer manter a cidade fora.

— Em breve saberemos — comentou Drizzt. Ele se deixou cair ao lado do buraco aberto, deslizando as pernas para dentro. — Prepare uma tocha — disse ele. — Vou chamá-los se tudo estiver tranquilo.

Cattibrie percebeu o brilho ansioso nos olhos do drow e o olhou com preocupação.

— Por Regis — Drizzt assegurou-lhe. — E por Regis apenas. — então ele se foi, para a escuridão. Negra como os túneis sem luz de sua terra natal.

Os outros três ouviram um leve respingo quando ele pousou, então tudo ficou quieto.

Muitos momentos de ansiedade se passaram.

— Acenda a tocha — sussurrou Bruenor a Wulfgar.

Cattibrie segurou o braço de Wulfgar para detê-lo.

— Fé — disse ela a Bruenor.

— Tempo demais — murmurou o anão. — Quieto demais.

Cattibrie segurou o braço de Wulfgar por outro segundo, até que a voz suave de Drizzt chegou até eles.

— Limpo — disse o drow. — Desçam rapidamente.

Bruenor pegou a tocha de Wulfgar.

— Venha por último — disse ele. — E deslize a grade de volta atrás de você. Não tem por que dizer ao mundo para onde fomos!

※

A primeira coisa que os companheiros notaram quando a luz da tocha entrou no esgoto foi a corrente que segurava a grade. Era bastante nova, sem dúvida, e presa a um cadeado fixado na parede do esgoto.

— Acho que não estamos sozinhos — sussurrou Bruenor. Drizzt olhou ao redor, compartilhando a inquietação do anão. Ele deixou cair a máscara de seu rosto, um drow novamente em um ambiente adequado para um drow.

— Vou liderar no limite da luz. Fiquem prontos. — Ele se afastou, dando seus passos silenciosos ao longo da borda do fluxo turvo de água que rolava lentamente pelo centro do túnel.

Bruenor veio a seguir com a tocha, depois Cattibrie e Wulfgar. O bárbaro tinha que se abaixar para manter a cabeça longe do teto viscoso. Ratos guinchavam e fugiam da luz estranha, e coisas mais sombrias se refugiavam em silêncio sob o escudo da água. O túnel serpenteava de um lado para outro, e um labirinto de passagens laterais se abria a cada poucos metros. Sons de água escorrendo só pioravam a confusão, guiando os amigos por um momento, depois vindo mais alto ao lado deles, então mais alto ainda do outro lado do caminho.

Bruenor afastou as distrações de seus pensamentos, ignorou a sujeira e o cheiro fétido e se concentrou em manter o rastro atrás da figura sombria que se lançava para dentro e para fora da frente da luz de sua tocha. Ele virou em um cruzamento confuso e cheio de curvas e avistou uma figura repentinamente ao seu lado.

Mesmo quando se virou para segui-lo, percebeu que Drizzt ainda tinha que estar na frente.

— Prontos! — gritou Bruenor, jogando a tocha em um local seco ao lado dele e pegando seu machado e escudo. Seu estado de alerta os salvou a todos, porque, apenas uma fração de segundo depois, não uma, mas duas formas encapuzadas emergiram do túnel lateral, de espadas erguidas e dentes afiados brilhando sob bigodes trêmulos.

Eles tinham o tamanho de um homem, vestiam roupas de humanos e brandiam espadas. Em sua outra forma, eles eram de fato humanos e nem sempre vis, mas nas noites de lua brilhante, assumiam sua forma mais sombria, o lado licantropo. Eles se moviam como homens, mas estavam cobertos com os ornamentos — focinho alongado, pelo marrom eriçado e cauda rosada — de ratos de esgoto.

Mirando-os sobre o elmo de Bruenor, Cattibrie lançou o primeiro golpe. O clarão prateado de sua flecha mortal iluminou o túnel lateral como um relâmpago, mostrando muitas outras figuras sinistras caminhando em direção aos amigos.

Um respingo vindo de trás fez Wulfgar girar para enfrentar uma gangue de homens-rato. Ele cravou os calcanhares na lama o melhor que pôde e colocou Presa de Égide em uma posição de prontidão.

— Eles estavam esperando por nós, elfo! — gritou Bruenor.

Drizzt já havia chegado a essa conclusão. Ao primeiro grito do anão, havia se afastado da tocha para aproveitar a vantagem da escuridão. Fazer uma curva o deixou cara a cara com duas figuras, e ele adivinhou sua natureza sinistra antes mesmo da luz azul de Fulgor ser alta o suficiente para ver suas sobrancelhas peludas.

Os homens-rato, entretanto, certamente não esperavam o que encontraram em prontidão diante deles. Talvez porque acreditassem que seus inimigos estavam apenas na área com a luz da tocha, mas provavelmente foi a pele negra de um elfo drow que os fez recuar.

Drizzt não perdeu a oportunidade, cortando-os em uma única rajada antes que se recuperassem do choque. O drow então se fundiu de novo à escuridão, procurando uma rota de retorno para emboscar os emboscadores.

Wulfgar manteve seus atacantes sob controle com longos golpes de Presa de Égide. O martelo jogava para o lado qualquer homem-rato que se aventurasse muito perto, e arrancava pedaços de sujeira nas paredes do esgoto toda vez que completava um arco. Mas quando os homens-rato começaram a entender o poder do poderoso bárbaro e passaram a se aproximar dele com menos entusiasmo, o melhor que Wulfgar conseguiu foi um impasse — um entrave que duraria o mesmo tempo que a energia em seus enormes braços.

Atrás de Wulfgar, Bruenor e Cattibrie se saíam melhor. O arco mágico de Cattibrie — disparando flechas sobre a cabeça do anão — dizimou as fileiras dos homens-rato que se aproximavam, e os poucos que alcançaram Bruenor, desequilibrados e esquivando-se das flechas mortais da mulher atrás dele, foram presas fáceis para o anão.

Mas as probabilidades estavam totalmente contra os amigos, e sabiam que um erro lhes custaria muito caro.

Os homens-rato, silvando e cuspindo, se afastaram de Wulfgar. Percebendo que precisava iniciar uma luta mais decisiva, o bárbaro avançou.

Os homens-rato separaram as fileiras de repente e, no túnel, bem na beira da luz das tochas, Wulfgar viu um deles apontar uma besta pesada e atirar.

Instintivamente, o homenzarrão se achatou contra a parede e foi ágil o suficiente para sair do caminho do projétil, mas Cattibrie, atrás dele e virada para o outro lado, não viu o virote chegando.

Ela sentiu uma súbita explosão de dor, então o calor de seu sangue escorrendo pelo lado de sua cabeça. A escuridão envolveu as bordas de sua visão, e ela desmoronou contra a parede.

Drizzt deslizou pelas passagens escuras tão silenciosamente quanto a morte. Ele manteve Fulgor embainhada, temendo sua luz reveladora, e liderou o caminho com sua outra lâmina mágica. Estava em um labirinto, mas percebeu que poderia escolher seu caminho bem o suficiente para se juntar a seus amigos. Cada túnel que ele escolhia, no entanto, se iluminava na outra extremidade com tochas enquanto mais homens-rato encaminhavam-se para a luta.

A escuridão certamente era ampla para o furtivo drow permanecer oculto, mas Drizzt teve a incômoda sensação de que seus movimentos estavam sendo monitorados, até mesmo antecipados. Dezenas de passagens se abriram ao seu redor, mas suas opções vinham em cada vez menor quantidade à medida que mais homens-rato apareciam em cada curva. O circuito até seus amigos foi ficando maior a cada passo, mas Drizzt rapidamente percebeu que não tinha escolha a não ser seguir em frente. Os homens-rato enchiam o túnel principal atrás dele, seguindo sua rota.

Drizzt parou nas sombras de um recanto escuro e examinou a área ao seu redor, contando a distância que havia percorrido e notando as passagens atrás dele que agora tremeluziam à luz de tochas. Aparentemente, não havia tantos homens-rato quanto ele havia imaginado; aqueles que apareciam a cada curva eram provavelmente os mesmos grupos dos túneis anteriores, correndo em paralelo a Drizzt e virando em cada nova passagem quando Drizzt a encontrava na outra extremidade.

Mas a revelação do número de homens-rato trouxe pouco consolo para Drizzt. Ele não tinha dúvidas sobre suas suspeitas agora. Estava sendo conduzido.

※

Wulfgar se voltou e foi na direção da sua amada caída, sua Cattibrie, mas os homens-rato o atacaram imediatamente. A fúria dirigia o poderoso bárbaro. Ele rasgou as fileiras de seus atacantes, esmagando-os e achatando-os com golpes de seu martelo de guerra de partir os ossos ou estendendo a mão nua para torcer o pescoço de qualquer um que tivesse deslizado ao lado dele. Os homens-rato conseguiram algumas facadas em retirada, mas cortes e pequenos ferimentos não retardariam o bárbaro enfurecido.

Ele pisou nos caídos ao passar, esmagando com os saltos das botas seus corpos moribundos. Outros homens-rato lutavam aterrorizados para sair de seu caminho.

No final de sua linha, o besteiro lutava para recarregar sua arma, um trabalho tornado mais difícil por sua incapacidade de manter os olhos longe do espetáculo do bárbaro que se aproximava e duplamente mais difícil por saber que ele era o foco da raiva do homem poderoso.

Bruenor, com as fileiras de homens-ratos dissipadas diante dele, teve mais tempo para cuidar de Cattibrie. Com o rosto pálido, ele se inclinou sobre a jovem enquanto puxava sua espessa juba de cabelo arruivado, mais espesso agora com a umidade de seu sangue, de seu belo rosto.

Cattibrie o olhou com os olhos aturdidos.

— Mais um centímetro e minha vida chegaria ao fim — ela disse com uma piscadela e um sorriso.

Bruenor se esforçou para inspecionar o ferimento e descobriu, para seu alívio, que a filha estava correta em suas observações. O virote a atingira cruelmente, mas foi apenas um tiro de raspão.

— Estou bem —insistiu Cattibrie, começando a se levantar.

Bruenor a segurou:

— Ainda não — sussurrou.

— A luta não acabou — respondeu Cattibrie, ainda tentando se pôr de pé. Bruenor conduziu seu olhar pelo túnel, a Wulfgar e aos corpos que se amontoavam ao seu redor.

— Essa é a nossa chance — riu ele. — Deixe o garoto pensar que você caiu.

Cattibrie mordeu o lábio pela surpresa da cena. Uma dezena de homens-rato estavam caídos e Wulfgar continuava batendo forte, com seu martelo esmagando aqueles infelizes que não podiam fugir de seu caminho.

Então um ruído vindo de outra direção desviou o olhar de Cattibrie. Sem seu arco em ação, os homens-rato da frente haviam retornado.

— Eles são meus — Bruenor disse a ela. — Fique abaixada!

— Se você estiver em apuros...

— Se eu precisar de você, esteja lá — concordou Bruenor —, mas por enquanto, fique abaixada! Dê ao garoto algo pelo que lutar!

❦

Drizzt tentou voltar ao longo de sua rota, mas os homens-rato rapidamente fecharam todos os túneis. Logo suas opções foram reduzidas a uma, uma passagem lateral larga e seca movendo-se na direção oposta de onde ele esperava ir.

Os homens-rato estavam se aproximando dele rapidamente e, no túnel principal, ele teria que lutar contra eles de várias direções diferentes. Ele deslizou para dentro da passagem e se encostou contra a parede.

Dois homens-rato arrastaram-se até a entrada do túnel e espiaram na escuridão, chamando um terceiro, com uma tocha, para se juntar a eles. A luz que encontraram não era o brilho amarelo de uma tocha, mas uma súbita linha azul quando Fulgor se libertou de sua bainha. Drizzt estava sobre eles antes que pudessem erguer as armas em defesa, empurrando uma lâmina no peito de um homem-rato e girando sua segunda lâmina em um arco no pescoço do outro.

A luz da tocha os envolveu enquanto caíam, deixando o drow parado ali, revelando as duas lâminas pingando sangue. Os homens-rato mais próximos gritaram; alguns até largaram as armas e correram, mas mais deles surgiram, bloqueando todas as entradas dos túneis na área, e a vantagem do número absoluto logo deu aos homens-rato confiança. Lentamente, olhando para um para o outro em busca de apoio a cada passo, eles se aproximaram de Drizzt. Drizzt considerou correr na direção de um único grupo, na esperança de cortar através de suas fileiras e estar fora do círculo da armadilha, mas os homens-rato estavam a no mínimo dois de profundidade em cada passagem, três ou até quatro de profundidade em algumas. Mesmo com sua habilidade e agilidade, Drizzt nunca poderia passar por eles rápido o suficiente para evitar ataques por trás.

Ele disparou de volta para a passagem lateral e convocou um globo de escuridão dentro de sua entrada; correu além da área do globo para assumir uma posição em prontidão logo atrás dele.

Os homens-rato, acelerando o ataque enquanto Drizzt desaparecia de volta no túnel, pararam quando se voltaram para a área de escuridão inquebrável. A princípio, pensaram que suas tochas deveriam ter se apagado, mas a escuridão era tão profunda que logo perceberam a verdade sobre o feitiço do drow. Eles se reagruparam no túnel principal para então voltar, com cautela.

Mesmo Drizzt, com seus olhos noturnos, não podia ver na escuridão de seu feitiço, mas posicionado longe do outro lado, percebeu uma ponta de espada, e depois outra, conduzindo os dois homens-rato dianteiros pela passagem. Eles nem mesmo saíram da escuridão quando o drow atacou, afastando suas espadas e invertendo o ângulo de seus cortes para conduzir suas cimitarras pelo comprimento de seus braços e em seus corpos. Seus gritos agonizantes fizeram com que os outros homens-rato voltassem para o corredor principal e deram a Drizzt outro momento para considerar sua posição.

※

O besteiro sabia que seu tempo havia acabado quando os dois últimos de seus companheiros o empurraram para o lado em sua fuga desesperada do gigante enfurecido. Ele finalmente colocou o virote de volta em posição e armou sua besta.

Mas Wulfgar estava perto demais. O bárbaro agarrou a besta enquanto ela girava e a arrancou das mãos do homem-rato com tanta ferocidade que ela se partiu ao bater na parede. O homem-rato pretendia fugir, mas a intensidade do olhar de Wulfgar o congelou no lugar. Observou, horrorizado, enquanto Wulfgar segurava Presa de Égide com as duas mãos.

O golpe de Wulfgar foi incrivelmente rápido. O homem-rato sequer entendeu que o golpe mortal já começado. Ele apenas sentiu uma explosão repentina no topo de sua cabeça.

O chão correu para encontrá-lo; ele estava morto antes mesmo de se espatifar na lama. Wulfgar, com os olhos marejados de lágrimas, martelou ferozmente na desgraçada criatura até que seu corpo não era mais do que um amontoado de resíduos indefiníveis.

Salpicado de sangue, sujeira e água negra, Wulfgar finalmente caiu de costas contra a parede. Quando se libertou da fúria consumidora, ouviu a luta atrás e se virou para encontrar Bruenor espancando dois dos homens-rato, com vários outros alinhados atrás deles.

E atrás do anão, Cattibrie estava imóvel contra a parede. A visão reabasteceu o fogo de Wulfgar.

— Tempus! — rugiu para seu deus da batalha e correu através da lama, de volta ao túnel. Os homens-rato que enfrentavam Bruenor tropeçaram tentando fugir, dando ao anão a oportunidade de cortar mais dois deles, oportunidade que ele ficou feliz de aproveitar. Eles fugiram de volta para o labirinto de túneis.

Wulfgar pretendia persegui-los, caçar a cada um deles e completar sua vingança, mas Cattibrie se levantou para interceptá-lo. Ela saltou em seu peito enquanto ele derrapava de surpresa, colocou os braços em volta de seu pescoço e o beijou com mais paixão do que ele jamais imaginou que poderia ser beijado.

Ele a segurou com o braço estendido, boquiaberto e gaguejando em confusão até que um sorriso alegre se espalhou e tomou todas as outras emoções de seu rosto. Então, ele a abraçou de volta para outro beijo. Bruenor os separou.

— O elfo? — ele os lembrou. Ele pegou a tocha, agora meio coberta com lama e queimando baixo, e os conduziu pelo túnel.

Eles não ousaram entrar em uma das muitas passagens laterais, por medo de se perderem. O corredor principal era o caminho mais rápido, onde quer que pudesse levá-los, e eles só podiam esperar dar uma olhada ou ouvir um som que os direcionasse para Drizzt.

Em vez disso, encontraram uma porta.

— A guilda? — sussurrou Cattibrie.

— O que mais poderia ser? — respondeu Wulfgar. Apenas uma casa de ladrões manteria uma porta para os esgotos.

Acima da porta, em um cubículo secreto, Entreri olhava os três amigos com curiosidade. Ele sabia que algo estava errado quando os homens-rato começaram a se reunir nos esgotos naquela noite. Entreri esperava que fossem subir para a cidade, mas logo se tornou evidente que os homens-rato pretendiam ficar.

Então esses três apareceram na porta sem o drow. Entreri apoiou o queixo na palma da mão e considerou o próximo curso de ação.

Bruenor estudou a porta com curiosidade. Nela, mais ou menos no nível dos olhos de um humano, estava pregada uma pequena caixa de madeira. Não tendo tempo para enigmas, o anão corajosamente estendeu a mão e arrancou a caixa, derrubando-a e espiando por cima da sua borda.

O rosto do anão se contorceu em confusão ainda maior quando viu o que tinha lá dentro. Ele deu de ombros e ofereceu a caixa a Wulfgar e Cattibrie.

Wulfgar não estava tão confuso. Ele tinha visto um item semelhante antes, nas docas de Portão de Baldur. Outro presente de Artemis Entreri — outro dedo de um halfling.

— Assassino! — ele rugiu, e bateu com o ombro na porta. Ela se soltou de suas dobradiças e Wulfgar tropeçou no cômodo além, segurando a porta na frente dele. Antes que pudesse jogá-la de lado, ele ouviu o estrondo atrás dele e percebeu o quão tolo o movimento tinha sido. Ele tinha caído diretamente na armadilha de Entreri.

Uma grade caiu na entrada, separando-o de Bruenor e Cattibrie.

⁂

As pontas das longas lanças conduziram os homens-rato de volta ao globo de escuridão de Drizzt. O drow ainda conseguiu derrubar um dos homens-rato líderes, mas foi bloqueado pela pressão do grupo que o seguia. Ele cedeu terreno livremente, lutando contra seus golpes e cortes com movimentos defensivos. Sempre que via uma abertura, era rápido o suficiente para acertar uma lâmina.

Então, um odor singular dominou até mesmo o fedor do esgoto. Um cheiro doce e meloso que reacendeu lembranças distantes no drow. Os homens-rato o pressionaram ainda mais fortemente, como se o cheiro tivesse renovado seu desejo de lutar.

Drizzt se lembrou. Em Menzoberranzan, a cidade de seu nascimento, alguns elfos drow mantinham como animais de estimação criaturas que exalavam tal odor. Droseras, essas feras monstruosas eram chamadas, massas protuberantes de gavinhas pegajosas semelhantes a trapos que simplesmente engolfavam e dissolviam qualquer coisa que se aproximasse demais.

Drizzt lutava por cada passo. Ele havia de fato sido conduzido para enfrentar uma morte horrível ou talvez ser capturado, pois a drosera devorava suas vítimas muito lentamente, e certos líquidos podiam fazê-la soltar as presas.

Drizzt sentiu uma vibração e olhou para trás por cima do ombro. A drosera estava a apenas três metros de distância, já tentando alcançá-lo com uma centena de dedos pegajosos.

As cimitarras de Drizzt teceram e mergulharam, giraram e cortaram, na dança mais magnífica que ele jamais lutara. Um homem-rato foi atingido quinze vezes antes mesmo de perceber o primeiro golpe atingir o alvo.

Porém, havia homens-rato demais para que Drizzt pudesse se manter firme, e a visão da drosera os impelia bravamente.

Drizzt sentiu as cócegas das gavinhas sacudindo a centímetros de suas costas. Ele não tinha mais espaço para manobrar; as lanças logo o levariam para o monstro.

Drizzt sorriu e o fogo ansioso brilhou com mais intensidade em seus olhos.

— É assim que termina? — ele sussurrou em voz alta. A repentina explosão de sua risada assustou os homens-rato.

Com Fulgor liderando o caminho, Drizzt girou sobre os calcanhares e mergulhou no coração da drosera.

Capítulo 19

Armações e armadilhas

Wulfgar se encontrou em um cômodo quadrado, sem adornos, de pedra trabalhada. Duas tochas queimavam baixas em arandelas na parede, revelando outra porta diante dele, do outro lado da grade. Ele jogou fora a porta quebrada e se voltou para seus amigos.

— Proteja minha retaguarda — disse ele a Cattibrie, mas ela já havia entendido seu papel e deixado seu arco alinhado com a porta do outro lado da sala.

Wulfgar esfregou as mãos em preparação para sua tentativa de levantar a grade. Era uma estrutura massiva, de fato, mas o bárbaro não acreditava estar além de sua força. Ele agarrou o ferro, depois caiu para trás, consternado, antes mesmo que houvesse tentado levantá-lo.

As barras estavam cobertas de óleo.

— Entreri, ou sou um gnomo barbudo — resmungou Bruenor. — Você está encrencado, garoto.

— Como vamos tirá-lo daqui? — perguntou Cattibrie.

Wulfgar olhou por cima do ombro para a porta fechada. Sabia que não conseguiria nada ficando ali, e temia que o barulho da grade caindo pudesse ter atraído alguma atenção — atenção que não significaria nada além de perigo para seus amigos.

— Você não pode estar pensando em ir mais além — reclamou Cattibrie.

— Que escolha eu tenho? — respondeu Wulfgar. — Talvez tenha uma manivela ali.

— Mais provavelmente um assassino — rebateu Bruenor. — Mas você precisa tentar.

Cattibrie puxou a corda de seu arco com força enquanto Wulfgar ia para a porta. Ele tentou a maçaneta, mas estava trancada. Tornou a olhar para seus amigos e deu de ombros, então girou e chutou. A madeira tremeu e se partiu, revelando mais outra sala, desta vez, escura.

— Pegue uma tocha — Bruenor disse a ele.

Wulfgar hesitou. Algo não cheirava bem. Seu sexto sentido, aquele instinto guerreiro, dizia que a segunda sala não estaria tão vazia quanto a primeira, mas, sem nenhum outro lugar para ir, foi até uma das tochas.

Prestando atenção na situação na sala, Bruenor e Cattibrie não notaram a figura escura cair do cubículo oculto na parede a uma curta distância túnel abaixo. Entreri observou os dois por um momento. Ele poderia derrubá-los com facilidade e talvez em silêncio, mas o assassino se virou e desapareceu na escuridão.

Ele já havia escolhido seu alvo.

Rassiter inclinou-se sobre os dois corpos caídos em frente à passagem lateral. A meio caminho da transformação entre rato e humano, morreram em meio à agonia excruciante que apenas um licantropo poderia conhecer. Como os outros mais adiante no túnel escuro, foram cortados e rasgados com a precisão de um especialista, e, se a linha de corpos não marcasse o caminho com clareza o suficiente, o globo de escuridão preso na passagem lateral certamente o faria. Parecia a Rassiter que sua armadilha tinha funcionado, embora o preço certamente tivesse sido alto.

Ele se deixou cair no canto inferior da parede e se arrastou, quase tropeçando sobre ainda mais corpos de seus colegas de guilda enquanto chegava ao outro lado.

O homem-rato sacudiu a cabeça em descrença enquanto seguia túnel abaixo, pisando em um corpo de homem-rato a cada poucos metros. Quantos esse mestre espadachim havia matado?

— Um drow! — relutou Rassiter em uma súbita compreensão enquanto virava a última curva. Corpos de seus camaradas estavam empilhados ali, mas Rassiter olhou além deles. Pagaria esse preço de bom grado pelo prêmio que via diante dele, porque tinha o guerreiro sombrio em suas mãos, um elfo drow como prisioneiro! Ele ganharia o favor de Pasha Pook e se elevaria acima de Artemis Entreri de uma vez por todas.

Ao final da passagem, Drizzt estava silenciosamente inclinado contra a drosera, coberto por centenas de gavinhas. Ele ainda segurava suas duas cimitarras, mas seus braços estavam dependurados ao seu lado e sua cabeça abaixada, com seus olhos cor de lavanda fechados.

O homem-rato desceu a passagem com cautela, esperando que o drow ainda não estivesse morto. Ele inspecionou seu cantil, repleto de vinagre, e esperava que tinha trazido o bastante para dissolver o aperto da drosera e libertar o drow. Rassiter realmente queria esse troféu vivo.

Pook apreciaria mais o presente assim.

O homem-rato estendeu sua espada para mexer no drow, mas se encolheu de dor quando uma adaga passou por ele, fazendo um corte em seu braço. Ele se virou e viu Artemis Entreri, sabre desembainhado e olhar homicida.

Rassiter se viu pego em sua própria armadilha; não havia outra rota de fuga pela passagem. Ele se pôs direto contra a parede, agarrando seu braço que sangrava e começou a, lentamente, sair pela passagem.

Entreri seguia o progresso do homem-rato sem piscar.

— Pook nunca te perdoaria — advertiu Rassiter.

— Pook nunca saberia — Entreri sibilou em resposta.

Apavorado, Rassiter disparou pelo lado do assassino, esperando uma espada em seu flanco enquanto passava. Mas Entreri não se importava com Rassiter; seus olhos estavam no final na passagem para o espectro de Drizzt Do'Urden, indefeso e derrotado.

Entreri se moveu para recuperar a adaga incrustada de joias, indeciso quanto a se libertaria o drow ou o deixaria morrer uma morte lenta nas gavinhas da drosera.

— E assim você morre — ele sussurrou por fim, limpando o lodo de sua adaga.

※

Com uma tocha diante de si, Wulfgar entrou cautelosamente na segunda sala. Como a primeira, era quadrada e sem adornos, mas um lado estava bloqueado por uma tela que ia do chão ao teto. Wulfgar sabia que o perigo espreitava por detrás da tela, sabia que era uma parte da armadilha que Entreri havia montado e para a qual havia corrido às cegas.

Não tinha tempo para se repreender por sua falta de bom senso. Ele se posicionou no centro da sala, ainda à vista de seus amigos, e pôs a tocha aos seus pés, segurando Presa de Égide com ambas as mãos.

Ainda assim, quando a coisa apareceu, o bárbaro ficou boquiaberto.

Oito cabeças serpentinas se entrelaçavam em uma dança hipnotizante, como as agulhas de tricotadeiros frenéticos a criar uma única peça. Wulfgar não viu graça no momento, porém, pois cada boca estava preenchida com várias fileiras de dentes afiados como lâminas.

Cattibrie e Bruenor entenderam que Wulfgar estava com problemas quando o viram recuar um passo. Esperavam que estivesse sendo confrontado por Entreri, ou por uma horda de soldados. Então, a hidra cruzou a porta aberta.

— Wulfgar! — gritou Cattibrie preocupada, soltando uma flecha. O raio de prata fez um buraco profundo no pescoço, a hidra rugiu de dor e virou uma cabeça para considerar os ataques doloridos que vinham do lado.

Sete outras cabeças atacaram Wulfgar.

※

— Você me decepciona, drow — continuou Entreri. — Achei que fosse meu igual, ou quase isso. O incômodo, e os riscos, que eu tive para guia-lo até aqui e podermos decidir quem de nós vivia uma vida mentirosa, para provar que essas emoções às quais você se agarra tanto não têm lugar no coração de um verdadeiro guerreiro...

— Mas agora vejo que desperdicei meus esforços — lamentou o assassino. — A questão já foi decidida, se é que existia uma questão. Eu jamais teria caído nessa armadilha.

Drizzt espiou por um olho entreaberto e levantou a cabeça para encontrar o olhar de Entreri.

— Nem eu — disse ele, afastando as gavinhas flácidas da drosera morta. — Nem eu!

A ferida ficou aparente no monstro quando Drizzt se afastou. Com um único golpe, o drow havia matado a drosera.

Um sorriso se espalhou pelo rosto de Entreri.

— Muito bem! — gritou ele, preparando suas lâminas. — Magnífico!

— Onde está o halfling? — rosnou Drizzt.

— Isso não tem a ver com o halfling — respondeu Entreri. — Nem com seu brinquedo bobo, a pantera.

Drizzt sublimou rapidamente a raiva que contorceu seu rosto.

— Oh, eles estão vivos — provocou Entreri, esperando distrair seu inimigo com a raiva. — Talvez, porém. Talvez não.

A raiva desenfreada muitas vezes auxiliava os guerreiros contra inimigos menos capazes, mas em uma batalha entre dois espadachins igualmente habilidosos, os golpes precisavam ser medidos e as guardas não podiam cair.

Drizzt avançou com uma estocada de ambas as lâminas. Entreri as desviou com seu sabre e contra-atacou com um golpe de sua adaga.

Drizzt desviou-se do perigo, fazendo um círculo completo e dando um corte com Fulgor. Entreri apanhou a arma com seu sabre, de forma que as lâminas travaram nos punhos, trazendo os combatentes para perto.

— Você recebeu meu presente em Portão de Baldur? — riu o assassino.

Drizzt não hesitou. Regis e Guenhwyvar estavam fora de seus pensamentos. Seu foco era Artemis Entreri.

Apenas Artemis Entreri.

O assassino continuou.

— Uma máscara? — questionou ele com um sorriso largo. — Vista-a, drow. Finja ser o que não é!

Drizzt ergueu-se de repente, jogando Entreri para trás.

O assassino continuou com o movimento, igualmente feliz em continuar com a batalha à distância. Mas quando Entreri tentou se estabilizar, seu pé atingiu uma depressão repleta de lama no chão do túnel, escorregando e fazendo-o cair sobre um joelho.

Drizzt estava em cima dele em um piscar de olhos, ambas as cimitarras zunindo. As mãos de Entreri se moveram igualmente rápido, adaga e sabre girando e se virando para bloquear e refletir. Sua cabeça e ombros se mexiam velozes, e de forma notável, ele voltou a se pôr de pe.

Drizzt sabia que havia perdido a vantagem. Pior, o ataque o havia deixado em uma posição desajeitada, um ombro perto demais da parede. Quando Entreri começou a se levantar, Drizzt pulou para trás.

— Tão fácil? — Entreri perguntou a ele enquanto se preparavam para retornar à batalha. — Acha que eu busquei essa luta por tanto tempo apenas para morrer nos golpes iniciais?

— Não acho nada quando Artemis Entreri está envolvido — rebateu Drizzt. — Você é estranho demais para mim, assassino. Não finjo entender seus motivos, nem tenho desejo em descobri-los.

— Motivos? — rebateu Entreri. — Eu sou um guerreiro, puramente um guerreiro. Eu não misturo o chamado de minha vida com as mentiras da gentileza e do amor. — Ele segurou o sabre e a adaga diante dele. — Esses são meus únicos amigos, e com eles...

— Você não é nada. — cortou Drizzt. — Sua vida é uma mentira desperdiçada.

— Uma mentira? — rebateu Entreri — É você quem usa a máscara, drow. É você quem precisa se esconder.

Drizzt aceitou as palavras com um sorriso. Apenas alguns dias antes, isso poderia tê-lo ferido, mas após a percepção que Cattibrie lhe dera, elas ressoaram nos ouvidos de Drizzt de forma vazia.

— Você é a mentira, Entreri — respondeu ele com calma. — Você não passa de uma besta carregada, uma arma sem sentimentos, que nunca conhecerá a vida. — Ele começou a andar na direção do assassino, com a mandíbula firme com o conhecimento do que deveria fazer.

Entreri andava com a mesma confiança.

— Venha e morra, drow — cuspiu ele.

Wulfgar recuou rapidamente, balançando o martelo de guerra para frente e para trás a sua frente para bloquear os ataques vertiginosos da hidra. Ele sabia que não conseguiria segurar a coisa incessante por muito tempo. Precisava de uma maneira de contra-atacar essa fúria ofensiva.

Mas, contra as sete bocarras, tecendo uma dança hipnótica e saltando sozinhas ou todas juntas, Wulfgar não tinha tempo para preparar uma sequência de ataque.

Com seu arco, além do alcance das cabeças, Cattibrie tinha mais sucesso. As lágrimas escorriam de seus olhos de medo por Wulfgar, mas ela as conteve com uma determinação sombria de não se entregar. Outra flecha atingiu a cabeça solitária que se virara na direção dela, queimando um buraco entre os olhos. A cabeça tremeu e caiu para trás, indo até o chão com um baque, morta.

O ataque, ou a dor dele, pareceu paralisar o resto da hidra por um segundo, e o bárbaro desesperado não deixou a oportunidade passar. Avançou um passo e bateu Presa de Égide com toda a sua força contra o focinho de outra cabeça, a fazendo recuar. Ela também caiu sem vida no chão.

— Mantenha ela de frente para a porta! — gritou Bruenor. — E não passe sem gritar. Com certeza a menina vai te acertar.

Se a hidra era uma fera estúpida, pelo menos entendia táticas de caça. Ela virou seu corpo em um ângulo para a porta aberta, tirando qualquer chance de Wulfgar passar. Duas cabeças já tinham caído, e outra flecha de prata, e então outra, sibilaram, dessa vez atingindo o corpo da hidra. Wulfgar, trabalhando freneticamente e mal tendo acabado a batalha contra os homens-ratos, começava a se cansar.

Ele perdeu um bloqueio quando uma cabeça avançou, fazendo cortes logo abaixo de seu ombro.

A hidra tentou sacudir seu pescoço e arrancar o braço do homem — sua tática mais comum, mas nunca havia encontrado alguém com a força de Wulfgar. O bárbaro prendeu o braço contra seu flanco, afastando a dor com uma careta, e segurou a hidra no lugar. Com a mão livre, Wulfgar agarrou Presa de Égide logo abaixo da cabeça do martelo e bateu com seu cabo direto no olho da hidra. A fera soltou o aperto e Wulfgar se libertou, caindo para trás bem a tempo de evitar outros cinco ataques.

Ele ainda podia lutar, mas a ferida o deixaria ainda mais lento.

— Wulfgar! — gritou Cattibrie novamente, ouvindo seu gemido de dor.

— Sai daí, garoto! — gritou Bruenor.

Wulfgar já estava em movimento. Mergulhou na direção da parede e rolou ao redor da hidra. As duas cabeças mais próximas seguiram seu movimento e mergulharam também para o apanhar.

Wulfgar se pôs em pé e reverteu seu impulso, dividindo uma mandíbula com um golpe poderoso. Cattibrie, testemunhando a fuga desesperada de Wulfgar, pôs uma flecha no olho da outra cabeça.

A hidra rugiu em agonia furiosa e girou, com quatro cabeças sem vida no chão.

Wulfgar, de costas para o outro lado da sala, encontrou um ângulo para ver o que havia por detrás da tela.

— Outra porta! — ele gritou para seus amigos.

Cattibrie deu mais um tiro enquanto a hidra a cruzou para perseguir Wulfgar. Ela e Bruenor ouviram o som da porta se libertando de suas dobradiças, então outro barulho alto quando outra grade se fechou atrás do homem imenso.

Entreri deu o último ataque, chicoteando com seu sabre no pescoço de Drizzt enquanto simultaneamente dava uma estocada baixa com sua adaga. Um movimento ousado, e se o assassino não fosse tão hábil com suas armas, Drizzt teria encontrado uma abertura para acertar uma lâmina bem no coração de Entreri. O drow tinha tudo com o que podia lidar, porém, apenas elevando uma cimitarra para bloquear o sabre e abaixando a outra para empurrar a adaga de lado.

Entreri seguiu com uma série de rotinas de ataques duplos similares, e Drizzt o afastava a cada vez, tendo adquirido apenas um pequeno corte no ombro antes que Entreri fosse forçado a recuar.

— O primeiro sangue é meu — gabou-se o assassino. Ele correu um dedo pela lâmina de seu sabre, mostrando claramente ao drow a mancha vermelha.

— O último sangue é o que conta — rebateu Drizzt enquanto avançava, com suas lâminas liderando o caminho. As cimitarras iam na direção do assassino em ângulos impossíveis, uma mergulhando em um ombro, a outra se elevando para encontrar o sulco sob a caixa torácica.

Entreri, como Drizzt, frustrava os ataques com bloqueios perfeitos.

— Você está vivo, garoto? — gritou Bruenor. O anão ouviu o novo som de luta atrás dele nos corredores, para seu alívio, porque o som lhe dizia que Drizzt ainda estava vivo.

— Estou seguro — respondeu Wulfgar, olhando ao redor da nova sala em que entrou. Estava mobiliada com várias cadeiras e uma mesa que havia sido usada recentemente, ao que parecia, para algum jogo de apostas. Wulfgar não tinha mais dúvidas de que estava abaixo de uma construção, provavelmente a guilda dos ladrões.

— O caminho está fechado atrás de mim — gritou ele para seus amigos. — Encontrem Drizzt e voltem para a rua. Vou dar meu jeito de encontrar vocês lá.

— Não vou te deixar! — respondeu Cattibrie

— Eu vou te deixar — rebateu Wulfgar.

Cattibrie encarou Bruenor.

— Ajuda ele — implorou.

O olhar de Bruenor era igualmente severo.

— Não temos esperanças se ficarmos onde estamos — gritou Wulfgar. — Eu não conseguiria refazer meus passos, mesmo se conseguisse levantar essa grade e derrotar a hidra. Vá, meu amor, e acredite que nos encontraremos novamente.

— Escute o garoto — disse Bruenor. — Seu coração está te dizendo pra ficar, mas você não vai ajudar Wulfgar em nada se seguir esse rumo. Você tem que confiar nele.

O óleo se misturava com o sangue na cabeça de Cattibrie enquanto ela se apoiava fortemente nas grades diante dela. Outra porta demolida soou de um ponto mais profundo no complexo de salas, como um martelo cravando uma estaca em seu coração. Bruenor segurou gentilmente seu cotovelo.

— Venha, garota — sussurrou ele. — O drow está por aqui e precisa de nossa ajuda. Confie em Wulfgar.

Cattibrie se afastou e seguiu Bruenor pelo túnel.

※

Drizzt pressionou no ataque, estudando o rosto do assassino enquanto continuava. Ele obtivera sucesso em sublimar o ódio que sentia pelo assassino, obedecendo às palavras de Cattibrie e se lembrando das prioridades da aventura. Entreri se tornara para ele apenas outro obstáculo no caminho para libertar Regis. De cabeça fria, Drizzt focou-se no que tinha que fazer no momento, reagindo às estocadas e contra-ataques do oponente tão calmamente quanto se ele estivesse em uma arena de treinamento em Menzoberranzan.

O rosto de Entreri, o homem que proclamou sua superioridade enquanto guerreiro por causa de sua falta de emoções, muitas vezes se retorcia violentamente, beirando a fúria explosiva. Entreri realmente odiava Drizzt. Pois, em meio a todo o carinho e amizades que o drow encontrara em vida, havia encontrado a perfeição com suas armas. Toda vez que Drizzt atrapalhava a rotina de ataques de Entreri e contra-atacava com uma sequência igualmente habilidosa, expunha o vazio da existência do assassino.

Drizzt reconheceu a raiva fervente em Entreri e procurou por uma maneira de explorá-la. Ele lançou outra sequência enganosa, mas foi novamente detido.

Então veio uma estocada dupla direta, com suas cimitarras lado a lado e apenas a um centímetro de distância.

Entreri afastou a ambas para o lado com um bloqueio de seu sabre, sorrindo com o aparente erro de Drizzt. Rosnando perfidamente, Entreri lançou seu braço da adaga através da abertura, em direção ao coração do drow.

Mas Drizzt tinha antecipado o movimento — tinha até mesmo colocado o assassino naquela posição. Ele mergulhou e fez um ângulo com sua cimitarra enquanto o sabre veio para bloqueá-la, escorregando-a sob a lâmina de Entreri e fazendo um corte reverso. O braço da adaga de Entreri veio estocando no caminho da cimitarra, e antes que o assassino conseguisse furar o coração de Drizzt, a cimitarra foi cravada na parte de trás de seu cotovelo.

A adaga caiu na lama. Entreri agarrou o braço ferido, fez uma careta de dor, e recuou da batalha. Seus olhos se estreitaram na direção de Drizzt, furiosos e confusos.

— Sua fome destrói sua habilidade — disse Drizzt a ele, dando um passo à frente. — Ambos olhamos em um espelho hoje à noite. Talvez você não tenha gostado da imagem que ele mostrou a você.

Entreri fumegava, mas não tinha resposta.

— Você não venceu ainda — cuspiu ele em desafio, mas sabia que o drow havia ganhado uma vantagem imensa.

— Talvez não — Drizzt deu de ombros. — Mas você perdeu muitos anos atrás.

Entreri deu um sorriso maligno e fez uma reverência profunda, então fugiu pela passagem.

Drizzt foi rápido em persegui-lo, parando, porém, ao chegar no limite do globo de escuridão. Ele ouviu um remexer no outro lado e se preparou. "Alto demais para Entreri", ele raciocinou, e suspeitava que algum homem-rato houvesse retornado.

— Está aí, elfo? — veio uma voz familiar.

Drizzt atravessou a escuridão e passou direto por seus amigos atônitos.

— Entreri? — perguntou ele, esperando que o assassino ferido não houvesse escapado.

Bruenor e Cattibrie deram de ombros com curiosidade e se viraram para seguir enquanto Drizzt corria para dentro da escuridão.

Capítulo 20

Preto e branco

Wulfgar, quase vencido pela exaustão e pela dor no braço, apoiou-se pesadamente na parede lisa de uma passagem inclinada para cima. Ele agarrou a ferida com força, na esperança de estancar o fluxo de seu sangue vital.

Como se sentia sozinho!

Ele sabia que havia feito o certo ao mandar seus amigos embora. Eles pouco poderiam ter feito para ajudá-lo, e parados ali, na abertura do corredor principal bem em frente ao mesmo lugar que Entreri tinha escolhido para sua armadilha, ficavam muito vulneráveis. Wulfgar tinha que seguir em frente sozinho, provavelmente para o coração da infame guilda dos ladrões.

Ele soltou o bíceps e examinou o ferimento. A hidra o havia mordido profundamente, mas descobriu que ainda conseguia mover o braço. Com cuidado, ensaiou alguns golpes com Presa de Égide.

Recostou-se na parede mais uma vez, tentando descobrir um curso de ação em uma causa que parecia realmente sem esperança.

Drizzt deslizou de túnel em túnel, às vezes diminuindo o passo para escutar os sons fracos que ajudariam em sua perseguição. Não que esperasse ouvir algo; Entreri podia mover-se tão silenciosamente quanto ele. E o assassino, como Drizzt, movia-se sem uma tocha, nem mesmo uma vela.

Mas Drizzt estava confiante nas voltas que dava, como se conduzido pelo mesmo raciocínio que guiava Entreri. Ele sentia a presença do assassino, conhecia o homem melhor do que gostaria de admitir, e Entreri não podia escapar dele mais do que ele poderia de Entreri. A batalha tinha começado no Salão de Mitral meses antes — ou talvez aquela fosse apenas a encarnação presente na continuação de uma luta maior gerada na aurora dos tempos — mas, para Drizzt e Entreri, dois peões na luta atemporal de princípios, este capítulo da guerra não poderia terminar até que alguém reivindicasse a vitória.

Drizzt notou um brilho ao lado — não o amarelo bruxuleante de uma tocha, mas um fluxo prateado constante. Ele se moveu com cautela e encontrou uma grade aberta, com o luar entrando e destacando os degraus de ferro úmido de uma escada aparafusada na parede do esgoto. Drizzt olhou ao redor rapidamente — rápido demais — e correu para a escada.

As sombras à sua esquerda explodiram em movimento e Drizzt captou o brilho revelador de uma lâmina a tempo apenas de virar as costas do ângulo do golpe. Ele cambaleou para a frente, sentindo algo queimar em suas omoplatas e, em seguida, a umidade do sangue escorrendo sob a capa.

Drizzt ignorou a dor, sabendo que qualquer hesitação resultaria em sua morte, e girou, batendo com as costas na parede e fazendo as lâminas curvas de ambas as cimitarras darem um giro defensivo diante dele.

Entreri não fez nenhuma provocação desta vez. Ele avançou furiosamente, cortando e fatiando com seu sabre, sabendo que tinha que acabar com Drizzt antes que o choque da emboscada passasse. A crueldade substituiu a sutileza, envolvendo o assassino ferido em um frenesi de ódio.

Saltou sobre Drizzt, prendendo um dos braços do drow sob seu próprio membro ferido e tentando usar a força bruta para cravar seu sabre no pescoço de seu oponente.

Drizzt se firmou com rapidez suficiente para controlar o ataque inicial. Entregou seu único braço ao aperto do assassino, concentrando-se unicamente em levantar sua cimitarra livre para bloquear o golpe. O punho da lâmina travou novamente com o do sabre de Entreri, mantendo-o imóvel no meio do caminho entre os combatentes.

Atrás de suas respectivas lâminas, Drizzt e Entreri se entreolharam com ódio aberto, suas caretas a apenas alguns centímetros de distância.

— Por quantos crimes devo puni-lo, assassino? — rosnou Drizzt. Reforçado por sua própria proclamação, Drizzt empurrou o sabre dois centímetros para trás, mudando o ângulo de sua lâmina mortal para baixo de forma mais ameaçadora para Entreri.

Entreri não respondeu, nem parecia alarmado com a ligeira mudança no impulso das lâminas. Um olhar selvagem e alegre surgiu em seus olhos, e seus lábios finos se alargaram em um sorriso maligno. Drizzt sabia que o assassino tinha outro truque em mente.

Antes que o drow pudesse descobrir o que era, Entreri cuspiu um bocado de água suja de esgoto em seus olhos cor de lavanda.

O som da luta renovada conduziu Bruenor e Cattibrie ao longo dos túneis. Avistaram as formas enluaradas lutando quando Entreri dava sua cartada perversa.

— Drizzt! — gritou Cattibrie, sabendo que não conseguiria chegar até ele, ou mesmo levantar seu arco, a tempo de deter Entreri.

Bruenor rosnou e disparou para frente com apenas um pensamento em sua mente: se Entreri matasse Drizzt, cortaria o cão ao meio!

A dor e o choque da água quebraram a concentração de Drizzt e sua força por apenas uma fração de segundo, mas sabia que mesmo uma fração de segundo era tempo demais contra Artemis Entreri. Ele sacudiu a cabeça para o lado, desesperado.

Entreri baixou seu sabre, abrindo um talho na testa de Drizzt e esmagando o polegar do drow entre os punhos entrelaçados.

— Te peguei! — ele gritou, mal acreditando na mudança repentina dos eventos.

Naquele momento horrível, Drizzt não pôde discordar da observação, mas o próximo movimento do drow veio mais por instinto do que por qualquer cálculo, e com uma agilidade que surpreendeu até Drizzt. No instante de um único e diminuto salto, Drizzt bateu um pé atrás do tornozelo de Entreri e colocou o outro sob ele contra a parede. Ele se afastou e retorceu enquanto avançava. No chão escorregadio, Entreri não teve oportunidade de esquivar-se e tombou de costas no riacho turvo, com Drizzt em cima dele.

O peso da queda de Drizzt cravou a guarda-mão de sua cimitarra no olho de Entreri. Drizzt se recuperou da surpresa de seu próprio movimento mais rápido que Entreri e não perdeu a oportunidade. Ele girou a mão sobre o cabo e inverteu o fluxo da lâmina, puxando-a livre da de Entreri e fazendo um corte curto para trás e para baixo, com a ponta da cimitarra mergulhando nas costelas do assassino. Com uma satisfação sombria, Drizzt a sentiu penetrar na carne do assassino.

Foi a vez de Entreri fazer um movimento desesperado. Não tendo tempo de usar seu sabre apropriadamente, o assassino deu um soco direto, acertando o rosto de Drizzt com o punho da arma. O nariz de Drizzt bateu na sua bochecha, lampejos de cor explodiram ante seus olhos e se sentiu levantado e tombado de lado antes que sua cimitarra pudesse terminar seu trabalho.

Entreri saiu de seu alcance e se levantou da água turva. Drizzt também rolou para longe, lutando contra a tontura para ficar de pé. Quando o fez, se encontrou enfrentando Entreri uma vez mais, o assassino ainda pior que ele.

Entreri olhou por cima do ombro do drow, para o túnel, o anão que atacava e Cattibrie com seu arco mortal chegando ao nível de seu rosto. Ele saltou para o lado, para os degraus de ferro e começou a subir para a rua.

Cattibrie seguiu seu deslocamento em um movimento fluido, mantendo-o em sua mira. Ninguém, nem mesmo Artemis Entreri, poderia escapar uma vez que ela mirasse com clareza.

— Pega ele, garota! — gritou Bruenor.

Drizzt esteve tão envolvido na batalha que nem notou a chegada de seus amigos. Ele se virou para ver Bruenor chegando e Cattibrie a ponto de lançar sua flecha.

— Pare! — Drizzt grunhiu em um tom que fez Bruenor congelar e enviou um calafrio à espinha de Cattibrie. Ambos ficaram boquiabertos com Drizzt.

— Ele é meu! — o drow disse a eles.

Entreri não hesitou para avaliar sua boa sorte. Nas ruas abertas, suas ruas, ele poderia encontrar seu santuário.

Sem nenhuma resposta vinda de nenhum de seus amigos enervados, Drizzt colocou a máscara mágica no rosto e foi igualmente rápido em segui-lo.

A constatação de que sua demora poderia trazer perigo para seus amigos — pois eles tinham saído correndo em busca de uma maneira de encontrá-lo na rua — estimulou Wulfgar à ação. Ele agarrou Presa de Égide com força na mão de seu braço machucado, forçando os músculos feridos a responder aos seus comandos.

Pensou em Drizzt, na qualidade que seu amigo possuía para sublimar completamente o medo em face de probabilidades impossíveis e substituí-lo por uma fúria aguda.

Desta vez, foram os olhos de Wulfgar que arderam com um fogo interno. Ele ficou parado com as pernas afastadas no corredor, sua respiração áspera como grunhidos baixos, e seus músculos flexionando e relaxando em um padrão rítmico que os deixou em perfeição para a luta.

"A guilda dos ladrões, a casa mais forte de Porto Calim," pensou.

Um sorriso se espalhou pelo rosto do bárbaro. A dor havia sumido e o cansaço havia fugido de seus ossos. Seu sorriso se tornou uma risada sincera quando saiu correndo.

Era hora de lutar.

Ele notou a inclinação ascendente do túnel enquanto corria e sabia que a próxima porta pela qual passaria seria no nível da rua ou próximo a ela. Logo encontrou, não uma, mas três portas: uma no final do túnel e uma de cada lado. Wulfgar mal diminuiu a velocidade, imaginando que a direção em que estava viajando era tão boa quanto qualquer outra, e disparou pela porta no final do corredor, chocando-se contra uma sala de guarda octogonal completa com quatro guardas muito surpresos.

— Ei! — o que estava no meio da sala deixou escapar quando o enorme punho de Wulfgar o jogou no chão. O bárbaro avistou outra porta em frente àquela em que havia entrado e foi direto para ela, na esperança de passar pela sala sem uma luta prolongada.

Um dos guardas, um ladino esfarrapado de cabelos escuros, provou ser mais rápido. Ele disparou para a porta, inseriu uma chave e fechou a fechadura, então se virou para encarar Wulfgar, segurando a chave diante dele e sorrindo um sorriso de dentes quebrados.

— Chave — ele sussurrou, jogando-a para um de seus camaradas ao lado.

A enorme mão de Wulfgar agarrou sua camisa, arrancando mais do que alguns pelos do peito, e o pequeno ladino sentiu seus pés saírem do chão.

Com um braço, Wulfgar o jogou pela porta.

— Chave — disse o bárbaro, passando por cima da pilha de madeira e ladrão.

Wulfgar não estava perto de fugir do perigo, porém. A próxima sala era uma grande sala de reuniões, com dezenas de câmaras diretamente fora dela. Gritos de alarme seguiram o bárbaro enquanto ele disparava, e um plano de defesa bem ensaiado entrou em execução ao seu redor. Os ladrões humanos, os membros originais da guilda de Pook, fugiram para as sombras e a segurança de seus quartos, pois haviam sido dispensados das responsabilidades de lidar com intrusos mais de um ano antes — desde que Rassiter e sua equipe se juntaram à guilda.

Wulfgar correu para um curto lance de escadas e saltou para cima com um único pulo, quebrando a porta no topo. Um labirinto de corredores e câmaras abertas assomava diante dele, um tesouro de obras de arte — estátuas, pinturas e tapeçarias — maior que qualquer coleção jamais imaginada pelo bárbaro. Wulfgar teve pouco tempo para apreciar as obras de arte. Ele viu as formas o perseguindo. Ele os viu nas laterais, reunindo-se nos corredores diante dele para pará-lo. Sabia o que eram; ele tinha acabado de sair dos esgotos.

Ele conhecia o cheiro dos homens-rato.

⁂

Entreri tinha os pés firmemente plantados, pronto para Drizzt quando ele surgiu pela grade aberta. Quando a forma do drow começou a sair para a rua, o assassino cortou violentamente com seu sabre.

Drizzt, correndo pelos degraus de ferro em perfeito equilíbrio, tinha as mãos livres, entretanto. Esperando tal movimento, ele cruzou as cimitarras sobre a cabeça ao passar. Ele pegou o sabre de Entreri no fio e o empurrou inofensivamente para o lado.

Em seguida, eles estavam frente a frente no meio da rua.

Os primeiros sinais do amanhecer rompiam no horizonte leste, a temperatura já havia começado a subir e a cidade preguiçosamente despertava ao redor deles.

Entreri avançou com pressa, e Drizzt lutou com contra-ataques perversos e pura força. O drow não piscou, seus traços se fixaram em uma expressão determinada. Metodicamente, ele se movia até o assassino, as duas cimitarras cortando com golpes regulares e sólidos.

Com o braço esquerdo inútil e o olho esquerdo não vendo mais que um borrão, Entreri sabia que não tinha esperança de vencer. Drizzt também percebeu e acelerou o ritmo, batendo continuamente no sabre que diminuía a velocidade, em um esforço para enfraquecer ainda mais a única defesa de Entreri.

Mas enquanto Drizzt se concentrava na batalha, sua máscara mágica mais uma vez se soltou e caiu de seu rosto.

Entreri sorriu, sabendo que mais uma vez se esquivara da morte certa. Ele viu sua saída.

— Pego em uma mentira? — ele sussurrou maliciosamente.

Drizzt entendeu.

— Um drow! — Entreri gritou para a multidão de pessoas que ele sabia que assistia à batalha das sombras próximas. — Da Floresta de Mir! Um batedor, um prelúdio para um exército! Um drow!

A curiosidade agora puxava uma multidão de seus esconderijos. A batalha tinha sido interessante antes, mas os moradores da rua precisavam se aproximar para verificar as afirmações de Entreri. Gradualmente, um círculo começou a se formar ao redor dos combatentes, e Drizzt e Entreri ouviram o som de espadas saindo das bainhas.

— Adeus, Drizzt Do'Urden — sussurrou Entreri sob o crescente tumulto e os gritos de "drow!" surgindo em toda a área. Drizzt não podia negar a eficácia da manobra do assassino. Nervoso, olhou ao redor, esperando um ataque por trás a qualquer momento.

Entreri teve a distração de que precisava. Quando Drizzt olhou para o lado novamente, ele se afastou e saiu cambaleando no meio da multidão, gritando:

— Matem o drow! Matem!

Drizzt se virou, com as lâminas prontas, enquanto a turba ansiosa avançava com cautela. Cattibrie e Bruenor subiram à rua e viram imediatamente o que tinha acontecido e o que estava para acontecer. Bruenor correu para o lado do Drizzt e Cattibrie armou uma flecha.

— Recuem! — resmungou o anão. — Com certeza não tem mal nenhum aqui, exceto aquele que vocês, idiotas, acabaram de deixar escapar!

Um homem se aproximou corajosamente, com sua lança guiando o caminho.

Uma explosão de prata atingiu o cabo da arma, cortando sua ponta. Horrorizado, o homem deixou cair a lança quebrada e olhou para o lado, onde Cattibrie já tinha armado outra flecha.

— Vá embora — ela rosnou para ele. — Deixe o elfo em paz, ou o próximo tiro não será mirado em sua arma!

O homem recuou, e a multidão pareceu perder o ânimo pela luta tão rápido quanto o havia encontrado. De qualquer maneira, nenhum deles realmente queria se meter com um elfo drow, e estavam mais do que felizes em acreditar nas palavras do anão, de que aquele não era mau.

Então, uma comoção na rua fez virar todas as cabeças. Dois dos guardas se passando por sem-teto do lado de fora da guilda dos ladrões abriram a porta — ao som de luta — e investiram para dentro, batendo a porta atrás deles.

— Wulfgar! — gritou Bruenor, correndo rua abaixo. Cattibrie começou a segui-lo, mas se voltou para olhar Drizzt.

O drow ficou parado como se estivesse dilacerado, olhando para um lado, para a guilda, e para o outro, para onde o assassino havia fugido. Ele havia derrotado Entreri; o homem ferido não poderia se levantar contra ele.

Como poderia simplesmente deixar Entreri ir?

— Seus amigos precisam de você — Cattibrie o lembrou. — Senão por Regis, então por Wulfgar.

Drizzt sacudiu a cabeça em autocensura. Como podia ter considerado abandonar seus amigos naquele momento crítico? Ele passou correndo por Cattibrie, seguindo Bruenor.

Acima do Círculo dos Ladinos, a luz do amanhecer já havia encontrado os aposentos luxuosos de Pasha Pook. LaValle moveu-se com cautela em direção à cortina ao lado de seu quarto e empurrou-a de lado. Mesmo ele, um mago experiente, não ousaria se aproximar do dispositivo do mal indizível antes do nascer do sol, o Aro de Taros, seu dispositivo mais poderoso — e assustador.

Ele agarrou sua estrutura de ferro e a deslizou para fora do minúsculo armário. Em seu suporte com rodas, era mais alto que ele, com o aro trabalhado, grande o suficiente para um homem passar, a trinta centímetros do chão. Pook havia observado que era semelhante ao arco que o treinador de seus grandes felinos havia usado.

Mas qualquer leão que saltasse pelo Aro de Taros dificilmente pousaria com segurança do outro lado.

LaValle virou o aro de lado e o encarou completamente, examinando a teia de aranha simétrica que preenchia seu interior. A teia parecia tão frágil, mas LaValle conhecia a força de seus fios, um poder mágico que transcendia os próprios planos de existência.

LaValle deslizou o gatilho do instrumento, um cetro fino encimado por uma enorme pérola negra, em seu cinto e empurrou o Aro de Talos para a sala central do nível. Ele gostaria de ter tido tempo para testar seu plano, pois certamente não queria desapontar seu mestre de novo, mas o sol estava quase cheio no céu oriental e Pook não ficaria satisfeito com qualquer atraso.

Ainda em sua camisola, Pook arrastou-se para a câmara central a pedido de LaValle. Os olhos do mestre da guilda se iluminaram ao ver o Aro de Talos, que ele, não sendo um mago e não entendendo os perigos envolvidos com tal item, considerava um brinquedo simplesmente maravilhoso.

LaValle, segurando o cetro em uma mão e a estatueta de ônix de Guenhwyvar na outra, estava diante do dispositivo.

— Segure isso — disse ele a Pook, jogando-lhe a estatueta. — Podemos pegar o gato mais tarde. Não vou precisar da fera para a tarefa em mãos.

Pook distraidamente deixou cair a estatueta em um bolso.

— Eu vasculhei os planos da existência — explicou o mago. — Eu sabia que o gato era do Plano Astral, mas não tinha certeza de que o halfling permaneceria lá... se ele podia encontrar uma saída. E, é claro, o Plano Astral é muito extenso.

— Basta! — ordenou Pook. — Vá em frente! O que você tem para me mostrar?

— Só isso — respondeu LaValle, acenando com o cetro na frente do Aro de Talos. A teia formigou com poder e acendeu em pequenos clarões de relâmpago. Aos poucos, a luz se tornou mais constante, preenchendo a área entre os fios, e a imagem da teia desapareceu no fundo de um azul turvo.

LaValle falou uma palavra de comando, e o aro focalizou em um cinza brilhante e bem iluminado, uma cena no Plano Astral. Lá estava sentado Regis, apoiado confortavelmente contra a imagem de uma árvore, um esboço de luz das estrelas de um carvalho, com as mãos atrás da cabeça e os pés cruzados na frente dele.

Pook afastou o torpor da cabeça.

— Pegue-o — ele tossiu. — Como podemos pegá-lo?

Antes que LaValle pudesse responder, a porta se abriu e Rassiter entrou cambaleando na sala.

— Luta, Pook — ele se engasgou, sem fôlego. — Nos níveis inferiores. Um bárbaro gigante.

— Você me prometeu que iria lidar com isso — rosnou Pook para ele.

— Os amigos do assassino... — começou Rassiter, mas Pook não tinha tempo para explicações. Não agora.

— Feche a porta — disse ele a Rassiter.

Rassiter se aquietou e fez o que foi mandado. Pook ficaria zangado o suficiente com ele quando soubesse do desastre nos esgotos — não havia necessidade de insistir no assunto.

O mestre da guilda se voltou para LaValle, desta vez sem pedir.

— Pegue-o — ordenou.

LaValle entoou baixinho e agitou o cetro na frente do Aro de Talos novamente, então alcançou a cortina de vidro que separava os planos e pegou o sonolento Regis pelos cabelos.

— Guenhwyvar! — Regis conseguiu gritar, mas então LaValle o puxou através do portal e ele caiu no chão, rolando até os pés de Pasha Pook.

— É... Olá — gaguejou ele, olhando para Pook com um olhar de desculpas. — Podemos falar sobre isso?

Pook o chutou com força nas costelas e cravou a ponta de sua bengala no peito de Regis.

— Você clamará pela morte mil vezes antes de eu te libertar deste mundo — prometeu o mestre da guilda.

Regis não duvidou de uma palavra.

Capítulo 21

Um lugar esquecido pela luz

WULFGAR ESQUIVOU-SE E ABAIXOU-SE, ESCORRE-gando entre fileiras de estátuas ou por trás de pesadas tapeçarias enquanto avançava. Havia homens-rato demais, se aproximando cada vez mais dele, para ter ao menos esperança de escapar.

Ele passou por um corredor e viu um grupo de três homens-rato correndo em sua direção. Fingindo terror, o bárbaro correu para além da abertura, onde parou e encolheu-se contra a parede. Quando os homens-rato entraram correndo na sala, Wulfgar os esmagou com golpes rápidos de Presa de Égide.

Refez seus passos de volta pela passagem, esperando confundir o resto de seus perseguidores.

Ele entrou em uma sala ampla com fileiras de cadeiras e um teto alto — uma área para apresentações particulares de grupos performáticos para Pook. Um enorme lustre, com milhares de velas acesas em seus castiçais, estava pendurado no centro da sala, e pilares de mármore, delicadamente esculpidos como heróis famosos e monstros exóticos, se alinhavam às paredes. Wulfgar novamente não teve tempo de admirar as decorações. Notou apenas uma coisa na câmara: uma pequena escada lateral que levava a uma varanda.

Homens-rato surgiam aos montes pelas numerosas entradas da sala. Wulfgar olhou por cima do ombro, para a passagem, mas viu que também estava bloqueada. Deu de ombros e subiu correndo as escadas, imaginando que aquele caminho pelo menos permitiria que lutasse contra seus agressores em uma linha, em vez de uma multidão.

Dois homens-rato correram atrás dele, mas, quando Wulfgar chegou ao patamar e se virou, perceberam sua desvantagem. O bárbaro teria os suplantado se estivessem no mesmo nível. Três degraus acima, seus joelhos estavam na altura dos olhos deles.

Não era uma posição tão ruim para o ataque; os homens-rato podiam cutucar as pernas desprotegidas de Wulfgar. Mas quando Presa de Égide desceu em um arco tremendo, nenhum dos homens-rato conseguiu diminuir seu ímpeto. E, nas escadas, não havia muito espaço para sair do caminho.

O martelo de guerra acertou o crânio de um homem-rato com força suficiente para quebrar seus tornozelos, e o outro, empalidecendo sob o pelo marrom, saltou pela lateral da escada.

Wulfgar quase riu alto.

Então viu as lanças sendo preparadas.

Correu para a varanda até a cobertura que as grades e as cadeiras poderiam fornecer, esperando encontrar outra saída. Os homens-rato inundaram a escada em perseguição.

Wulfgar não encontrou outras portas. Balançou a cabeça, percebendo que estava encurralado, e colocou Presa de Égide de prontidão.

O que Drizzt lhe dissera sobre sorte? Que um verdadeiro guerreiro sempre parecia encontrar o caminho certo — o único caminho aberto, que observadores casuais considerariam apenas ser sorte?

Wulfgar riu alto. Matara um dragão derrubando uma estalactite de gelo sobre suas costas. Ele se perguntou o que um enorme lustre com mil velas acesas poderia fazer a uma sala cheia de homens-rato.

— Tempus! — o bárbaro rugiu para seu deus da batalha, buscando um pouco de sorte divina para ajudar em seu caminho; afinal, Drizzt não sabia de tudo! Lançou Presa de Égide com toda a força, começando a correr logo atrás do martelo de guerra.

Presa de Égide rodopiou pela sala com a maior precisão jamais colocada por Wulfgar em um lançamento. Explodiu através dos suportes do lustre, derrubando uma boa parte do teto com ele. Os homens-rato se embolaram e mergulharam para o lado enquanto a bola massiva de cristal e chamas explodia no chão.

Wulfgar, ainda a passos largos, plantou um pé no parapeito da varanda e saltou.

Bruenor rosnou e ergueu o machado sobre a cabeça, com a intenção de cortar a porta da guilda com um único golpe, mas enquanto avançava os últimos passos para o local, uma flecha assobiou por cima de seu ombro, queimando um buraco ao redor da trava, e a porta se abriu.

Incapaz de parar o seu impulso, Bruenor disparou pela abertura e caiu de cabeça para baixo na escada pelo lado de dentro, levando os dois guardas surpresos com ele.

Aturdido, Bruenor se ajoelhou e olhou para as escadas, para ver Drizzt descendo cinco degraus em um único salto e Cattibrie chegando ao topo para segui-lo.

— Droga, garota! — rugiu o anão. — Eu disse para avisar quando fosse fazer isso!

— Sem tempo — interrompeu Drizzt. Ele saltou os últimos sete degraus por cima do anão ajoelhado para interceptar dois homens-rato que vinham por trás de Bruenor.

Bruenor pegou seu elmo, colocou-o de volta no lugar e se virou para se juntar à diversão, mas os dois homens-rato já estavam mortos antes que o anão se levantasse, Drizzt correndo para o som de uma batalha maior mais adiante no complexo. Bruenor ofereceu a Cattibrie seu braço quando ela passou correndo, para poder aproveitar um impulso na perseguição.

As pernas enormes de Wulfgar conseguiram fazê-lo pular sobre a bagunça do lustre e ele enfiou a cabeça sob os braços enquanto se jogava contra um grupo de homens-rato, derrubando-os para todos os lados. Atordoado, mas coerente o bastante para definir sua direção, Wulfgar atravessou uma porta e entrou tropeçando em outra câmara ampla. Uma porta aberta surgiu a sua frente, levando a outro labirinto de câmaras e corredores.

Mas Wulfgar não tinha como chegar lá com um grupo de homens-rato bloqueando seu caminho. Deslizou até uma lateral da sala e apoiou as costas na parede.

Acreditando que ele estava desarmado, os homens-rato entraram correndo, gritando de alegria. Presa de Égide magicamente voltou às mãos de Wulfgar e ele empurrou os dois primeiros para o lado. Olhou em volta, em busca de outra dose de sorte.

Não desta vez.

Os homens-rato sibilavam de todos os lados, mordiscando com dentes devastadores. Eles não precisavam de Rassiter para explicar o poder que um gigante daquele — um homem-rato gigante — poderia adicionar à sua guilda.

O bárbaro de repente se sentiu nu em sua túnica sem mangas, enquanto cada mordida errava por pouco o alvo. Wulfgar já tinha ouvido lendas suficientes sobre aquelas criaturas para entender as implicações horríveis da mordida de um licantropo, e lutava com todas as forças que pôde reunir.

Mesmo com a adrenalina se espalhando graças ao terror, o grandalhão havia passado metade da noite em batalha e sofrido muitos ferimentos, principalmente o corte em seu braço feito pela hidra, reaberto pelo seu salto da varanda. Seus golpes estavam ficando lentos.

Normalmente, Wulfgar teria lutado até o fim com uma canção em seus lábios enquanto acumulava uma pilha de inimigos mortos a seus pés, e sorrido ao saber que morrera como um verdadeiro guerreiro. Mas, sabendo que sua causa era desesperadora, com implicações muito piores do que a morte, ele examinou a sala em busca de uma maneira de se matar.

A fuga era impossível. A vitória, ainda mais. O único pensamento e desejo de Wulfgar naquele momento era ser poupado da indignidade e da angústia da licantropia.

Então, Drizzt entrou na sala.

Ele veio por trás das fileiras de homens-rato como um tornado repentino caindo em uma vila despreparada. Suas cimitarras brilharam em vermelho-sangue em segundos; e pedaços de pelo voaram pela sala. Os poucos homens-rato em seu caminho que conseguiram escapar colocaram o rabo entre eles e o drow assassino e fugiram da sala.

Um homem-rato se virou e levantou a espada para defender, mas Drizzt cortou o braço no cotovelo e enfiou uma segunda lâmina no peito da fera.

O drow chegou ao lado de seu amigo gigante e sua aparição deu a Wulfgar coragem e força renovadas. Wulfgar grunhiu de alegria, pegando um atacante bem no peito com Presa de Égide e empurrando a fera desgraçada através de uma parede. O homem-rato estava deitado, quase morto, de costas em uma sala, mas suas pernas, dobradas nos joelhos através da mais nova janela do cômodo, debatiam-se grotescamente na frente de seus camaradas.

Os homens-rato olharam nervosos um para o outro em busca de apoio e, hesitantes, avançaram para os dois guerreiros.

Se o moral deles estava afundando, sumiu de vez um momento depois, quando o anão que rugia entrou na sala, seguindo uma saraivada de flechas prateadas que cortavam os ratos com precisão infalível. Para os homens-rato, era o cenário do esgoto novamente, onde haviam perdido mais de duas dúzias de seus camaradas naquela mesma noite. Eles não tinham ânimo para enfrentar os quatro amigos unidos, e aqueles que podiam fugir, assim o fizeram.

Quem restou, teve uma escolha difícil: martelo, lâmina, machado ou flecha.

Pook recostou-se em sua grande cadeira, observando a destruição através de uma imagem no Aro de Taros. Não doía no mestre da guilda ver os homens-rato morrendo — algumas mordidas bem dadas nas ruas poderiam reabastecer o suprimento dos miseráveis — mas Pook sabia que os heróis abrindo caminho através de sua guilda acabariam por chegar na sua frente.

Regis, mantido acima do chão por um dos gigantes da colina eunucos de Pook que o erguia pela calça, também observava. A mera visão de Bruenor, a quem Regis acreditava ter morrido no Salão de Mitral, trouxe lágrimas aos olhos do halfling. E a ideia de que seus amigos mais queridos haviam viajado por toda a extensão dos Reinos para resgatá-lo e estavam lutando por sua causa com a maior força que ele jamais testemunhara, acabou de vez com ele. Todos tinham feridas, particularmente Cattibrie e Drizzt, mas todos ignoravam a dor enquanto atacavam a milícia de Pook. Observando-os derrubar inimigos a cada golpe e estocada, Regis não teve dúvidas de que venceriam para chegar até ele.

Então, o halfling olhou para o lado do Aro de Taros, onde LaValle estava parado, despreocupado, com seus braços cruzados sobre o peito e seu cetro com ponta de pérola batendo em um ombro.

— Seus seguidores não se saem tão bem, Rassiter — observou o mestre da guilda. — Dá até para notar a covardia deles.

Rassiter se mexia, inquieto, passando o peso de um pé para o outro.

— Será que você não consegue cumprir sua parte do nosso acordo?

— Minha guilda luta contra inimigos poderosos esta noite — gaguejou Rassiter. — Eles... nós não temos conseguido... a batalha ainda não está perdida!

— Talvez você deva cuidar para que seus ratos se saiam melhor — disse Pook calmamente, e Rassiter não ignorou o tom da ordem, ou da ameaça. Ele se curvou e saiu correndo da câmara, batendo a porta atrás de si.

Mesmo o exigente mestre da guilda não poderia considerar os homens-rato totalmente responsáveis pelo desastre em questão.

— Magnífico — murmurou enquanto Drizzt lutava contra duas estocadas simultâneas e cortava os dois homens-rato com contra-ataques individuais, mas misticamente entrelaçados. — Nunca vi tanta graça com uma lâmina. — Parou por um momento para considerar esse pensamento. — Talvez uma vez!

Surpreso com a revelação, Pook olhou para LaValle, que concordou com a cabeça.

— Entreri — concluiu LaValle. — A semelhança é inconfundível. Nós sabemos agora porque o assassino guiou este grupo até o sul.

— Para lutar contra o drow? — matutou Pook. — Enfim, um desafio para o homem ímpar?

— É o que parece.

— Mas, onde ele está, então? Por que não apareceu?

— Talvez já tenha aparecido — respondeu LaValle sombriamente.

Pook parou para analisar as palavras por um longo momento; eram irracionais demais para acreditar.

— Entreri derrotado? — ofegou ele. — Entreri morto?

As palavras soaram como uma doce música para Regis, que assistira a rivalidade entre o assassino e Drizzt com horror desde o início. O tempo todo, Regis tinha suspeitado que aqueles dois iriam entrar em um duelo ao qual apenas um sobreviveria. E o tempo todo o halfling temera por seu amigo drow.

A ideia de que Entreri se fora colocava para Pasha Pook uma nova perspectiva sobre a batalha que estava acontecendo. De repente, Rassiter e seus companheiros eram necessários de novo; de repente, a carnificina que ele assistia através do Aro de Taros teve um impacto mais direto no poder imediato de sua guilda.

Ele saltou de sua cadeira e caminhou até o dispositivo maligno.

— Precisamos parar isso — ele rosnou para LaValle. — Mande-os embora para um lugar sombrio!

O mago sorriu maliciosamente e se afastou para pegar um livro enorme, encadernado em couro preto. Abrindo-o em uma página marcada, LaValle caminhou para frente do Aro de Taros e começou o entoar inicial de um encantamento sinistro.

Bruenor foi o primeiro a sair da sala, em busca de uma rota provável até Regis — e de mais homens-rato para abater. Ele invadiu um curto corredor e chutou uma porta, encontrando não homens-rato, mas dois ladrões humanos muito surpresos. Mantendo uma medida de misericórdia em seu coração endurecido pela batalha, afinal, ele era o invasor, Bruenor conteve a mão do machado que se contorcia e bateu com o escudo nos dois bandidos, lançando-os ao chão. Ele então correu de volta para o corredor e alinhou-se com o resto de seus amigos.

— Direita! — gritou Cattibrie, notando movimento atrás de uma tapeçaria perto da frente da fila, ao lado de Wulfgar. O bárbaro puxou a pesada tapeçaria para baixo com um único movimento, revelando um homem minúsculo, pouco maior que um halfling, agachado e pronto para saltar. Exposto, o pequeno ladrão rapidamente perdeu o ânimo pela luta e apenas deu de ombros, desculpando-se, enquanto Wulfgar jogava sua pequena adaga para longe.

Wulfgar o segurou pela nuca, erguendo o homenzinho no ar e encostando o nariz no do ladrão:

— O que é você? — Wulfgar franziu o cenho. — Homem ou rato?

— Não sou um rato! — o ladrão apavorado gritou. Ele cuspiu no chão para enfatizar sua afirmação. — Não sou um rato!

— Regis? — Wulfgar exigiu saber. — Você sabe sobre ele?

O ladrão acenou com a cabeça ansiosamente.

— Onde posso encontrar Regis? — rugiu Wulfgar, seu berro drenando o sangue do rosto do ladrão.

— Lá em cima — guinchou o homenzinho. — Os quartos de Pook. Bem lá em cima.

Agindo apenas por instinto de sobrevivência, e sem nenhuma intenção de fazer nada além de fugir do monstruoso bárbaro, o ladrão escorregou uma mão para uma adaga escondida enfiada na parte de trás de seu cinto.

Má ideia.

Drizzt golpeou com uma cimitarra contra o braço do ladrão, expondo o movimento para Wulfgar.

Wulfgar usou o homenzinho para abrir a porta seguinte.

Novamente, a perseguição começou. Homens-rato dispararam para dentro e para fora das sombras pelos lados dos quatro companheiros, mas poucos vieram encará-los. Aqueles que foram, entravam em seus caminhos mais por acidente do que por objetivo!

Mais portas se estilhaçaram e mais quartos foram esvaziados, e, alguns minutos depois, uma escada apareceu. Ampla e suntuosamente acarpetada, com corrimões ornamentados de madeira reluzente, só poderia ser a subida aos aposentos de Pasha Pook.

Bruenor rugiu de alegria e avançou. Wulfgar e Cattibrie o seguiram ansiosos. Drizzt hesitou e olhou ao redor, repentinamente temeroso.

Os elfos drow eram criaturas mágicas por natureza, e Drizzt estava sentindo um formigamento estranho e perigoso, o início de um feitiço dirigido a ele. Viu as paredes e o chão ao redor dele tremerem de repente, como se tivessem se tornado menos tangíveis.

Então entendeu. Já havia viajado pelos Planos antes, como companheiro de Guenhwyvar, sua gata mágica, e soube que alguém, ou algo, estava puxando-o de seu lugar no Plano Material. Ele olhou para frente e viu Bruenor e os outros agora igualmente confusos.

— Deem as mãos! — gritou o drow, correndo para chegar aos amigos antes que o encantamento os banisse a todos.

Em horror impotente, Regis observou seus amigos se agruparem. A cena no Aro de Taros mudou dos andares mais baixos da guilda para um lugar mais escuro, um lugar de fumaça e sombras, de carniçais e demônios.

Um lugar esquecido pela luz.

— Não! — o halfling gritou, percebendo a intenção do mago. LaValle não lhe deu atenção, e Pook apenas riu dele. Segundos depois, Regis viu seus amigos amontoados novamente, desta vez no turbilhão de fumaça do plano escuro.

Pook apoiou-se pesadamente em sua bengala e riu.

— Como eu amo frustrar esperanças! — disse ele ao seu mago. — Mais uma vez você prova seu valor inestimável para mim, meu precioso LaValle!

Regis observou enquanto seus amigos se viravam em uma lamentável tentativa de defesa. Formas escuras já voavam ao redor deles ou pairavam sobre eles — seres de grande poder e grande mal.

Regis baixou os olhos, incapaz de assistir.

— Oh, não desvie o olhar, ladrãozinho — Pook riu dele. — Observe a morte deles e fique feliz por eles, pois eu lhe asseguro que a dor que estão prestes a sofrer não se compara aos tormentos que planejei para você.

Regis, odiando o homem e odiando-se por colocar seus amigos em tal situação, lançou um olhar vil para Pook. Eles tinham vindo atrás dele. Haviam cruzado o mundo por ele. Eles tinham lutado contra Artemis Entreri e uma horda de homens-rato, e provavelmente muitos outros adversários. Tudo isso por ele.

— Maldito seja — cuspiu Regis, repentinamente sem sentir mais medo. Ele se abaixou e mordeu o eunuco com força na parte interna da coxa. O gigante gritou de dor e afrouxou o aperto, jogando Regis no chão.

O halfling caiu correndo. Ele cruzou na frente de Pook, chutando a bengala que o mestre da guilda estava usando como apoio, enquanto habilmente deslizava a mão para o bolso de Pook, recuperando uma certa estatueta. Foi até LaValle.

O mago teve mais tempo para reagir e já havia começado um feitiço rápido quando Regis foi para cima dele, mas o halfling provou ser mais veloz. Saltou, colocando dois dedos nos olhos de LaValle, interrompendo o feitiço e enviando o mago aos tropeções para trás.

Enquanto o mago lutava para manter o equilíbrio, Regis puxou o cetro com ponta de pérola e correu para a frente do Aro de Taros. Olhou ao seu redor uma última vez, perguntando-se se haveria um caminho mais fácil.

Pook dominava a visão. Com o rosto vermelho de sangue e uma careta, o mestre da guilda havia se recuperado do ataque e girava sua bengala como uma arma, que Regis sabia por experiência ser mortal.

— Por favor, dê certo —sussurrou Regis para qualquer deus que pudesse estar ouvindo. Cerrou os dentes e abaixou a cabeça, cambaleando para a frente e deixando o cetro conduzi-lo para o Aro de Taros.

Capítulo 22

A fenda

A FUMAÇA, EMANANDO DO SOLO EM QUE PISAVAM, flutuava monotonamente, enrolando-se em seus pés. Pelo ângulo de seu movimento, a maneira como caía abaixo deles a apenas meio metro de cada lado, apenas para se erguer novamente em outra nuvem, os amigos viram que estavam em uma saliência estreita, uma ponte sobre um abismo sem fim.

Pontes semelhantes, nenhuma com mais do que alguns metros de largura, cruzavam acima e abaixo deles, e pelo que podiam ver eram as únicas passarelas em todo o plano. Nenhuma massa de terra sólida se mostrava em qualquer direção, apenas as pontes tortuosas em espiral.

Os movimentos dos amigos eram lentos, oníricos, lutando contra o peso do ar. O lugar em si, um mundo escuro e opressor de cheiros horríveis e gritos angustiados, exalava maldade. Monstros vis e disformes se precipitavam sobre suas cabeças, rodeando o vazio sombrio, gritando de alegria com o aparecimento inesperado de tais petiscos saborosos. Os quatro amigos, tão indomáveis contra os perigos de seu próprio mundo, viram-se sem coragem.

— Os Nove Infernos? — sussurrou Cattibrie em voz baixa, com medo de que suas palavras pudessem destruir a inação temporária das multidões que se reuniam nas sombras sempre presentes.

— Hades — adivinhou Drizzt, mais instruído nos planos conhecidos. — O domínio do Caos.

Embora estivesse ao lado de seus amigos, suas palavras soaram tão distantes quanto as de Cattibrie.

Bruenor começou a grunhir uma réplica, mas sua voz se desvaneceu quando olhou para Cattibrie e Wulfgar, seus filhos, pelo menos assim os considerava. Não havia nada que ele pudesse fazer para ajudá-los.

Wulfgar olhou para Drizzt em busca de respostas:

— Como podemos escapar? — perguntou ele sem rodeios. — Existe uma porta? Uma janela de volta para o nosso próprio mundo?

Drizzt sacudiu a cabeça. Ele queria tranquilizá-los, manter seus ânimos em face do perigo. Desta vez, porém, o drow não tinha respostas para eles. Ele não via escapatória, nenhuma esperança.

Uma criatura com asas de morcego, semelhante a um cão, mas com um rosto grotesco e inconfundivelmente humano, mergulhou na direção de Wulfgar, colocando uma garra imunda na direção do ombro do bárbaro.

— Abaixa! — gritou Cattibrie para Wulfgar no último segundo possível. O bárbaro não questionou o comando. Ele caiu para frente e a criatura errou o alvo. Ela deu uma guinada e ficou pendurada no ar por uma fração de segundo enquanto fazia uma curva fechada, então voltou, faminta por carne viva.

Cattibrie estava preparada desta vez, entretanto e, quando a criatura se aproximou do grupo, disparou uma flecha, que se estendeu preguiçosamente em direção ao monstro, criando uma faixa cinza opaca em vez do prateado de sempre. A flecha mágica explodiu com a força costumeira, porém, queimando um buraco perverso na pele do cão e desequilibrando o voo do monstro. A coisa rodou acima deles, tentando se endireitar, e Bruenor o derrubou, fazendo-o cair em uma espiral na escuridão abaixo deles.

Os amigos mal ficaram satisfeitos com a pequena vitória. Cem animais semelhantes entravam e saíam de sua visão por cima, por baixo e pelas laterais, muitos dez vezes maiores que o que Bruenor e Cattibrie haviam abatido.

— Não podemos ficar aqui — murmurou Bruenor. — Para onde vamos, elfo?

Drizzt ficaria satisfeito de permanecer onde estavam, mas sabia que seguir uma direção confortaria seus amigos e lhes daria a sensação de que pelo menos estavam avançando na resolução do dilema. Só o drow compreendia a profundidade do horror que enfrentavam. Só Drizzt sabia que onde quer que viajassem no plano escuro, a situação seria a mesma: não havia como escapar.

— Por aqui — disse ele após um momento de falsa contemplação. — Se há uma porta, sinto que é por aqui. — Deu um passo descendo a ponte estreita, mas parou abruptamente quando a fumaça subiu e rodopiou diante dele.

Em seguida, ergueu-se na sua frente.

Tinha forma humanoide, alta e esguia, uma cabeça bulbosa semelhante à de uma rã e longas mãos com três dedos terminados em garras. Mais alto ainda que Wulfgar, elevava-se sobre Drizzt.

— Caos, elfo? — ele ceceava em uma voz gutural e estranha. — Hades?

Fulgor brilhava ansiosamente na mão da Drizzt, mas sua outra lâmina, a que era forjada com magia de gelo, quase saltava sobre o monstro.

— Errado, você está — coaxou a criatura.

Bruenor correu para o lado de Drizzt.

— Volte, demônio — rosnou.

— Não é um demônio — disse Drizzt, entendendo as referências da criatura e lembrando-se mais das muitas lições que havia aprendido sobre os Planos durante seus anos na cidade dos drow. — É um demodend.

Bruenor o olhou com curiosidade.

— E não estamos em Hades — explicou Drizzt —, mas em Tarterus.

— Bom, elfo drow — resmungou o demodend. — Conhecedor dos planos inferiores é o seu povo.

— Então você entende o poder do meu povo — blefou Drizzt — e sabe como retribuímos até mesmo aos lordes demônios que entram no nosso caminho.

O demodend riu, se é que aquilo era um riso, pois parecia mais o gorgolejo moribundo de um homem se afogando.

— Drows mortos vingados não são. Longe de casa você está!

A criatura estendeu uma mão preguiçosa na direção de Drizzt.

Bruenor correu até seu amigo. Gritando "Moradin!", golpeou o demodend com seu machado de mitral. O demodend foi mais rápido do que o anão esperava, entretanto, e se esquivou facilmente do golpe, contra-atacando com uma pancada violenta do braço que fez Bruenor derrapar com o rosto mais abaixo na ponte.

O demodend estendeu a mão de garras perversas para o anão que passava.

Fulgor cortou a mão ao meio antes mesmo de chegar a Bruenor. O demodend se voltou para Drizzt com espanto.

— Me machucou, você, elfo drow — resmungou, embora nenhum sinal de dor ecoasse em sua voz — Mas melhor você deve fazer!

Ele lançou a mão ferida na direção de Drizzt, e quando ele se esquivou por reflexo, o demodend enviou sua segunda mão para terminar a tarefa da primeira, causando uma linha tripla de cortes no ombro do anão esparramado.

— Raios e trovões! — rugiu Bruenor, ficando de joelhos. — Sua coisa imunda, lodosa... — ele resmungou, lançando um segundo ataque malsucedido.

Atrás de Drizzt, Cattibrie se balançava e abaixava, tentando obter um tiro certeiro com Taulmaril. Ao lado dela, Wulfgar estava de prontidão, não havendo lugar na estreita ponte para ficar ao lado do drow.

Drizzt movia-se devagar, as cimitarras girando desajeitadas em uma sequência irregular. Talvez fosse o cansaço de uma longa noite de luta ou o peso incomum do ar no plano, mas Cattibrie, olhando com curiosidade, nunca tinha visto o drow tão apagado em seus esforços.

Ainda de joelhos mais abaixo na ponte, Bruenor golpeava mais com frustração do que seu desejo habitual pela batalha.

Cattibrie entendeu. Não era cansaço ou ar pesado.

A desesperança se abatera sobre os amigos.

Ela olhou para Wulfgar, para implorar que interviesse, mas a visão do bárbaro a seu lado não a confortou. Seu braço ferido pendia frouxo ao lado do corpo, e a pesada cabeça de Presa de Égide mergulhava na fumaça baixa. Quantas batalhas mais poderia lutar? Quantos desses demodends miseráveis seria capaz de abater antes de encontrar seu fim?

Ela se perguntou qual fim uma vitória em um plano de batalhas infinitas traria.

Drizzt sentiu o desespero mais intensamente. Apesar de todas as provações de sua vida dura, o drow mantivera a fé na justiça final. Ele acreditava, embora nunca ousasse admitir, que a fé inabalável em seus preciosos princípios lhe traria a recompensa que merecia. Agora, havia aquela luta que só poderia terminar em morte, onde uma vitória traria apenas mais conflito.

— Danem-se vocês! — gritou Cattibrie. Ela não tinha um alvo seguro, mas disparou mesmo assim. Sua flecha arrancou uma linha de sangue no braço de Drizzt, mas depois explodiu no demodend, balançando-o para trás e dando a Bruenor a chance de voltar para perto de Drizzt.

— Perderam a vontade de lutar? — Cattibrie os repreendeu.

— Calma, garota — respondeu Bruenor sombriamente, golpeando baixo, nos joelhos do demodend. A criatura saltou sobre a lâmina com cautela e iniciou outro ataque, do qual Drizzt desviou.

— Calma você, Bruenor Martelo de Batalha! — gritou Cattibrie. — Você tem os colhões de chamar a si mesmo de rei de seu clã. Hah! Garumn estaria se revirando no túmulo ao te ver lutando assim!

Bruenor dirigiu um olhar furioso na direção de Cattibrie, a garganta sufocada demais para cuspir uma resposta.

Drizzt tentou sorrir. Ele sabia o que a jovem, aquela jovem maravilhosa, estava fazendo. Seus olhos cor de lavanda iluminaram-se com o fogo interno.

— Vá até Wulfgar — disse ele a Bruenor. — Proteja nossas costas e cuidado com os ataques por cima.

Drizzt olhou o demodend, que notou sua mudança repentina de comportamento.

— Venha, farastu — disse o drow inexpressivamente, lembrando-se do nome dado a aquele tipo particular de criatura. — Farastu — zombou — Os mais fracos dos demodends. Venha e sinta o corte da lâmina de um drow.

Bruenor se afastou de Drizzt, quase rindo. Parte dele queria dizer: "para que isso?", mas uma parte maior, o lado que Cattibrie tinha despertado com suas referências mordazes a sua orgulhosa história, tinha uma mensagem diferente para deixar:

— Venham e lutem, então! — rugiu para as sombras do abismo sem fim. — Temos o suficiente para todo o seu maldito mundo!

Em segundos, Drizzt estava totalmente no comando. Seus movimentos continuavam lentos com o peso do plano, mas não eram menos magníficos. Ele fintava e cortava, fatiava e bloqueava, em harmonia para compensar cada movimento do demodend.

Instintivamente, Wulfgar e Bruenor avançaram para ajudá-lo, mas pararam para observar a exibição.

Cattibrie desviou o olhar, disparando um tiro de flecha sempre que uma forma asquerosa saía da fumaça suspensa. Deu uma mirada rápida em um corpo que despencava da escuridão lá em cima.

Ela soltou Taulmaril no último segundo em choque absoluto.

— Regis! — ela gritou.

O halfling encerrou sua queda de meia velocidade, caindo com uma baforada suave na fumaça de uma segunda ponte a uma dezena de metros de distância dos amigos. Ele se levantou e conseguiu se manter firme contra uma onda de tontura e desorientação.

— Regis! — Cattibrie gritou novamente. — Como você chegou aqui?

— Eu vi vocês naquele aro horrível — explicou o halfling. — Achei que pudessem precisar da minha ajuda.

— Ah! Devem é ter te jogado aqui, Pança-Furada — rebateu Bruenor.

— É bom ver você também — disparou Regis de volta. — Mas desta vez você está enganado. Eu vim por escolha própria. — ele ergueu o cetro com ponta de pérola para eles verem. — Para trazer isso para vocês.

Na verdade, Bruenor tinha ficado feliz em ver seu amiguinho antes mesmo que Regis refutasse suas suspeitas. Admitiu seu erro curvando-se para Regis, sua barba mergulhando sob o redemoinho esfumaçado.

Outro demodend se levantou, este do outro lado do caminho, na mesma ponte que Regis. O halfling mostrou o cetro aos amigos novamente.

— Peguem! — ele implorou, se preparando para lançá-lo. — Esta é a sua única chance de sair daqui! — Reuniu coragem, pois só teria uma oportunidade, e lançou o cetro com a maior força que pôde. Ele girou torturantemente lento em sua jornada em direção aos três pares de mãos estendidas.

Porém, não conseguiu abrir um caminho rápido o suficiente através do ar pesado e perdeu velocidade antes da ponte.

— Não! — gritou Bruenor ao ver suas esperanças caindo junto do cetro.

Cattibrie grunhiu em negação, tirando o cinto carregado e soltando Taulmaril com um único movimento.

Ela mergulhou até o cetro.

Bruenor caiu com o peito no chão, desesperado, para agarrar seus tornozelos, mas ela estava longe demais. Uma expressão satisfeita tomou o seu rosto ao pegar o cetro. Ela girou no ar e jogou-o de volta nas mãos de Bruenor, para sumir de vista sem uma palavra de reclamação.

LaValle estudou o espelho com as mãos trêmulas. A imagem dos amigos e do plano de Tarterus se desvaneceu em um borrão escuro quando Regis saltou com o cetro. Mas essa era a menor das preocupações do mago agora. Uma rachadura fina, detectável apenas em uma inspeção próxima, lentamente abria caminho na direção do centro do Aro de Taros.

LaValle girou na direção de Pook, indo até seu mestre e agarrando sua bengala. Muito surpreso para lutar contra o mago, Pook entregou a bengala e recuou, intrigado.

LaValle correu de volta para o espelho.

— Devemos destruir sua magia! — ele gritou e bateu com a bengala na imagem vítrea.

A vara de madeira, partida pelo poder do dispositivo, estilhaçou em suas mãos, e LaValle foi atirado para o outro lado da sala.

— Quebre! Quebre! — ele implorou a Pook, a voz saindo em um gemido lamentável.

— Traga o halfling de volta! — respondeu Pook, ainda mais preocupado com Regis e a estatueta.

— Você não compreende! — gritou LaValle gritou — O halfling tem o cetro! O portal não pode ser fechado do outro lado!

A expressão de Pook mudou de curiosidade para preocupação enquanto a gravidade dos medos de seu mago descia sobre ele.

— Meu caro LaValle — ele começou a falar calmamente. — Você está dizendo que temos uma porta aberta para Tarterus em meus aposentos?

LaValle acenou com a cabeça sem forças.

— Quebrem! Quebrem! — Pook gritou para os eunucos parados ao lado dele. — Ouçam as palavras do mago! Esmaguem esse aro infernal em pedaços!

Pook pegou a ponta quebrada de sua bengala, a base de prata meticulosamente trabalhada que ele havia recebido do Pasha de Calimshan em pessoa.

O sol da manhã ainda estava baixo no céu a leste, mas o mestre da guilda já sabia que não seria um bom dia.

Drizzt, tremendo de angústia e raiva, rugiu em direção ao demodend, e cada estocada sua era dirigida a um ponto crítico. A criatura, ágil e experiente, esquivou-se do ataque inicial, mas não conseguiu conter o enfurecido drow. Fulgor cortou um braço de bloqueio no cotovelo e a outra lâmina mergulhou no coração do demodend. Drizzt sentiu uma onda de poder percorrer seu braço enquanto sua cimitarra sugava a energia vital da infeliz criatura, mas o drow continha a força, enterrando-a em sua própria fúria, e persistiu, teimosamente.

Quando a coisa caiu sem vida, Drizzt se voltou para seus companheiros.

— Eu não... — Regis gaguejou do outro lado do abismo. — Ela... Eu...

Nem Bruenor nem Wulfgar puderam responder. Estavam congelados, olhando para a escuridão vazia abaixo.

— Corra! — gritou Drizzt, vendo um demodend se aproximando por trás do halfling. — Vamos chegar até você!

Regis tirou os olhos do abismo e examinou a situação.

— Não é necessário. — ele gritou de volta. Ele puxou a estatueta e ergueu-a para que Drizzt a visse. — Guenhwyvar vai me tirar daqui, ou talvez a gata possa ajudar...

— Não! — Drizzt o interrompeu, sabendo o que ele estava prestes a sugerir. — Chame a pantera e vá embora!

— Nós nos encontraremos em um lugar melhor — Regis ofereceu, com sua voz quebrando em fungadas. Ele colocou a estatueta diante dele e a chamou com suavidade.

Drizzt tomou o cetro de Bruenor e pôs uma mão reconfortante no ombro de seu amigo. Ele então segurou o item mágico contra o peito, sintonizando seus pensamentos com suas emanações mágicas.

Seu palpite foi confirmado; o cetro era de fato a chave para o portal de volta ao seu próprio plano, um portal que Drizzt sentia que ainda estava aberto. Ele pegou Taulmaril e o cinto de Cattibrie.

— Venham — disse ele a seus dois amigos, ainda olhando para a escuridão. Ele os empurrou ao longo da ponte, com cuidado, mas firme.

Guenhwyvar sentiu a presença de Drizzt Do'Urden assim que ela entrou no plano de Tarterus. A grande gata se moveu com hesitação quando Regis lhe pediu para levá-lo embora, mas o halfling possuía a estatueta e Guenhwyvar sempre reconheceu Regis como um amigo. Logo Regis se viu no túnel rodopiante de escuridão, à deriva em direção à luz distante que marcava o plano de Guenhwyvar.

Então o halfling viu o seu erro.

A estatueta de ônix, o elo com Guenhwyvar, ainda estava na ponte fumegante em Tarterus.

Regis se virou, lutando contra a força das correntes do túnel planar. Ele viu a escuridão no fim do túnel e pode adivinhar os riscos de alcançá-la. Ele não podia deixar a estatueta, não só por medo de perder sua magnífica amiga felina, mas com repulsa ao pensar em alguma fera asquerosa dos planos inferiores ganhando o controle sobre Guenhwyvar. Corajosamente, enfiou a mão de três dedos no portal que se fechava.

Todos os seus sentidos se confundiram. Explosões avassaladoras de sinais e imagens de dois planos precipitaram-se sobre ele em uma onda nauseante. Ele os bloqueou, usando sua mão como ponto focal e concentrando todos os seus pensamentos e energias nas sensações daquela mão.

Então sua mão caiu sobre alguma coisa dura, algo vividamente tangível. Ela resistiu ao seu puxão, como se não fosse feita para passar por tal portal.

Regis estava totalmente esticado agora, com os pés retos no túnel pelo puxão incessante e a mão obstinadamente agarrada à estatueta que não abandonaria. Com um último suspiro, com toda a força que o pequeno halfling jamais tivera e só um pouquinho a mais, puxou a estatueta pelo portal.

A viagem tranquila do túnel planar se transformou em um salto digno de um pesadelo, com Regis caindo de ponta-cabeça e se desviando das paredes, que se retorciam repentinamente, como se para impedir sua passagem. Em meio a tudo isso, Regis se apegou a um único pensamento: manter a estatueta em suas mãos.

Ele sentiu que ia morrer. Não conseguiria sobreviver às colisões, nem ao redemoinho vertiginoso.

Em seguida, tudo parou tão abruptamente quanto havia começado, e Regis, ainda segurando a estatueta, viu-se sentado ao lado de Guenhwyvar, de costas para uma árvore astral. Ele piscou e olhou em volta, mal acreditando em sua sorte.

— Não se preocupe — disse ele à pantera. — Seu mestre e os outros vão voltar para o mundo deles. Ele olhou para a estatueta, sua única ligação com o Plano Material. — Mas como eu voltarei? — Enquanto Regis se debatia em desespero, Guenhwyvar reagiu de forma diferente. A pantera girou em um circuito completo e rugiu fortemente para a vastidão estrelada do plano. Regis observou as ações da gata com espanto enquanto Guenhwyvar saltava e rugia de novo e, em seguida, saltava para o nada astral.

Regis, mais confuso do que nunca, olhou para a estatueta.

Um pensamento, uma esperança, anulava todos os outros naquele momento.

Guenhwyvar sabia alguma coisa.

Com Drizzt assumindo uma liderança feroz, os três amigos avançaram, cortando tudo que ousasse surgir em seu caminho. Bruenor e Wulfgar lutaram com selvageria, acreditando que o drow os conduzia a Cattibrie.

A ponte serpenteava ao longo de uma rota curva e ascendente, e quando Bruenor percebeu seu grau ascendente, ficou preocupado. Ele estava a ponto de protestar, para lembrar ao drow que Cattibrie tinha caído abaixo deles, mas quando olhou para trás, viu que a área de onde partiram estava claramente acima deles. Bruenor era um anão acostumado a túneis escuros e podia detectar a menor inclinação com precisão.

Eles estavam subindo, mais abruptamente agora do que antes, e a área que haviam deixado continuava a se elevar acima deles.

— Como, elfo? — gritou. — Subimos e subimos mais um pouco, mas meus olhos me dizem que estamos descendo.

Drizzt olhou para trás e logo entendeu o que Bruenor estava falando. O drow não tinha tempo para investigações filosóficas; estava apenas seguindo as emanações do cetro que certamente os levaria a um portal. Drizzt fez uma pausa, entretanto, para considerar uma possível peculiaridade daquele plano sem direção e aparentemente circular.

Outro demodend elevou-se diante deles, mas Wulfgar o golpeou para longe da ponte antes que pudesse preparar um ataque. A raiva cega conduzia o bárbaro, uma terceira explosão de adrenalina que negava suas feridas e seu cansaço. Ele parava a cada poucos passos para olhar ao redor, procurando por algo vil para atingir, então corria de volta para o lado de Drizzt, onde daria o primeiro golpe em qualquer coisa que tentasse bloquear seu caminho.

O redemoinho de fumaça partiu-se diante deles de repente, e estavam de frente a uma imagem iluminada e borrada, mas claramente de seu próprio plano.

— O portal — disse Drizzt. — O cetro o manteve aberto. Bruenor vai passar primeiro.

Bruenor olhou para Drizzt perplexo.

— Passar? — ele perguntou sem fôlego. — Como você pode me pedir para ir embora, elfo? Minha garota está aqui.

— Ela se foi, meu amigo — disse Drizzt suavemente.

— Ah! — bufou Bruenor, embora soasse mais como uma fungada. — Não seja tão rápido em fazer tal afirmação!

Drizzt olhou para ele com sincera empatia, mas se recusou a abandonar o assunto ou mudar seu curso.

— E se ela se foi, eu ficaria também — proclamou Bruenor. — Para encontrar seu corpo e carregá-lo deste inferno eterno!

Drizzt agarrou o anão pelos ombros e se endireitou para olhá-lo nos olhos.

— Vá, Bruenor, volte para onde todos nós pertencemos — disse ele. — Não diminua o sacrifício que Cattibrie fez por nós. Não roube o significado de sua queda.

— Como você pode me pedir para ir embora? — perguntou Bruenor com uma fungada que não mascarou. A umidade brilhava nas bordas de seus olhos cinzentos. — Como você pode...

— Não pense no que aconteceu! — disse Drizzt bruscamente. — Além desse portal está o mago que nos mandou para cá, o mago que mandou Cattibrie para cá!

Era tudo o que Bruenor Martelo de Batalha precisava ouvir. Fogo substituiu as lágrimas em seus olhos, e, com um rugido de raiva, mergulhou pelo portal, com seu machado liderando o caminho.

— Agora... — começou Drizzt, mas Wulfgar o interrompeu.

— Vá, Drizzt — respondeu o bárbaro. — Vingue Cattibrie e Regis. Conclua a missão que assumimos juntos. Para mim, não haverá descanso. Meu vazio não vai desaparecer.

— Ela se foi — disse Drizzt de novo.

Wulfgar assentiu.

— Eu também — disse ele calmamente.

Drizzt procurou uma maneira de refutar o argumento, mas na verdade a dor de Wulfgar parecia profunda demais para que ele pudesse se recuperar.

Então o olhar de Wulfgar se ergueu e sua boca se abriu em um descrença horrorizada e ao mesmo tempo exultante. Drizzt girou, não tão surpreso, mas mesmo assim sobrepujado, pela visão diante dele.

Cattibrie caía frouxa e lentamente do céu escuro acima deles.

Era um plano circular.

Wulfgar e Drizzt se apoiaram um no outro. Não conseguiam determinar se Cattibrie estava viva ou morta. Ela estava gravemente ferida, pelo menos, e enquanto olhavam, um demodend alado desceu e agarrou sua perna com suas enormes garras.

Antes que um pensamento consciente tivesse tempo de se registrar na mente de Wulfgar, Drizzt armou Taulmaril e lançou uma flecha de prata. Ele trovejou na lateral da cabeça do demodend quando a criatura agarrou a jovem, arrancando a vida do monstro.

— Vai! — Wulfgar gritou para Drizzt, dando um passo. — Eu vejo minha missão agora! Sei o que devo fazer!

Drizzt tinha outras ideias. Ele deslizou um pé pelas pernas de Wulfgar e caiu em um giro, colocando a outra perna na parte de trás dos joelhos do bárbaro e fazendo Wulfgar cair para o lado, em direção ao portal. Wulfgar entendeu as intenções do drow imediatamente e lutou para recuperar o equilíbrio.

Drizzt foi o mais rápido outra vez. A ponta de uma cimitarra se cravou sob a maçã do rosto de Wulfgar, mantendo-o se movendo na direção desejada. Enquanto se aproximava do portal, justamente quando Drizzt esperava que ele fosse tentar alguma manobra desesperada, o drow colocou uma bota sob seu ombro e o chutou com força.

Traído, Wulfgar caiu na câmara central de Pasha Pook. Ele ignorou os arredores, agarrou o Aro de Taros e o sacudiu com toda sua força.

— Traidor! — ele gritou. — Nunca me esquecerei disso, maldito drow!

— Assuma sua posição! — Drizzt gritou de volta para ele do outro lado dos planos. — Apenas Wulfgar tem força para manter o portal aberto e seguro. Apenas Wulfgar! Segure firme, filho de Beornegar. Se você gosta de Drizzt Do'Urden, e se alguma vez amou Cattibrie, segure o portal!

Drizzt só podia rezar para que tivesse apelado para a pequena parte da razão acessível ao bárbaro enfurecido. O drow se afastou do portal, enfiando o cetro no cinto e jogando Taulmaril sobre o ombro. Cattibrie estava abaixo dele agora, ainda caindo, ainda imóvel.

Drizzt sacou as duas cimitarras. Quanto tempo levaria para puxar Cattibrie até uma ponte e encontrar o caminho de volta ao portal? Ou também seria pego em uma queda interminável e condenada?

E por quanto tempo Wulfgar conseguiria manter o portal aberto?

Ele afastou as perguntas. Não tinha tempo para especular sobre suas respostas.

O fogo brilhava em seus olhos cor de lavanda, Fulgor brilhava em uma das mãos e ele sentia o impulso de sua outra lâmina, implorando por um coração de demodend para atravessar.

Com toda a coragem que havia marcado a existência de Drizzt Do'Urden correndo em suas veias, e com toda a fúria de suas percepções de injustiça focadas no destino daquela mulher bela e quebrada que caía infinitamente em um vazio sem esperança, ele mergulhou na escuridão.

Capítulo 23

Se você já amou Cattibrie

Bruenor tinha entrado nas câmaras de Pook xingando e se balançando, e quando seu impulso inicial se dissipou, estava do outro lado da sala em relação ao Aro de Taros e aos dois gigantes da colina eunucos que Pook tinha de guarda. O mestre da guilda estava mais próximo do anão furioso, olhando-o ele mais com curiosidade do que com terror.

Bruenor não deu atenção nenhuma a Pook. Olhou para além do homem rechonchudo, para uma forma que vestia um manto, recostada em uma parede: o mago que banira Cattibrie para Tarterus.

Reconhecendo o ódio assassino nos olhos do anão de barba vermelha, LaValle pôs-se de pé e passou correndo pela porta de seu quarto. Seu coração acelerado se acalmou quando ouviu o clique da porta atrás dele, pois era uma porta mágica com vários feitiços de proteção e segurança. Ele estava seguro, ou assim pensava.

Muitas vezes, os magos ficavam cegos por seu próprio poder considerável em relação a outras formas de poder — menos sofisticadas, talvez, mas igualmente fortes. LaValle não tinha como conhecer o caldeirão fervente que era Bruenor Martelo de Batalha, e não podia antecipar a brutalidade da fúria do anão.

Sua surpresa foi completa quando um machado de mitral, como um raio de seu próprio relâmpago, destroçou a porta magicamente trancada e o anão selvagem invadiu.

Wulfgar, alheio aos arredores e querendo apenas voltar para Tarterus e Cattibrie, passou pelo Aro de Taros no momento em que Bruenor deixava a sala. O chamado de Drizzt através dos planos, porém, implorando para que ele mantivesse o portal aberto, não podia ser ignorado. Não importava como o bárbaro se sentia naquele momento, por Cattibrie ou Drizzt, não podia negar que seu lugar era guardar o portal.

Ainda assim, a imagem de Cattibrie caindo na escuridão eterna daquele lugar horrível queimava em seu coração, e ele queria saltar de volta pelo Aro de Taros para correr em seu auxílio.

Antes que o bárbaro pudesse decidir se seguia seu coração ou seus pensamentos, um enorme punho golpeou o lado de sua cabeça, jogando-o no chão. Caiu de rosto no chão entre as pernas grossas como um tronco de árvore dos dois gigantes da colina de Pook. Era um jeito difícil de entrar em uma luta, mas a raiva de Wulfgar era tão intensa quanto a de Bruenor.

Os gigantes tentaram lançar seus pés pesados sobre Wulfgar, mas ele era ágil demais para uma manobra tão desajeitada. Saltou entre eles e acertou um direto no rosto de um com seu grande punho. O gigante olhou fixamente para Wulfgar, sem acreditar que um humano pudesse desferir tal soco, cambaleou de um jeito estranho e caiu frouxamente no chão.

Wulfgar girou na direção do outro, estilhaçando seu nariz com o punho de Presa de Égide. O gigante agarrou o rosto com as duas mãos e recuou. Para ele, a luta já havia acabado.

Wulfgar não podia parar e perguntar. Ele chutou o gigante no peito, lançando-o no meio da sala.

— Agora, só sobrou eu — disse uma voz. Wulfgar olhou através da sala para a enorme cadeira que servia como trono do mestre da guilda e para Pasha Pook atrás dela.

Pook se abaixou e puxou uma besta pesada cuidadosamente escondida, carregada e pronta.

— E posso ser gordo como aqueles dois — riu Pook. — Mas não sou estúpido.

Ele nivelou a besta nas costas da cadeira.

Wulfgar olhou ao redor. Ele havia sido pego em cheio, sem chance de se esquivar.

Mas talvez não precisasse.

Wulfgar firmou a mandíbula e estufou o peito:

— Bem aqui, então — disse sem pestanejar, batendo o dedo sobre o coração. — Atire em mim — Lançou um olhar por cima do ombro, para onde a imagem no Aro de Taros mostrava as sombras de demodends se reunindo. — E você defende a entrada do plano de Tarterus.

Pook tirou o dedo do gatilho.

Se o argumento de Wulfgar havia causado uma impressão forte, foi super efetivo um segundo depois, quando a mão com garras de um demodend passou pelo portal e agarrou o seu ombro.

Drizzt se movia como se estivesse nadando em sua descida através da escuridão, fazendo com que se aproximasse de Cattibrie. Estava vulnerável, entretanto, e sabia disso.

Assim como um demodend alado que o observava cair.

A miserável criatura saltou de seu poleiro assim que Drizzt passou, batendo as asas em um ângulo estranho para ganhar impulso em seu mergulho. Logo estava alcançando o drow, e estendeu suas garras afiadas como navalhas para rasgá-lo enquanto passava.

Drizzt notou a fera no último momento. Ele se virou descontroladamente e girou, tentando sair do caminho da coisa que mergulhava e lutando para preparar suas cimitarras.

Ele não deveria ter nenhuma chance. Era o ambiente do demodend, uma criatura alada, mais confortável em pleno voo do que no solo.

Mas Drizzt Do'Urden nunca ligou para as probabilidades.

O demodend passou em um rasante, com suas garras perversas fazendo mais um rasgo na bela capa de Drizzt. Fulgor, mais estável do que nunca, mesmo no meio da queda, cortou uma das asas da criatura. O demodend oscilou desamparado para o lado e continuou a descer cambaleando. Não sobrara vontade de batalhar contra o elfo drow, e, de qualquer maneira, não havia asa para pegá-lo.

Drizzt não prestou atenção. Seu objetivo estava ao alcance.

Ele pegou Cattibrie em seus braços, apertando-a com força contra o peito. Ela estava fria, ele notou sombriamente, mas sabia que tinha muito a fazer antes de sequer pensar nisso. Não tinha certeza se o portão planar ainda estava aberto, e não tinha ideia de como poderia parar aquela queda eterna.

Uma solução veio a ele na forma de outro demodend alado, um que decidiu interceptar o caminho dele e de Cattibrie. A criatura não pretendia atacar ainda, Drizzt podia ver; sua rota parecia mais um sobrevoo, passando por baixo deles para inspecionar melhor o inimigo.

Drizzt não deixou a oportunidade passar. Enquanto a criatura passava debaixo deles, o elfo drow se jogou para baixo, estendendo-se até seu limite com uma mão empunhando a lâmina. Não visando matar, a cimitarra acertou o alvo, cravando-se nas costas da criatura. O demodend gritou e mergulhou para longe, livrando-se da lâmina.

Seu impulso, entretanto, tinha puxado Drizzt e Cattibrie junto, angulando sua descida o suficiente para alinhá-los com uma das pontes fumegantes.

Drizzt se contorceu e se virou para mantê-los na direção correta, estendendo a capa com o braço livre para pegar uma corrente de ar, ou prendendo-a com força para escapar dela. No último momento, Drizzt girou seu corpo sob o de Cattibrie para protegê-la do impacto. Com um baque forte e uma lufada de fumaça, pousaram.

Drizzt saiu engatinhando e se obrigou a ficar de joelhos, tentando recuperar o fôlego.

Cattibrie jazia embaixo dele, pálida e machucada, com uma dezena de feridas visíveis, principalmente o corte do virote do homem-rato. O sangue empapava grande parte de sua roupa e embaraçava seu cabelo, mas o coração de Drizzt não se contraiu ante a visão horripilante, pois notara um outro detalhe quando caíram.

Cattibrie havia gemido.

LaValle subiu atrás de sua mesinha.

— Para trás, anão — avisou. — Eu sou um mago de grandes poderes.

O terror de Bruenor não era aparente. Ele enfiou o machado na mesa e uma explosão ofuscante de fumaça e faíscas encheu a sala.

Quando LaValle recuperou a visão um momento depois, ele se viu cara a cara com Bruenor, fios de fumaça cinza escapando das mãos e da barba do anão, sua mesinha quebrada e sua bola de cristal partida ao meio.

— Esse é o melhor que você tem? — perguntou Bruenor.

LaValle não conseguiu pronunciar nenhuma palavra além do nó em sua garganta.

Bruenor queria matá-lo, enfiar seu machado bem entre as sobrancelhas espessas do homem, mas era Cattibrie, sua formosa filha, que abominava assassinatos com todo o coração, a quem pretendia vingar. Bruenor não desonraria sua memória.

— Droga! — rosnou ele, batendo a testa no rosto de LaValle. O mago bateu contra a parede e ficou ali, atordoado e imóvel, até que Bruenor fechou a mão em seu peito, arrancando alguns fios de pelo só para garantir, e o jogou de bruços no chão. — Meus amigos podem estar precisando de sua ajuda, mago — rosnou o anão. — Então, rasteje! E saiba em seu coração que se você fizer uma curva que eu não goste, meu machado cortará sua cabeça ao meio!

Em seu estado semiconsciente, LaValle mal ouviu as palavras, mas compreendeu bem o significado do anão e se forçou a ficar de joelhos.

※

Wulfgar apoiou os pés no suporte de ferro do Aro de Taros e prendeu seu próprio punho de ferro no cotovelo do demodend, rivalizando com a poderosa força da criatura. Em sua outra mão, o bárbaro mantinha Presa de Égide pronto, não querendo golpear através do portal planar, mas esperando que algo mais vulnerável do que um braço viesse para seu mundo.

As garras do demodend cortaram feridas profundas em seu ombro, feridas imundas que demorariam a cicatrizar, mas Wulfgar se esquivou da dor. Drizzt lhe disse para segurar o portal se já houvesse amado Cattibrie.

Ele iria segurar o portal.

Outro segundo se passou e Wulfgar viu sua mão deslizando para perigosamente perto do portal. Ele poderia igualar a força do demodend, mas o poder do demodend era mágico, não físico, e Wulfgar se cansaria muito antes de seu inimigo.

Mais um centímetro e sua mão cruzaria para Tarterus, onde outros demodends famintos sem dúvida esperavam.

Uma memória brilhou na mente de Wulfgar, a imagem final de Cattibrie, ferida e caindo.

— Não! — rosnou o bárbaro, e forçou a mão para trás, puxando selvagemente até que ele e o demodend estivessem de volta ao ponto de partida. Então Wulfgar deixou cair o ombro de repente, puxando o demodend para baixo em vez de para fora.

O movimento arriscado funcionou. O demodend perdeu totalmente o equilíbrio e tropeçou, sua cabeça cutucando o Aro de Taros e entrando no Plano Material por apenas um segundo, tempo suficiente para que Presa de Égide quebrasse seu crânio.

Wulfgar deu um passo para trás e bateu com o martelo de guerra em uma das mãos. Outro demodend começou a passar, mas o bárbaro o lançou de volta a Tarterus com um golpe poderoso.

Pook assistia a tudo atrás de seu trono, vendo a fera ainda mirando para matar. Até o mestre da guilda ficou hipnotizado pela força absoluta do gigante e, quando um de seus eunucos se recuperou e se levantou, Pook o mandou se afastar de Wulfgar com um movimento de sua mão, sem querer perturbar o espetáculo diante dele.

Um movimento ao lado o forçou a desviar o olhar, entretanto, quando LaValle saiu rastejando de seu quarto, com o anão empunhando o machado andando logo atrás.

Bruenor viu imediatamente a situação perigosa que Wulfgar enfrentava e soube que o mago só complicaria as coisas. Ele agarrou LaValle pelos cabelos e puxou-o até os joelhos, dando a volta até olhar diretamente para o homem.

— Bom dia para dormir — comentou o anão, e bateu com a testa novamente na do mago, jogando LaValle na escuridão. Ele ouviu um clique atrás dele enquanto o mago desabava e, por reflexo, colocou o escudo entre ele e o som, bem a tempo de pegar o virote da besta de Pook. O dardo perverso abriu um buraco no estandarte da caneca espumante e por pouco errou o braço de Bruenor quando passou para outro lado.

Bruenor espiou por cima da borda de seu precioso escudo, encarou o virote e depois olhou perigosamente para Pook:

— Você não deveria estragar meu escudo! — ele rosnou, e começou a avançar.

O gigante da colina foi rápido em interceptar.

Wulfgar percebeu a ação com o canto do olho e teria adorado participar, especialmente com Pook ocupado recarregando sua besta pesada, mas o bárbaro tinha seus próprios problemas. Um demodend alado voou pelo portal com uma pressa repentina e passou ligeiro por Wulfgar.

Os reflexos bem sintonizados salvaram o bárbaro, pois ele esticou a mão e agarrou o demodend pela perna. O ímpeto do monstro fez Wulfgar cambalear, mas ele conseguiu se segurar. Ele derrubou o demodend e o jogou no chão com um único golpe de seu martelo de guerra.

Vários braços alcançaram o Aro de Taros, ombros e cabeças apareciam, e Wulfgar, balançando Presa de Égide furiosamente, estava ocupado o bastante mantendo as coisas miseráveis sob controle.

✺

Drizzt correu ao longo da ponte fumegante, com Cattibrie pendurada frouxamente sobre um ombro. Ele não encontrou mais resistência por vários minutos e entendeu o porquê quando finalmente alcançou o portão planar.

Amontoados em torno dele, e bloqueando sua passagem, havia um grupo de demodends.

O drow, consternado, ajoelhou-se e colocou Cattibrie suavemente a seu lado. Ele considerou usar Taulmaril, mas percebeu que, se errasse, se uma flecha de alguma forma encontrasse seu caminho através da horda, passaria pelo portão e entraria na sala onde Wulfgar estava. Ele não podia correr esse risco.

— Tão perto — ele sussurrou impotente, olhando para Cattibrie.

Ele a segurou com força em seus braços e passou uma mão esguia em seu rosto. Como ela parecia fria. Drizzt se inclinou sobre ela, querendo apenas discernir o ritmo de sua respiração, mas se aproximou demais de Cattibrie, e antes mesmo que percebesse suas ações, seus lábios estavam nos dela em um beijo terno. Cattibrie se mexeu, mas não abriu os olhos.

Seu movimento trouxe nova coragem para Drizzt.

— Perto demais — ele murmurou sombriamente. — E você não vai morrer neste lugar imundo!

Ele pôs Cattibrie por cima do ombro, envolvendo-a firmemente com sua capa para prendê-la a ele. Pegou suas cimitarras com força, esfregando seus dedos sensíveis através dos intrincados desenhos de seus punhos, tornando-se um com suas armas, tornando-as extensões mortais de seus braços. Respirou fundo e firmou sua expressão.

Ele investiu, tão silenciosamente como só um elfo drow poderia, por trás da horda miserável.

※

Regis se levantou desconfortavelmente quando as silhuetas negras de gatos caçadores dispararam para dentro e para fora da luz das estrelas, rodeando-o. Eles não pareciam ameaçá-lo — ainda não — mas estavam se reunindo. Ele sabia, sem sombra de dúvida, que era seu ponto focal.

Então Guenhwyvar saltou e ficou diante dele, a cabeça do grande felino no mesmo nível da sua.

— Você sabe de algo — disse Regis, lendo a emoção nos olhos da pantera. Regis ergueu a estatueta e examinou-a, notando a tensão da gata ao ver a estatueta.

— Nós podemos voltar com isso — disse o halfling em súbita revelação. — Esta é a chave da jornada e, com ela, podemos ir aonde quisermos! — Ele olhou ao redor e considerou algumas possibilidades muito interessantes. — Todos nós?

Se gatos pudessem sorrir, Guenhwyvar sorria.

Capítulo 24

Gosma interplanar

— Sai da frente, seu saco de banha estufado! — rugiu Bruenor.

O gigante eunuco afastou bem as pernas, firmando-as, e abaixou a mão enorme até o anão, e Bruenor prontamente a mordeu.

— Eles nunca ouvem — resmungou. Ele se abaixou e se atirou entre as pernas do gigante, endireitou-se rapidamente, fazendo o único chifre em seu capacete colocar o pobre eunuco na ponta dos pés. Pela segunda vez naquele dia, o gigante torceu os olhos e tombou, desta vez com as mãos baixas para segurar o ferimento mais recente.

Com uma raiva assassina evidente em seus olhos cinzentos, Bruenor se voltou para Pook. O mestre da guilda, entretanto, parecia despreocupado e, na verdade, o anão mal notou o homem. Em vez disso, ele se concentrou na besta novamente, que estava carregada e apontada para ele.

※

A única emoção de Drizzt ao avançar foi a raiva, raiva pela dor que as miseráveis criaturas de Tarterus tinham causado a Cattibrie.

Seu objetivo também era único: o pequeno retalho de luz na escuridão, o portal planar de volta a seu próprio mundo.

Suas cimitarras lideraram o caminho, e Drizzt sorriu ao pensar em rasgar a carne dos demodends, mas o drow diminuiu a velocidade, a raiva temperada pela visão de seu objetivo. Ele poderia girar sobre a horda de demodends em um frenesi de ataque e provavelmente conseguir escapar através do portal, mas Cattibrie aguentaria o castigo que as poderosas criaturas infligiriam antes que Drizzt a fizesse passar?

O drow viu outra possibilidade. À medida que avançava pela parte de trás da linha de demodends, estendeu as lâminas para os lados, batendo nas costas de dois demodends em seus ombros externos. Enquanto as criaturas se viravam reflexivamente para olhar por cima dos ombros, Drizzt disparou entre eles.

As lâminas do drow começaram a dançar, cortando as mãos de qualquer outro demodend que tentasse agarrá-lo. Ele sentiu um puxão em Cattibrie e girou rapidamente, com a raiva duplicada. Não podia ver seu alvo, mas sabia que havia acertado alguma coisa quando baixou Fulgor e ouviu um grito de demodend.

Um braço pesado acertou-o na lateral da cabeça, um golpe que deveria tê-lo derrubado, mas Drizzt girou para trás de novo e viu a luz do portal apenas alguns metros à frente — e a silhueta de um único demodend, parado para bloquear sua passagem.

O túnel escuro de carne de demodend começou a se aproximar dele. Outro grande braço girou, mas Drizzt foi capaz de se abaixar sob seu arco.

Se o demodend o atrasasse um único segundo, ele seria capturado e massacrado.

Mais uma vez, foi o instinto, mais rápido do que o pensamento, que conduziu Drizzt. Ele fez o demodend arreganhar os braços com as cimitarras e abaixou a cabeça, batendo no peito do demodend, seu impulso forçando a criatura para trás pelo portal.

✦

A cabeça e os ombros escuros apareceram na mira de Wulfgar, e ele acertou Presa de Égide em seu alvo. O poderoso golpe quebrou a espinha dorsal do demodend e sacudiu Drizzt, que empurrava do outro lado.

O demodend caiu morto, metade dentro e metade fora do Aro de Taros, e o atordoado drow rolou flácido para um lado, fora do arco, caindo no quarto de Pook, embaixo de Cattibrie.

Wulfgar empalideceu com a visão e hesitou, mas Drizzt, percebendo que mais criaturas logo correriam pelo portal, conseguiu erguer a cabeça cansada do chão.

— Feche o portal — ele conseguiu dizer.

Wulfgar já havia percebido que não poderia estilhaçar a imagem vítrea dentro do arco — acertá-la apenas enviou a cabeça de seu martelo de guerra para o Tarterus. Wulfgar começou a deixar Presa de Égide cair para o lado.

Então notou os acontecimentos do outro lado da sala.

— Você é rápido o suficiente com esse escudo? — provocou Pook, balançando a besta.

Concentrado na arma, Bruenor nem tinha notado a grande entrada de Drizzt e Cattibrie.

— Então você tem um tiro para me matar, cão — cuspiu o anão de volta, sem medo da morte. — Só um. — Deu um passo determinado à frente.

Pook deu de ombros. Ele era um atirador experiente e sua besta continha diversos encantamentos. Um tiro bastaria.

Mas ele nunca conseguiu atirar.

Um martelo de guerra giratório explodiu no trono, derrubando a enorme cadeira no mestre da guilda e jogando-o pesadamente contra a parede.

Bruenor se voltou com um sorriso sombrio para agradecer a seu amigo bárbaro, mas seu sorriso se desvaneceu e as palavras morreram em sua garganta quando viu Drizzt e Cattibrie caídos ao lado do Aro de Taros.

O anão ficou parado como se tivesse se transformado em pedra, os olhos sem piscar, os pulmões sem respirar. A força sumiu de suas pernas e ele caiu de joelhos. Ele largou o machado e o escudo e cambaleou, de quatro, para o lado da filha.

Wulfgar agarrou as bordas de ferro do Aro de Taros em suas mãos e tentou forçá-las a se unirem. Toda a parte superior de seu corpo ficou vermelha, as veias e músculos fortes se destacando como cordas de ferro em seus braços enormes. Mas se houve algum movimento no portal, foi mínimo.

Um braço de demodend passou pelo portal para impedir o fechamento, mas vê-lo apenas estimulou Wulfgar. Ele rugiu para Tempus e empurrou com toda a força, unindo as mãos, dobrando as bordas do aro para se encontrarem.

A imagem vítrea curvou-se com a mudança planar, e o braço do demodend caiu no chão, perfeitamente cortado. Da mesma forma, o demodend que jazia morto aos pés de Wulfgar, com metade do corpo ainda dentro do portal, estremeceu e girou.

Wulfgar desviou os olhos para o horrível espetáculo de um demodend alado preso no túnel plano tortuoso, sendo curvado e dobrado até que sua pele começasse a se rasgar.

A magia do Aro de Taros era forte, e Wulfgar, com toda sua força, não tinha esperança de dobrá-lo o suficiente para completar o trabalho. Ele tinha o portal deformado e bloqueado, mas por quanto tempo? Quando ele se cansasse e o Aro de Taros voltasse à sua forma normal, o portal se abriria outra vez. Teimosamente, o bárbaro rugiu e seguiu em frente, virando a cabeça para o lado, antecipando o estilhaçar da superfície vítrea.

※

Como ela parecia pálida, com seus lábios quase azuis, a pele seca e fria. Seus ferimentos eram cruéis, Bruenor viu, mas o anão sentiu que o ferimento mais revelador não era nem um corte nem uma contusão. Em vez disso, sua preciosa garota parecia ter perdido o espírito, como se tivesse desistido de seu desejo pela vida quando caiu na escuridão.

Ela agora estava mole, fria e descorada em seus braços. No chão, Drizzt reconheceu instintivamente o perigo por vir. Ele se inclinou para um lado, puxando sua capa, protegendo Bruenor, completamente alheio ao ambiente, e Cattibrie com seu próprio corpo.

Do outro lado da sala, LaValle se mexeu, sacudindo o torpor de sua cabeça. Ele ficou de joelhos e examinou a sala, reconhecendo imediatamente a tentativa de Wulfgar de fechar o portal.

— Mate-os —sussurrou Pook para o mago, mas sem ousar rastejar para fora da cadeira virada.

LaValle não estava ouvindo; ele já havia começado um feitiço.

※

Pela primeira vez na vida, Wulfgar achou que suas forças eram insuficientes.

— Não consigo! — ele grunhiu consternado, olhando para Drizzt, como sempre olhava: em busca de uma resposta.

O drow ferido mal estava coerente.

Wulfgar queria se render. Seu braço queimava com os cortes da mordida da hidra; suas pernas mal pareciam capazes de segurá-lo; seus amigos estavam indefesos no chão. E sua força não era o suficiente!

Ele olhou de um lado para o outro, procurando alguma alternativa. O aro, embora poderoso, tinha que ter uma fraqueza. Ou, pelo menos, para manter a esperança, Wulfgar precisava acreditar que sim.

Regis havia encontrado uma maneira de contornar seu poder.

Regis.

Wulfgar encontrou a resposta.

Ele deu um puxão final no Aro de Taros, então o soltou rapidamente, fazendo o portal oscilar por um momento. Wulfgar não hesitou para assistir ao estranho espetáculo. Ele mergulhou e agarrou o cetro com ponta de pérola do cinto de Drizzt, saltou em linha reta e bateu o frágil dispositivo no topo do Aro de Taros, quebrando a pérola negra em mil cacos minúsculos.

Naquele mesmo momento, LaValle pronunciou a última sílaba de seu feitiço, liberando um poderoso raio de energia. Passou por Wulfgar, queimando os pelos de seu braço e atingiu o centro do Aro de Taros. A imagem vítrea, rachada no desenho circular de uma teia de aranha pelo golpe astuto de Wulfgar, se desfez completamente.

A explosão que se seguiu abalou as fundações da guilda.

Manchas espessas de escuridão giravam em torno da sala; os espectadores perceberam que todo o lugar estava girando, e um vento repentino assobiou e uivou em seus ouvidos, como se houvessem sido apanhados no tumulto de uma fenda nos próprios planos da existência. Fumaça e vapores escuros avançaram sobre eles. A escuridão tornou-se total.

Tão rapidamente quanto começou, passou, e a luz do dia voltou para a sala danificada. Drizzt e Bruenor foram os primeiros a se levantar, estudando os danos e os sobreviventes.

O Aro de Taros jazia retorcido e despedaçado, uma estrutura curvada de ferro inútil com uma substância pegajosa, semelhante a uma teia, agarrada obstinadamente em retalhos rasgados. Um demodend alado jazia morto no chão, o braço decepado de outra criatura ao lado dele, e metade do corpo de outra criatura ao lado do braço, ainda se contorcendo de morte, com fluidos grossos e escuros derramando no chão.

Wulfgar estava sentado uns quatro metros atrás, apoiado nos cotovelos e parecendo perplexo, um braço vermelho brilhante do raio de energia de LaValle, o rosto escurecido pela rajada de fumaça e todo o corpo manchado com a teia pegajosa. Uma centena de pequenos pontos de sangue se espalhavam no corpo do bárbaro. Aparentemente, a imagem vítrea do portal planar era mais do que apenas uma imagem.

Wulfgar olhou para seus amigos de forma distante, piscou os olhos algumas vezes e caiu de costas.

LaValle gemeu, capturando a atenção de Drizzt e Bruenor. O mago começou a lutar para ficar de joelhos, mas percebeu que só estaria se expondo aos invasores vitoriosos. Ele caiu de volta no chão e ficou imóvel.

Drizzt e Bruenor se entreolharam, perguntando-se o que fazer a seguir.

— Bom ver luz de novo — veio uma voz suave abaixo deles. Baixaram o olhar para encontrar o olhar de Cattibrie, seus profundos olhos azuis se abrindo uma vez mais.

Bruenor, em lágrimas, caiu de joelhos e se aninhou sobre ela. Drizzt começou a seguir o exemplo do anão, mas sentiu que deveria ser um momento particular. Ele deu um tapinha reconfortante no ombro de Bruenor e se afastou para se certificar de que Wulfgar estava bem.

Uma súbita explosão de movimento o interrompeu enquanto ele se ajoelhava ao lado de seu amigo bárbaro. O grande trono, rasgado e queimado contra a parede, tombou para a frente. Drizzt segurou-o com facilidade, mas enquanto ele estava ocupado, ele viu Pasha Pook sair de trás do objeto e correr para a porta principal da sala.

— Bruenor! — chamou Drizzt, mas soube imediatamente que o anão estava envolvido demais com sua filha para se incomodar. Drizzt empurrou a grande cadeira e puxou Taulmaril de suas costas, armando-o enquanto começava a perseguição.

Pook correu pela porta, girando para fechá-la atrás de si.

— Rassit... — começou a gritar enquanto se virava para as escadas, mas a palavra ficou presa em sua garganta quando viu Regis, de braços cruzados, parado diante dele no topo da escada.

— Você! — rugiu Pook, seu rosto se contorcendo e suas mãos se apertando de raiva.

— Não. Ela — corrigiu Regis, apontando um dedo acima quando uma forma negra e lustrosa saltou sobre ele.

Para o atordoado Pook, Guenhwyvar parecia não mais do que uma bola voadora de grandes dentes e garras.

No momento em que Drizzt passou pela porta, o reinado de Pook como mestre da guilda havia terminado.

— Guenhwyvar! — o drow chamou, ao alcance de sua estimada companheira pela primeira vez em muitos dias. A grande pantera correu até Drizzt e acariciou-o calorosamente, igualmente feliz com o reencontro.

Outras imagens e sons mantiveram a reunião curta, no entanto. Primeiro havia Regis, reclinado confortavelmente no corrimão decorado, com as mãos entrelaçadas atrás da cabeça e os pés peludos cruzados. Drizzt estava feliz em ver Regis novamente, mas mais perturbador para o drow eram os sons ecoando escada acima: gritos de terror e rosnados guturais.

Bruenor também os ouviu e saiu da sala para investigar.

— Pança-furada! — ele saudou Regis, seguindo Drizzt para o lado do halfling.

Eles olharam pela grande escadaria para as batalhas abaixo. De vez em quando, um homem-rato passava, perseguido por uma pantera. Um grupo de homens-rato formou um círculo defensivo, suas lâminas se movendo para deter os amigos felinos de Guenhwyvar, logo abaixo dos companheiros, mas uma onda de pelos negros e dentes brilhantes os enterrou onde estavam.

— Gatos? — Bruenor olhou boquiaberto ao Regis. — Você trouxe gatos?

Regis sorriu e moveu a cabeça em suas mãos.

— Você conhece uma maneira melhor de se livrar de ratos?

Bruenor sacudiu a cabeça e não pôde ocultar seu sorriso. Ele olhou para o corpo do homem que havia fugido da sala.

— Morto, também — ele observou sombriamente.

— Aquele era Pook — Regis disse, embora eles já tivessem adivinhado a identidade do mestre da guilda. — Agora ele se foi, e assim, acredito, irão seus associados homens-rato.

Regis olhou para Drizzt, sabendo que uma explicação seria necessária.

— Os amigos de Guenhwyvar estão apenas caçando os homens-rato — disse ele. — E ele, é claro — ele apontou para Pook. — Os ladrões normais estão se escondendo em seus quartos, se forem espertos, mas as panteras não os machucariam de qualquer maneira.

Drizzt acenou com a aprovação do método que Regis e Guenhwyvar escolheram. Guenhwyvar não era uma vingadora.

— Todos nós passamos pela estatueta — continuou Regis. — Eu a mantive comigo quando saí de Tarterus com Guenhwyvar. Os gatos podem voltar para seu próprio plano quando o trabalho estiver concluído. — Ele jogou a estatueta de volta para seu dono de direito.

Um olhar curioso apareceu no rosto do halfling. Ele estalou os dedos e pulou do corrimão, como se aquela última ação lhe tivesse dado uma ideia. Ele correu até Pook, rolou a cabeça do ex-mestre da guilda para o lado, tentando ignorar o ferimento muito visível no pescoço de Pook, e ergueu o pingente de rubi que havia iniciado toda a aventura. Satisfeito, Regis se voltou para os olhares muito intrigados de seus dois amigos.

— É hora de fazer alguns aliados — explicou o halfling, e disparou escada abaixo.

Bruenor e Drizzt se entreolharam em descrença.

— Ele será o chefe da guilda — assegurou Bruenor ao drow.

Drizzt não discutiu.

✦

Em um beco no Círculo dos Ladinos, Rassiter, novamente em sua forma humana, ouvia os gritos agonizantes de seus companheiros homens-rato. Tinha sido inteligente o suficiente para entender que a guilda fora derrotada pelos heróis do Norte, e quando Pook o enviou para se unir a luta, ele deslizou de volta para a proteção dos esgotos.

Agora só podia ouvir os gritos e se perguntar quantos dos seus licantropos sobreviveriam àquele dia sombrio.

— Vou construir uma nova guilda — prometeu a si mesmo, embora compreendesse a enormidade da tarefa, especialmente depois de ter alcançado tal notoriedade em Porto Calim. Talvez pudesse viajar para outra cidade — Memnon ou Portão de Baldur — mais ao norte na costa.

Suas ponderações chegaram a um fim abrupto quando a parte plana de uma lâmina curva pousou em seu ombro, com seu fio cortando uma linha minúscula na lateral de seu pescoço.

Rassiter ergueu uma adaga incrustada de joias.

— Isso é seu, eu acredito — disse ele, tentando soar calmo. O sabre se afastou e Rassiter se virou para encarar Artemis Entreri.

Entreri estendeu o braço enfaixado para pegar a adaga, ao mesmo tempo que enfiou o sabre de volta na bainha.

— Eu sabia que você tinha sido derrotado — disse Rassiter com ousadia. — Temia que estivesse morto.

— Temia? — Entreri sorriu. — Ou esperava?

— É verdade que você e eu começamos como rivais — começou Rassiter.

Entreri riu novamente. Ele nunca tinha considerado o homem-rato digno o suficiente de ser considerado um rival.

Rassiter aceitou o insulto com calma.

— Mas nós servimos ao mesmo mestre. — Ele olhou para a guilda, onde os gritos finalmente começaram a diminuir. — Eu acho que Pook está morto, ou ao menos perdeu seu poder.

— Se enfrentou o drow, está morto — cuspiu Entreri, o simples pensamento de Drizzt Do'Urden enchendo sua garganta de bile.

— Então as ruas estão abertas — raciocinou Rassiter. Ele deu a Entreri uma piscadela maliciosa. — Para quem quiser tomar.

— Você e eu? — refletiu Entreri.

Rassiter deu de ombros.

— Poucos em Porto Calim se oporiam a você — disse o homem-rato. — E com minha mordida infecciosa, posso gerar uma horda de seguidores leais em meras semanas. Certamente, ninguém ousaria ficar contra nós durante a noite.

Entreri se moveu a seu lado, juntando-se a ele em sua observação da sede da guilda.

— Sim, meu amigo faminto — disse ele com calma. — Mas ainda existem dois problemas.

— Dois?

— Dois — reiterou Entreri. — Primeiro, eu trabalho sozinho.

O corpo de Rassiter se sacudiu quando uma lâmina de adaga cortou sua espinha.

— E segundo — continuou Entreri, sem sequer pausar. — Você está morto.

Ele puxou a adaga ensanguentada e segurou-a na vertical, para limpar a lâmina na capa de Rassiter enquanto o homem-rato caía sem vida no chão.

Entreri examinou sua obra e as ataduras em seu cotovelo ferido.

— Já está mais forte — ele murmurou para si mesmo, e escapuliu para encontrar um buraco escuro. A manhã estava cheia e clara, e o assassino, ainda com muito a ser curado, não estava pronto para enfrentar os desafios que poderia encontrar nas ruas durante o dia.

Capítulo 25

Uma caminhada sob o sol

Bruenor bateu de leve na porta, sem esperar resposta. Como de costume, nenhuma resposta veio. Desta vez, porém, o anão teimoso não se afastou. Ele girou a maçaneta e entrou na sala escura.

Despido até a cintura e passando os dedos finos pela juba espessa de cabelos brancos, Drizzt estava sentado em sua cama de costas para Bruenor. Mesmo na penumbra, Bruenor podia ver claramente a crosta do corte nas costas do drow. O anão estremeceu, sem imaginar que, naquelas horas agitadas de batalha, Drizzt tivesse sido ferido com tanta violência por Artemis Entreri.

— Cinco dias, elfo — disse Bruenor em voz baixa. — Você pretende passar a vida aqui?

Drizzt se virou devagar para encarar seu amigo anão.

— Para onde mais eu iria? — respondeu ele.

Bruenor estudou os olhos cor de lavanda, cintilando e refletindo a luz do corredor além da porta aberta. O esquerdo tinha voltado a abrir, o anão notou esperançoso. Bruenor temia que o golpe do demodend fechasse para sempre o olho de Drizzt.

Era evidente que estava se curando, mas ainda assim aquelas esferas maravilhosas preocupavam Bruenor. Pareciam ter perdido um pouco do brilho.

— Como está Cattibrie? — Drizzt perguntou, sinceramente preocupado com a jovem, mas também querendo mudar de assunto.

Bruenor sorriu.

— Não dá pra andar ainda — respondeu ele. — Mas ela está lutando e nada interessada em ficar quieta em uma cama! — riu, lembrando-se da cena do começo do dia, quando um atendente tentou ajeitar o travesseiro de sua filha. Só o olhar de Cattibrie tinha drenado o sangue do rosto do homem. — Corta seus servos com sua lâmina de língua quando se preocupam demais com ela.

O sorriso de Drizzt parecia tenso.

— E Wulfgar?

— O garoto está melhor — respondeu Bruenor. — Demorou quatro horas para tirar a gosma de cima dele e ele vai usar bandagens no braço por um mês, porém é preciso mais do que isso para derrubar aquele garoto! Resistente como uma montanha e quase tão grande quanto!

Eles se observaram até os sorrisos desaparecerem e o silêncio ficar desconfortável.

— O banquete do halfling está para começar — disse Bruenor. — Você vai? Com uma barriga tão redonda, eu acho que Pança-Furada vai arrumar uma boa mesa.

Drizzt deu de ombros evasivamente.

— Ah! — bufou Bruenor. — Você não vai viver sua vida entre paredes escuras! — Ele fez uma pausa como se um pensamento de repente surgisse em sua cabeça. — Ou você sai à noite? — perguntou maliciosamente.

— Sair?

— Caçar — explicou Bruenor. — Você está saindo para caçar Entreri?

Era Drizzt quem ria, da ideia de que Bruenor vinculava seu desejo de solidão a alguma obsessão com o assassino.

— Você está ardendo por ele — raciocinou Bruenor. — E ele por você, se ainda respira.

— Venha — disse Drizzt, puxando uma camisa larga sobre a cabeça. Ele pegou a máscara mágica enquanto dava a volta na cama, mas parou para analisar o objeto. Ele o rolou nas mãos e o deixou cair de volta na penteadeira. — Não nos atrasemos para o banquete.

A suposição de Bruenor sobre Regis não estava errada; a mesa que aguardava os dois amigos estava esplendidamente adornada com prata e porcelana reluzentes, e os aromas das iguarias os fizeram lamber os lábios sem perceber ao se moverem para os assentos designados.

Regis estava sentado na cabeceira da mesa comprida, as mil pedras preciosas que havia costurado em sua túnica refletindo a luz das velas em uma explosão brilhante cada vez que ele se mexia na cadeira. Atrás dele estavam os dois eunucos gigantes da colina que protegeram Pook no final amargo, com seus rostos machucados e enfaixados.

À direita do halfling estava LaValle, para desgosto de Bruenor, e à sua esquerda, um halfling de olhos estreitos e um jovem rechonchudo, os tenentes-chefes da nova guilda.

Mais adiante na mesa estavam Wulfgar e Cattibrie, lado a lado, com as mãos entrelaçadas entre eles, Drizzt adivinhou pela aparência pálida e cansada dos dois, tanto para apoio mútuo como genuíno afeto.

Por mais cansados que estivessem, porém, seus rostos iluminaram-se com sorrisos, como o de Regis, quando viram Drizzt entrar na sala, a primeira vez que algum deles viu o drow em quase uma semana.

— Bem-vindo, bem-vindo! — disse Regis feliz. — Teria sido um banquete sem-graça se você não pudesse se juntar a nós!

Drizzt se sentou na cadeira ao lado de LaValle, atraindo o olhar preocupado do tímido mago. Os tenentes da guilda também se mexeram inquietos com a ideia de jantar com um elfo drow.

Drizzt sorriu para afastar o peso de seu desconforto; era problema deles, não dele.

— Tenho estado muito ocupado — disse a Regis.

"Se lamentando", Bruenor quis dizer enquanto se sentava ao lado de Drizzt, mas segurou a língua.

Wulfgar e Cattibrie olharam fixamente para seu amigo do outro lado da mesa.

— Você jurou me matar — disse o drow a Wulfgar, fazendo com que o homenzarrão se afundasse na cadeira.

Wulfgar ruborizou profundamente e apertou com mais força a mão de Cattibrie.

— Só a força de Wulfgar poderia ter segurado aquele portal — explicou Drizzt. As bordas de sua boca se curvaram em um sorriso melancólico.

— Mas, eu... — Wulfgar começou, porém Cattibrie o interrompeu.

— Já falamos o suficiente sobre isso, então — a jovem insistiu, batendo com o punho na coxa de Wulfgar. — Não vamos falar sobre os problemas pelos quais passamos. Muito permanece diante de nós!

— Minha garota está certa — concordou Bruenor. — Os dias passam por nós enquanto nos sentamos e curamos! Outra semana, e podemos perder uma guerra.

— Estou pronto para ir — declarou Wulfgar.

— Não está — retrucou Cattibrie. — Nem eu. O deserto nos deteria antes que pegássemos a longa estrada além.

— Aham — Regis começou, chamando sua atenção. — Sobre sua partida... — ele parou para observar seus olhares, nervoso com a apresentação correta da sua oferta. — Eu, há... Achei que... Quer dizer...

— Desembucha! — exigiu Bruenor, adivinhando o que seu amiguinho tinha em mente.

— Bem, eu construí um lugar para mim aqui — continuou Regis.

— E você deve ficar — raciocinou Cattibrie. — Não vamos culpar você, embora tenhamos certeza de que vamos sentir sua falta!

— Sim — disse Regis. — E não. Há espaço aqui, e riqueza. Com vocês quatro ao meu lado...

Bruenor o deteve com a mão erguida:

— Uma bela oferta — disse ele. — Mas minha casa é no Norte.

— Temos exércitos à espera de nosso retorno — acrescentou Cattibrie. Regis percebeu a finalidade da recusa de Bruenor, e sabia que Wulfgar certamente seguiria Cattibrie de volta a Tarterus se ela assim desejasse. Assim, o halfling voltou sua atenção para Drizzt, que se tornara um enigma ilegível para todos eles nos últimos dias.

Drizzt se recostou na cadeira e considerou a proposição, sua hesitação em negar a oferta atraiu olhares preocupados de Bruenor, Wulfgar e, particularmente, Cattibrie. Talvez a vida em Porto Calim não fosse tão ruim, e o drow tinha as ferramentas para prosperar no reino sombrio que Regis planejava operar. Olhou Regis direto nos olhos.

— Não — disse ele, por fim. Ele se voltou ao ouvir o suspiro de Cattibrie do outro lado da mesa e seus olhos se encontraram. — Já atravessei sombras demais — explicou ele. — Uma nobre busca está diante de mim, e um nobre trono aguarda seu legítimo rei.

Regis relaxou na cadeira e deu de ombros. Ele esperava isso.

— Se vocês estão tão determinados a voltar para a guerra, eu seria um amigo lamentável se não ajudasse em sua busca.

Os outros o olharam com curiosidade, nunca espantados com as surpresas que o pequeno poderia fazer.

— Em relação a isso... — continuou Regis. — Um de meus agentes relatou a chegada de uma pessoa importante, pelas histórias que Bruenor me contou sobre sua viagem ao sul, em Porto Calim esta manhã. — Ele estalou os dedos e um jovem atendente entrou por uma cortina lateral, conduzindo o capitão Deudermont.

O capitão fez uma reverência para Régis, ainda maior para os queridos amigos que fizera na perigosa viagem de Águas Profundas.

— O vento estava nas nossas costas — explicou ele. — E o Fada do Mar corre mais rápido do que nunca. Podemos partir na madrugada de amanhã; certamente o balançar suave de um barco é um ótimo lugar para remendar ossos cansados!

— Mas o comércio... — disse Drizzt. — O mercado está aqui em Porto Calim. E a estação... Você não planejava partir antes da primavera.

— Posso não conseguir levar vocês até Águas Profundas — disse Deudermont. — Os ventos e o gelo dirão. Mas vocês certamente se encontrarão mais perto de seu objetivo quando voltarem à terra. — ele olhou para Regis, depois de volta para Drizzt. — Quanto às minhas perdas no comércio, acomodações foram feitas.

Regis enfiou os polegares no cinto incrustado de joias.

— Eu devia isso a vocês, pelo menos!

— Ah! — bufou Bruenor, com um brilho de aventura em seus olhos. — Dez vezes mais, Pança-Furada, dez vezes mais!

───※───

Drizzt olhava pela única janela de seu quarto para as ruas escuras de Porto Calim. Elas pareciam mais quietas esta noite, silenciadas em suspeita e intriga, antecipando a luta pelo poder que inevitavelmente seguiria a queda de um mestre de guilda tão poderoso quanto Pasha Pook.

Drizzt sabia que havia outros olhos lá fora, olhando para ele, na casa da guilda, esperando por notícias do elfo drow, esperando por uma segunda chance de lutar contra Drizzt Do'Urden.

A noite passou preguiçosamente, e Drizzt, sem se mover da janela, observou o amanhecer. De novo, Bruenor foi o primeiro a entrar em seu quarto.

— Está pronto, elfo? — perguntou o anão ansioso, fechando a porta atrás de si ao entrar.

— Paciência, bom anão — respondeu Drizzt. — Não podemos partir até que a maré esteja certa e o capitão Deudermont me garantiu que teríamos que esperar a maior parte da manhã.

Bruenor se deixou cair na cama.

— Melhor — disse ele por fim. — Me dá mais tempo para falar com o pequenino.

— Você teme por Regis — observou Drizzt.

— Sim — admitiu Bruenor. — O pequeno fez bem por mim. — Ele apontou para a estatueta de ônix na penteadeira. — E por você. Pança-Furada mesmo disse: Há riqueza para ser levada aqui. Pook se foi, e agora vão tentar pegar o que era dele. E aquele Entreri está por perto, não gosto disso. E mais homens-rato, sem dúvida, procurando fazer o pequeno pagar por sua dor. E aquele mago! Pança-Furada disse que o pegou pelas pedras, se é que me entende, mas me parece estranho que um mago seja pego por um feitiço desses.

— Para mim, também — concordou Drizzt.

— Eu não gosto dele e não confio nele! — declarou Bruenor. — Pança-Furada o colocou logo ao seu lado.

— Talvez você e eu devêssemos fazer uma visita a LaValle esta manhã — Drizzt ofereceu. — Para podermos avaliar sua lealdade.

⁂

A técnica de bater na porta de Bruenor mudou sutilmente quando chegaram à porta do mago, da batida suave que ele deu na porta de Drizzt, a um crescendo de aríete pesado. LaValle saltou da cama e correu para ver o que estava acontecendo, e quem estava batendo em sua porta nova.

— Bom dia, mago — resmungou Bruenor, entrando no quarto assim que a porta se abriu.

— Foi o que eu imaginei — murmurou LaValle, olhando para a lareira e para a pilha de gravetos ao lado, que já fora sua velha porta.

— Saudações, bom anão — disse ele o mais educadamente que pôde. — E Mestre Do'Urden — acrescentou rapidamente ao notar que Drizzt se aproximava. — Vocês não deveriam já ter partido a essa hora?

— Temos tempo — disse Drizzt.

— E não vamos partir antes de cuidarmos da segurança de Pança-Furada — explicou Bruenor.

— Pança-furada? — ecoou LaValle.

— O halfling! — rugiu Bruenor. — Seu mestre.

— Ah, sim, Mestre Regis — disse LaValle melancolicamente, as mãos cruzando o peito e os olhos adquirindo uma aparência distante e brilhante.

Drizzt fechou a porta e o fulminou com o olhar, desconfiado. O transe distante de LaValle voltou ao normal quando ele notou que o drow não piscava. Ele coçou o queixo, procurando um lugar para onde correr. Ele não podia enganar o drow, percebeu. O anão, talvez, o halfling, certamente, mas não este. Aqueles olhos cor de lavanda abriram buracos em sua fachada.

— Você não acredita que seu amiguinho lançou seu encantamento sobre mim — disse ele.

— Os magos evitam as armadilhas dos magos — respondeu Drizzt.

— Justo — disse LaValle, sentando-se em uma cadeira.

— Ah! Então você é um mentiroso também! — rosnou Bruenor, com sua mão indo para o machado em seu cinto. Drizzt o deteve.

— Se você duvida do encantamento, não duvide de minha lealdade. Sou um homem prático que serviu a muitos mestres em minha longa vida. Pook era o maior deles, mas Pook se foi. LaValle vive para servir novamente.

— Ou pode ser que ele veja uma chance de chegar ao topo — observou Bruenor, esperando uma resposta furiosa de LaValle.

Em vez disso, o mago riu com vontade.

— Eu tenho meu ofício — disse ele. — É tudo o que me importa. Eu vivo com conforto e estou livre para ir quando quiser. Não preciso dos desafios e perigos de um mestre de guilda. — ele olhou para Drizzt como o mais razoável dos dois. — Eu servirei ao halfling e, se Regis for derrubado, servirei àquele que tomar o lugar do halfling.

A lógica satisfez Drizzt e o convenceu da lealdade do mago além de qualquer encantamento que o rubi pudesse ter induzido.

— Vamos embora — disse ele a Bruenor, e começou a sair pela porta.

Bruenor podia confiar no julgamento de Drizzt, mas não pôde resistir a uma ameaça final.

— Você mexeu comigo, mago — ele rosnou da porta. — Você quase matou minha garota. Se meu amigo tiver um final ruim, você pagará com sua cabeça.

LaValle assentiu, mas não disse nada.

— Mantenha-o bem — concluiu o anão com uma piscadela e bateu a porta com estrondo.

— Ele odeia minha porta — lamentou o mago.

O grupo se reuniu na entrada principal da guilda uma hora depois, Drizzt, Bruenor, Wulfgar e Cattibrie cobertos novamente com seus apetrechos de aventura, e Drizzt com a máscara mágica pendurada solta em seu pescoço.

Regis, com atendentes a reboque, juntou-se a eles. Ele faria a viagem até o Fada do Mar ao lado de seus formidáveis amigos. Que seus inimigos vissem seus aliados em todo o seu esplendor, pensou o astuto novo mestre da guilda, principalmente um elfo drow.

— Uma oferta final antes de partirmos — proclamou Regis.

— Não vamos ficar — retrucou Bruenor.

— Não para você — disse Regis. Ele se voltou diretamente para Drizzt. — Para você.

Drizzt esperou pacientemente pela oferta enquanto o halfling esfregava as mãos ansiosas.

— Cinquenta mil moedas de ouro — disse Regis por fim. — Pela sua gata.

Os olhos do Drizzt se arregalaram até dobrarem de tamanho.

— Guenhwyvar será bem cuidada, garanto... — Cattibrie deu um tapa na nuca de Regis.

— Toma vergonha — repreendeu ela. — Você conhece o drow melhor que isso!

Drizzt a acalmou com um sorriso.

— Um tesouro por um tesouro? — disse ele a Regis. — Você sabe que devo recusar. Guenhwyvar não pode ser comprada, por melhores que sejam suas intenções.

— Cinquenta mil — bufou Bruenor. — Se quiséssemos, pegaríamos antes de partir!

Regis então percebeu o absurdo da oferta e corou de vergonha.

— Você tem certeza de que cruzamos o mundo em seu auxílio? — perguntou Wulfgar. Regis olhou para o bárbaro, confuso.

— Talvez tenha sido atrás da gata que viemos — Wulfgar continuou sério.

A expressão de espanto no rosto de Regis provou ser mais do que qualquer um deles poderia suportar, e uma explosão de risos como nenhum deles havia desfrutado em muitos meses estourou, infectando até mesmo Regis.

— Aqui — Drizzt ofereceu quando as coisas se acalmaram mais uma vez. — Ao invés dela, fique com isso. Ele tirou a máscara mágica de sua cabeça e a jogou para o halfling.

— Você não deveria ficar com ela até chegarmos ao barco? — perguntou Bruenor. Drizzt olhou para Cattibrie em busca de uma resposta, e seu sorriso de aprovação e admiração afastaram quaisquer dúvidas remanescentes que ele pudesse ter.

— Não — disse ele. — Que os calishitas me julguem como quiserem. — ele abriu as portas, permitindo que o sol da manhã brilhasse em seus olhos cor de lavanda.

— Deixe o mundo me julgar como quiser — disse ele, e sua expressão era de genuíno contentamento enquanto baixava o olhar alternadamente para os olhos de cada um de seus quatro amigos.

— Vocês sabem quem eu sou.

Epílogo

O FADA DO MAR CORTOU UM CURSO DIFÍCIL PARA o norte até a Costa da Espada, nos ventos invernais, mas o Capitão Deudermont e sua grata tripulação estavam determinados a levar os quatro amigos com segurança e rapidez de volta a Águas Profundas.

Expressões atordoadas de todos os rostos nas docas saudaram a embarcação resiliente enquanto esta entrava no porto de Águas Profundas, esquivando-se das ondas e dos blocos de gelo à medida que avançava. Reunindo toda a habilidade que adquiriu ao longo de anos de experiência, Deudermont atracou o Fada do Mar com segurança.

Os quatro amigos recuperaram muito da saúde e do humor durante aqueles dois meses no mar, apesar da dura viagem. Tudo acabou bem, até as feridas de Cattibrie pareciam que iriam sarar totalmente.

Mas se a viagem marítima de volta ao Norte foi difícil, a jornada pelas terras congeladas foi ainda pior. O inverno estava minguando, mas ainda era forte na terra, e os amigos não podiam dar-se ao luxo de esperar que a neve derretesse. Eles se despediram de Deudermont e dos homens do Fada do Mar, apertaram as capas e botas pesadas e se arrastaram pelo portão de Águas Profundas ao longo da Via do Comércio no curso nordeste para Sela Longa.

Nevascas e lobos surgiram para detê-los. O caminho da estrada, suas numerosas marcas enterradas sob a neve de um ano, se tornaram nada mais que o palpite de um elfo drow lendo as estrelas e o sol.

De alguma forma, conseguiram e irromperam em Sela Longa, prontos para retomar o Salão de Mitral. Os parentes de Bruenor de Vale do Vento Gélido estavam lá para saudá-los, junto com cinco centenas de pessoas do povo de Wulfgar. Menos de duas semanas depois, o general Dagnabbit da Cidadela de Adbar liderou suas oito mil tropas anãs para o lado de Bruenor.

Planos de batalha foram feitos e refeitos. Drizzt e Bruenor juntaram suas memórias da cidade subterrânea e das cavernas das minas para criar modelos do lugar e estimar o número de duergar que o exército enfrentaria.

Então, com a primavera derrotando os últimos golpes do inverno, e apenas alguns dias antes de o exército partir para as montanhas, mais dois grupos de aliados chegaram, de forma bastante inesperada: contingentes de arqueiros de Lua Argêntea e Nesmé. Bruenor a princípio queria recusar os guerreiros de Nesmé, lembrando-se do tratamento que ele e seus amigos receberam nas mãos de uma patrulha de Nesmé em sua jornada inicial ao Salão de Mitral, e porque o anão se perguntava quanto daquela demonstração de lealdade era motivada pela esperança de amizade, e quanto pela esperança de lucro!

Mas, como sempre, os amigos de Bruenor o mantiveram no caminho mais sábio. Os anões teriam que lidar extensivamente com Nesmé, o assentamento mais próximo ao Salão de Mitral, assim que as minas fossem reabertas, e um líder inteligente consertaria os sentimentos ruins ali mesmo.

Seus números eram esmagadores, sua determinação, incomparável e seus líderes, magníficos. Bruenor e Dagnabit lideraram a principal força de ataque de anões endurecidos pela batalha e bárbaros selvagens, varrendo sala após sala da escória duergar. Cattibrie, com seu arco, os poucos Harpells que haviam feito a viagem e os arqueiros das duas cidades, limparam as passagens laterais ao longo do ataque da força principal.

Drizzt, Wulfgar e Guenhwyvar, como haviam feito tantas vezes no passado, avançaram sozinhos, patrulhando as áreas à frente e abaixo do exército, eliminando mais do que sua cota de duergar ao longo do caminho.

Em três dias, o nível superior foi limpo. Em duas semanas, a cidade baixa. No momento em que a primavera se instalou completamente nas terras do norte, menos de um mês depois que o exército partiu de Sela Longa, os martelos do Clã Martelo de Batalha começaram sua canção de forjaria nos antigos corredores mais uma vez.

E o legítimo rei tomou seu trono.

※

Drizzt olhou das montanhas para as luzes distantes da cidade encantada de Lua Argêntea. Ele já havia sido expulso daquela cidade antes — uma rejeição dolorosa — mas não desta vez.

Ele poderia andar pela terra como quisesse, de cabeça erguida e o capuz de sua capa abaixado. A maior parte do mundo não o tratava de maneira diferente; poucos sabiam o nome de Drizzt Do'Urden. Mas Drizzt sabia que não devia desculpas, ou explicações, por sua pele negra, e para aqueles que colocaram um julgamento injusto sobre ele, ele não oferecia nenhuma.

O peso do preconceito do mundo ainda cairia pesadamente sobre ele, mas Drizzt tinha aprendido, pelos apontamentos de Cattibrie, como se opor a ele.

Que amiga maravilhosa ela era. Drizzt a tinha visto crescer e se tornar uma jovem especial, e estava animado ao saber que ela havia encontrado seu lar.

Pensar nela com Wulfgar e em pé ao lado do Bruenor tocou o elfo negro, que nunca experimentou a proximidade de uma família.

— O quanto todos nós mudamos — o drow sussurrou para o vento vazio da montanha.

Suas palavras não eram um lamento.

※

O outono viu os primeiros produtos fluírem do Salão de Mitral para Lua Argêntea, e quando o inverno voltou a ser primavera, o comércio estava a pleno vapor, com os bárbaros de Vale do Vento Gélido trabalhando como portadores das mercadorias dos anões.

Naquela primavera, também, uma escultura foi iniciada no Salão dos Reis: a de Bruenor Martelo de Batalha.

Para o anão que vagueara tão longe de sua casa e vira tantas paisagens maravilhosas — e horríveis — a reabertura das minas e até a escavação de seu busto pareciam de menor importância quando comparados com outro evento planejado para aquele ano.

— Eu disse que ele voltaria — disse Bruenor a Wulfgar e Cattibrie, que se sentavam a seu lado no salão de audiências. — O elfo não ia perder algo como seu casamento!

General Dagnabbit que, com as bênçãos do Rei Harbromme da Cidadela Adbar, permaneceu com dois mil outros anões, jurando lealdade a Bruenor, entrou na sala, acompanhando uma figura que se tornara cada vez menos visível no Salão de Mitral nos últimos meses.

— Saudações — disse Drizzt, indo até seus amigos

— Então você chegou — Cattibrie disse distraidamente, fingindo desinteresse.

— Não havíamos planejado isso — acrescentou Wulfgar no mesmo tom casual. —Rezo para que haja um assento extra na mesa.

Drizzt sorriu e se curvou em desculpas. Esteve longe com frequência ultimamente, por semanas, às vezes. Convites pessoais para visitar a Senhora de Lua Argêntea e seu reino encantado não eram recusados tão facilmente.

— Ah! — bufou Bruenor. Eu disse que ele voltaria, e voltaria para ficar, dessa vez!

Drizzt sacudiu a cabeça.

Bruenor inclinou a sua em resposta, perguntando-se o que estava acontecendo com seu amigo.

— Você está caçando o assassino, elfo? — ele não pôde deixar de perguntar.

Drizzt sorriu e balançou a cabeça novamente.

— Não tenho nenhum desejo de encontrar aquele lá de novo — respondeu ele. Ele olhou para Cattibrie, que o entendia, então de volta para Bruenor. — Há muito o que se ver nesse mundo imenso, querido anão — continuou Drizzt. — E não pode ser visto das sombras; muitos sons mais agradáveis do que o retinir do aço, e muitos cheiros preferíveis ao fedor da morte.

— Façam outro banquete — resmungou Bruenor. — O elfo tem os olhos fixos em outro casamento!

Drizzt deixou pra lá. Talvez houvesse um toque de verdade nas palavras de Bruenor, para alguma data distante. Drizzt não limitava mais suas esperanças e desejos. Ele veria o mundo como pudesse e tiraria suas escolhas de seus desejos, não de limitações que poderia impor a si mesmo. Por enquanto, porém, Drizzt havia encontrado algo pessoal demais para ser compartilhado.

Pela primeira vez em sua vida, o drow encontrou paz.

Outro anão entrou na sala e correu até Dagnabit. Os dois se despediram, mas Dagnabit voltou alguns momentos depois.

— O que foi? — Bruenor perguntou a ele, confuso com toda a agitação.

— Outro convidado — explicou Dagnabit, mas antes que pudesse lançar uma introdução adequada, um halfling deslizou para dentro do cômodo.

— Regis! — gritou Cattibrie. Ela e Wulfgar correram para encontrar seu velho amigo.

— Pança-furada! — gritou Bruenor. —O que nos Nove Infernos...

—Você achou que eu ia perder esta ocasião? — Regis bufou. — O casamento de dois dos meus queridos amigos

— Como você soube? — perguntou Bruenor.

— Você subestima sua fama, Rei Bruenor — respondeu Regis, fazendo uma reverência graciosa.

Drizzt estudou o halfling com curiosidade. Ele usava sua jaqueta cravejada de pedras preciosas e mais joias, incluindo o pingente de rubi, do que o drow já tinha visto em um só lugar. E as bolsas penduradas no cinto de Regis com certeza estavam cheias de ouro e pedras preciosas.

—Você vai ficar por muito tempo? — perguntou Cattibrie.

Regis deu de ombros.

— Não tenho pressa — respondeu ele. Drizzt ergueu uma sobrancelha. Um mestre de uma guilda de ladrões não costumava deixar seu lugar de poder; geralmente havia muitos prontos para roubá-lo de suas mãos.

Cattibrie parecia feliz com a resposta e com o momento do retorno do halfling. O povo de Wulfgar logo reconstruiria a cidade de Pedra do Veredito, na base das montanhas. Ela e Wulfgar, entretanto, planejavam permanecer no Salão de Mitral, ao lado de Bruenor. Após o casamento, planejavam viajar um pouco, talvez de volta ao Vale do Vento Gélido, talvez junto com o Capitão Deudermont mais próximo do final do ano, quando o Fada do Mar navegasse de volta para as terras do sul.

Cattibrie temia dizer a Bruenor que partiriam, ainda que por alguns meses. Com Drizzt tantas vezes na estrada, ela temia que o anão se sentisse triste. Mas se Regis planejava ficar por um tempo...

— Posso ter um quarto para colocar minhas coisas e descansar do esforço de uma longa estrada? — ele perguntou a Bruenor.

— Vamos cuidar disso — garantiu Cattibrie.

— E para seus assistentes? — perguntou Bruenor.

— Oh — gaguejou Regis, em busca de uma resposta. — Eu... vim sozinho. Os sulistas não aceitam bem o frio de uma primavera do norte, sabe?

— Bem, vá, então — disse Bruenor. — Dessa vez, sou eu a fazer um banquete para o prazer da sua barriga.

Regis esfregou as mãos com avidez e saiu com Wulfgar e Cattibrie, os três contando histórias de suas últimas aventuras antes mesmo de deixar o cômodo.

— Poucas pessoas em Porto Calim já ouviram meu nome, elfo — comentou Bruenor quando ele e Drizzt estavam sozinhos. — E quem ao sul de Sela Longa saberia do casamento? — ele olhou astutamente para seu amigo. — E o pequeno trouxe um bocado do seu tesouro com ele, não?

Drizzt chegara à mesma conclusão quando Regis entrou na sala.

— Ele está fugindo.

— Se meteu em problemas de novo — Bruenor bufou — ou eu sou um gnomo barbudo!

DRIZZT DO'URDEN VAI VOLTAR

Para acompanhar as novidades da JAMBÔ e acessar conteúdos gratuitos de RPG, quadrinhos e literatura, visite nosso site e siga nossas redes sociais.

- www.jamboeditora.com.br
- facebook.com/jamboeditora
- twitter.com/jamboeditora
- instagram.com/jamboeditora
- youtube.com/jamboeditora
- twitch.com/jamboeditora

Para ainda mais conteúdo, incluindo colunas, resenhas, quadrinhos, contos, podcasts e material de jogo, faça parte da *Dragão Brasil*, a maior revista de cultura nerd do país.

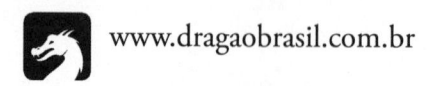

- www.DRAGAOBRASIL.com.br

JAMBÔ
Livros divertidos

Rua Coronel Genuíno, 209 • Centro Histórico
Porto Alegre, RS • 90010-350
(51) 3391-0289 • contato@jamboeditora.com.br